AF197530

MARIA WALENTA

BLACK DEMONS

SKILL & LILITH

BLACK DEMONS
Skill & Lilith

Copyright: Maria Walenta, 2024, Deutschland
Bildmaterial: Shutterstock, Freepik, Rawpixel
Korrektorat: Michelle Giffels
Druck und Bindung: Smilkov Print Ltd, Blagoevgrad

Bestellung und Vertrieb: Nova MD GmbH, Vachendorf

ISBN: 978-3-98942-051-9

Federherz Verlag
Bergmannsweg 7
31867 Lauenau
www.federherzshop.de
Instagram: @federherz.verlag

Für Barbara, das Idol meiner Kindheit und die beste Oma, die ein
Mensch nur haben konnte.
Und für Cathrin, die beste Freundin und Schwester.
Ihr seid stärker, als ihr glaubt.
Ich liebe euch.

TRIGGERWARNUNG

Hallo, mein kleines Blümchen.
Ich glaube, du bist hier falsch.
Der Weg zum nächsten rosaroten Kitschroman lag eine Ausfahrt
vor mir. Dies hier wird keine Geschichte, in der der unnahbare
Biker sich dafür entscheidet, der hilflosen Frau zu helfen, die ihn
mit ihrer geheimnisvollen und düsteren Vergangenheit erschlägt.
Aber wenn du bleibst, verspreche ich dir, deine nächsten
Stunden unvergesslich werden zu lassen.
Wer ich bin? Der Stoff, der sowohl deine Albträume spinnt als
auch dein Höschen zum Glühen bringt.
Pack ein paar Ersatzklamotten und ein Erste-Hilfe-Set ein, weil
die Nächte mit mir holprig werden.
Denn ich werde dir meinen Willen aufzwingen, bis deine
Schreie meine Räume füllen und ich habe, wonach ich mich
verzehre: meine Rache.
Bist du wirklich bereit für diesen Herzschmerz?
Das wünsche ich dir. Weder diese Geschichte noch ich lassen
dich unversehrt.
Wir werden dich testen.
Pass also gut auf dein Herz auf. Sonst wirst du es an mich
verlieren.

Was? War dir das noch nicht genug? Na schön ...
Am Ende findest du eine Auflistung aller Triggerpunkte dieses
Buches, doch sei gewarnt ... Sie werden dir womöglich nicht
gefallen.

PROLOG

SKILL

Wirklich nichts fuckte mich momentan mehr ab als das falsche Stöhnen von Nutten – und der dämliche Small Talk, den Jack ständig mit einem unserer Brüder führte.

Und in genau diesem Moment bekam ich beides zu Ohren.

»Kannst du mal die Fresse halten?« Genervt stellte ich mein Bier auf dem Tisch ab, woraufhin Rampage seinen kurz geschorenen dunklen Kopf hob. »Nicht du«, beschwichtigte ich meinen Präsidenten und sah dann Jack an. »Ich meine dich«, bemerkte ich und deutete auf meinen besten Freund, der sich mit einem gespielt betroffenen Gesicht die Hand auf die Brust legte.

»Was habe ich jetzt wieder getan?«, fragte er belustigt.

»Du gehst mir auf den Sack«, erwiderte ich monoton. »Es ist scheißegal, ob die Franzosen sich aus dem Drogenviertel verziehen. Wichtig ist, die Greens endlich auszuschalten.« Angefressen schaute ich über meine Schulter zu unserem

Vizepräsidenten Bones, der einer der anwesenden Nutten erlaubte, seinen Schwanz zu lutschen.

Diese Geräusche, das Schlucken ... Es war mehr als fake, da kam es mir fast hoch.

Früher hatte er niemanden vor unser aller Augen genommen. Er war mit seinen Gelüsten diskret geblieben. *Diese* Attitüde konnte er sich auch gerne wieder abgewöhnen.

»Alle Achtung, klein Skill hat wieder seine Tage, Männer«, scherzte Joker rechts von mir, was alle zum Lachen brachte.

Vor mich hin grummelnd starrte ich auf das Kondenswasser meiner Flasche.

»Wir müssen die Franzosen unter Kontrolle bekommen. Sie verticken ihre Drogen schon zu lange in unseren Gebieten«, brummte Rampage, was die anderen verstummen ließ.

Auf die Green Killers oder meinen anderen Kommentar ging er nicht ein.

»Schätzchen, wieso gehst du nicht in mein Zimmer und wartest dort auf mich?« Bones schmunzelte und hielt *Schätzchen* die Hand zum Aufhelfen hin. Mir war nicht mal klar, wann er aufgehört hatte, die Prostituierten unseres MCs zu vögeln.

Sobald *sie* endlich aus dem Raum war und er seinen Schwanz zurück in der Hose verstaut hatte, wurde es auch wieder ernst am Tisch.

»Hat jemand was von Roady gehört?«, fragte Rampage ruhig nach und schielte auf sein Handy.

»Nicht, seit er nach Nashville gefahren ist und sich selbst ein Bild machen wollte.«

»Eine beschissene Idee, ich sag's noch mal«, murmelte ich seufzend.

»Und was hättest du gemacht, hm?« Rampage hob seine Augenbraue, in der sich ein Cut befand, der von einer Narbe herrührte. Mein Vater hatte sie ihm bei einer Kneipenschlägerei mit einer Bierflasche vermacht. »Du hättest nur wieder um dich geschossen.«

»Ich hätte sie getötet«, korrigierte ich meinen Präsidenten.

»Und uns trotzdem jede Menge Probleme aufgehalst«, warf Jack mit ernster Miene ein. »Du kannst nicht einen ganzen MC von der Oberfläche verschwinden lassen und einfach hoffen, dass es niemandem auffällt.«

»Das ist nicht meine Intention.« Langsam richtete ich mich auf. »Es soll auffallen«, bemerkte ich. »Damit jeder umliegende MC weiß-«

»Dass wir auf Konkurrenz aus sind? Auf keinen Fall.« Jokers tätowierte Mundwinkel verzogen sich zu einer Grimasse. Die gelbe Seite war schon verblasst, doch noch immer erkannte man den grünen Zahn, der sich aus seinem Mundwinkel herausarbeitete.

»Wir haben nicht die letzten fünf Jahre überlebt und alles wieder nach dem Tod deines Bruders aufgebaut, nur damit du uns jetzt einen Strich durch die Rechnung –« Er wurde von Ramps Smartphone unterbrochen, das bimmelte. »Ist's was Wichtiges, oder kann's warten?«, hakte Joker nach und presste seine Lippen aufeinander.

»Wichtig.« Ramp hämmerte auf seinem Display rum, ehe er seufzte. »Hab 'n Auftrag für dich, Skill.«

Ich zog eine Augenbraue hoch. »Und was? Babysitting deiner Großmutter?«

Mir war klar, dass ich mit meiner schlechten Laune heute Ramps Gemüt überstrapazierte. Doch jedem in diesem Raum war bewusst, dass ich mir solche Aussagen erlauben durfte. Immerhin hatte ich ihm den Posten des Präsidenten überlassen, nachdem Johnny starb.

»Du willst jemanden umbringen?« Er tippte erneut etwas auf seinem Handy ein und mein eigenes in meiner Jeans vibrierte. »Jag ihr 'ne Kugel zwischen die hübschen Äuglein.«

Ich zog das Gerät heraus und schaute auf die Nachricht, die er mir gesendet hatte. Adresse und Name. Und das angehängte Bild einer jungen Frau. Es war ihr Studentenausweis. Ihre hellbraunen Haare waren in einen Zopf gebunden, eine grüne Strickjacke zierte ihren Oberkörper und ihre dunkelblauen Augen starrten neutral in die Kamera. Völlig unspektakulär, wenn man diese absolut geröteten Wangen außen vor ließ.

Als wäre sie vorher in Verlegenheit gebracht worden, nur um das Foto ein wenig interessanter wirken zu lassen.

»Was hat sie getan?«, erkundigte ich mich automatisch, als ich entdeckte, welcher Stempel das Bild zierte. Die Brown University. Sie wohnte in unserer Stadt.

»Lass das meine Sorge sein.«

»Nein, so läuft das nicht.« Ich schüttelte meinen dunklen Schopf. »Ramp, wer ist diese Frau?« Die Jungs hielten inne, und Jack schielte hinüber, um auf mein Telefon lugen zu können.

»Hübsches Ding«, sagte er nachdenklich. »Und diese Lippen ...« Er pfiff. »Die könnte bestimmt perfekt jeden Schwanz lutschen und er würde mit Sicherheit nicht mehr aufrecht stehen können. Für mindestens eine Stunde.«

In diesem Punkt stimmte ich Jack nicht zu. Ihr Mund war mir egal.

Bones legte interessiert den Schopf schief, ehe sich unsere Blicke kreuzten. Seine Iriden waren erneut glasig, die Pupillen geweitet.

Der Wichser war wieder dicht, na großartig.

»Rampage«, nannte ich unseren Präsidenten beim Namen, bevor ich ihn anstarrte.

Dieser presste seinen Mund kurz fest aufeinander, bevor er noch mal ergeben seufzte. »Sie ist Sculleys Tochter.«

Jeder Atemzug versagte im Raum. Ach was, im ganzen Gebäude.

»Ganz sicher?«, fragte Jack nach und starrte erneut auf das Bild.

Ich lenkte meine Aufmerksamkeit ebenfalls noch mal kurz darauf, ehe ich das Display ausschaltete und es zurück in meine Jeans steckte. »Sieh es als erledigt an, Präs«, gab ich ihm nickend mein Wort.

KAPITEL 1

LILITH

A lso irgendwie hätte das alles auch besser laufen
können.
        Heute Morgen hatte ich nicht nur verschlafen,
sondern auch vergessen, Tabletten mitzunehmen.

Das Lernen bis in die späte Nacht hatte sich für diese Art
von Kopfschmerzen nicht ausgezahlt.

Hätte ich mich nur nicht von Veronica letztes Wochenende
zum Feiern überreden lassen? Aber nun war es auch zu spät.

Denn während ich meine Sachen zusammenpackte, ließ ich
den großen Test, den ich soeben in Französisch geschrieben
hatte, Revue passieren. Wenn ich ein anderes Sprachfeld hätte
belegen können ... Spanisch zum Beispiel. Es wäre jedenfalls
einfacher gewesen als Französisch.

»Komm.« Veronica breitete ihre Arme aus, als sie mir entge-
genlief. Ihre rote wilde Lockenmähne wehte im eisigen Wind
des Januars umher. Sie hatte wieder einmal ihre Mütze zu

Hause vergessen. »So schlimm, wie du schaust, kann es nicht gewesen sein.«

»Es hätte besser laufen können.« Wegen des Schmerzes, der sich über meiner Stirn ausbreitete und dahinter pochte, verzog ich das Gesicht.

»Na ja. Meinetwegen hätte mein Kurs wenigstens spannender sein können.«

Leicht zog ich eine Braue hoch, während wir in einen zügigen Laufschritt verfielen. Sie, weil sie noch eine anschließende Vorlesung in Astrophysik hatte, und ich wollte einen Tee besorgen und dann nach Hause und schlafen. Heute hatte ich definitiv genug.

Während wir über den Campus liefen, berichtete Veronica mir von ihrem heutigen Vormittag.

»Ich habe sicher noch 'ne Minute«, behauptete sie und hielt mir die Tür auf, bevor wir in unser Lieblingscafé eintraten. Dankbar warf ich ihr ein leichtes Lächeln zu.

»Hast du nicht«, widersprach ich, doch sie winkte ab.

»Solange du nichts riskierst, tu ich es.« Sie grinste mich breit über ihre große dunkelblaue Brille mit strahlenden braunen Glubschern und ihrem Megawattlächeln an.

»Entschuldige«, seufzte ich. »Bin nicht besonders gut drauf. Kopfschmerzen.«

»Oh nein.« Ihre Mundwinkel zogen sich wieder herunter. »Dann heute Abend kein Bier im Five Knives?« Skeptisch beäugte ich sie. »Schade.« Sie stabilisierte den Träger ihres Rucksacks und wir traten an den Tresen heran. »Ich hatte gedacht, wir könnten deinen Sieg über die Französische Revolution feiern.«

»Heute nicht«, murmelte ich mit Sicht auf die Bagels.

»Na ja, aller Anfang ist schwer.« Verwirrung breitete sich in mir aus. Was sollte *das* denn bedeuten?

»Wie bitte?« Ich drehte mich zu Vero um, die wohl offensichtlich nicht länger mit mir gesprochen hatte.

Denn sie fixierte den Kunden hinter uns. Den Riesen mit dem dunklen Haar, der uns – meiner Meinung nach – zu dicht aufrückte.

»Hi.« Veronica setzte wieder ihr Megawattlächeln auf und ließ all ihr Selbstbewusstsein für sich sprechen, indem sie ihre Hand zur Begrüßung ausstreckte.

Unbeteiligt wandte ich mich ab.

Wenn sie ihr Selbstvertrauen nur dafür einsetzen würde, ihre Hausaufgaben rechtzeitig abzugeben ...

Sie war unfassbar schlau. Aber auch sehr faul.

Es war ihr Leben, ich sollte mich weniger beschweren. Doch ab und an betraf es auch meins. Zum Beispiel wenn sie wieder einen ihrer *inspirierenden* Momente gehabt und unsere Wohnung nicht verschont gelassen hatte.

Und dann blieb es auch noch an mir hängen, wieder aufzuräumen. Manchmal könnte ich sie dafür erwürgen, aber hin und wieder auch knutschen.

»Ich bin Veronica.«

Tief Luft holend trat ich an den Tresen, um meine Bestellung aufzugeben.

»Skill.«

Lächelnd begrüßte ich die Barista. Zwar hatte ich noch nicht auf die Anzeigetafel geschaut, doch ich nahm einfach dasselbe wie heute Morgen.

»Ich hätte gerne einen Youthberry Tee.« Der beerige und zugleich saure Geschmack hatte mir sehr gefallen.

»Darf es sonst noch etwas sein?« Sie wartete offensichtlich – wie ich – darauf, dass Veronica ebenfalls ihre Bestellung aufgab, doch diese war abgelenkt durch ihr neues Objekt der Begierde, das wiederum ... mich anstarrte.

Stirnrunzelnd schaute ich Veronicas potenziellem neuen Lover ins Gesicht.

Dieser Kiefer wäre wohl perfekt, um Steine zu zermahlen. Von diesen kalten leblosen Augen einmal abgesehen ... Als wäre er ausgehungert und ich seine nächste Mahlzeit.

Tief sog ich den Sauerstoff in meine Lungen ein, während er sich auffällig dicht neben Veronica stellte. Seine Bewegung war genauso präzise wie seine Musterung. Alles war ausgerichtet auf mich.

Unter meiner Hautoberfläche kribbelte es.

»Ist etwas?«, fragte ich so höflich, wie ich mich traute, doch er antwortete mir nicht. Ratlos richtete ich meine Aufmerksamkeit auf meine beste Freundin. »Veronica, deine Bestellung?«, versuchte ich den Moment zu überspielen, während ich verlegen rote Wangen bekam. Etwas, das mir zu leicht passierte. Schon immer hatte ich mit dem Erröten zu kämpfen gehabt. Vor allem gegenüber breit gebauten und großen Männern, die es allein mit einem Blick schafften, dass mein Gehirn hinterfragte, ob ich ihnen nicht was getan hatte, was diesen rechtfertigte.

Da Vero sich immer eigene Kreationen ausdachte und sie stetig änderte, konnte ich nicht für sie mitbestellen und war ihrer Antwort ausgeliefert.

»Einen Moccha mit extra viel Marshmallowsirup, viel Zimt und einer Prise Salz bitte.«

Wie sehr wünschte ich mir, die Barista würde überrascht schauen, doch auch sie tat es schon lange nicht mehr, weil wir jeden zweiten Tag hier waren.

»Kommt sofort. Das macht elf Dollar und 62 Cent.«

Gerade als ich mein Portemonnaie öffnete, streckte sich eine Hand mit einem Zwanzigdollarschein an mir vorbei und platzierte ihn auf dem Tresen. Ungewollt schloss ich die Lider, sobald der Schatten des Mannes mich umhüllte. Wie die pure Dunkelheit.

Mir lief es bei dem Gedanken kalt den Rücken hinunter.

Mein liebstes Männerparfum stieg mir in die Nase. Der Wahnsinn. Als würde man Leder, Zitrus und Walddüfte in einem perfekten Einklang zueinander kombinieren.

Mein Schädel, der mittlerweile glühte, drehte sich zu ihm herum.

»Viel Spaß mit den Getränken.« Während er mit dem tiefsten Ton, den ich je von einem Mann gehört hatte, sprach, fixierte er mich erneut. Nur diesmal mit weitaus weniger Entfernung. Mein Herz fing in meiner Brust an zu protestieren und mein Mund öffnete sich leicht.

»Danke!«, trällerte Vero erfreut. Weiterhin fixierte er mich und hielt mich auf eine Art gefangen, die mich schwer schlucken ließ.

»Ich bereite alles vor«, entgegnete die Mitarbeiterin und war dabei, ihm sein Wechselgeld zu reichen, da winkte er ab.

»Danke schön«, sagte ich mit staubtrockenem Mund, und seine Mundwinkel zuckten. »Das ist sehr aufmerksam.«

»Oder einfach nur nett«, mischte sich Vero ein und grinste den Unbekannten breit an. »Danke, Skill.«

Ich schluckte.

»Lilith.« *Skill* nickte mir zu, während er Abstand nahm und die Schlange vor der Kaffeeausgabe verließ.

Er ... kannte meinen Namen.

Obwohl. Er könnte ihn auch gehört haben, da Veronica sich zuvor mit mir unterhalten hatte.

»Dieser Typ.« Veros Stimme wurde um eine Oktave höher. Mein Gesicht verzog sich, weil es wieder hinter meiner Stirn stach, ehe sie mich in die Schulter stieß. Dann schüttelte sie mich, als Skill den Laden verließ und nicht zurückschaute. »Er war soooo heiß.« Mit großen runden Augen funkelte sie mich an. »Und er stand auf dich. Hast du das gemerkt?«

»Er war nur freundlich«, gab ich irritiert von mir.

Veronica wimmerte theatralisch. »Du würdest selbst dann deinen Prince Charming nicht erkennen, wenn er dich mit dem Auto anfährt.«

»Was? Das war ein Fremder. Und ... er hat sich nicht mal etwas gekauft«, behauptete ich. »Er hätte sonst wer sein können. Ein ... Ein Stalker zum Beispiel!« Besorgnis mischte sich in meine Stimme.

»Du liest zu viele Krimis«, murmelte sie und richtete ihre Aufmerksamkeit zur Tafel mit verschiedenen Kaffeearten, die sie hier anboten. »Er war heiß, hat dich voll abgecheckt und mit dir geflirtet. Und anstatt auch einmal die Initiative zu ergreifen, hast du ihn total geblockt. Er war nur höflich genug, deinen Korb zu respektieren.«

Ich war mir sicher, dass er *nicht* mit mir geflirtet hatte.

»Bist du nun sauer auf mich?«, hakte ich nach.

»Ein wenig enttäuscht.« Vero zuckte mit einer Schulter. »Ich sehe ständig, wie Männer dich betrachten. Du ignorierst nur alle.«

Meine Stirn legte sich erneut in Falten.

Vielleicht sollte ich mehr auf meine Umgebung achten ...

»Und wenn ich heute Abend anrufe?«

Ächzend blinzelte ich schmerzerfüllt unter meinem kalten Waschlappen.

»Vero, ich habe dir gesagt, ich hol dich ab. Jetzt überstrapazier es nicht«, bat ich und ließ mich zurück in die Kissen unserer Couch sinken.

»Ich liebe dich.« Veronica beugte sich zu mir hinab und drückte mir einen Kuss auf den Kopf. Ich murrte. »Danke!« Schnell lief sie zur Tür. »Für dich mache ich viele Fotos!«, brüllte sie, und kurz darauf fiel die Haustür mit einem Knall ins Schloss.

Doch anstatt mich zu entspannen und meinen Kopfschmerzen nachzugeben, bimmelte direkt mein Telefon. Moms Name erschien auf dem Bildschirm, als ich erneut unter dem feuchten Waschlappen hervorlugte.

Den Anruf lehnte ich ab und schrieb ihr, dass ich lieber morgen mit ihr sprechen wollte, weil ich Migräne hatte.

Dieser Tag war ein Reinfall.

Geistig machte ich mir die Notiz, nicht mehr an den Wochenenden vor Tests oder Klausuren mit Vero auszugehen. Wenn ich mich nur nicht ständig überreden ließ.

Seufzend sank ich tiefer in die Polster.

Das Surren des Kühlschranks drang laut aus der Küche herüber, doch ansonsten war es angenehm still in der Wohnung. Ich konnte schwören, auch auf den Straßen war heute Abend weniger los.

Es kam meinen Schmerzen zugute.

Mein Handy stach unbequem in meine Seite, deswegen legte ich es auf unserem Tisch ab, ehe ich mich zurückdrehte.

Natürlich hätte ich ins Bett gekonnt, doch ich hatte nicht vor, den ganzen Abend zu verschlafen. Vielleicht nur ein oder zwei Stunden.

Dank des endenden Winters war es um acht Uhr schon dunkel, und ich war damit gesegnet, nicht gegen die untergehende Sonne anblinzeln zu müssen, die sich sonst immer vor den hohen Fenstern abzeichnete.

Wie geplant schlummerte ich weg, bis ich dunkel im Unterbewusstsein ein eigenartiges Klicken vernahm.

Doch darum kümmerte ich mich nicht. Manchmal klapperte auch der Kühlschrank.

Mein Bewusstsein driftete immer tiefer ab.

Hektisch fuhr ich aus meinem Dämmerchen, da der Klingelton meines Smartphones ertönte. Um nicht zu verschlafen, hatte ich mir einen Wecker gestellt.

Der Schmerz hatte sich nicht großartig gemindert, und so quengelte ich leise, zog den Waschlappen von meiner Stirn und öffnete die Augen.

Ein paarmal blinzelte ich, bevor ich danach griff und die Lider bei der Helligkeit zusammenkniff. Es blendete so extrem, weshalb ich es sofort von mir weghielt, ehe ich erschrocken aufschrie.

Bestimmt war ich noch nie so schnell von meinem Sofa gehüpft – und dann auch noch so unelegant.

Ich hörte es erneut klicken und sah in die Dunkelheit. Leider konnte ich nicht viel erkennen. Dennoch war ich mir einen Moment so sicher gewesen, eine Gestalt am anderen Ende erkannt zu haben.

»Nur ein Trugbild«, nuschelte ich und schüttelte den Kopf. Einmal atmete ich tief ein. »Lilith, komm schon.« Mir die Schläfe reibend, drehte ich mich schnell zum Lichtschalter und betätigte ihn. Ich musste mich davon überzeugen, dass ich eben *niemanden* gesehen hatte. Denn mein paranoider Arsch konnte sich nicht einfach wieder entspannen.

Schockiert stellte ich fest, dass ich mich nicht geirrt hatte, während mir ein Schauer über den Rücken lief. Eine Mündung war auf mich gerichtet. Von einem Unbekannten mit Sturmmaske.

»Hi«, gab ich leise und unsicher von mir.

Nicht die beste Reaktion, doch betrachtete man meine Situation ...

Mein Gegenüber antwortete mir nicht, und der Lauf der Waffe machte es mir schwer, mich auf etwas anderes zu konzentrieren.

Sobald mein Telefon erneut klingelte und ich tief einatmete, schaute ich auf die freie Hand, die er stumm ausstreckte.

Vehement schüttelte ich den Kopf und umklammerte das Gerät.

Er bewegte fordernd seine Finger.

»Meine Mitbewohnerin versteckt ihr Sparschwein in der hintersten Ecke unter ihrem Bett«, verriet ich ihm.

Wie zur Hölle hatte es ein Einbrecher in diese Wohnung geschafft?

»Mein Erspartes bewahre ich bei meiner Mom auf, also habe ich –« Als der sich näherte und die Pistole meine Nase berührte, wimmerte ich. Mein Herz drohte mir vor Angst aus meiner Brust zu hüpfen. »Bitte«, flehte ich leise. »25«, sagte ich. »Ich bin 25.« Hinter der dunklen Sonnenbrille war keine Regung zu erkennen. »Nicht einmal ein Parkticket habe ich mir zuschulden kommen lassen.« Sein Finger lag über dem Abzug.

Heilige Mutter Gottes, wenn du existierst, rette mich. Bitte.

Mein Körper kam – im Gegensatz zu meinem Gehirn, das viel eher verstand – nur schwer hinterher. Begriff, dass es hier wohl kein Traum war – und wenn doch, dann der realistischste, den ich je hatte.

»Bitte«, flüsterte ich erneut, und meine Hände schwitzten, während mein Handy ein drittes Mal läutete. Vor Schreck in der Stille ließ ich Idiotin es fallen und reagierte zu schnell. Ängstlich kniete ich mich hinab und drückte es zu Boden. Der Lauf folgte mir. »Ich studiere noch«, murmelte ich. »I-ich ... Ich hab noch nicht gelebt.« Schluckend zuckte ich zurück, als er mein Haar berührte. Schon beinahe liebkosend strich er mir eine Strähne hinters Ohr.

»Schließ die Augen«, erklang eine tiefe Stimme.

Wie ein Schlosshund heulte ich los. »*Bitte.*« Flehend hob ich meinen Kopf. »I-ich ... Nehmen Sie sich alles, was Sie wollen«, bat ich. »I-ich –« Sein Blick blieb unverwandt auf mich und die Waffe vor sich ausgerichtet. »Was habe ich getan?«

Wahrscheinlich würde ich es nie erfahren, denn er antwortete mir nicht. Wimmernd sah ich auf seine braune Jeans.

»Oh Gott«, schluchzte ich leise.

Er brummte entnervt. Ich hörte es. Und erneut mein klingelndes Telefon.

Einen Kampf- oder Fluchtinstinkt besaß ich offensichtlich wohl nicht. Lediglich einen *ich bleibe hier sitzen, weine und flehe*-Moment. Mehr fiel meinem paralysierten Ich auch nicht ein.

»Schließ die Augen«, wiederholte er.

Meine Tränen schmeckten salzig und ich schloss die Lider.

»Ich habe mir gewünscht, Paris zu sehen«, brabbelte ich. »Da wollte ich schon immer mal hin.« Der Einbrecher grunzte überreizt. »Thailand soll auch toll sein. Oder England.«

Meine Finger krampften um mein Handy und ich wartete die Sekunden ab. Doch der Schuss, den man laut und deutlich hören sollte, ertönte nicht. »Können Sie mich hier wegschaffen?«, flehte ich. »I-ich habe eine Mitbewohnerin und s-sie kann schwer Blu-ut sehen.«

Ich wartete ab, ob mein Leben nun enden würde oder nicht.

Es kam mir vor wie eine Ewigkeit, und der Fremde zog es deutlich in die Länge, um mich zu quälen und mir noch mehr Angst einzujagen.

Es funktionierte.

Vor Panik zitterte ich regelrecht.

Aber sollte ich durch ein Wunder überleben, eignete ich mir den Kampf- oder Fluchtinstinkt an. Er war sinnvoller als die *ich bleibe hier sitzen*-Strategie.

Im nächsten Moment hörte ich es rascheln – und dann ein lautes Poltern aus dem Hausflur, dem ein Fluchen folgte, das nach einem Nachbarn klang, der etwas fallen ließ. Ich schrie auf, als etwas Schweres die Tür traf.

»'Tschuldigung!«, ertönte es von draußen.

Der Unbekannte reagierte genau wie ich. Er zuckte zurück. Jetzt war die Chance: Kampf oder Flucht.

Die Flucht gewann.

Ich lief ums Sofa herum, schlitterte einmal kurz über den Boden, weil ich mit den Socken keinen Halt auf dem Laminat fand, und war vorbei am kleinen Esszimmertisch, ehe der Eindringling mir auch schon nachkam.

Sobald ich ins Badezimmer gestolpert war, knallte ich die Tür zu, stemmte mich mit dem gesamten Gewicht dagegen und drehte dann den Schlüssel mit zittrigen Händen um. Ängstlich hockte ich mich an die Wand.

Es war nichts mehr aus dem Rest der Wohnung zu hören.

»Ich ruf die Polizei!«, drohte ich laut und wischte mir schnell mit dem Handrücken über die Wangen. Der Schmerz hinter meiner Stirn war gar nichts im Vergleich zur Furcht, die von meinem Körper Besitz ergriffen hatte.

Es vergingen einige Sekunden in Stille, bevor ich zurückwich.

»Dein Handy liegt hier draußen.« Die Stimme war viel zu nah. Sie war direkt auf der anderen Seite. »Kommst du freiwillig raus oder muss ich die Tür eintreten?«, fragte er mich.

Tief einatmend sah ich auf das Holz, das uns trennte. Ich musste hier raus, also drehte ich mich zum Badezimmerfenster um und wischte mit einer Armbewegung die Shampooflaschen, das Haarspray und die Rasierer beiseite, bevor ich es aufriss.

Natürlich gaben alle Kosmetikartikel Geräusche von sich, als sie in der Badewanne landeten, doch ich kümmerte mich nicht weiter darum und stand auf, um rauszukommen. Erster Stock. Was sollte schon schiefgehen?

Mit dem Oberkörper war ich bereits durch den Fensterrahmen, als ich es hinter mir splittern hörte, und noch bevor mein Gehirn begreifen konnte, dass meine Badezimmertür eingetreten worden war, packte man mich an meinem Bein und dann an meiner Jogginghose.

»Loslassen!« Kreischend wand ich mich, fiel in die Badewanne, zog meinen Gegner mit und schrie, als ich den Duschvorhang zu packen bekam und mit mir riss.

Schmerzerfüllt stöhnte ich, und es tanzten schwarze Punkte in meinem Blickfeld, da ich mir den Kopf an der Keramik gestoßen hatte.

Der Unbekannte ächzte, und es raschelte, weil er sich mehr im Duschvorhang verfangen hatte.

Wieder entschied ich mich für die Flucht.

Eigentlich musste ich es nur aus der kleinen Wohnung in den hellhörigen Hausflur schaffen und schreien. Unsere Nachbarn hörten mich bestimmt. Zumindest der dauergenervte Mr Peterson.

Benebelt taumelte ich aus der Wanne und aus dem kleinen Bad und blinzelte gegen die schwarzen Punkte, doch ich stolperte über ein paar Einzelteile der Tür.

So würde ich nicht vorankommen. Aber immerhin bis hinter die Couch. Dann sprang etwas darüber und riss mich um.

Weil ich mit meinem Angreifer gegen Kommode und Wand prallte und zu Boden ging, stöhnte ich.

Mit Schmerzenslauten, die meinen Mund verließen, drehte ich mich, dann hob ich die Arme instinktiv und drückte mich gegen meinen Aggressor.

Das wurde der idiotischste Tod überhaupt. In der Schlagzeile würde wohl stehen:

OPFER KONNTE ZUM SCHLUSS NUR NOCH TORKELN. MAN FRAGTE SICH, OB SIE BETRUNKEN WAR.

Nein, nur eine mögliche Gehirnerschütterung dank der Badewanne.

Ich riss die Augen angsterfüllt auf, weil die schwarzen Flecke plötzlich für einen kleinen Moment fort waren. An ihre Stelle trat pure Panik, da mein Gegenüber sich breiter machte, als er ohnehin schon war, und seine beiden Hände fest um meinen Hals schlang.

Keuchend und ächzend wehrte ich mich gegen seinen Würgegriff.

»Bitte«, hauchte ich tonlos und kratzte ihn. Egal wo ich ihn erreichte. Irgendwann bekam ich ihn an seiner Sturmhaube zu fassen, die ich mit einem Ruck wegzerrte, und riss die Augen noch weiter auf, sobald mir leblose dunkle Augen vertraut entgegenstarrten. Dieses Kinn und diese ... Dieses Gesicht im Allgemeinen. Ich hätte meinen Mund nicht so groß aufreißen dürfen.

»Du«, flüsterte ich schwerfällig.

»Hältst du nie die Klappe?!«, beschwerte er sich und verstärkte seinen Druck.

In einem Akt der Verzweiflung griff ich nach allem Möglichen. Die hässliche Lampe, die uns Veronicas Mutter zum Einzug geschenkt hatte, ertastete ich.

Ich donnerte sie gegen Skill. Mit so viel Kraft, wie ich noch besaß – und dann gleich mehrmals.

»*Bitte*«, krächzte ich abermals.

Die schwarzen Punkte kehrten zurück und Skill schnaufte angestrengt. Noch mal hämmerte ich gegen seine Seite.

Doch er gab nicht nach. Sein Plan war, mein Leben zu beenden.

In einem letzten verzweifelten Versuch spuckte ich ihn an, woraufhin er tatsächlich zusammenzuckte. Mein Herz pochte panisch und kräftig in meinem Brustkorb. Verängstigt. Und müde. So müde ...

Mein Kampf- oder Fluchtinstinkt ließ genauso schnell nach, wie er gekommen war.

Vielleicht war es doch besser, sich dem Schicksal zu ergeben. Egal was er vorhatte, körperlich war ich unterlegen.

Schnaufend und ohne restlichen Sauerstoff in der Lunge ließ ich die Lampe sinken. Zu ersticken hatte ich mir nie so schmerzhaft vorgestellt, wie es tatsächlich war. Alles in mir brannte und lechzte nach Sauerstoff, nach etwas, das mich am Leben erhalten konnte.

Mein Sichtfeld wurde gerade schwarz, dann strömte Luft schlagartig in großen Schüben zurück in meine Lunge.

Keuchend und hustend blieb ich liegen.

»Fuck!«

Blut rauschte stark in meinen Ohren. »Bitte«, ächzte ich wiederholt und erkannte meine gequälte Stimme nicht wieder.

»Ach, jetzt halt die Klappe!«

Und das tat ich. Denn ich konnte nicht sagen, ob mein Genick brach, ich erschossen oder nun doch erwürgt wurde. Aber es tat nicht weh. Mein Licht war einfach aus.

KAPITEL 2

LILITH

Hinter meinen Lidern explodierte reiner Schmerz. Von dem Zeitpunkt, in dem ich versuchte, sie zu öffnen – doch es war nur dunkel gewesen –, über den, an dem ich hätte schwören können, dass ich in einem Kofferraum lag. Bis jetzt.

Ich wusste, ich hätte mich wehren sollen. Einfach wie ein nasser Sack über der Schulter eines Fremden zu hängen, stand auf keiner meiner To-do-Listen.

Alles tat mir weh, und auch nur zu blinzeln fühlte sich an, als müsste ich mich jeden Augenblick übergeben, weil der Schmerz in meinem Kopf mich zu übermannen drohte. Wenn ich dachte, ich hätte davor schon Migräne gehabt ... dann mochte ich nicht wissen, wie man das bezeichnen sollte.

Leise wimmernd öffnete ich einen kleinen Spalt breit meine Augen, da eine Tür oder irgendein Schloss laut zufiel.

»Alter.« Irgendwer pfiff laut und ich krächzte. »Wer war das?«

Im nächsten Moment protestierte mein Körper, weil man mich fallen ließ. Auf einen harten Tisch, den ich umriss.

Leiderfüllt keuchte ich und versuchte aufzustehen.

Nein, definitiv sollte ich besser liegen bleiben.

»Ich brauch Eis.« Eine mir befremdliche Stimme ertönte.

»Was? Kopfschmerzen?« Jemand lachte schallend. »Sie lebt.«

»Sie lebt«, bestätigte Skill und seufzte.

»Du hast aber verstanden, was Rampage dir mitgeteilt hat?«

Skill brummte und ich bettete meine Wange gegen den kalten Untergrund. Er war hart, aber eisig. Angenehm.

»Wie übel hast du sie zugerichtet?« Wieder ein Brummen zur Antwort. »Und wie übel hat sie *dich* zugerichtet?«

»War schon schlimmer.«

Tief einatmend bemerkte ich, dass es noch immer wehtat. Ob bereits der nächste Tag angebrochen war oder wo ich mich befand, wusste ich nicht, aber mir war durchaus klar, dass – wo immer ich war und mit wem – ich mächtig am Arsch war und womöglich irgendwen aus Versehen ziemlich verärgert hatte. Oder ich wurde verwechselt. Ja! Das musste es sein.

»Hat sie wenigstens einen guten Kampf geliefert?«

»Geweint wie ein Baby.«

Ein enttäuschter Ton erklang. »Dafür, dass sie seine Gene hat, klingt sie nach einem Weichei.«

»Sie ist eins.«

Ich wusste nicht, wieso, aber für einen protestierenden und weinerlichen Laut hatte ich dann doch noch Kraft.

Kurz verstummte das Gespräch.

»Das Mädel ist unschuldig.«

»Ist sie nicht.«

»*Doch*«, widersprach Skill derart scharf, dass ich aufhörte zu atmen. »Genug Chancen, um Hilfe zu holen, hatte sie. Aber sie hat *niemanden* gerufen.«

Ja, weil ich *Weichei* geheult hatte.

»Du bringst dich in Schwierigkeiten.«

»Ist mir egal.«

»Wenn's dir egal wäre, dann wärst du mit einer Leiche zurückgekehrt, Skill«, widersprach derjenige ihm. »Wenn sie von der Straße zurückkehren, bist du dran.«

Im nächsten Moment ertönten Schritte und ich wurde wieder hochgehoben.

»Eine Leiche, Skill!«, rief er, und erneut versuchte ich die Lider zu öffnen. Es blieb bei einem Versuch.

»Spar dir die Mühe, Blümchen«, murmelte Skill, als er mich über seine Schulter wuchtete und mein Kopf gegen seinen Bauch stieß. Qualvoll atmete ich ein. »Bekomme ich wegen dir einen blauen Fleck, versohl ich dir den Arsch.«

Ich hätte einen Scherz gerissen, aber stattdessen erwiderte ich nichts. Ließ mich hängen wie ein Sack und hieß die Dunkelheit willkommen, da der Druck in meinem Schädel zunahm.

Das Letzte, das ich vernahm, war Skills erschöpftes Seufzen.

Sobald ich das nächste Mal wach wurde und es tatsächlich schaffte, die Augen offen zu halten, glaubte ich zunächst, krank zu sein und einen üblen Fiebertraum gehabt zu haben.

Sobald sich meine Sicht klärte, stellte ich allerdings fest, dass ich definitiv keinen Wahn gehabt hatte.

Es war alles versifft und alt. Selbst der weiche Untergrund, auf dem ich lag.

In solchen Momenten hätte ich – wie in einem Buch – eigentlich an einem Tropf hängen und neben einer Menge Blumen und Genesungswünschen zu Bewusstsein kommen müssen. Stattdessen roch es nach Urin, Eisen, Erbrochenem und Schweiß.

Ich blinzelte in Richtung der kleinen Glühbirne, die von der Decke hing.

»Aua«, murmelte ich heiser und rieb mir über die Schläfen.

Es war ein dreckiger Raum aus nichts. Aus nichts und einem unbequemen Holzbett mit schmutziger Matratze und ohne jegliches Zubehör.

Nein, Moment.

Vor meinen Augen wurde es leicht verschwommen, aber ich war mir sicher, in einer Ecke eine einzelne Toilette und ein Waschbecken zu erkennen, die offensichtlich schon sehr lange nicht mehr geputzt worden waren.

Schwer schluckte ich, als ich mich unter Protest meiner Muskeln aufsetzte und einen getrockneten Blutfleck auf der Matratze entdeckte.

Von mir konnte er zum Glück nicht stammen.

»Ausgeschlafen?« Ich zuckte zusammen und hob den Kopf viel zu schnell. Erneut brauchte ich ein paar Sekunden, bevor ich wieder klar sehen konnte.

Skill. Der Mann meiner zukünftig entstehenden Albträume. Was zur Hölle hatte er mit mir gemacht?

Er stand in einer offenen Tür. Der einzigen im ganzen Raum.

Sein Haar fiel ihm leicht in die Schläfen und seine Klamotten waren dieselben wie bei unserem letzten Aufeinandertreffen. Eine braune Jeans und ein dunkler Pullover ohne Motive. Selbst seine Hände steckten noch in dunkelbraunen Lederhandschuhen.

Aber Veronica ...

Ob sie bemerkt hatte, dass ich fehlte? Bestimmt.

»Mein Schädel dröhnt«, gestand ich leise und rieb mir an den Nasenhöhlen entlang.

»Du hast dich in die Badewanne geschmissen«, erwiderte er

auf der Stelle. »Hättest du auf mich gehört, hätten wir uns das alles erspart.«

»Du ... Du wolltest mich erschießen.« Ich erinnerte mich an ihn. Wie er mit der Waffe vor mir gestanden und mich damit bedroht hatte.

»Führ mich nicht erneut in Versuchung.« Seine dunkle Augenbraue wanderte nach oben, ehe er hinter sich sah. »Ich weiß ja nicht, ob du weiter dort liegen bleiben möchtest, aber wenn ich an deiner Stelle wäre ...« Er zischte, und ich verzog das Gesicht, weil der Ton mir Schmerzen bereitete. »Das Ding hat bestimmt die eine oder andere Geschlechtskrankheit.«

Ich rührte mich nicht vom Fleck. Lieber eine Geschlechtskrankheit als den Tod.

»Lass es mich anders formulieren.« Skill blickte mich – aus diesen leblos wirkenden Augen – von seinem Standpunkt aus an. »Du stehst jetzt auf und folgst mir. Und ich gebe dir mein Wort, dass ich dich nicht erschieße.«

Gänsehaut bildete sich unangenehm auf meiner Haut.

»Du hast bewiesen, dass du mir auch ohne Waffe etwas antun kannst.«

»Bitte.« Er schnaubte. »Ich würge Nutten stärker, als ich dich gewürgt habe.«

»Ja, sicher«, murmelte ich und schaute auf die dreckige Matratze nieder. »Wen anders kriegst du auch gar nicht.« Mein Fokus legte sich auf meine Beine, die in meiner liebsten Jogginghose steckten, und ich brauchte ein paar Sekunden, bevor ich mir meines Fehlers bewusst wurde.

Tatsächlich hatte ich ihn beleidigt. Ihn, der mich entführt hatte.

Obwohl ich ein verdammtes Entführungsopfer war, hatte ich wohl nichts Besseres zu tun, als meinen Kidnapper auch noch anzupampen.

»Witzig«, erwiderte er trocken. »Und wie viele Schwänze

hast du schon gelutscht, um dir darüber im Klaren zu sein?«
Ohne mich zu rühren, schielte ich zu ihm rauf. »Beweg dich.«

Dem kam ich nicht nach. Zumindest zunächst nicht. Nachdem er in den kleinen Raum und auf das Bett zutrat, kämpfte ich mich hoch.

Es war, als nutzte ich alle Kraftreserven, die ich besaß. Überall zerrte es an mir.

»Wo hast du mich hingebracht?«, fragte ich weniger vorlaut, da er direkt vor mir stand und mich deutlich überragte.

»Das ist für dich nicht von Belang«, stellte er klar und ergriff fest mein Kinn. »Jetzt streng dein hübsches Köpfchen hinter der Gehirnerschütterung an und bleib wach. Kotz mir nicht die Flure voll.«

Schaute ich etwa so grün aus?

Unsicher blieb ich stehen, ehe er mich losließ, sich umdrehte und von mir fortlief.

»Beweg dich!«, blaffte er. Ich schreckte zurück und mein Körper gehorchte ihm.

Trotz der protestierenden Muskeln folgte ich ihm.

Es war dunkel. Und gab mir nicht viel Aufschluss, wo ich mich hier befand.

Noch immer hatte ich fürchterliche Kopfschmerzen und war *offensichtlich* nicht in bester Verfassung.

Wenn ich jetzt nicht tat, was er wollte, würde ich sterben, so viel war sicher. Aber vermutlich würde ich das so oder so. Was hatte ich getan, um das zu verdienen?

Wir gingen durch weitere dunkle Flure, bis wir in ein – viel zu hell erleuchtetes – Treppenhaus traten. Einmal stöhnte ich leise und hielt inne, während ich blinzelte und der auf- oder untergehenden Sonne entgegenblickte. Die meisten Wände hier bestanden aus Glas, doch um uns herum waren nur Tannen, durch die das Licht schien.

»Nicht stehen bleiben.«

Zögerlich setzte ich mich wieder in Bewegung, während ich Skill nachstierte.

Im Augenblick hatte ich nichts zu verlieren außer meiner Würde und meinem Leben. Korrigiere. Ersteres hatte ich in dem Moment verloren, in dem ich zu jammern und zu betteln begonnen hatte. Das würde ich bestimmt nicht erneut machen.

»Wirst du.«

Ich sah auf. »Hm?«

»Um dein Leben betteln.«

Ein Stockwerk weiter unten hielt Skill mir die Tür auf.

Hatte ich meinen Gedanken laut ausgesprochen?

»Hätte ich mich von dir erschießen lassen sollen?«

»Es wäre schnell gegangen.« Ohne Regung schaute er mich an. Warum hatte er dann nicht abgedrückt? »Beweg deinen Arsch, Lilith.«

Bei meinem Namen schluckte ich.

»Woher weißt du, wie ich heiße?«, fragte ich und gab einen verängstigten Laut von mir, weil er seine Hand in meinen Rücken drückte und mich vorwärtsdrängte.

Da waren Geräusche zu hören. Laute Stimmen. Sie diskutierten über etwas.

Nur über was, bekam ich nicht heraus – oder über wen.

Wir kamen in einen abgedunkelten Raum, aber ob das besser war, darüber konnte man streiten.

Denn es war sicherlich kein gutes Zeichen, in einem Zimmer mit mindestens drei Kerlen zu stehen, die völlig unterschiedlich ausschauten. Das Einzige, was sie teilten, waren Tattoos auf ihren Körpern in unterschiedlichsten Farben und Formen.

Sie alle verstummten, als Skill mit mir eintrat.

Mein Fokus richtete sich zur geschlossenen Tür mir gegenüber, aus welcher tiefer Bass drang.

Ein Pfiff ertönte, und ich riss die Aufmerksamkeit von dem Holz los und wandte sie dem unauffälligsten von ihnen zu.

Seine dunkelblonden, fast hellbraunen Haare ähnelten meinen in diesem Dämmerlicht, nur seine kleinen bernsteinfarbenen Iriden und die lange Nase nicht. Genauso wenig das Tattoo, das sich über den kompletten linken Arm ausbreitete und eine wilde Mischung aus Blumen, Runen und Kreisen ergab.

»Hübsch zugerichtet.« Er schaute mir direkt in die Augen, schielte anschließend hinter mich. »*Dein* blaues Auge gefällt mir besser.«

Skill schnaubte, und ich atmete tief ein, als ich die anderen zwei betrachtete. Dass sich hier noch jemand befand, war nicht unwahrscheinlich. Es hatte sich in den vergangenen Stunden deutlich gezeigt, wie blind ich war.

Einer von ihnen hatte blaues Haar und ein schwarzes Septum. Unter seinem braunen Bartschatten zeichneten sich ebenfalls Tattoos ab. Doch was mich so verschreckte, war, dass seine Augäpfel tätowiert waren. Sie waren genauso blau wie seine Mähne und bildeten einen unangenehmen Kontrast zu seiner äußerst blassen Haut.

»Sie ist unschuldig.«

Sofort drehte ich mich zu Skill, der geradeaus starrte. Seinem Blick folgend, musterte ich den Mann, der am weitesten von mir entfernt im Raum stand und desinteressiert sein Handy fixierte. Sein schwarzes Haar war kurz geschoren und er hämmerte konzentriert auf sein Display ein. Am meisten zog mich an, dass er beide Arme voll von schwarzer Tinte hatte und nichts an hellem Teint mehr durchschien.

»Wie lautete deine Aufgabe, Skill?«, fragte er ruhig.

»Mord.«

Hektisch wirbelte ich zu Skill herum.

Mord. Er sollte mich umbringen.

»Wieso steht sie dann hier?« Seufzend hob er den Kopf und seine blauen Augen bohrten sich sofort in meine. Mein Herz hämmerte schwer gegen meine Brust. Unangenehm und laut. »Bring sie um.«

Mein Mund öffnete sich zu einem Widerspruch.

»Sie ist unschuldig«, wiederholte Skill. »Ich will es wie du, aber der Kod...«

Mein Augenmerk schweifte zu dem anderen und ich taumelte einen Schritt rückwärts, weshalb ich gegen Skill prallte, als der Typ mit den Longsleeves eine Waffe aus seinem hinteren Hosenbund zog und auf mich zielte.

»Ich *sagte*, ich will sie tot.«

»I-ich bin erst 25«, stotterte ich, und Skill holte tief Luft, während der Kerl mit der blauen Friese seine schwarzen Brauen zusammenzog.

»Bitte.« Skill seufzte, ehe ich schrie und zappelte.

»Nein!«, rief ich und schluchzte, als ich mich gegen den Griff in meinen verknoteten Haaren wehrte, sobald Skill seine Hand darin vergrub und mich vorwärtsdrängte. Es ziepte und zerrte stark auf meiner Kopfhaut. Er zwang mich dazu, meinem Gegenüber – mit der Waffe in der Hand – ins Gesicht zu schauen. Tränen liefen mir über die Wangen.

»Sieh sie dir an und sag mir, dass es die Visage einer dreckigen kleinen Biker-Tochter ist, die es verdient hat, eine Kugel zwischen die Äuglein zu bekommen, Ramp.«

Sein Blick bohrte sich so sehr in meinen, dass ich hickste und wimmerte.

»Ich habe keine Verwendung für sie. Sie ist Wegwerf-material.«

»Nachdem man sie durchgenommen hat«, scherzte der Typ mit den dunkelblonden Haaren.

»An diesem zugerichteten Körper ist nichts ansprechend«, bemerkte der blauhaarige Kerl. »Skill hat ordentlich zugepackt.«

»Hört auf«, schnaubte Ramp.

Ein kalter Schauer lief mir über die Wirbelsäule.

»Sie kann nicht mehr zurück«, sagte jemand Viertes im Bunde.

Die tiefe Stimme kam aus den Schatten, so entdeckte ich ihn nicht.

Doch plötzlich tauchte eine Gestalt auf. Groß, düster wie die Dunkelheit. Seine schwarzen Strähnen fielen ihm in die Stirn und der Bart verdeckte größtenteils seine Miene. Seine Lederjacke war nur ein klein wenig dunkler als sein Haar. Viel mehr erkannte ich nicht von ihm. »Sie hat unsere Gesichter gesehen.«

Ängstlich wimmerte ich, weil Skill seinen Griff verstärkte.

»Und sie *ist* Sculleys Tochter.«

Was war ich?

Warum sagte man so was?

»Mutter Gottes«, hauchte ich, da Ramp die Waffe entsicherte.

Er seufzte. »Tritt beiseite, Skill. Ich mach das.« Es war entweder mein Segen oder Fluch, dass Skill *nicht* beiseite ging. »Skill«, warnte Ramp ihn vor.

»Wir folgen einem Kodex.«

»Und der lautet, uns nicht zu verraten«, widersprach der Typ in Schwarz ihm. »Die Kleine rennt zum nächstbesten Bullen und hetzt ihn uns auf den Hals.«

Schnell schüttelte ich den Kopf. »Bitte«, flehte ich. »Ich habe noch nicht einmal richtig gelebt.«

Skill starrte Ramp über meinen Kopf hinweg wohl so tief in die Augen, dass eine ganze Diskussion geführt wurde.

Denn dieser ließ nach einer gefühlten Ewigkeit die Waffe sinken, dann sicherte er sie und packte sie schließlich weg.

»Bis wir wissen, was wir mit ihr machen, schaff sie mir aus

den Augen.« Er schaute an meinem Gammellook hinab. »Sie widert mich an.«

Trotz der Situation lief ich rot an.

Sobald Skill seine Hand aus meinem Haar zog, atmete ich tief ein.

»Nach dir, Lilith.«

Mit verschwommener Sicht drehte ich mich wohl oder übel um. Zitternd setzte ich einen Schritt vor den anderen. Ich konnte das.

»Ich würde ihm aus Dankbarkeit den Schwanz lutschen!« Meine Muskeln verkrampften sich. »Und nicht vergessen: nicht zubeißen, wenn er deinen Hals fickt!«

Es ertönte Gelächter und ich verließ mit Tränen in den Winkeln meiner Augen schnellstmöglich den Raum.

Sobald ich wieder im Treppenhaus war – und Skill hinter mir –, trat Stille ein.

»Danke«, sagte ich leise.

»Ich habe es nicht für dich getan«, erwiderte er. »Beweg dich. Zurück auf dein Zimmer.«

»Das ist kein Zimmer.« Ich sah zu ihm hoch, als er um mich herumlief. »Das ist ein Gesundheitsrisiko.«

Er seufzte. »Du läufst, oder ich zwinge dich.«

Immerhin ließ man mir jetzt die Wahl. Zwischen Pest und Cholera.

Mit klopfendem Herzen setzte ich mich in Bewegung. Das Atmen fiel mir schwer, wenn ich daran dachte, dass ich weder wusste, wie viel Zeit seit meinem letzten Gespräch mit Veronica vergangen war, noch, wo ich mich nun befand.

»Werde ich sterben?«, fragte ich leise.

»Ja«, war die einfache Antwort.

Gegen die Furcht ankämpfend, versuchte ich den Druck zu heulen zu unterdrücken. »Was habe ich getan?«, fragte ich bibbernd.

»Du existierst.«

»Aber –« Skill packte mich im Nacken und schob mich vorwärts, woraufhin ich quietschte.

»Ich habe eben gesagt, beweg dich«, bemerkte er monoton. »Das muss schneller gehen.«

»Bitte!«, rief ich verängstigt. Schnaufend hob ich die Arme, in der Hoffnung, seinen Griff zu lösen, aber er kräftigte ihn nur und ließ mich erst los, als wir das Ziel erreicht hatten.

»Bitte, tu das nicht«, wimmerte ich. »Ich bin müde, verletzt und –« Als er mich zurück in diesen verseuchten Raum schubste, schluchzte ich.

Ohne ein weiteres Wort machte er die Tür zu, und ich hörte binnen Sekunden, wie ein Schlüssel im Schloss gedreht wurde.

So war ich allein.

Mit meinem Schmerz und meiner Angst.

KAPITEL 3

SKILL
Zwei Tage später

Ich war kein Heiliger. Das wusste ich auch schon, bevor ich dem armen Schwein vor mir beim Heulen zusah.

»Alter«, er wimmerte, »ich schwöre, keine Ahnung, wie du darauf kommst, dass ich für die Greens deale. Bitte.« Seine blutunterlaufenen Augen hätten ausschlaggebend sein müssen, dass er wohl nichts wusste. Doch keiner war wahrlich unschuldig.

Wir waren alle zu etwas fähig und dafür verantwortlich.

»Noch eine letzte Chance«, bot ich ihm ruhig an und hob den nagelneuen Schraubendreher. Blue hatte wirklich tolles Spielzeug hier oben. »Du antwortest mir auf das, was ich schon die letzten paar Male gefragt habe, und wenn es diesmal zufriedenstellend ist, lass ich dich gehen *und* du wirst noch in der Lage sein, selbst hinauszulaufen«, log ich.

In keinem Szenario dieser Welt würde ich ihn verschonen.

Genauso wenig wie das Blümchen.

Sie überraschte mich mit ihrer Angst. Ich hatte gedacht – schon beinahe gehofft –, sie würde kämpfen. Auch wenn ich immer wieder die Spur von einem Kampfgeist in ihren Augen aufblitzen sah, blieb sie größtenteils wie gelähmt zurück und hätte mich sich umbringen lassen.

Sie wirkte kein bisschen so, als sei sie in meiner Welt aufgewachsen. Ihr schwacher Schlag, mit dieser hässlichen Lampe, war überraschend gekommen. Es hatte zwei Tage gedauert und der blaue Fleck war kaum noch zu sehen. Im Gegensatz zu meinen Würgemalen. Die würden mindestens noch eine Woche an ihrem zarten Hals leuchten.

Vielleicht war ich zu grob gewesen, was auch der Plan war. Bis zu dem Moment, in dem sich ihre Pupillen nach innen verdreht hatten und ich einfach nicht mehr zudrücken konnte.

Was für ein Impuls dies ausgelöst hatte, war mir unklar, aber nachdem ich meine Waffe gegen ihren Kopf gehalten hatte, fiel es mir auch schon auf. Ich konnte nicht abdrücken. Wie eine leise Stimme der Vernunft hatte sie mir zuflüstern *müssen*, dass sie eine Unschuldige war.

Aber wie ich bereits sagte: Niemand war tatsächlich unschuldig.

Auch das kleine Blümchen nicht.

»Bitte, Mann.« Blut lief meinem Opfer aus der gebrochenen Nase und er schluchzte. Zerrte an seinen Fesseln, die ihn auf dem Stuhl mitten im Raum hielten. Seine fehlenden Nägel sorgten dafür, dass er die betroffenen Finger nicht benutzen konnte, da es ihn wohl zu sehr schmerzte. »Ich habe nichts verbrochen!« Flehend blickte er mich an.

»Woher kommen dann die gestreckten Drogen?«, hinterfragte ich gelassen und bückte mich.

Der Dealer jammerte und schniefte. »Ich weiß es nicht, Mann!«

Augenverdrehend setzte ich das Werkzeug an seiner Kniescheibe an.

»Wer nicht hören möchte«, summte Jack hinter mir, und ich boxte mit aller Kraft gegen den Schraubendreher. Es knackte laut und der markerschütternde Schrei vom Drogendealer ließ den Raum gleich noch kälter wirken.

»Was Neues?«, hakte ich bei Jack nach und ließ das Instrument im Knie des Bastards stecken. Er schrie und weinte, während ich mich aufstellte und von ihm abwandte. Ich betrachtete meinen besten Freund.

Seine dunkelblonden Haare standen von seinem Kopf unordentlich ab, als wäre er soeben erst aufgestanden.

»Keine Spur. Die Leiche vom Prospect der Greens ergab nichts.« Jack zuckte mit den Schultern. »Wir haben nur das gestreckte Zeug und die kleine Info, wie der Dealer ausgesehen hat. Blond, blauäugig, Tattoo über der Braue.« Er deutete auf den Mann auf meinem Stuhl. »Wenn er dir nichts sagt, dann verliert sich da die Spur.«

»Das hab ich mir gedacht«, meinte ich enttäuscht.

»Bitte!«, rief er hinter mir. »Zieh ihn raus!«

Ich schnalzte mit der Zunge und Jack schnaubte. An meiner linken Hand spannte es etwas, weshalb ich meinen braunen Lederhandschuh zurechtzupfte.

»Ist es besser geworden?«, wollte Jack wissen.

»Es tut noch weh, wenn längere Zeit kalte Luft rankommt«, gab ich schulterzuckend von mir. »Ansonsten spür ich es kaum.« Mit diesen Worten ballte ich sie einmal zur Faust. »Ich denke, gegen Sommer kann der Schutzhandschuh dann auch weg.«

»Ey.« Jack boxte mir spielerisch gegen den Oberarm. »Dann siehst du für die Opfer noch furchteinflößender aus.«

Skeptisch beäugte ich ihn. »Ich hätte auf die Erfahrung verzichten können, danke«, brummte ich, und er verdrehte seine Augen.

»Mein ja nur. Für die Jungs beängstigender und für die Ladies mysteriöser.« Er wackelte mit den Brauen.

»Bitte!«, flehte der Dealer hinter uns noch einmal.

»Hast du vor, das wieder rauszuziehen?« Jack deutete auf das Werkzeug in seiner Kniescheibe.

»Erst mal kann es stecken bleiben«, sagte ich und griff nach einem Tuch, um mir etwas Blut vom Handschuh zu wischen.

»Was macht das kleine Blümchen?«, fragte Jack mich. »Sculleys Tochter«, fügte er hinzu, weil ich stirnrunzelnd nicht antwortete.

»Kein Plan.« Ich zuckte mit den Schultern.

»Hatte Rampage dir nicht aufgetragen, dich um sie zu kümmern?«, hakte er nach.

»Mir war nicht danach. Sie hat zu sehr gejammert.«

»Die letzten zwei Tage? Du hast sie hungern lassen?«

»Na, hast du mich die letzten zwei Tage gesehen?«, brummte ich, ehe ich ihm das blutverschmierte Tuch gegen sein helles Shirt drückte.

»Du Arsch«, beleidigte er mich trocken.

Langsam machte ich mich auf den Weg nach draußen. »Willst du nun wirklich darüber streiten?«, fragte ich und stieß die Tür auf. Sobald sie zufiel, waren die Schreie und das Schluchzen des Typen nur noch gedämpft zu vernehmen.

Kopfschüttelnd lief ich den Flur hinab.

Zwei Tage ohne Nahrung. Es würde sie doch wohl nicht umbringen.

Ich murrte, sobald ich Jacks Gesichtsausdruck von eben gleich wieder vor Augen geführt bekam. Er war enttäuscht und besorgt. Das sollte er nicht sein.

Ich auch nicht.

Eigentlich hätte ich *nichts* empfinden dürfen. Sie war *nichts* für mich. Trotzdem verspürte ich ein wenig Mitleid. Was ich schon seit Monaten nicht mehr gefühlt hatte.

In dem Stockwerk unter mir hielt ich erst wieder vor ihrer Tür und legte den Kopf schief. Sie könnte auch tot sein. Hatte ich Bock auf Leichengeruch?

Eigentlich wollte ich gleich noch was essen.

Das würde bestialisch stinken.

Entgegen meiner Überlegung, Lilith verhungern zu lassen, drehte ich den steckenden Schlüssel im Loch und stieß die Tür auf.

Es war kalt hier drin, das bemerkte ich als Erstes. Denn das kleine Fenster war sperrangelweit offen. Womöglich hatte sie versucht hindurchzupassen wie in ihrem Badezimmer. Selbst sie war nicht schlank genug dafür.

Da anderes Mobiliar nicht vorhanden war, fand ich sie auf dem Bett und bemerkte schnell, wie sich ihr Brustkorb hob und senkte. Ihr Herz schlug also noch.

Aber obwohl das Fenster weit offen stand, lag hier drin ein modriger Geruch in der Luft ... Wir hatten zu viele bereits hier versauern lassen.

Einige hatten die ungeputzte Toilette in der Ecke wohl mit Absicht verfehlt.

Lilith hatte sich zur Seite gedreht und ganz klein eingerollt. Ihre Lider waren beim Nähertreten, wie ich feststellen durfte, geschlossen.

Die Ringe darunter waren bei unserem ersten Aufeinandertreffen nicht so dunkel gewesen und ihr Haar nicht so fettig. Ich verzog das Gesicht, als ich ihre Gestalt betrachtete. Blass, erschöpft. Am Boden.

»Hey.« Mit meinem Stiefel trat ich gegen das Holzbett, woraufhin es laut knarzte. Lilith hingegen regte sich nicht. »Blümchen, beweg deinen Arsch. Ich weiß, dass du nicht schläfst.«

Lilith brummte leise. »Lass mich in Würde sterben«, bat sie mich heiser.

Wenn auch nur irgendwann einmal ein Kampfgeist in ihr gelodert hatte, dann hatten zwei Tage Isolation ihn ausgelöscht.

»Du jammerst. Von Würde kann hier nicht mehr die Rede sein.«

Nach einigen Sekunden stierte sie mich aus genauso blutunterlaufenen Augen an wie der Dealer im Spielzimmer.

»Und wessen Schuld ist das?«, fragte sie krächzend.

Ich verzog keine Miene. »Daran bin ich nicht schuld, wenn du dich nicht kontrollieren kannst«, meinte ich, ehe ich hinter mich deutete. »Komm. Du kriegst was zu essen und kannst dich frisch machen.«

Ungläubig setzte sie sich langsam auf und bewegte ihre Lider schnell ein paarmal hintereinander.

»Nur um wieder hier zu landen?« Sie wies schwammig durchs Zimmer. »Ich bin doch nicht dumm.«

»Jetzt oder nie«, stellte ich klar, und ihr Magen knurrte schmerzhaft laut, selbst für meine Ohren.

Das Gesicht verziehend erhob sie sich vorsichtig.

Lilith wankte. »Kannst du laufen, ohne auszusehen, als hättest du literweise Bier getrunken?«

Zittrig strich sie sich ihr langes Haar zurück. Wenn es etwas gab, das ich an ihr mochte, dann war es diese Mähne. Es passte deutlich zu der grauen Maus, die sie offensichtlich war. Ohne jeglichen Stil.

»Mir ist kalt.« Schluckend betrachtete sie ihre Füße, die in dreckige weiße Socken gehüllt waren.

»Ist das mein Problem?«, entgegnete ich.

Sie stierte geradewegs auf meinen Handschuh, bevor sie sich schüttelte, weil es ihr kalt den Rücken hinunterlief.

»Ich erwarte von meinem Entführer nicht, so etwas wie Mitgefühl entgegengebracht zu bekommen«, sagte sie und hob ihren Blick, bis er erschöpft meinen traf. Selbst ihre dunkelblauen Augen wirkten milchig. Sie gab auf.

Auch wenn ich einen starken Widerwillen ihr gegenüber hegte ... Es passte mir trotzdem nicht.

Genervt hielt ich ihr meine Jacke hin und wartete ab, dass sie diese überwarf.

Es dauerte. Sie vertraute mir nicht. Gut.

Ein Quietschen verließ ihren Mund, als ich ihr Handgelenk packte und sie zu mir zerrte.

»Merk dir eins, Blümchen«, sagte ich leise und schaute sie eindringlich an. »In diesem Gebäude wirst du niemanden finden, der mit dir sympathisiert. Also bilde dir nichts hierauf ein, klar?«

Zögerlich nickte sie einmal. »Danke«, murmelte sie leise und starrte zu Boden, nachdem ich sie losgelassen hatte.

In meine Jacke gehüllt, die ihr mindestens drei Nummern zu groß war, wirkte sie verloren.

»Versprechen kann ich es nicht, aber ich werde versuchen, Schuhe für dich aufzutreiben«, bot ich an.

Sie nickte erneut, ehe sie den Reißverschluss zuzog – und komplett darin versank.

Meine Mundwinkel zuckten, als ich ihre Statur abermals betrachtete.

Dann drehte ich mich um. Dass sie mir folgte, daran zweifelte ich nicht. Dafür knurrte ihr Magen zu laut.

Mit ihr ging ich denselben Weg wie vor zwei Tagen. Lilith blieb stumm, was mich überraschte. Tatsächlich hatte ich mit einer Armada an Fragen – die mir entgegenschießen würden – gerechnet.

Stattdessen sog sie die Details meines Zuhauses in sich auf.

Hinter mir hörte ich, wie ihr der Partyraum den Atem verschlug, während sie die große Bar betrachtete, die schon in den Achtzigern hier gestanden hatte.

»Ist das ein Club?«, fragte sie leise und räusperte sich angesichts dessen, dass ihre Stimme zum Ende versagte.

»Unter anderem«, antwortete ich. »Nicht stehen bleiben«, bat ich, weil ich auch schon quer durch ebendiesen war und auf die Tür zu den Personalräumen zuhielt.

Dafür, dass wir ein großes Haus an diesen Nachtclub angebaut hatten, um zu feiern und einen Schlafplatz zu haben, hatten wir mit der Küche nicht gründlich genug nachgedacht.

Aber so hielt zumindest jeder seinen Morgenlauf ein – auch unser Big Boy Sally.

Sobald ich als Erstes die riesige Küche betrat, stellte ich auch direkt fest, dass wir sie nicht für uns hatten.

»Es ist noch nicht einmal neun und du verdrückst fünf Sandwiches?« Während ich Joker betrachtete, zog ich eine Braue hoch.

»Was glaubst du, woher täglich meine gute Laune kommt?«, erwiderte er und deutete mit dem Finger auf mich. »Deine Visage?«

Sally und Roady lachten, und Joker schmunzelte.

Allerdings verging allen dreien das Grinsen, weil Lilith hinter mir zum Vorschein kam.

Roady verzog sein dunkles Gesicht ein kleines Stück, denn ihr Geruch nach Angst flutete die Küche.

Kommentarlos zog Joker mit einem lauten Geräusch das Fenster neben sich auf und Lilith schluckte hörbar laut.

»Guten Morgen.« Alle – auch ich – guckten sie an.

Wirklich? Höflichkeitsfloskeln? Für deine Entführer, Blümchen? Ich hab dich wohl zu stark erwischt.

»Wäre eine vorherige Dusche nicht angemessener gewesen?«, fragte Roady unhöflich, und ich brummte. »Oder zumindest Wechselklamotten, Skill.«

»Hätte Jack sich um sie gekümmert, dann würde sie jetzt auch nicht so aussehen«, behauptete ich.

»Das war aber nicht Jacks Aufgabe«, gab Joker irritiert von sich.

»Sie riecht ein wenig nach ... Tod«, stellte Sally mit seiner rauen Stimme fest und hob eine Hand mit seinen liebsten Ringen, die er gegen seinen Bart legte.

»Und Angst«, fügte Joker hinzu, bevor er seufzend aufstand und sich uns näherte.

Lilith wich einen Schritt in Richtung Tür zurück.

»Joker, bleib stehen«, bat Sally unsere Grinsekatze und beäugte Lilith, als würde er tatsächlich Mitleid für sie empfinden.

Totaler Schwachsinn. Gut, vielleicht nicht ganz, denn Sally hatte einen zu weichen Kern.

»Ich bring sie schon nicht um.« Joker grinste breit, was sein tätowiertes Lächeln in der Fresse noch aufdringlicher wirken ließ. Die pinke und gelbe Farbe sollte trotzdem endlich einmal nachgestochen werden.

Er trat weiter an die Frau neben mir heran und ich verdrehte die Augen. Ich war nicht ihr Babysitter oder Beschützer.

Damit ich Lilith nicht länger im Auge hatte, lief ich auf einen der zwei großen Kühlschränke zu und öffnete ihn. »Du bist also Sculleys Tochter«, sagte Joker interessiert.

»Wie bitte?« In meiner Bewegung hielt ich inne. »Wer ist Sculley?«

Joker kicherte, und ich holte mir alles für Omelett heraus.

»Wie stark hast du zugeschlagen, Skill?«

Ehe ich hinüber zum Herd lief, schloss ich den Kühlschrank wieder und starrte unseren Hacker an. »Siehst du doch.« Mit einem Handgriff nahm ich mir eine saubere Schüssel, die in der Mitte der Kochinsel stand. »Wenn du etwas essen möchtest, dann jetzt«, erklärte ich ihr. »Hier wird dir niemand etwas kochen, falls du darauf wartest.«

Entgegen ihrem Magenknurren blieb sie zunächst an Ort und Stelle und schielte doch tatsächlich zur Tür.

Innehaltend beobachtete ich sie.

Im Stillen flehte ich sie an, mir den Morgen zu versüßen und zu versuchen, abzuhauen. Meine angestaute Energie war noch lange nicht abgebaut, nur weil ich die Nacht durchgemacht und jemanden getrackt und dann gefoltert hatte.

Zu meiner Enttäuschung setzte sie sich in Bewegung und öffnete nach einem kurzen Zögern den linken Kühlschrank.

Während ich sie von hinten in meiner Jacke betrachtete, bemerkte ich aus dem Augenwinkel, wie übertrieben Joker zu grinsen anfing und Roady an mir vorbei zu Sally schaute, damit sie Blicke tauschen konnten.

»Also, *Lilith.*« Joker räusperte sich laut. »Weint dir irgendwer zu Hause nach?«

Unsubtiler hätte er es nicht erwähnen können, allerdings war Joker nicht nur für seinen Namen bekannt, sondern auch dafür, einem ordentlich auf die Nerven zu gehen.

Sie atmete tief ein und suchte rumpelnd nach etwas Essbarem. Ich schlug meine Eier auf und gab sie in die Schüssel. Währenddessen tauchte sie mit einem Teller Kuchen in der Hand wieder aus den Schatten der Schranktüren auf.

Die Augenbrauen zusammenziehend schielte ich zu ihr hinüber, und Sally hielt überrascht inne.

»Was habt ihr?«, fragte sie leise, als sie das Geschirr abgestellt und ein Stück des Nachtischs mit einer Gabel angebrochen hatte.

»Du isst gerade Rampages Kuchen.«

Lilith hörte auf, das süße, ungesunde Zeug an ihre Lippen zu führen, und stierte vor sich.

»Er hat gesagt, ich soll mir was nehmen.«

Unsicher deutete sie mit der Gabel auf mich, und ich hielt erneut inne, während sie sich den Kuchen nun in den Mund stopfte.

»Sie ist tot«, kommentierte Sally nuschelnd. »Wenn Ramp das herausfindet –«

»Sie *hätte* auch schon tot hier abgeliefert werden sollen.« Ich wusste, was Joker mir damit unterstellte.

»Ein wenig Arsch und Brust lullt mich im Gegensatz zu dir nicht ein«, verteidigte ich mich.

»Nein, nur offensichtlich *ihr* Arsch.«

Meine Augen glitten wieder zu Lilith hinüber, deren Gesicht zu glühen anfing, während sie nun hastig versuchte, das Stück auf dem Teller zu vernichten.

Genervt seufzte ich.

Das konnte sich doch keiner ernsthaft angucken. Ich streckte mich über die Kochinsel und nahm ihr den Kuchen weg, ehe ich ihn samt Teller in einen der Mülleimer warf.

Lilith lief dunkelrot an und hielt die Lider gesenkt.

»Von zu viel Schokolade bekommt man Diabetes«, behauptete ich.

Sie atmete laut und tief ein. »Du hättest auch sagen können, dass ich nichts essen soll, was schmeckt«, murmelte sie, und Sally grunzte, bevor er in seinen Handrücken schmunzelte und nach seinem Wasser griff.

»Wir behalten sie, nicht wahr?«, fragte er. »Ein bisschen mehr Fleisch auf den Rippen und –«

»Und dieser Körper würde jeden von euch Weicheiern schwach werden lassen.« Wir alle schauten zur Tür, in der Blue stand und uns beobachtete. »Was wird das hier?« Er guckte direkt zu mir. »Ein Kaffeekränzchen?«

»Frag das Skill, der sie zwei Tage hungern ließ«, merkte Joker trocken an.

»Und das soll mich interessieren?« Er zog die schwarze Braue hoch, während Lilith abermals tief einatmete. »Sie stinkt uns das Haus voll.« Angewidert beäugte er sie, und Roady brummte leise.

»Du bist ja auch sensibel, Mister«, erwiderte er.

Ich stieß mit meinem Ring am rechten Mittelfinger gegen

die metallene Schüssel, in der noch meine rohen Eier schwammen. Mein Frühstück musste doch bis später warten.

»Lilith, mitkommen«, stellte ich klar und erspähte Blues tätowierte Augen. »Du kriegst 'ne Dusche.«

Ohne sich zu verabschieden oder ein Wort zu sagen, folgte sie mir wie ein Schatten.

Wir gingen wieder den ganzen Weg zurück, bis wir im zweiten Stock des Hauses waren und vor einem Gästebad standen, das seit langer Zeit nicht mehr genutzt wurde. Oder zumindest nahm ich davon nie Notiz.

»Ich besorge etwas, womit du dich waschen kannst. Du hast dann zehn Minuten. Verstanden?«

Sie hob ihren Kopf und blickte wie auch eben in der Küche mit roten Wangen zurück. »Was habe ich getan, dass du mich entführt hast?«, fragte sie mich stattdessen. Eine Antwort ersparte ich mir. »Bekomme ich ein neues Oberteil?«, bat sie mich und wurde röter. »Ich habe mich ... irgendwann einmal mit Erbrochenem erwischt. Habe es zwar – so gut es ging – rausgewaschen, dennoch ... Etwas unangenehm.«

»Meinetwegen«, gab ich nach. »Und jetzt rein mit dir.«

Ich stieß die Tür auf und schaltete das Licht ein, ehe sie im Badezimmer verschwand.

Während ich Waschzeug auftrieb, hoffte etwas in mir, dass sie in meiner Abwesenheit versucht hätte zu verschwinden. Doch als ich klopfte, öffnete sie mir, noch immer bekleidet, und nahm das Duschgel entgegen, das ich ihr hinhielt.

»Ein neues Oberteil?«, fragte sie leise nach.

»War aus.« In Wahrheit hatte ich es vergessen. »Pech gehabt. Zehn Minuten.«

Sobald die Tür zu war, lehnte ich mich gegen die Wand.

Eigentlich wäre es mir egal gewesen, ob zehn oder zwanzig Minuten, nur Rampage kümmerte es offensichtlich, da dieser keine fünf Minuten später aus dem Treppenhaus gestürmt kam.

»Wo ist sie?!«

Meine Stirn warf Falten.

»Sie erledigt ein paar private Sachen für sich«, erklärte ich ihm. »Wieso schaust du aus, als hätte man dir deine Süßigkeiten weggenommen?«

»Sie hat meinen Kuchen gegessen.«

»Das war ein Versehen. Jetzt komm runter. Und *ich* habe ihn weggeworfen.«

»Darüber reden wir noch mal.« Er guckte mich warnend an, ehe er ohne Vorwarnung die Tür zum Badezimmer aufriss.

Ich seufzte, als ich das Rauschen vernahm und der Dampf ordentlich in Schwaden herausströmte.

Noch während ich über die mögliche Temperatur des Wassers einen kurzen Moment nachdachte, schrie Lilith auf.

»Du hast noch nie etwas von Anklopfen gehört, nicht wahr?«, fragte ich ihn, als Lilith auch schon aufschluchzte, nachdem ein lautes Klatschen ertönte. »Echt jetzt?« Mein Körper bewegte sich nicht von der Stelle. »Du schlägst sie wegen eines Stücks Kuchen?«

Meine Brauen zogen sich zusammen, als mir zu Ohren kam, wie sie würgte und gurgelte.

Wirklich, ich versuchte mich zurückzuhalten. Er war mein Präsident. Sein Wort war Gesetz.

Nur konnte ich nicht länger zuhören. Bei ihren Geräuschen drückten sich meine Eingeweide zusammen.

Noch ein paar Sekunden ließ ich Rampage, bevor ich mich abstieß und in das dampfende Zimmer trat.

In der Panik versuchte sie ihre Scham mit den Händen zu bedecken.

Die Dusche lief noch, und Lilith zuckte und zitterte, weil Rampage sie gegen die Wand gepresst hielt und die Finger fest um ihren dünnen langen Hals schloss.

»Ramp, lass sie los«, bat ich in einem angespannten Tonfall.

»Ein bisschen länger und wir sind dieses Problem endlich los.«

»Dieses *Problem* hat aus Versehen deinen Kuchen gegessen«, bemerkte ich. »Du tötest nicht, weil man dir deine Schokolade wegnimmt, und jetzt lass sie los.«

Lilith schluchzte und starrte ihn angsterfüllt und klitschnass an.

Knurrend und wütend drückte er noch ein Stück stärker zu, bevor er sie losließ und sie keuchend an der Wand hinabrutschte. In meinen Fingerkuppen juckte es, und ich sah kurz überrascht auf meine linke Hand. Seit mehr als einem Jahr hatte ich kaum etwas fühlen können.

Als wenn es nicht noch peinlicher für sie kommen könnte, bekamen wir ihren nackten Arsch entgegengestreckt, weil sie sich umdrehte, vorbeugte und würgte. Da hatte Rampage seinen Kuchen. »Hoffentlich lernt sie ihre Lektion.« Zornig und nass stieg mein Präsident aus der Dusche und verließ das Badezimmer.

Interessiert betrachtete ich ihren runden Hintern, bevor mir ein leiser Ton über die Lippen kam. Breit genug, um draufzuschlagen. Oder ihn zu packen, damit man sich in dieser süßen Pussy vergraben könnte.

Warum dachte ich daran, was man mit ihr in dieser Position alles anstellen könnte? Ich war wohl kaputter als angenommen.

Peinlich berührt, nachdem die Ecke vollgekotzt war, drehte sie sich mit tränenüberströmtem Gesicht zu mir um und versuchte erschöpft das meiste von ihrem Körper vor mir zu verstecken.

Kommentarlos griff ich nach dem Handtuch, das hier – keine Ahnung wie lange schon – hing, und hielt es ihr entgegen.

Nachdem sie alles weggespült hatte, schaltete sie die Dusche aus und nahm es entgegen. Lilith schniefte einmal.

»Lektion gelernt?«, fragte ich und betrachtete die dunklen

Blutergüsse auf ihrer Haut, die meine Finger hinterlassen hatten. Da würden sich wohl nun ein paar dazugesellen. Sie nickte. »Gut.«

Ihr Hals mochte schmal sein, doch umso größer und bemerkenswerter wirkten meine Würgemale. Sie riefen in mir den Wunsch auf, die Hand erneut darum zu schließen.

Vielleicht diesmal ein wenig sanfter. Nur ein klein wenig.

»Ich besorge dir neue Klamotten.«

Tatsächlich erreichte mein Mitgefühl für andere heute ein neues Level. Unter meiner Behandlung schien sie geschrumpft, doch bei Rampages ... Ich war beeindruckt.

Sie schnaubte und hob den Arm, ehe sie sich über ihr Gesicht wischte.

»Spar dir die Mühe.«

»Das ist keine«, entgegnete ich überrascht.

»Sicher doch.« Sie verdrehte ihre Augen. »Jeder von euch lässt es aber wie einen Haufen Arbeit erscheinen. Menschliche Bedürfnisse sind normal, genauso wie es üblich ist, Nahrung zu sich nehmen zu müssen!« Sie stampfte mit dem Fuß auf, und ich blickte nach unten, da es leise platschte. »Was nicht gängig ist, ist, von einem seelenlosen Riesen entführt und alle paar Stunden nahezu erwürgt zu werden! Wenn du großer Kotzbrocken jetzt so freundlich wärst, dich umzudrehen und mich in Ruhe zu lassen, wäre ich dir sehr verbunden.«

Wie bitte? Für wen hielt das Blümchen sich?

»Der große *Kotzbrocken* hat dich gerade davor bewahrt, erdrosselt zu werden«, bemerkte ich ruhig.

»Er hat mich erst in diese Situation gebracht!« Sie hob aufgebracht ihre Arme. »Ich weiß ja nicht, was deine Mutter dir beigebracht hat, wie man eine Frau behandelt, aber so nicht.«

»Ich würde es bevorzugen, meine Mutter aus deiner Schimpftirade rauszuhalten«, kommentierte ich trocken.

»Boah, ich hasse dich!«, schrie sie mir im nächsten Moment entgegen.

So war es also, wenn man den Verstand verlor. Dann gab es ja doch noch Hoffnung für mich.

»Okay, komm jetzt«, bat ich sie. »Du hast genug Zeit gehabt, dich −« Ich zischte schmerzerfüllt, weil Lilith nach mir schlug und dabei meine linke Hand fest traf. Die Fläche meiner Haut spannte und es fing höllisch zu brennen an. Scheiße!

Ich schüttelte diese aus und starrte sie zunächst überrascht an.

»Oh, jetzt tu nicht so, als hätte ich dir −« Sie schrie auf. Sollte sie auch besser, da ich in ihr nasses Haar griff und mit meinem Handschuh unbequem über ihre Kopfhaut rieb. »Loslassen!« Während ich sie aus dem Raum und den Flur mit mir hinunter zerrte, zappelte sie.

Gelächter ertönte im Treppenhaus, als wir heraustraten. Sally und Roady hielten auf den Stufen inne, sobald ich mit Lilith an ihnen vorbeilief.

Sie schnaufte vor Anstrengung und versuchte nach mir auszuholen.

Perfekt. Da war der Kampfgeist, nach dem ich lechzte. Etwas, das ich bezwingen und ersticken konnte – im Gegensatz zu ihr.

»Fahr zur Hölle, du Monster!«, keifte sie außer sich, und ich atmete tief ein.

Roady und Sally gaben nichts von sich. Wir verließen sie wieder und ich drängte Lilith mehr schlecht als recht den dunklen Gang zurück zu ihrem Raum.

Dort angekommen stieß ich sie hinein. Wütend drehte sie sich um, während sie sich den nassen Schopf hielt.

»Du bist nicht viel besser als er!«, schleuderte sie mir entgegen. »Ein Heuchler, der vorgibt, er würde mich am Leben halten, nur damit er mich selbst bestrafen kann.«

Schnaubend schloss ich kommentarlos die Tür.

Ich hörte sie dahinter noch zetern, doch darum machte ich mir nicht länger Gedanken.

Eilig lief ich zurück in den Hausflur und zerrte – unter einem Zischen – meinen Handschuh herunter. Der Mullverband zeigte deutlich eine rote Verfärbung.

»Du kleines Biest«, knurrte ich und schüttelte die Hand erneut aus.

KAPITEL 4

LILITH

Mein aufmüpfiger Moment war genauso schnell vorbei, wie er gekommen war, nachdem ich – nur in ein Handtuch gewickelt – in einem sehr kalten und widerlichen Zimmer feststeckte.

Und es war auch der Tatsache geschuldet, dass nach mehreren Stunden noch immer niemand nach mir geschaut hatte.

Hier saß ich bibbernd, denn ich glaubte, dass die Heizung kaputt war. Sie war nicht einmal lauwarm gelaufen, nachdem ich sie vor einer Ewigkeit aufgedreht hatte.

Im Gegensatz zu den letzten zwei Tagen langweilte ich mich zu Tode. Denn in diesen hatte ich hauptsächlich erbrochen und geschlafen. Mir war so schlecht gewesen und ich hatte solche Schmerzen gehabt ... Anderes war für mich nicht infrage gekommen.

Ich achtete auf die Geräusche im Haus, um herauszufinden,

ob jemand in meine Richtung unterwegs war, doch ich hörte nichts.

Bis die Sonne schon eine Weile untergangen war. Dann vernahm ich ganz dumpf und leise einen tiefen Bass, und dieser wurde mit jeder Minute stetig lauter. Eine Party – oder zumindest hatte jemand laut Musik aufgedreht.

Toll.

Andere feierten unter mir wie wild und ich erfror halb nackt auf einer bazillenverseuchten Matratze.

Doch sie war besser als der kalte Boden, auf den ich mich zu setzen versucht hatte.

Betend, irgendwer möge mir wenigstens Socken bringen, probierte ich zu schlafen. Alles war besser, sobald man die Füße gewärmt bekam. Aber so jemand blieb aus. Die ganze Nacht.

Ich bekam Durst und musste zwischendurch so sehr auf Toilette, weshalb mir nichts anderes übrig blieb, als auf dieses versiffte, dreckige Klo zu gehen, dessen Spülung in den letzten zwei Tagen nur viermal funktioniert hatte.

Es war mir peinlich, bei solchen Sachen klein beizugeben.

Aber ich hatte nicht viel Spielraum. Noch immer war mir der genaue Grund für meine Entführung nicht klar.

Das Einzige, das mir in diesem riesigen Chaos in Erinnerung blieb, war, dass ich mich hier befand, weil ich die Tochter von irgendeinem Scull ... irgendwas sein sollte. In der Sekunde ihrer Unterhaltung war ich mehr damit beschäftigt gewesen, auf den Lauf der Waffe vor meiner Nase zu starren und zu hoffen, nicht erschossen zu werden.

Meine Mom hatte mir schon früh erklärt, dass mein Vater nichts mit uns zu tun haben wollte und sie sich einvernehmlich getrennt hätten, weil sie mich über alles liebte und für sie keine Abtreibung infrage gekommen war. Noch nie hatte ich ihre Geschichte hinterfragt. Sie klang plausibel, und um ehrlich zu sein, ich hatte eine männliche Bezugsperson oder dergleichen in meiner Kindheit auch nicht vermisst. Ich war mit Mom völlig zufrieden gewesen.

Irgendwann döste ich im Sitzen ein.

Tatsächlich öffnete sich nach einiger Zeit die Tür, und herein kam eine Frau in ihren Fünfzigern oder Sechzigern mit einem Haufen Stoff auf dem Arm.

Ihre blondierten Haare hatte sie in einem Zopf zusammengebunden, und sie lächelte leicht, als sie mich entdeckte.

»Du siehst aus, als könntest du deine Kleidung gut gebrauchen.«

Besser war es, wenn ich gar nichts mehr sagte. Bisher hatte es mich nur in Schwierigkeiten gebracht. »Hier.« Sie hielt mir die Klamotten hin.

Ich stand auf und nahm den zusammengeknüllten Haufen entgegen.

Ihre pink geschminkten Mundwinkel zuckten.

»In fünf Minuten komme ich wieder.« Genauso schnell, wie sie erschienen war, verschwand sie wieder.

Während ich meine Sachen betrachtete, stellte ich fest, dass etwas fehlte. Meine Unterwäsche.

Mit zusammengezogenen Augenbrauen besah ich mir meine Jogginghose und meine dreckigen Socken, die mittlerweile bestialisch stanken. Es war besser als nichts, also schlüpfte ich in beides hinein und atmete tief ein. Dann ergriff ich den Pullover. Es war nicht meiner, das erkannte ich direkt.

Meine Stirn runzelte sich. Ein schlichter schwarzer Hoodie, der – wie ich feststellte – sehr weich war, sobald ich ihn über meine nackten Brüste zog.

Als mich ein herber Geruch nach irgendeinem Waschmittel und Leder umhüllte, seufzte ich und schloss für einen Moment die Augen. Zitrus und Walddüfte folgten. Da war er wieder. Dieser betörende Duft.

Ruckartig hob ich den Kopf, als die Dame zurückkam, in der Hand ein Paar braune Boots.

»Sie müssten dir ein paar Nummern zu groß sein, aber es ist immer noch besser als der kalte Fußboden.« Sie hielt sie mir hin. »Du holst dir sonst noch eine Erkältung.«

Als würde das meine Lage jetzt noch viel schlimmer machen.

Aber Schuhe bedeuteten auch, dass ich vielleicht endlich warme Füße bekäme und nicht mehr auf Eiszapfen herumlief.

Deswegen stieg ich eilig hinein und zog sie so fest ich konnte zu, damit ich nicht aus ihnen herausrutschte.

Stille breitete sich zwischen uns aus und ich starrte die Frau vor mir abwartend an.

»Du musst bestimmt Hunger haben.« Ihre pinken Lippen spitzten sich, weil ich ihr nicht antwortete. »Komm, wir besorgen dir Frühstück.«

Sie hielt mir doch allen Ernstes ihre Hand entgegen, als wäre ich fünf und es bestehe Gefahr, dass sie mich sonst verlor.

Darauf reagierte ich nicht, folgte ihr aber. Denn, ja verdammt: Mein Magen knurrte. Ich hatte einen Bärenhunger, immerhin hatte ich in den letzten zweieinhalb Tagen nur ein halbes Kuchenstück zu essen bekommen.

Denselben Weg, den Skill mit mir die letzten Male benutzt hatte, wählte sie auch. Nur anstatt das Treppenhaus wieder zu verlassen, ging sie noch ein Stockwerk tiefer und führte mich ins Untergeschoss – und letztendlich in ein normales Esszimmer, was mich überraschte.

Das hatte ich jetzt nämlich nicht erwartet.

Erstaunt ließ ich den Blick schweifen und nahm all das Essen in Augenschein, das ausgebreitet worden war. Gekochte Eier, Brötchen, sämtliche Beläge von Salami bis Käse ... Heiß- und Kaltgetränke.

»Ich wusste nicht, was du gerne isst.« Erschrocken fuhr ich sofort herum, als Rampage hinter mir eintrat. »Setz dich, Lilith.«

Ich bewegte mich nicht vom Fleck. Schluckte meinen nicht vorhandenen Speichel und die Panik, die in mir hochkroch, herunter.

Obwohl ich glaubte, viel mehr Angst vor Skill haben zu müssen, bereitete Rampage mir eine ganz neue Furcht, die ich noch nie zuvor gefühlt hatte. Absoluter Terror. Er versprühte eine Dunkelheit, die nicht nur alles verschlingen, sondern auch vernichten wollte.

Seine Mundwinkel zuckten, bevor er zum Gedeck deutete. »Bitte, Lilith. Setz dich und iss mit mir«, wiederholte er.

Ihm den Rücken zuzudrehen, traute ich mich nicht. Gestern erst hatte sich dies als sehr schlecht erwiesen.

»Schön.« Rampage schmunzelte, als wäre er peinlich berührt, und lief um mich herum, weswegen ich mich drehte.

Als er am Tisch saß, schaute er zu mir hoch. Wartete er nun wirklich darauf, dass ich es ihm gleichtat?

»Ich schwöre bei meinem eigenen Leben, dass ich dir im Moment nicht wehtun werde, Lilith«, versprach er in die ange-spannte Stille, und meine Atmung beschleunigte sich – genau wie mein Herzschlag – bei seiner Aussage in einem Tempo, das mir nicht gefiel. Ich hatte Angst vor ihm, das wusste ich. Das *spürte* ich.

Nur leider hatte ich auch diesen unverkennbar großen Hunger, und all diese Düfte von Marmelade, Käse bis zu Wurst, die ich gar nicht aß, ließen den Speichel in meinem Mund wiederkommen.

Zögerlich bewegte ich mich, bevor ich versuchte, mich gegenüber von ihm niederzulassen.

Rampage schüttelte den kurz geschorenen Schopf und ich hielt inne. Er verwies mich auf den Stuhl neben sich.

»Ich möchte nicht brüllen müssen«, meinte er amüsiert.

Witzig. Als wäre dieser Raum groß genug, um sich anbrüllen zu *müssen.* »Bitte«, wiederholte er abermals. »Setz dich.«

Am liebsten hätte ich im Stehen gegessen – falls es eine Option gewesen wäre, doch ich zweifelte daran. Also gab ich nach.

Sobald ich Platz nahm, legte er mir kommentarlos ein Brötchen auf den sauberen Teller.

»Mach dir drauf, was du möchtest«, behauptete er in einem entspannten Tonfall und halbierte sein eigenes. »Ich habe echt Hunger, was ist mit dir?« Aus seinen blauen Augen funkelte er mich an, als erwartete er darauf wirklich eine Antwort. Eine, die ihm mein knurrender Magen lieferte, was ihn wieder schmunzeln ließ. »Aber sicher.« Er guckte auf den Pulli, den ich trug und der meinen Bauch bedeckte. »Du bist sehr schlank, machst du im Moment eine Diät?« Während er sich blind etwas draufschmierte, lag seine Aufmerksamkeit auf mir. »Denn ganz ehrlich unter uns«, er lachte, »das hast du definitiv nicht nötig.« Er leckte sich Butter vom Finger und schnappte sich eine Wurstscheibe. »Übrigens habe ich heute Morgen eine Menge erledigt, von dem ich dachte, ich würde es nie müssen.« Sein Kopf hob sich und er starrte geradeaus. »Hast du jemals versucht, eine Polizeiakte verschwinden zu lassen?« Rampage lachte wiederholt und deutete mit dem Schmiermesser auf mich. »Darauf brauchst du gar nicht erst antworten«, winkte er mit dem Besteck ab. »Deine Weste ist rein, das weiß ich bereits.« Wenn ihm das klar war, was tat ich dann hier? »Möchtest du mich mit Schweigen und dich mit Hungersnot strafen?« Fragend zog er leicht eine Braue hoch und zeigte auf mein unberührtes Brötchen. »Ich denke nicht, dass Veronica davon beeindruckt wäre, meint sie nicht immer, dass du morgens anständig essen sollst?« Bei der Erwähnung von Veronicas Namen riss ich die Lider weit auf. »Ist deine beste Freundin immer so hartnäckig?«

Schwer schluckend räusperte ich mich unbehaglich, denn

meine Zunge fühlte sich plötzlich bleischwer an. Was hatte er ihr angetan? Woher kannte er sie?

»Deine Mutter ist da schon entspannter, nicht wahr?« Er schüttelte den Kopf, ehe er in sein Brötchen biss und erst herunterschluckte, bevor er wieder sprach. »Oh, bitte verrate mir, dass sie entspannter ist und dir nicht auch vorschreibt, wie du dich zu ernähren hast.« Ungefragt gab er mir Salami. »Und jetzt iss«, forderte er mich wieder auf, und ich hätte schwören können, Sorge mitschwingen zu hören. »Wenn ich dich umbringen wollte, dann würde ich dir keine Henkersmahlzeit anbieten, Lilith.«

Einmal tief einatmend zwang ich mich regelrecht dazu, meine Zähne voneinander zu lösen.

Ich fixierte meinen Teller. »Ich bin Vegetarierin«, erzählte ich ihm leise.

»Ah«, machte er, ehe er sich die Salamischeibe schnappte und sie verspeiste. »Sag das doch gleich«, sprach er kauend.

Meine Hände kneteten sich ineinander, allerdings löste ich sie mühsam und griff nach der Butter.

Ich sah mich nach einem Messer um, doch ich entdeckte nur das in seinen Klauen, das er soeben ablegte.

Zögerlich und mit Vorsicht streckte ich mich danach, ehe ich zusammenzuckte, weil Rampage ruckartig mein Handgelenk umfasste und mich aufhielt.

»Erlaube mir«, bat er, nahm sich mein Brötchen und teilte es. »Ei?«

Nachdem er es beschmiert hatte, platzierte er beide Hälften vor mir.

Ich streckte die Hand nach zwei Käsescheiben aus und platzierte sie auf dem Brot, dann knabberte ich daran. Und noch mal. Und noch mal. Mein Magen knurrte schmerzhaft und zog sich zusammen, weil ich ihm Nahrung zuführte. Unglaublich, aber ich war nach einer Hälfte schon satt. Doch ich zwang mich zum Essen. Mein Ziel war mindestens ein Brötchen. Ich brauchte mehr Energie. Energie zum Nachdenken – und vor allem zum Flüchten, sobald sich mir die Gelegenheit bot.

»Kaffee oder Wasser?«, fragte er mich in der Stille, in der wir aßen.

»Kaffee«, antwortete ich ihm und beobachtete, wie er mir eine Tasse damit füllte. »Haben Sie … Milch und Zucker?«

Er schnaubte belustigt. »Dort drüben.«

Ich folgte seinem Kopfnicken, bevor ich nach einem kleinen Schälchen langte und daran roch. Milch.

Mit einem Zuckerstreuer lief es schon leichter, und als von beidem etwas in meinem Getränk verschwand, konnte ich das Seufzen nicht unterdrücken, das aus meiner Kehle glitt, sobald ich den ersten Schluck Koffein nach drei Tagen auf meiner Zunge schmeckte.

»Darf ich etwas fragen?«, flüsterte ich leise, während Rampage nickte.

»Natürlich.«

Schluckend starrte ich kurz hinunter auf mein Frühstück. Mein Magen war voll. Aber mir fehlte noch ein Viertel. Nur noch das, sprach ich mir gut zu.

»Wo bin ich hier?«, hakte ich nach. »Und was genau ist der Grund? Sie haben behauptet, meine Weste sei rein.«

Er lachte wiederholt, nachdem er mein Gesicht studiert hatte. »Du solltest aufmerksamer hinsehen«, riet er mir und zeigte geradeaus vor sich, weswegen meine Augen ihm folgten und dann an der Wand hängen blieben, an der eine Garderobe aus dunklem Holz angebracht war. Und dort hing an einem Haken eine Lederjacke, deren Rückmotiv uns zugewandt war.

Mir stockte der Atem, als ich die Flammen und die Schlange erkannte, die sich durch und um den Totenkopf wanden. Dieser Anblick brachte mein Herz zum Stolpern.

Nein. Das … war unmöglich.

»Muss ich dir ausführlicher erklären, wo du dich befindest?«, hakte er kauend nach, und ich drückte mir meine linke Hand gegen den Bauch, weil dieser schmerzhaft einen Salto machte.

Das konnte nicht sein. Noch nie hatte ich etwas in meinem Leben verbrochen, was rechtfertigen oder mir Aufschluss darüber geben würde, weshalb ich bei einer Gruppe *gesetzloser Biker* gelandet war. Biker, die – wie allgemein bekannt – mit Menschen handelten. Die andere so schnell verschwinden ließen, dass sie gleich für tot erklärt wurden.

»Die Black Demons«, sprach ich schockiert aus.

»Also doch nicht nur ein hübsches Köpfchen.«

Sofort wandte ich ihm mein Gesicht zu. »Ich habe euch nichts getan.«

Sobald er das Buttermesser wieder in die Hand nahm und damit auf mich deutete, schielte ich darauf.

»Du nicht, nein«, meinte er und langte nach einem weiteren Brötchen. »Aber jemand anderes, der dich für äußerst wertvoll hält.«

»Ich habe noch nie in meinem Leben mit Bikern zu tun gehabt«, verteidigte ich mich und konnte nicht verhindern, dass sich ein panischer Unterton in meine Stimme mischte. »Bitte, ich habe nichts getan. Ich habe nicht mal eine Vorlesung geschwänzt. Selbst als Veronica versuchte, mich dazu zu überreden, auf dieses eine Konzert in New York zu fahren und –«

Rampage gackerte laut. »Kaum in Erfahrung gebracht, wo du dich befindest, und du singst wie ein Vögelchen«, kommentierte er mein Verhalten. »Vielleicht hätte man dir früher die Äuglein öffnen sollen.«

Tief atmete ich ein. »Bitte, Rampage, ich habe nichts getan«, wiederholte ich, und Angst kroch meine Wirbelsäule hoch.

»Das behaupten sie alle.« Er belegte seine Hälften mit Salami und nahm sich ein gepelltes Ei. »Du magst unschuldig sein, aber Sculley ist es nicht. Und solange ihm etwas an dir liegt, habe ich die Oberhand.« Der Biker sah mich unverwandt an, ehe er sein Frühstück verspeiste.

»Wer ist Sculley?«, hakte ich ernst nach. Das hatten die Männer gestern auch gesagt. Seinen Namen.

Sollte dieser Kerl mein Erzeuger sein?

»Der Präsident der Green Killers.«

Green Killers ...

Da klingelte nichts in meinem Gedächtnis. *Rein gar nichts.*

»Es tut mir leid, ich kenne ihn nicht«, erklärte ich ihm.

»Oh, davon gehe ich mittlerweile auch aus.«

Rampage nickte kauend und stopfte sich das komplette Ei auf einmal in den Mund. Ich schielte auf mein Brötchen, doch wenn ich das Stück ebenfalls verzehrte, würde es wieder hochkommen.

»Lass uns über deine Zukunft sprechen.«

»Zukunft?«, echote ich.

Er nickte und legte alles aus seinen Händen. »Die nahe Zukunft«, führte er ernst weiter. »Vorerst wird dich keiner umbringen, doch ich möchte eines gesagt haben.« Abermals schluckte ich schwer. »Sieh das hier nicht als ein Abenteuer, aus dem du unversehrt zurück nach Hause kommst, denn das wird nicht passieren.« Mir wich die Farbe aus dem Gesicht, und in meinem Innern hallte es hohl wider.

»Du drohst mir.«

»Ja«, entgegnete er schlicht und starrte mich eindringlich an. »Aber ich bin bereit zu verhandeln, wie du deine Zeit hier verbringen wirst.« Er zeigte zur Tür hinaus. »Du kannst weiter in dem versifften Raum hocken, tagein, tagaus, und jemand holt dich morgens und abends zum Essen ab.«

Das klang nicht lukrativ.

»Oder?«, wagte ich mich zu fragen.

Langsam zogen sich seine Mundwinkel nach oben, bis er

grinste – und neben jedem Lächeln, das er mir bisher gezeigt hatte, war dieses hier weitaus schäbiger und unheilverkündender als alle zuvor.

Was folgen würde, ahnte ich, noch bevor er es vorschlug, weil er meinen Körper taxierte.

»Ich wäre nicht abgeneigt, dir ein warmes Bett und frische Klamotten anzubieten, solange du es warm hältst.«

Obwohl ich es erwartet hatte, konnte ich das Keuchen, das meinen Mund verließ, nicht verhindern.

»Prostitution?!« Meine Hand krallte sich um die Tischkante.

»Auch wir haben ein natürliches Bedürfnis nach Zuneigung.« Er schmunzelte. »Und im Gegensatz zu einer Nutte bist du unverbraucht.« Ein weiterer empörter Laut kam aus mir hervor.

»Nein«, entgegnete ich unverzüglich. »Ich verkaufe meinen Körper nicht.«

»Sicher.« Schnaubend schüttelte er den Kopf, ehe er kicherte. »Weißt du, wie oft ich das schon von so jungen Dingern wie dir gehört habe?«, behauptete er. »Am Ende muss der Preis stimmen und sie würden alles tun.«

Mir lief es kalt den Rücken hinunter. »Für kein Geld der Welt«, stellte ich klar.

»Aber?«

Ich gab keine Antwort. Denn ich hatte keine. Für nichts auf der Welt würde ich mich gegen meinen Willen anfassen lassen.

Rampage guckte an die Decke, bevor er aufstand und ich mich zwang, ihm nicht nachzustarren. Der Biker hatte mir sein Wort gegeben, mir nicht wehzutun, während wir aßen. Es war dumm, darauf zu vertrauen, doch ich tat es.

Sobald er mir über den Kopf streichelte, zuckte ich zusammen. Wand mich unangenehm auf dem Stuhl, weil er sich vorbeugte und mit seiner Pranke tiefer und tiefer wanderte.

Panisch schaute ich zwischen meine Beine, als er seine

Hand auf die Sitzfläche dazwischen drückte und seine Lippen mein Ohr berührten.

»Mit ein bisschen Übung ist diese prüde Seite an dir gegen eine ausgetauscht, die selbst du dir in deinen tiefsten Träumen wünschst. Genau wie jedes junge Mädchen.« Meine Sicht verschwamm, und ich kämpfte dagegen an, zu weinen – und mein Essen zu erbrechen. »Lilith, ich biete dir einen nachsichtigen Deal an. Ein wenig Sex, und der Rest deiner Tage wird angenehm laufen. Vielleicht verschone ich dich zum Schluss ja doch.«

Wirklich, ich wünschte, ich wäre stark gewesen. War ich aber nicht.

Ein Schluchzer entwich mir, und ich zuckte vor seinem Mund zurück, legte meine Finger gegen seine Hand zwischen meinen Schenkeln.

Er lachte mir leise in die Ohrmuschel, bevor ich einen spitzen Aufschrei von mir gab, weil er mein ungekämmtes Haar packte und mich zwang, den Kopf in den Nacken zu legen.

»Sobald du diesen Raum verlässt, ist der Deal vom Tisch«, stellte er klar, als er in meine verängstigten dunkelblauen Augen schaute und sich über mir aufrichtete. »Du solltest schnell entscheiden, Lilith.«

»Skill will sie.«

Ich war gezwungen, weiter in Richtung Decke zu sehen, aber Rampage wandte seine Aufmerksamkeit von mir ab und der fremden Stimme zu. »Er muss das nicht aussprechen, aber ich bin sein bester Freund, Präs. Er *will* sie. Und er hat seit mehr als einem Jahr keine an sich rangelassen.«

Ein kehliges und protestierendes Geräusch verließ meinen Hals und ich kniff die Lider zusammen.

»Schenk sie ihm, und er wird dir den fucking Buckingham Palace bieten, in dem du die Greens abschlachten kannst.«

Rampage betrachtete mich, und ich wand mich erneut auf dem Stuhl.

»Hm«, machte er, und sein Griff an meiner Kopfhaut verstärkte sich. »Weißt du was, Jack? Das gefällt mir besser.« Rampage beugte sich abermals zu mir hinab. »Du wirst mich am Ende *anflehen*, ich hätte dir geholfen.«

Ein unangenehmer Laut verließ meine Lippen, bevor er mich freigab. »Für heute gehört sie dir, Jack.« Tränen strömten meine Wangen hinab, während ich auf meinen Teller starrte.

Rampage verließ den Raum. »Lass sie putzen oder so«, schlug er ihm vor.

Putzen war nicht schlecht. Dass mein Körper einem anderen *geschenkt* wurde, sehr wohl.

Ich konnte das nicht. Andere über mich entscheiden lassen. Meine Mutter hatte mich so aufgezogen, immer eine Wahl zu haben. Schon als Kind hatte sie manche Entscheidungen mit mir gemeinsam getroffen, damit ich lernte, unabhängig von allem und jedem zu sein. Und wenn man mir nun diese Freiheit wegnahm ...

Sie hatten es bereits getan. Hatten mich eingesperrt. Mich erniedrigt. Mir wehgetan.

»Tötet mich«, bat ich und wimmerte laut, als eine Hand mich erneut am Hinterkopf berührte. Sanft, ohne Druck.

»Du möchtest gar nicht sterben«, seufzte der Typ, den Rampage soeben Jack genannt hatte. »Das wird wieder, Kleines.«

Mit Tränen in den Augen hob ich den Blick und starrte zu ihm nach oben. Es war der Mann mit den dunkelblonden Haaren, der behauptet hatte, ich sollte Skill den Schwanz lutschen. »Skill kann mich nicht einmal lange genug ansehen.«

Jacks Mundwinkel zuckten, sein voller Bart darum formte sich mit. »Es ist immer noch besser, statt zu Rampages Hure zu werden«, bemerkte er flüsternd, langte an mir vorbei auf meinen

Teller und nach meinem Brötchen. »Komm, Lilith.« Jack hielt mir die Hand hin. »Ich bin mir sicher, Momma hat Arbeit für dich.«

Weinend starrte ich auf seine Finger. »Du hast meinen Körper vertickt«, bemerkte ich heiser.

»Du hattest von Anfang an keine Chance«, erwiderte er kauend. »Ich hab's abgemildert.« Seine braunen Augen starrten mir völlig klar entgegen. Im Gegensatz zu meinen. »Du solltest mir stattdessen danken«, bemerkte er ernst.

***

Um munter zu werden, hatte ich etwas Zeit gebraucht. Zumindest in Mommas – so wurde sie von allen genannt – Anwesenheit. Diese war die Besitzerin des Nachtclubs, der zu den Bikern gehörte. Sie hatte mir davon erzählt, wie der MC damals geleitet wurde und dass es inzwischen ein kompletter Gegensatz zu heute war.

Momma war auch die Blondine – mit ein wenig zu viel Make-up im Gesicht –, die mir meine Klamotten gebracht hatte. Von ihr hatte ich die Aufgabe erteilt bekommen, für heute Abend die Gläser abzuwaschen und zu trocknen.

Als würde so was nicht genug Zeit in Anspruch nehmen, kümmerte Momma sich nebenbei um alles andere. Diese Frau hatte gesaugt, gewischt, gekocht, die Lichter überprüft, den Soundcheck durchgeführt. Musste schön sein, alles so im Griff zu haben.

Außer meiner Laune. Diese war nämlich im Keller, wozu ich auch das verdammte Recht hatte.

Im Grunde wurde ich verschenkt. Jemandem angeboten, der mich offensichtlich hasste. Ein Albtraum. Und nichts weiter.

Skill hatte ich heute noch nicht gesehen, bedachte man aber

unseren Moment gestern in der Dusche und wie alles geendet hatte, wunderte es mich auch nicht.

Stattdessen waren andere Männer anwesend. Unter ihnen Jack. Dieser hatte sich schon vor einiger Zeit an einen Tisch gesetzt und die Beine hochgelegt, während er eine Portion Nudelauflauf verdrückte, und mit dem Fortlaufen der Minuten gesellten sich immer mehr Mitglieder des MCs dazu. Einige kannte ich nicht, aber einer von ihnen war gestern ebenfalls dabei. Der mit den blauen Haaren, den tätowierten Augäpfeln und vor allem den freizügigsten Klamotten. Für Frühjahr war er deutlich zu knapp angezogen. Ein Netzoberteil schlang sich um seinen Oberkörper, und die Shorts, die er trug, waren deutlich zu knapp.

Aber eins erkannte ich nun. Ihr Emblem. Irgendwo auf ihrer Kleidung war es immer abgebildet. Bei ihm war es auf seine Sneaker gemalt. Kreativ.

Meine Aufmerksamkeit auf das Trinkgefäß in meinen Händen gerichtet, unterdrückte ich ein Schnauben, weil ich Knutschgeräusche hörte. Zögerlich richtete ich mich wieder auf. Zwei der Biker formten Kussmünder, und einige lachten oder schmunzelten, während sie zu mir hinüberglotzten.

Wärme kroch in mir hoch, und ich heftete meinen Fokus wieder auf meine Beschäftigung.

»Noch ein wenig mehr Schaum und du saust dich ein, Mädchen!«, rief einer herüber.

Den Sauerstoff tief einsaugend, reagierte ich nicht darauf. Generell hatte ich in den vergangenen Stunden nicht mehr als nötig gesprochen. Doch abzuwaschen war noch immer besser, als anderen *Tätigkeiten* nachzugehen.

»Jungs!«, tadelte Momma sie alle. »Benehmt euch.«

»Ist doch so!« Jemand mir Fremdes lachte.

Die Geräusche verstummten nicht, und ich war mir sehr wohl bewusst, dass ich immer wieder Thema ihrer Gespräche war. Als mein Nacken jedoch unangenehmer kribbelte und das Grinsen eines der Männer geradezu schäbig wurde, hielt ich inne.

»Was tust du da?«

Erschrocken wirbelte ich herum. Schaum spritzte von meinen Armen, da ich bis zu den Ellenbogen in der Spüle gesteckt hatte, und nun traf das meiste davon Skill.

»Oh nein«, sagte ich schockiert, während er über seine Jeans strich. »Es tut mir leid«, schob ich hastig hinterher und packte das feuchte Küchentuch auf der Theke. Unsicher hielt ich es ihm hin. Er fixierte meine Hand, ehe er mein Gesicht musterte.

»Also, bevor du ihr den Arsch versohlst ...« Ich riss die Augen erschrocken auf, als jemand sprach.

»Lass uns Popcorn besorgen, Derek«, vollendete Jack den Satz.

Ohne eine Gefühlsregung taxierte er mich weiterhin.

»Derek?«, wiederholte ich nach ein paar Sekunden fragend, und seine Braue hob sich.

»Hast du ernsthaft erwartet, ich heiße Skill?«, entgegnete er ruhig.

»Nicht wirklich«, erwiderte ich leise und presste kurz meine Lippen aufeinander.

»Hm«, machte er. »Dann bist du wohl doch nicht so dämlich, wie ich dachte«, brummte er. »Ich versohl niemandem seinen Arsch, nur weil er mich nass macht, im Gegensatz zu dir, Blue«, warf er – an seinen Kumpel gerichtet – ein.

»Leck mich.«

Skills – nein, Dereks – Mundwinkel zuckten. Wieso klang Derek in meinen Ohren falsch und Skill richtig?

Meine nassen Arme rieb ich so gut es ging trocken.

Seitlich von mir wurde eine Tür laut aufgestoßen.

»Was?« Rampage. »Ich hab dir heute Morgen ein Geschenk

gemacht, und es ist noch nicht auf den Knien, um dir den Schwanz zu lutschen?«

Meine Wangen *glühten*, während ich Skills Gesicht musterte, der mich ebenfalls ungerührt fixierte.

»Wer sagt dir, sie hätte ihn noch nicht gelutscht?«, entgegnete er trocken und ohne unseren erneuten Augenkontakt zu unterbrechen.

»Nenn es Intuition«, mischte sich eine dritte Person ein. »Tu dir keinen Zwang an, *Süßer*.«

»*Süßer*? Wirklich, Bones?«, fragte Jack, und *Bones* – seitlich von mir – lachte.

»Keine Sorge«, bemerkte Skill. »Das mach ich nicht.«

Schwer schluckend legte ich meine Hände aneinander.

Ich wusste nicht, was folgen würde. Was nun kam. Erwartete er etwas von mir? Sollte ich ihm nun irgendeinen Wunsch von den Augen ablesen?

»Wie wäre es, wenn du Momma weiter beim Abwasch und den Vorbereitungen hilfst?«, schlug er mir in gedämpftem Ton vor. »Im Moment hätte ich keine Verwendung für dich.«

Ohne groß zu widersprechen, nickte ich.

Vorbereitungen, Abwasch. Kein Blowjob, nichts Sexuelles. Das konnte ich.

Gerade wollte ich mich umdrehen, allerdings hatte ich die Rechnung nicht mit Skill gemacht.

Denn plötzlich nahm er überdeutlich meinen privaten Bereich ein, und ich reagierte darauf, in dem ich ihn leicht mit dem Becken zurückdrängte.

Erneut schluckte ich und zwang mich umgehend, meine natürliche Bewegung rückgängig zu machen. Es half trotzdem nichts. Er bemerkte es und streckte beide Arme zu meinen Seiten aus.

An der linken Hand trug er wieder einen Lederhandschuh

und die rechte war frei. Zumindest von Stoff. Ein Totenschädel schmückte seinen Handrücken, aus dessen Mund eine Schlange kroch, die sich um seinen Unterarm schlängelte und immer größer wurde, bis sie unter seinem hochgerutschten Ärmel verschwand.

»Zumindest jetzt nicht«, murmelte er gegen meine Schulter, und mir stockte der Atem, da ich den Kopf hob und realisierte, dass uns alle Männer anstarrten. »Bild dir nicht ein, ich würde mich nicht trauen, dir auch vor ihnen süße Schreie zu entlocken.«

Meine Ober- und Unterlippe lösten sich voneinander. »Bitte, Derek ...«, flüsterte ich.

»Für dich immer Skill, klar, Blümchen?«

Er strich mir über die Haut und ich zuckte zusammen. Laut genug, damit es wohl jeder hören konnte, roch er an mir.

»Sicher, dass du sie nicht teilen möchtest?«, fragte Rampage trocken, woraufhin ich panisch zu ihm schaute, während mein Herz in meiner Brust einen Moment stehen blieb.

In meinen Zehen kribbelte es und meine Beine fühlten sich an ihrem gewohnten Platz völlig falsch an.

»Ziemlich sicher«, sagte Skill, und ich schluckte erneut, weil er an einer Strähne meines Haares zog. »Du weißt, ich bin niemand, der gern teilt.« Mit der Lederhand zwang er mich, den Kopf zu drehen, um ihn anzusehen. »Diese Lippen sollen nur meinen Schwanz berühren.« Er tippte mir gegen den Mund, und ich unterdrückte den Drang, ihn zu beißen.

Doch zu unser beider Glück ließ er wenige Sekunden später komplett von mir ab, trat zurück und dann zu den anderen Bikern hinüber. Die Aufmerksamkeit schien von mir weg zu schwenken, worüber ich dankbar war.

Zögernd und zitternd schrubbte ich die Gläser weiter.

Den Blick hielt ich die meiste Zeit gesenkt.

Es verging danach einige Zeit, in der ich derselben Tätigkeit nachging.

Momma lief zwischendrin in die Küche und kam auch wieder heraus. Weil sie von den anderen derart herzlich empfangen wurde, vergaß ich für eine klitzekleine Sekunde, dass ich hierher verschleppt worden war und mir die meisten von ihnen den Tod wünschten.

Hätte ich mal besser aufgepasst. Denn mir fiel ein Glas vom Spülbecken und zwischen die Füße. Das Zerbrechen war zu hören und direkt darauf mein schmerzerfülltes Zischen. Sofort sah ich nach unten.

Es brannte, und passend dazu färbte sich meine Wade, an der die Jogginghose hochgerutscht war, rötlich.

Schluckend ging ich in die Knie, um zu erkennen, wie tief ich mich verletzt hatte. Es war zum Glück nur ein Kratzer. Nichts Lebensgefährliches.

Ich zuckte zusammen und schrie auf, da ich die Bewegung neben mir zu spät realisierte, und plumpste ungelenk in die Scherben.

Mein Gesicht verzerrte sich, weil es in meinem Oberschenkel fürchterlich zu ziepen begann. Mit einem Wimmern hob ich mein Bein, ehe ich dort auch schon angefasst wurde.

Reflexartig versuchte ich die Männerpranken von mir zu stoßen. Das war zu nah an meinem Innenschenkel, das ... ging nicht.

Es war Jack, der sich zu mir begeben hatte und dessen Hände – beschmiert von meinem Blut – wieder unter mir hervorkamen.

»Dummes Ding«, seufzte er und griff nach dem Geschirrtuch. »Drück«, wies er mich an, und ich gab einen überraschten Ton von mir, weil er sich hinter mich kniete, mich unter den Achseln packte und anhob. »Ich sagte, drück!« Er hielt meine

Hand mit dem feuchten Tuch gegen meinen Oberschenkel gequetscht und ich verzog bei dem Brennen das Gesicht. »Das kommt davon, wenn man sich in Scherben setzt.« Erneut seufzte er und presste mir schamlos die Hände an den Hintern.

»Das ist nicht das, was ich mir heute Abend vorgestellt hatte«, brummte Skill und lehnte sich mit den Armen auf dem Tresen, hinter dem ich stand, ab. Er starrte zu Jack hinunter.

»Sorry, aber in den Hintern bumsen ist heute nicht mehr«, entgegnete dieser trocken, während er meine Haut abtastete. »Scherbe nicht rausziehen!« Ruckartig ergriff er meine Hand, da spürte ich plötzlich einen kleinen spitzen Fremdgegenstand an meiner Haut.

Vor Scham vermied ich es, mich Skill zuzuwenden.

»Sie ist nicht lebensbedrohlich verletzt«, sagte Rampage auf seinem Platz und verschränkte die Arme vor der Brust. »Und als hätte Blut uns je davon abgehalten, zu ficken.«

Meine Aufmerksamkeit richtete sich nach unten auf Jack.

»Ich wäre dir sehr verbunden, wenn du mich nicht anfassen würdest«, murmelte ich.

»Und ich wäre dir sehr verbunden gewesen, hättest du dich nicht in Scherben gesetzt.«

»Es war ein Versehen«, bemerkte ich.

»Ein sehr dummes«, korrigierte er mich.

»Fein, meinetwegen ein dummes«, grummelte ich. »Kannst du jetzt trotzdem die Finger von mir nehmen?«

»Was? Macht's dich scharf?«, scherzte er noch immer so trocken und konzentriert und wanderte zu meinem anderen Oberschenkel, an dem das Blut mein Bein hinablief. Feucht und warm.

Na toll. Meine liebste Jogginghose war ruiniert.

»In deinen Träumen vielleicht.«

Erst als Skill lachte, bemerkte ich, was ich gesagt hatte, und fuhr hoch.

»Schlagfertig«, kommentierte er und sah zu Jack. »Er macht dir wohl keine Angst.«

»Wer hat dir gesagt, ich hätte Angst?«, hakte ich mutig nach.

»Dein Dauergeflenne«, pflichtete Jack seinem Freund bei. »Du zitterst wie Espenlaub, schreist und heulst ständig, Süße.«

»Nenn mich nicht so.«

»Wie du willst, Blümchen.«

»So auch nicht«, bat ich.

»Wie du meinst, Lili.«

»Niemand nennt mich Lili.«

»Jack, jetzt lass sie los, es sind neben der Scherbe nur ein paar Kratzer«, mischte sich Skill ein. Ein drittes Mal seufzte Jack und nahm Abstand. »Das kann ich auch machen.«

Skill lief um die Bar herum, und ich fixierte ihn mit zusammengezogenen Brauen, ehe ich die Lippen aufeinanderpresste, als er mich mit meinem halben Po auf die glänzende Oberfläche schob.

Verwirrung machte sich in mir breit. Warum kümmerten sie sich um mich? Ich war doch nichts weiter als ihre Geisel.

»Gedrückt halten«, forderte Skill und gab mir ein frisches Geschirrhandtuch.

»Hm«, machte Rampage urteilend hinter mir.

Jack fegte die Scherben auf und lief damit zum Mülleimer. Skill holte währenddessen ein kleines Erste-Hilfe-Kit aus einem Schrank neben den Spülen hervor.

Ohne Worte auszuwechseln, presste er erst gegen meine Hand, dann entfernte er sie und übernahm Jacks komplette *Arbeit*. Er untersuchte kurz die Verletzungen, dann verarztete er mich. Erst Desinfektion, dann Scherbe raus, anschließend nochmal Desinfektion und schlussendlich eigentlich nur noch Abkleben. Denn mehr war es nicht.

Ich biss mir auf die Wangeninnenseite, als Skill mit seiner Hand, ohne es groß zu kommunizieren, zwischen meine Beine

wanderte, mich an der Schenkelinnenseite packte und sie auseinanderzog. Mit schneller Atmung bemerkte ich, dass er sich komplett
auf meine Wunde konzentrierte. Diese Geste war wohl einfach im
Affekt geschehen. Um einen besseren Zugang zu bekommen.

Sobald er seinen Daumen bewegte, schluckte ich.

Ich korrigierte mich. Er hatte es mit Absicht gemacht.

Während ich ihm förmlich ins Gesicht stierte, behandelte er
meine Verwundung und streichelte mich doch allen Ernstes.
Was erlaubte er sich?!

»Du scheinst Ärger ja förmlich anzuziehen«, sagte er
gedämpft. »Hm?« Seine Augen trafen auf meine. »Kannst du
nicht auch mal einen Tag aushalten, ohne dir wehzutun?«

Er richtete sich auf, wodurch er mir noch näher war.

Das hier war absolut *nicht* in Ordnung. Meine Atmung war
absolut *nicht* in Ordnung. Mein Puls erst recht nicht.

»Aber was macht schon ein bisschen Blut, nicht wahr?« Ich
schielte hinunter, als er seinen Finger gegen meinen Mund legte
und über meine Unterlippe strich. Sie wurde feucht, wo er die
Haut berührte. »Leck es ab.«

Auf der Stelle scannte ich seine tiefschwarzen Augen. Mein
Herz hämmerte laut gegen meine Rippen, weil mein Körper mir
nicht länger gehorchte, ehe ich seiner Aufforderung nachkam.
Die Feuchtigkeit schmeckte nach Eisen. Blut. *Mein Blut.*

»Gutes Mädchen«, betitelte er mich und lächelte leicht, ehe
er seine verschmierte Hand zwischen uns hielt. »Jetzt komm«,
sagte er leise. »Ich will dich für mich und meinen Brüdern keine
Show liefern.« Ich schluckte schwer. »Vor allem nicht vor
Momma«, fügte er belustigt hinzu.

Irgendwo neben mir hörte ich sie schnauben.

»Als hätte dich das je abgehalten.«

Zögerlich ergriff ich seine Finger, und er schlang sie fest um
meine, bevor er mir von der Theke half.

»Danke für das *Geschenk*, Rampage.«

Abermals lief ich krebsrot an und humpelte ihm hinterher, während er mich mit sich zog. Ins Untergeschoss und durchs Esszimmer hindurch, bis wir in einem schlichten weißen Flur ankamen und er die erste Tür rechts aufstieß.

Wir betraten ein kühl eingerichtetes Zimmer mit jeder Menge LEDs. Wo man auch hinsah. Überall hingen in kaltem Weiß leuchtende Lichter, die den dunklen Einrichtungsstil unterstrichen.

An Deko stand hier nichts herum, und es gab auch keinen Hinweis darauf, dass an diesem Ort so etwas wie Liebe herrschte.

Skill ließ mich ruckartig los, nachdem die Tür ins Schloss gefallen war.

»Da drin kannst du dich waschen.« Er deutete auf den einzigen Durchgang zu unserer Rechten. »Achte darauf, das Pflaster nicht abzuziehen, ich hab Iod auf deine Schnittwunde geschmiert, das sollte ein paar Stunden luftverschlossen einwirken können.« Mit einem riesigen Fragezeichen sah ich ihn an, doch er sprach weiter. »Ich such dir was Neues zum Anziehen raus.«

Wer zur Hölle war er und was hatte er mit Skill gemacht? Dem Kerl, der mir eine Waffe ins Gesicht gehalten hatte.

Ich wusste es. In dem Moment, in dem mein Blick seinen Körper streifte und ich die Ausbuchtung in seiner Jeans entdeckte. Und er bemerkte, dass ich es mitbekommen hatte.

»Mach dir nichts draus«, sagte er mir. »Es sind menschliche Reaktionen, wenn man es provoziert.«

Wann hatte ich ihn denn *provoziert*? Nun war ich völlig verwirrt. Was passierte hier?

Skill stapfte an mir vorbei in besagten Raum und wusch sich die Hände.

»Wird das heute noch was?«, brummte er vom Türrahmen. »Ich möchte gleich noch zur Party dazustoßen.«

»Party?«, hakte ich nach.

»Für dich nicht von Belang«, gab er von sich. Um zu verdeutlichen, dass ich mich ein wenig beeilen sollte, stieß er die angelehnte Tür für mich auf. »Jetzt oder nie.«

KAPITEL 5

SKILL

S ie war Zucker.

Und ich verabscheute Zucker.

Wie konnte man Geschirr abwaschen und dabei die Aufmerksamkeit eines halben MCs auf sich ziehen? Definitiv war sie eine Ablenkung. Keine willkommene noch dazu. Allein dafür, dass sie dort gestanden und Gläser gespült hatte, hätte ich sie gern zerquetscht.

Was zur Hölle hatte sich Rampage dabei gedacht?! Mein Geschenk?! Ein kleines Mauerblümchen, das mir als meine persönliche Hure zur Verfügung gestellt wurde, wollte ich nicht. Egal wie groß und rosig ihr Mund war und wie perfekt mein Sperma auf ihm aussehen würde. Normalerweise war sie niemand, den ich mir ins Bett holen würde. Trotzdem wusste ich, dass mein Körper auf sie reagierte. Die Nummer mit meiner verletzten Hand? Mies. Allerdings hatte sie davon keine Ahnung. Meine Reaktion? Gerechtfertigt. Ich wollte sie, verdammt noch mal. *Wollte*, dass mein Name über ihre Lippen kam, während sie mir ausgeliefert war – mir allein.

»Wird das heute noch etwas?!«, rief ich genervt und zog mir meinen Pulli über den Kopf. Um mir ein frisches Shirt zu nehmen, trat ich an meinen Schrank heran, ehe ich mir auch noch eine neue Jeans herausfischte und eine Jogginghose für Lilith dazu.

Dummes Blümchen. Wie tollpatschig konnte Frau sein?

Hinter mir hörte ich, wie sie die Badezimmertür öffnete und nach Luft schnappte, daher schielte ich über meine Schulter.

»Oh, bitte.« Dabei verzog ich das Gesicht. »Jetzt tu nicht so, als wäre ich der erste Mann, den du ohne Hose zu Gesicht bekommst.«

Lilith atmete laut und zittrig ein, während sich ihre Wangen färbten. Eine Sache an ihr, der ich nicht leid werden konnte.

Es war ... süß. Irgendwie etwas, was man unter anderen Umständen mögen konnte.

»Egal was du willst«, sagte sie leise und schloss die Tür hinter sich. »Schlag es dir aus dem Kopf.«

»Bitte?« Erst hüpfte ich in ein Hosenbein und dann ins andere, bevor ich mir die Jeans über den Arsch zerrte. Nachdem ich mich zu ihr umdreht hatte, musterte ich ihre angespannte Erscheinung. Sie kämpfte mit sich, man sah es ihr an.

Wollte sie mich nun bespringen oder weiterhin ihre Empfindungen unterdrücken? Denn am Ende jeden Tages war es nicht mehr als das. Körperlich.

Sie reagierte auf mich. Juckte mich nicht. Oder sollte es zumindest nicht.

Es sagte nichts über sie als Person aus. Ein Glück. Schließlich wollte ich sie ficken, nicht ihre Tränen danach aufsammeln.

»Ich habe nicht darum gebeten, dir angeboten zu werden wie ein Stück Fleisch.« Das Kinn reckend, rümpfte sie die Nase und blickte mir mit ihrer geröteten Haut tapfer in die Augen.

Darum – je von dir zu erfahren – habe ich auch nicht gebeten.

Ihre Atmung beschleunigte sich, sobald ich näher an sie herantrat. Lilith war aufgeregt, nervös.

War ich der erste Kerl, der sie so aus der Fassung brachte? Niedlich.

»Was erwartest du nun von mir?«, fragte ich sie.

Ich sah sie schlucken. Und genau dort, wo sich ihr Kehlkopf beim Schlucken bewegte, hockte ein kleiner lilafarbener Punkt. Am liebsten wollte ich dort hineindrücken. Ihn intensivieren, damit sie sich daran erinnerte, dass das hier nicht das fucking Disneyland war, in dem sie sich befand. »Darf ich denn überhaupt noch etwas *erwarten*?«, hakte sie nach. »Das hier ist Sklaverei.«

»*Sklaverei* würde beinhalten, dass du das tust, was ich dir sage, und du hast es bisher nicht ein Mal geschafft, mir nicht auf die Nerven zu gehen«, entgegnete ich ruhig.

»Trotzdem impliziert dein Boss, ich müsste dir Gehorsam leisten und gefügig sein.«

»Präsident«, korrigierte ich sie.

»Ich will nicht dir gehören.«

»Tust du aber«, widersprach ich ihr sofort. Nur um sie zu provozieren. Es ging nicht anders.

Ihre Reaktion war einfach – und unangenehm. Lilith schüttelte sich und nahm einen kleinen Schritt Abstand von mir. Als hätte sie Angst, ich könnte sie plötzlich als Mahlzeit in Betracht ziehen. Trotzdem erkannte ich in ihren Augen dieses Feuer, nach dem ich suchte und mich verzehrte, wenn es auftauchte. Daran war nichts süß. Es war roh und dunkel. Und ich mochte es. Alles daran.

»Du –« Sie schloss die Lider und atmete tief ein. »Du magst mir körperlich überlegen sein, aber ich werde niemals freiwillig auch nur deine Hand halten.«

»Niedlich«, kommentierte ich unüberlegt. »Jungfrau?«

»Bitte?« Ihre Stimme wurde eine Oktave höher, ungläubiger.

»Bist du noch Jungfrau?«, hakte ich trocken nach.

»Diese Frage ist unangebracht.«

Ich kämpfte dagegen an, zu lächeln.

Das war in meiner Welt absolut nicht unangebracht. Es war noch rücksichtsvoll. Denn ich könnte auch drauf scheißen, wenn sie noch unberührt war.

Glück für sie, dass ich die Zustimmung einer Frau im Bett zu schätzen wusste.

Ein bisschen sträubten sie sich immer, bevor sie nachgaben und Gehorsam zeigten. Auch das Blümchen würde sich mir am Ende fügen.

»Kommt ganz auf mein Vorhaben an«, sagte ich ihr.

Vielleicht hätte ich es gelassen, doch Lilith zu necken rief viel zu viel Freude für diesen beschissenen Tag in mir hervor.

»Ich schlafe nicht mit dir.«

»Würde ich auch nicht wollen«, sagte ich leicht daher und räusperte mich. »Das Bett hab ich gern für mich allein.«

Ihre Wangen wurden noch röter und ihre dunkelblauen Augen blitzten auf. Das sollte wohl *Gefahr* schreien. Dass ich nicht lachte. Wutentbrannt schnaubte sie, und ich sah aus dem Winkel, wie sie ihre kleinen Hände zu Fäusten ballte.

Oh, da war dieser Kampfgeist. Ich wollte ihn locken, schauen, wie weit ich gehen konnte.

Also trat ich – so nah ich konnte – an sie heran.

Es überraschte mich, dass sie nicht zurückwich, sondern den Kopf stattdessen in den Nacken legte und mich anstarrte.

»Ich vereinfache meine Sprache für dich«, schlug ich ihr leise vor, während ihre Augen mich herausforderten. Nur zu gern. »Bist du *ungefickt*?«, hakte ich nach. »Denn wenn ich vorhabe, meinen Schwanz in deiner Pussy zu vergraben, möchte ich das lieber wissen, bevor du mir das Bett mit Blut einsaust.«

Die Frau vor mir schwieg und lief so rot an, dass ich sie schon daran erinnern wollte, Luft zu holen.

Doch heute war wohl der Tag der Überraschungen.

»Ich wurde bereits *gefickt*«, antwortete sie plötzlich ruhig, woraufhin ich beide Brauen hob. »Und ich bin nicht darauf erpicht, deinen *Schwanz* auch nur zu sehen.«

Als hätte sie mich verzaubert, konnte ich nichts gegen das Grinsen unternehmen, das sich auf meinen Zügen ausbreitete.

»Wer hat behauptet, du hättest ein Mitspracherecht?«, fragte ich scherzend.

Das Feuer, welches von ihr ausging, weckte meine Dunkelheit. Und damit meine Erregung. Meine Erektion schwoll bei dem Gedanken, wie sie sich unter mir winden und wie sehr ihre Muskeln danach lechzen würden, an. Ihr Kopf war es, der ihr für solch ein Vergnügen im Weg stand – nichts anderes.

»Wenn du mich anrührst, beiß ich ihn dir ab.«

Meine Braue zog sich hoch. »Ich bezweifle, dass du den Mund ordentlich schließen kannst, wenn ich in deinem Hals stecke.« Vielleicht hätten wir ihr schon viel eher etwas zu essen geben sollen. Bei Kräften mochte ich sie doch gleich viel lieber. »Da du *meine Sklavin* bist, gebe ich dir einen gut gemeinten Ratschlag«, erwiderte ich leise. Wahrscheinlich gedämpfter, als ich sollte, aber meine halbharte Latte drückte unbequem gegen meine Jeans. »Ich mag ungezogene kleine Mädchen.« Ihr Gesicht behielt die tiefe Farbe – was mich ehrlich beeindruckte – und ich ließ ihr kurz Zeit zum Durchatmen. »Aber noch mehr mag ich Frauen mit Feuer.«

»Du –«

»Du hättest mir nicht zeigen dürfen, was in dir steckt, kleines Blümchen.« Die Hand nach ihr ausstreckend umfasste ich ihren Nacken, ehe ich sie so nah an mich heranzog, dass sich unsere Leiber berührten.

Lilith wirkte überrascht. »Jack hat nicht gelogen, als er sagte —«

»Was? Dass ich dich will?« Mein Grinsen wurde breiter. Was hatte sie erwartet? Der Bastard war mein bester Freund. Natürlich kannte er mich. »Du hättest dir das überlegen sollen, bevor du mir ins Gesicht gespuckt und nach mir ausgeholt hast.« Ein wenig stärker drückte ich meine Finger gegen ihre zarte Haut und sie presste die Lippen aufeinander. »Mach meine Hose zu«, forderte ich sie auf. Das würde schwer gehen, denn mittlerweile war ich steinhart.

Erst bewegte sie sich nicht, doch ich sah sie erneut schlucken, hörte es sogar, bevor sich ihre Finger gegen meine Boxershorts drückten und dann an meinen Reißverschluss wanderten. Ihr Blut pulsierte unter meinen Fingerkuppen und mein Herz machte aufgeregt das Gleiche.

»Ich hasse dich«, flüsterte sie, als sie ihn mir zuzog.

Sobald ich von ihrem Nacken abließ, strich ich mit dem Daumen über ihren Kiefer.

»Gut, dass wir für Sex nur unsere Körper benötigen.«

»Auf keinen Fall werde ich Sex mit dir haben«, erwiderte Lilith direkt.

»Red dir das nur weiter ein«, schmunzelte ich und nahm Abstand. »Du kannst nicht lügen, Blümchen.« Mit einem schnellen Handgriff nahm ich mir meine Lederjacke vom einzigen Haken, der an der Tür nach draußen hing, und zog sie mir über. »Du kannst ein wenig fernsehen oder so.« Zuerst deutete ich auf mein Bett und dann auf das Gerät. »Eine frische Hose liegt auf der Kommode. Wenn du verschwindest, bring ich dich um«, drohte ich leicht daher, ehe ich hinauslief, ohne mich zu verabschieden, und die Tür zuzog.

Als würde ich es dem Zufall überlassen. Von außen schloss ich sofort ab.

Dann atmete ich einmal tief durch und drückte mit der Hand gegen meine Ausbuchtung, um meinen Schwanz bequemer zu legen.

»Ich brauch 'n Drink«, murmelte ich leise.

»Wieso hast du sie Skill geschenkt?«, brummte Roady und hob sein Bier an.

»Weil ihr regelmäßig fickt und er die längste Trockenphase hat, die es in der Geschichte unseres MCs je gab«, erwiderte unser Präsident, und meine Mundwinkel zuckten.

Ja, ich hatte eine Durststrecke, allerdings nicht, weil mir die Weiber nicht länger sehnsüchtige Blicke zuwarfen. Sondern weil mir nach Johnnys Tod nicht nach einer Frau gewesen war.

»Tut mir leid, Männer, aber nicht jeder hier kann Rumhuren lieben«, beleidigte ich sie, und Jack lachte.

»Touché.« Er deutete mit seiner Flasche auf mich, ehe er an mir vorbeisah. »Wenn man gerade vom Ficken spricht.«

Nachdem ich den Kopf gedreht hatte, erkannte ich Joker bereits in einer kleinen dunklen Ecke, wie er seinen Körper gegen den eines jungen Dings drückte.

»Er hat die längste Liste von uns«, murmelte Roady und exte seinen Drink.

»Der darf das, er ist Joker«, scherzte Sally und rülpste. »Ihr Lutscher, ich geh ins Bett.«

Rampage schnipste mit seinem Bierdeckel nach Sally, der zusammenzuckte, als er ihn an der Schläfe traf.

»Wer ist hier ein Lutscher, huh?«, bemerkte er belustigt, ehe er zu mir blickte. »Apropos, war sie darin denn gut?«

»Sieben von zehn«, log ich schulterzuckend. »Aber das Blut war wundervoll.«

Jack schüttelte sich lachend. »Hab ich nicht gesagt, du sollst lieber warten?«

»Warum?«, entgegnete ich. »Wenn ich schon 'ne Pussy geschenkt kriege, wieso sollte ich mich dann auch noch zurückhalten?«

»Genießen ist das Stichwort«, antwortete er und fixierte meine Augen mit einer Ernsthaftigkeit, die ich selten an ihm bemerkte. »Genieß es, solange es geht.«

Bevor ich trank, verdrehte ich die Augen.

»Hätte gedacht, dass du sie mitnimmst«, bemerkte Rampage mit einem Unterton in der Stimme, den ich nicht ganz zu deuten wusste.

Seine blauen Augen funkelten.

»Das soll sie sich erst verdienen«, meinte ich.

Die Musik schepperte aus den Lautsprechern, der Bass vibrierte unter unserer Haut, und auf der hochgezogenen Bühne ließ Maya gerade ihren pinken String fallen.

»Was ist eigentlich aus dem One-Night-Stand geworden?«, hakte Jack nach.

»Wenn du sie ficken willst, dann tu's«, rief ich ihm zu und schaute geradewegs zwischen ihre Beine, während sie sich auf dem Boden rekelte und die Schenkel für die Männer in der ersten Reihe spreizte.

Maya und ich hatten es einmal miteinander getrieben. Sie war nicht mein Favorit unter unseren Prostituierten – abgesehen davon, dass wir so was wie Freunde waren. Mit Freunden ins Bett zu steigen ... Dazu war ich nicht geeignet.

Jack schon eher. Neulich erst hatten sich Joker und er zwei Blondinen geteilt. Mitten am Tag.

Ich seufzte.

»Deine Laune wäre besser, wenn du einen Blowjob bekommen hättest«, raunte Jack mir zu. »Wo ist sie, Skill?«

»Sorgst du dich um sie?« Skeptisch betrachtete ich ihn und nahm einen weiteren Schluck.

»Wie du es sagtest, sie ist unschuldig. Und sie wirkt ... nett.«

»Nett«, wiederholte ich schnaubend. »Auch sie ist nur eine weitere Nervensäge mit einem hübschen Gesicht.«

»Die du nicht angerührt hast«, fügte er hinzu. »Ich kenne dich. Du siehst anders aus, wenn du befriedigt bist.«

»Wenn du damit auf den Dreier zu sprechen kommst«, setzte ich an. »In der Nacht war ich voll drauf. Ich halte länger durch.«

»Rede dir das nur weiter ein«, erwiderte er mit zuckenden Mundwinkeln. »Aber was ich eigentlich meine ... Sie reizt dich. Alles an ihr.«

»Und?«

»Wieso hast du sie noch nicht angerührt?«, hakte er nach.

»Wieso fragst du? Das geht dich 'n feuchten Dreck an.«

Kopfschüttelnd lachte er. »Okay, dann denk ich mir meinen Teil, bis du bei mir angekrochen kommst.«

»Ärger im Anmarsch.« Bones haute mir gegen die Schulter, nachdem er aus der Küche gekommen war und weiterlief, während ich mich alarmiert drehte.

»Fuck«, sprach Jack aus, da ich mich erhob und in Bewegung setzte.

Genau in die Richtung des kleinen Bastards, der sich Vizepräsident der Green Killers nannte und mit seinem kahl rasierten Schädel und dem Drachentattoo am Hinterkopf an der Bar stand und mit Momma sprach.

Sie bekam auch jeden weich.

»So, die Party ist an dieser Stelle für dich vorbei«, behauptete Bones in einem entschiedenen Ton, weshalb Momma und er aufschauten.

»Wir haben uns nur nett unterhalten«, erklärte er mit

seinem spanischen Akzent. Jedes Mal, wenn er sein Maul öffnete und ich hörte, wie er die Buchstaben über seine Zunge rollen ließ, überbekam mich eine Gänsehaut. Es nervte mich. Hatte es schon, als ich ein Teenager war.

Vor wenigen Jahren kamen wir noch gut mit den Greens aus. Mein Dad und ihr Präsident waren einmal so etwas wie Freunde gewesen.

Aber dann hatten sie Johnny getötet. Das ließen wir nicht auf uns sitzen.

»Uns scheißegal«, behauptete ich und verschränkte die Arme vor der Brust. »Verpiss dich.«

Momma seufzte und hielt ihre Hände auf die Theke gedrückt.

»Rico ist auf der Suche.«

»Nach 'nem Schwanz, den er lutschen kann, oder was?«, bemerkte Bones angesäuert. War ich froh, dass unser Vizepräsident derselben Meinung war wie ich ... »Wie er sagte. Verpiss dich.«

»Du bist hier nicht willkommen«, knurrte ich.

Seufzend stützte Rico sich mit einer Hand am Barhocker ab. »Hört zu«, bat er uns. »Mit euch Schwachköpfen würde ich mich auch nicht auseinandersetzen, wenn wir nicht jemanden –«

»Wir haben Waffenstillstand, solange ihr euch von uns fernhaltet«, schnitt Bones ihm das Wort ab. »Verpiss dich, bevor wir Sculley deinen Schädel zurücksenden und den Rest von dir den Hunden in der Gasse zum Fraß vorwerfen.«

»Eine Frau. Braunhaarig, sie hat blaue Augen und ist um die fünfundzwanzig. Sie ist schlank, soll durch ihre langen Schneidezähne auffallen und ist Studentin an der Brown.« Mein Blick kreuzte den von Momma, die ihn undurchdringlich erwiderte.

»Was ist mit ihr?«, hakte Bones nach.

»Sie wird vermisst, und Sculley nimmt die Straßen bis zur 95sten auseinander.«

»Und das juckt uns?«, entgegnete Bones und hob seine Brauen.

»Sollte es«, bemerkte der Vizepräsident der Greens nickend. »Denn ich möchte nicht in eurer Haut stecken, falls ihr etwas damit zu tun habt, Männer.«

»Drohst dú uns?« Bones legte seinen Kopf schief. »Dumme Idee in unserem Revier.«

»Ich bin in Frieden gekommen«, stellte er klar.

»Das interessiert uns einen Scheiß, Rivera. Jetzt verpiss dich endlich«, ertönte Rampages Stimme hinter mir. »Wie sie meinten. Du bist nicht willkommen. Und das Mädchen haben wir nicht gesehen.«

Rivera seufzte. »Dann haltet die Augen offen«, bat er uns und blickte zu Momma. »Die Kleine ist unschuldig und hat in einem Bandenkrieg nichts verloren.«

Ohne einen Abschiedsgruß drehte er sich um und kämpfte sich zurück zum Ausgang.

Sobald er fort war, atmete Momma einmal tief auf.

»Was auch immer ihr mit ihr vorhabt, das endet nicht gut.« Von mir blickte sie hinüber zu Rampage.

»Lilith hat zu viel gesehen«, grummelte Rampage leise in meinen Nacken.

Bevor ich mich aufhalten konnte, drehte ich mich um und packte ihn am Ellenbogen, da er sich in Richtung Haustür drehte.

»Ich hasse diesen Bastard genauso sehr wie du, wenn nicht noch mehr«, bemerkte ich. »Aber er hat recht, Rampage. Lilith ist unschuldig.«

Sein Wangenmuskel zuckte, ehe er sich zu mir rüber beugte.

»Deine Meinung ist mir wichtig, Skill«, brummte er. »Aber *ich* bin der Präsident. Nicht du. Wenn die Greens noch mal schnüffeln, dann wirst du sie los. Ist das klar?« Ich biss die Zähne fest aufeinander. »Und jetzt nimm deine Pfoten von mir, Mann.« Zögerlich löste ich den festen Griff um seinen Oberarm. »Was hast du gefrühstückt? Anabolika?«

Nein. Die Schreie meines letzten Opfers, dem ich meinen Schraubendreher durchs Auge gerammt hatte, damit es endlich die Fresse hielt.

In der Nacht schloss ich mein Zimmer auf und seufzte.

Und dann erneut, weil ich Lilith entdeckte, wie sie in meinen Kissen lag und schlief.

»Leck mich doch«, murmelte ich und schaltete das Deckenlicht ein. Sie murrte leise. »Aufstehen, Blümchen!«, rief ich laut und warf die Jacke über die Garderobe. »Hey!« Müde blinzelnd hob sie den Kopf. »Raus aus meinem Bett, ich möchte pennen.«

Sie zog ihre Brauen fragend zusammen und sah sich auf der Matratze um – als brauchte sie einen Moment, um zu realisieren, wo sie sich befand.

»Wo soll ich denn hin?«, nuschelte sie und rieb sich einmal über die Augen.

»Mir egal, nur raus aus meinem Bett«, stellte ich klar und öffnete meine Badezimmertür.

»Witzig«, bemerkte sie und gähnte einmal laut, was ich hinter mir hörte. »Skill, wo soll ich bitte übernachten, wenn nicht in deinem Bett? Ich –«

»Ist mir egal.« Bevor ich zu ihr zurücklief, schnappte ich mir meine Zahnbürste. »Wenn ich hier wieder rauskomme, bist du verschwunden, ist das klar?«

Lilith starrte mich an, als könnte sie nicht glauben, dass ich diese Worte eben ausgesprochen hatte.

»Okay«, antwortete sie langsam, während ich mich umdrehte. »Dann ... Nacht.«

Meine Hand griff nach der Zahnpasta und ich begann mir die Zähne zu schrubben. Ich war hundemüde und wollte mich nur noch hinhauen.

Mir war es wirklich egal, wohin sie sich zum Schlafen verzog. Hauptsache raus aus meinen Laken.

Kapitel 6

Lilith

Ich wusste nicht, was ich erwartet hatte. Skill würde nach seiner Party wiederkommen und mich *freundlicherweise* bei sich übernachten lassen?

Ach, keine Ahnung.

Was ich allerdings deutlich spürte, war, dass sich mein ganzer Körper vor Schmerzen nach einer weichen und sauberen Matratze sehnte. Zuerst hatte ich mich zwar allein in seinem Raum unwohl gefühlt, doch nach einiger Zeit hatte ich mich das erste Mal seit Tagen entspannen können.

Mit einem leisen, ächzenden Ton ließ ich mich vor Skills Zimmer an der Wand zu Boden gleiten und atmete tief ein, da die Wunden an den Oberschenkeln noch brannten.

Auf keinen Fall wollte ich zurück in das versiffte Loch dort oben. Egal wo es sich im ersten oder zweiten Stock befand. Dafür war ich zu orientierungslos und müde.

Was erwartete er von mir, direkt nachdem er mich aus dem Tiefschlaf gerissen hatte? Die Eier gekrault zu kriegen?

Ach, nein, ich sollte verschwinden. Wenn das doch nur so einfach wäre.

Nichts lieber würde ich jetzt tun, als mit Vero auf der Couch aufzuwachen und festzustellen, dass wir mal wieder bei einer Serie oder einem Film eingedöst waren.

»Und da sitzt sie. Wie eine vor die Tür gesetzte Katze.«

Zögerlich richtete ich meine Aufmerksamkeit auf Jack, der durch die Tür zum großen Esszimmer trat.

»Hat er dich aus dem Bett geschmissen?« Der Biker lehnte sich gegen das kalkweiße Gemäuer, an dem ich saß.

Seufzend starrte ich auf die blanke Fläche mir gegenüber. »Kann dir das nicht egal sein?«, hinterfragte ich leise und konnte das nächste Gähnen nicht unterdrücken, das sich einen Weg aus meinem Mund bahnte.

»Könnte es«, antwortete er mir. »Aber ich könnte dir auch einen Platz für die Nacht anbieten.«

Ich fixierte meinen Schoß, in dem meine Hände ruhten, und konzentrierte mich darauf. »Der Letzte, der das behauptet hat, wollte, dass ich mit ihm schlafe.« Erschöpft hob ich meinen Schopf. »Also fahr zur Hölle, Jack.«

Seine Mundwinkel zuckten. »Es war nur ein Angebot, Süße. Und wer hat davon gesprochen, dass ich Sex mit dir möchte?« Er setzte sich in Bewegung, drehte sich aber noch mal um. »Eigentlich hätte ich dir den Platz in meinem Bett einfach so angeboten«, sagte er. »Ohne Hintergedanken.«

Jack zwinkerte mir zu, bevor er um die Ecke des Flurs verschwand.

So blieb ich hier. Mutterseelenallein.

Mit der Zeit wurde mir klar, dass Jacks Beschreibung ziemlich gut auf mich zutraf. *Eine vor die Tür gesetzte Katze.* Die nur die Decke über den Schädel ziehen wollte. Fehlte noch, dass ich anfing, an Skills Zimmertür zu klopfen und darum zu betteln, eingelassen zu werden.

Da ich hier bisher keinen Lichtschalter entdeckt hatte, blieb das Licht an – bis es irgendwann ausging und ein hohles Klicken dabei ertönte.

Tief einatmend lauschte ich in die Dunkelheit hinein, nach jedem noch so kleinen Geräusch. Ein kleines Surren war alles, was ich vernahm. Aber ich blieb ungestört.

Das war ich, seit Skill mich entführt hatte. Allein. Und auf mich gestellt, ohne die Wahl zu haben.

Alles, was ich im Moment wollte, war, wie ein Mensch behandelt zu werden. Und nicht wie ein Tier, mit dem gemacht werden konnte, wonach es sie beliebte, nur weil es denen unterlegen war, die es in ihrer Gewalt hatten.

Da ich nicht wusste, wie viel Uhr es war, und mir meine Verletzungen zusetzten, gab ich nach und legte mich auf die Seite. Ich bettete meinen Kopf unter meine Hände und atmete noch mal tief ein.

Der Fußboden mochte nicht kalt sein, aber er war steinhart und ziemlich unbequem.

Vielleicht konnte ich nicht schlafen, aber auch nicht ewig gegen die Wand gelehnt dasitzen und darauf hoffen, irgendjemand würde sich erbarmen und lieb zu mir sein.

Denn das würde hier niemand. Keiner war auf meiner Seite. Ich musste für mich selbst stark sein.

Sobald ich aufwachte, hatte ich das Gefühl, weich zu liegen, und der Geruch von Zedernholz und Lavendel stieg mir in die Nase.

Seufzend gab ich mich der Illusion hin, die sich mein Unterbewusstsein ausdachte.

Zumindest bis ich hörte, dass eine Tür sich schloss, und ich erschrocken hochfuhr.

Die Augen zusammenkneifend, da sich alles drehte und

mein Körper ein paar Sekunden brauchte, bevor der Kreislauf klarkam, versuchte ich mich im Zimmer umzusehen.

Tatsächlich befand ich mich nicht mehr auf dem Boden vor Skills Räumlichkeiten. Zwischen seinen Laken war ich aber auch nicht.

Ich ... lag in einem fremden Bett mit dunkelgrünen Bezügen und in einem Zimmer, das – im Gegensatz zu Skills – viel Liebe zum Detail aufwies.

Es standen dekorative Totenköpfe herum, selbst auf den Möbeln waren welche aufgemalt und das meiste war in Grüntönen gehalten.

Da hatte wohl jemand eine Lieblingsfarbe.

Es war auch immer wieder derselbe Totenschädel. Selbst die Haken der Garderobe bestanden aus ihnen.

Die Stirn krausziehend schlug ich die Decke beiseite.

Meine Kleidung hatte ich noch an.

Verwirrt stand ich auf und bewegte mich ein wenig im Raum umher.

War ich ... War ich bei Jack?

Als ich mich umdrehte, entdeckte ich einen kleinen Spiegel, der neben der Tür stand. Meine noch immer ungekämmte Mähne war langsam wirklich katastrophal. Eigentlich sollte ich sogar dringend nach einer Haarbürste fragen, aber ... ich hatte echt Besseres im Sinn, als mir die Haare zu kämmen.

Schluckend begab ich mich zur Tür und drehte am Knauf. Zu meiner Überraschung ging sie auf und zeigte den weißen Flur von gestern.

Vorsichtig steckte ich den Kopf hinaus und spähte einmal in beide Richtungen. Links war er eine Sackgasse, aber es ging nach rechts weiter.

Das Licht im Flur war wieder an, doch wie viel Uhr es war, wusste ich noch immer nicht.

Es konnte der nächste Morgen sein, aber auch der nächste

Nachmittag. Verdammt, ich hatte sämtliches Zeitgefühl hier unten verloren.

Bedacht tapste ich hinaus und sah sofort nach unten. Kacke, meine Boots waren noch bei Skill.

Ich guckte zurück ins Zimmer, in dem ich gelegen hatte, und entdeckte einen hellgrauen Teppich. Absolut untypisch für einen Biker.

Ich schlang die Arme um mich und marschierte bis zur Ecke, in der – lieblos wie grundsätzlich in diesem Haus – nichts stand, bevor ich mich vor dem langen Gang wiederfand, in dem ich zuletzt gesessen hatte.

So schlich ich zur ersten Tür und klopfte, bevor ich am Knauf drehte. Sie gab nicht nach.

Frustriert seufzte ich. »Verdammt«, fluchte ich leise und bewegte mich in Richtung Essbereich.

Mit jedem Schritt, den ich näher kam, stellte ich fest, dass ich noch immer allein war.

Im Treppenhaus schaute ich nach oben. Der einzige Weg führte nur hinauf.

Dachte ich zumindest, bis ich ein lautes Geräusch hörte, das definitiv von unter mir kam.

Verwundert war ich schon auf dem kleinen Weg zurück zum Esstisch.

»Hallo?«, wisperte ich vorsichtshalber, eine Antwort bekam ich aber nicht.

Verwirrt drehte ich mich einmal im Kreis.

Das war surreal. Wie in einem Horrorfilm.

Kopfschüttelnd schlich ich zurück zum Treppenabsatz, ehe ich deutlich ein Geräusch hinter mir hörte und mich sofort umdrehte. Doch da war niemand.

»Okay, jetzt wird's gruselig«, flüsterte ich und erschreckte mich, da etwas knarzte und ich zur Seite blickte.

Die Wände waren nur weiß, daher hätte ich niemals mit

bloßem Auge gesehen, dass sich dort ein Eingang befand. Eine Tür – direkt neben der des Esszimmers –, die immer wieder leise ein wenig auf- und zuschwang.

Mein Herzschlag hämmerte mir bis zum Hals.

Das hier schrie doch förmlich nach Gefahr und Verbot.

Mit einem Zögern tapste ich darauf zu und riss sie dann – vielleicht ein wenig zu energiegeladen – auf.

Denn alles, was ich erkannte, war eine Treppe, die hinab führte.

Gab es in diesem Haus überhaupt einen Ort, der nicht nach alles verschlingender Dunkelheit schrie?

Leise hörte ich Stimmen. Ein Summen.

Stirnrunzelnd trat ich vorsichtig in die Finsternis. Nur probehalber.

Doch ich erschrak noch viel mehr, da ich beinahe auf die Nase flog, weil ich die erste der vielen Stufen übersah.

Schnell stellte ich fest, dass dieser Abgang mich nicht in die Freiheit führen würde, nach der es mich dürstete. Sondern direkt in die Hölle. Was mich leider nicht davon abhielt, ihn trotzdem zu nehmen.

»Letzte Chance.«

»Das hast du auch vor einer halben Stunde gesagt, Mann.« Ein Keuchen ertönte, als ich die Tür vor mir öffnete, die in einen stickigen Raum führte. Einen ohne Fenster. Ein Loch voller …

Also wenn ich mein *Zimmer* für *dreckig* gehalten hatte …

Der Würgereiz, der in mir hochkam, war geradeso zu unterdrücken.

Es stank bestialisch. Nach Tod und Verwesung.

Obwohl ich beides noch nie gerochen hatte, wusste ich es sofort zu benennen.

»Ich möchte einen Namen hören«, ertönte Skills Stimme.

Das war definitiv er. Sein tiefer Basston sorgte dafür, dass sich mir die Härchen auf dem Arm aufstellten.

»'N Scheiß bekommst du.« Es klang, als wäre ein Faustschlag zu hören, und mir wurde heiß und kalt gleichzeitig, da ich zwei Männer entdeckte.

Einer von ihnen saß auf einem Stuhl, das Gesicht schon ganz zugeschwollen und blutverschmiert. Die dunklen Haare klebten ihm schweißnass im Gesicht.

»Und wenn ich mein Gebiss verliere«, er schaute zu seinem Peiniger vor ihm auf, »ich nenn dir trotzdem keine Namen.«

»Hm.« Mir richteten sich nun auch die Nackenhaare auf, sobald Skill brummte. »Dann bist du dümmer, als ich angenommen habe.«

»Du tötest mich so oder so, Mann.« Der Fremde schüttelte den Kopf. »Das Letzte, was ich machen kann, ist, die vor dir zu schützen, die wichtig sind.«

»Niedlich«, schmunzelte Skill und drehte sich zur Seite. »Sagst du das auch deiner Großmutter?«

»Nein, aber deiner Mutter, wenn ich sie bumse«, konterte der Typ.

Ich schluckte, ehe ich mich ein Stückchen näher traute, in diesen kleinen Raum, der echt nicht viel mehr aufwies als den Stuhl und die beiden Personen darin.

Und einen Leichnam direkt hinter der Tür.

Kreischend wich ich zurück, als diese langsam wieder zufiel und die Hand des toten Körpers sich dadurch bewegte.

Sie war blutig, und nur noch ein Fingernagel klebte an den Händen. Der Tod war unverkennbar eingetreten, weil ihm jemand einen Schraubenzieher durch ein Auge gejagt hatte.

Mir wurde auf Anhieb schlecht, weshalb ich würgte und mich wegdrehte, bevor mein Blick Skill traf, der mich geradewegs ansah.

Angefressen. Kalkulierend.

»Was *tust* du hier?«, donnerte er eisig.

Die Lippen zusammenzupressen half trotzdem nicht gegen die Übelkeit.

Ich lief zur Seite, ehe ich mich vornüberbeugte und mich erbrach.

Ein Lachen hinter mir ertönte. »Ah, die erste Leiche«, kicherte der Mann, und es wurde kurz still. »Ist das deine Kleine?«

»Raus.«

Aufschluchzend hielt ich mir den Bauch, während mir der Würgereiz Tränen in die Augen jagte.

»Wie viel nimmst du für den letzten Wunsch eines sterbenden Mannes, huh?«, hakte der Kerl nach. »Denn ich würde 'ne Menge zahlen, würde sie sich ausziehen.«

»Halt die Fresse.«

Als Skill seine Hände an mein Haar legte, glaubte ich schon, er würde mich wieder daran packen und rausschmeißen. Stattdessen hielt er es davon ab, vor meinem Mund zu landen.

»Danke«, brachte ich keuchend hervor.

»Du solltest erst gar nicht hier sein.«

Der Biker neben mir seufzte genervt, während ich mich an der Wand abstützte und mir meine Finger gegen die Lippen presste. Der fahle Geschmack, der zurückblieb, in Kombination mit dem Leichengeruch, ließ mich beinahe weiter meinen Mageninhalt auf dem Beton unter meinen nackten Füßen verteilen. Schnell atmete ich nur noch durch den Mund und hielt mir zusätzlich die Hand davor.

Jedoch erinnerte mich der Griff um meine offenen Strähnen daran, dass ich nicht mehr allein war.

Langsam drehte ich mich und schaute zu Skill, der mich ansah, als würde er abwägen, was er nun mit mir tun sollte. Mich umbringen oder mir wehtun.

Beides klang aus meiner Sicht nicht erstrebenswert.

Ohne nachzudenken, öffnete ich meine Lippen, weil ich

mich verteidigen wollte, allerdings kam kein Ton heraus. So schloss ich sie wieder und starrte ihm in die dunklen Augen.

»Wieso bist du hier?«

»Weiß ich nicht«, antwortete ich heiser, fast schon flüsternd. »Es ... Ich kann wieder gehen«, schlug ich ihm vor.

»Oder mir den Schwanz lutschen«, mischte sich der Kerl ein, und ich schloss kurz die Lider. »Püppchen, wie viel, hm?«

»Ich sagte, du sollst das Maul halten«, mischte sich Skill ein, ohne den Augenkontakt mit mir zu unterbrechen. »Geh«, forderte er mich auf.

Nickend setzte ich mich in Bewegung. Aber ich hatte die Rechnung ohne den Kerl auf dem Stuhl gemacht, dessen lange Beine ich echt unterschätzte.

Er streckte beide aus, und ich stolperte, bevor ich erschrocken kreischte und fiel. Nur wenige Zentimeter mir gegenüber war die Leiche.

Mit diesem einen – in die Leere gerichteten – intakten Auge und dem halb geöffneten Schlund stierte sie mir ein Loch in die Brust, und damit nistete sich das Bild in meiner Seele ein.

»Auf allen vieren mag ich Frauen am liebsten.« Der Gefangene lachte, und ich schluckte, bevor ich mich aufsetzte und eine Schürfwunde entdeckte, die ich mir am linken Handballen zugezogen hatte.

»Doch noch viel lieber mag ich sie schreiend.«

Ich schrie tatsächlich, als er mich an meinem langen Haar mit den Fingerspitzen erwischte und mir einzelne ausriss.

Na ja, oder Skill war es. Denn er war so schnell bei mir, dass ich mich nur auf meinen Hintern drehen konnte.

»Rühr sie noch mal an und ich quetsch dir die Augen in einem Stück mit einem Löffel aus!«

Zitternd atmete ich ein, da packte seine linke Hand den Hals des Kerls und drückte so fest zu, dass er nach wenigen Sekunden bereits rot anlief. Seine Äpfel traten groß hervor.

»Sie ist keine Nutte, der du Heroin anbieten kannst, um sie zu locken«, sagte er aufgebracht. »Lilith ist meins. *Allein meins.*«

Meine Sicht verschwamm, während ich schluckte. Der Kerl vor uns gurgelte und es erklang ein lautes abscheuliches Knirschen.

Ich konnte nicht glauben, was ich hier erlebte. Schluchzend presste ich mir meine Hand fester auf den Mund, als der Mann schwer nach Luft rang.

Skill starrte ihm unnachgiebig in die Augen. »Jetzt genug Angst?«, hakte er nach. »Nenn verdammt noch mal Namen oder ich zerquetsch dir deinen Kehlkopf.«

Besorgt schaute ich zu Skill, und bevor ich mich's versah, setzten sich meine Muskeln dummerweise in Bewegung.

»Hör auf«, bat ich heiser und zerrte panisch an seinem Unterarm. »Skill, hör auf«, wiederholte ich mich. »Du bringst ihn noch um!«

»Lilith, du solltest deine Grenze kennen.«

»Nein, du wirst ihn ...« Ein spitzer Aufschrei entwich mir, während es laut in diesem kleinen Raum schallte.

Meine Wange brannte, ich zuckte zurück und starrte Skill aus schreckgeweiteten Augen an, der seine linke Hand gerade wieder sinken ließ. Während der Typ neben uns fürchterlich hustete.

»Mann, Alter, ich kenn gar keine Namen.« Er schnaufte und schaute zu ihm auf. »Das war doch nur Spaß.«

Er versuchte zu schlucken, das erkannte ich.

Verängstigt fixierte ich Skill, der schnaubte.

»Spaß gemacht?«, hakte er bedrohlich nach. »Hast du das auch gesagt, nachdem du sie gefickt hast? Oder ihre Leiche in der nächsten Gosse liegen gelassen hast?«

Ich wandte meine Aufmerksamkeit ab, da er eine Faust ballte und sie gegen ihn donnerte. Erst einmal. Dann mehrfach hintereinander.

Erneut knackte es hässlich, diesmal todbringend.

»Das kleine Ding hat von dir auch kein Erbarmen gekriegt, warum sollte ich welches mit dir haben?!«

Skill schlug noch mal zu, und ich schreckte zurück, als Blut spritzte.

Ein weiteres Mal packte er ihn an der Kehle.

Unverkennbar bekam ich es zu Ohren – erkannte es, obwohl ich dieses Geräusch noch nie wahrgenommen hatte. Das Knirschen, als er ihm den Kehlkopf eindrückte.

»Fühlt sich scheiße, an, hm? So hilflos zu ersticken und sich zu wünschen, man wäre nicht zur falschen Zeit am falschen Ort gewesen.«

Ängstlich wandte ich mich komplett ab und flüchtete in Richtung Ausgang.

Ich musste hier raus. Das war alles, woran ich gerade noch denken konnte.

Wie lange sein Todeskampf ging, wusste ich nicht, aber ich vernahm Skills schnelle Schritte hinter mir. Er folgte mir.

Daraufhin hechtete ich rasch die Stufen hoch.

Ich konnte das nicht. Nicht mit ihm.

Verdammt, ich hatte gerade gesehen, wie er jemanden ermordet hatte. Was tat ich denn jetzt?! Schlimm genug, dass ich entführt, mein Leben bedroht und mein Leib verschenkt worden war, aber nun war ich auch noch bei Mordsessions dabei?

Nein, es gab Grenzen.

Mir war klar, dass in dieser Welt viel kranker Scheiß passierte, aber ich wollte nicht allem Dreckigen entgegenblicken.

Es mochte sein, dass ich damit die Augen vor der Wahrheit verschloss. Dennoch, ich war darauf erpicht, in Frieden mit mir selbst leben zu können.

»Bleib stehen«, donnerte Skill hinter mir, und aus Reflex riss ich die Geheimtür auf und schmiss sie ihm direkt vor der Nase wieder zu.

Irgendwo in diesem Haus gab es einen Weg nach draußen, und ich hätte wetten können, er befand sich im Club.

Genau aus diesem Grund hechtete ich die Stufen nach oben ins Erdgeschoss.

»Lilith!«, rief Skill wutentbrannt hinter mir. Ich durchquerte das leere Lager, welches sich vor dem Partyraum befand, und bekam zu Ohren, wie seine Stiefel die Treppe erklommen. »Bleib stehen!«, wiederholte er.

In Windeseile raste ich in Richtung Freiheit und verschluckte mich, als die Tür hinter mir auch schon fast aus der Ankerung brach und Skill hereinstürmte.

Seine Jeans und sein dunkelgrauer Pulli waren blutverschmiert von seinem Opfer. Mit Sicherheit würde ich das nächste sein.

An der Art, wie der Wahnsinn und Zorn in seinen Augen mit seinem Verstand kämpften, erkannte ich es.

Mit weitaufgerissenen Lidern starrte ich zurück.

»Wenn du das tust, schwör ich, du wirst die nächsten Tage nicht sitzen können«, drohte er mir.

Den Knauf hielt ich fest umklammert.

»Ich bin nicht dein Eigentum«, stellte ich klar.

Sein gesamter Ausdruck wurde noch ein Stück finsterer und eine Gänsehaut durchfuhr mich.

»Lilith«, warnte er mich, ehe ich, so fix ich konnte, am Knauf drehte und in den Club stürzte.

Bevor sich die Tür schloss, sah ich noch, dass er sich in Bewegung setzte.

Also sprintete ich los.

Immerhin war die Fläche groß genug. Sollte sie für einen Nachtclub auch sein.

Das Holz hinter mir donnerte hörbar gegen die Wand.

Es war eine miese Idee, einem Biker und Mörder den Rücken zuzudrehen. Ich wusste das. Genug Geschichten und Gerüchte waren über die Black Demons im Umlauf – und trotzdem hatte ich es gerade ignoriert.

Aber was blieb mir anderes übrig, um zu entkommen?

Eigentlich hielt ich mich für keine schlechte Sprinterin. Aber auch der Beste konnte nicht rennen, wenn ihn etwas zwischen den Kniekehlen traf und sie einknickten.

Beim Aufkommen auf dem Boden platzte mir die Wunde am Handballen weiter auf, doch ich gab nicht auf und versuchte direkt wieder auf die Füße zu gelangen.

Noch während des Aufstehens packte Skill mich bei meinen Haaren und zog meinen Kopf schmerzhaft weit zurück.

»Hat dir schon mal jemand gesagt, dass davonzulaufen einen erst recht in Schwierigkeiten bringt?«

Zerrend versuchte ich mich zu drehen. Der Biker ließ mir aber keine Chance, so fest war der Griff um mein Haar. Es ziepte und tat höllisch weh, doch allmählich gewöhnte ich mich an dieses Gefühl.

»Leck mich«, beleidigte ich ihn ächzend, und er lachte heiser.

Oh, oh.

Quietschend gab ich protestierende Laute von mir, weil Skill mich am Arm packte und zur langen Bar schleifte, auf der die Hocker verkehrt herum standen.

»Lass mich los!«, japste ich, während er mit einer Hand einen herunterriss. Skill hörte nicht auf mich. »Du sollst mich loslassen, du Psychopath!«, rief ich und keuchte, da er mich gegen die Theke stieß und mir die Kante in den Bauch drückte. Aua. Das würde Bauchschmerzen geben.

Ich versuchte mich aufzurichten, doch seine Pranke legte sich zwischen meine Schulterblätter und presste mich hinab.

Das war nicht, was ich wollte. Ganz und gar nicht!

Wo meine Vorlieben und Grenzen lagen, wusste ich.

Aber mein Körper war sich binnen der nächsten Sekunden da anscheinend nicht mehr ganz so sicher.

Mein lautes Aufschluchzen hallte im Nachtclub wider, als Skill seine große Hand in den Bund meiner Jogginghose krallte und an ihr zerrte.

Zappelnd versuchte ich erneut, mich aufzurichten, bevor blanker Horror mein Herz stürmischer schlagen ließ. Schneller, als es mein Sprint vor ein paar Sekunden hätte bringen können.

»Hör auf!«, rief ich panisch.

Mein Atem kam abgehackt hervor, während er lachte.

»Wie war das eben noch? Leck mich?« Er beugte sich zu meiner Ohrmuschel vor, und ich schluckte, ehe seine Zunge sie berührte.

Er leckte einmal sanft an ihr, dann sog er mit seinen Lippen daran, und ich kniff die Augen zu, weil meine Mitte verräterisch kribbelte.

Das durfte nicht passieren. Nein, bitte nicht!

Schnell schüttelte ich den Kopf. »Bitte, tu das nicht«, flehte ich ihn leise an, während ich auf den dunkelroten Lack des Tresens starrte.

»Keine Sorge«, meinte er und biss leicht in mein Ohrläppchen. Ein Schauer durchfuhr mich. »Das musst du dir erst verdienen.« Im nächsten Moment schallte es laut, und ich schrie auf, während mein Hintern brannte. »Wieso warst du im Keller?« Skill drückte seine – im Lederhandschuh steckende – Hand gegen meine linke Pohälfte und ich schluckte schwer.

Darauf hatte ich keine Antwort.

Mit dem Leder schlug er noch mal zu. Und noch mal.

»Wer nicht hören will, muss fühlen.« Verzweifelte und weinende Laute gab ich von mir, da sich nun auch die Wunden an meinen Oberschenkeln wieder bemerkbar machten, während er mich mit der rechten Pranke packte. Nur diesmal nicht bei meinen Haaren. Sondern um den Nacken. »Du *bist* mein Eigentum«, korrigierte er mich und ließ die andere erneut niederrasseln.

Der Ton, der meine Lippen verließ, erstaunte selbst mich, sodass sich Skill hinter mir versteifte. Mir entwich ein Stöhnen.

Meine Haut kribbelte um den Bereich, den er mit Schlägen bearbeitet hatte, derart stark, dass ich das Gefühl hatte, er würde taub werden.

Ein schwerer Kloß bildete sich in meinem Hals, als Skill tief die Luft einsog und meine unbearbeitete Seite berührte.

»Macht es dich feucht, gespankt zu werden, Blümchen?«

Klagend kniff ich die Augen zusammen, sobald er mich am Hals aufrecht zog und sein stoppeliges Kinn in mein Blickfeld kam. »Antworte mir, oder ich versohl dir auch die andere Hälfte, bis du *wund* bist.«

»Fahr zur Hölle«, murmelte ich, und er lachte völlig frei und belustigt.

Es klang nicht bösartig. Eher so, als würde er es genießen. Vermutlich tat das Arschloch dies auch.

»Sieh nach vorn, Blümchen.«

Während er es aussprach, befolgte ich wie von selbst die Anweisung, und Hitze durchströmte mich. Am anderen Ende des Tresens stand Rampage. Seine Aufmerksamkeit galt uns.

Ich zuckte zusammen, als Skill meinen geschwollenen Hintern streichelte und es schmerzte.

»Wieso warst du im Keller?«, wiederholte er seine Frage.

Standhaft schwieg ich ihn an.

Was sollte ich auch erzählen? Dass ich gehofft hatte, die Freiheit zu erlangen? Dass ich *neugierig* gewesen war? Eine klitzekleine Minute vielleicht?

Die Biker würden mich dafür nur noch mehr bestrafen.

»In Ordnung«, gab Skill nach ein paar Sekunden, die sich in die Länge zogen, von sich.

Mir traten Tränen in die Augen, weil der erste Hieb auf meine noch heile Haut traf. Während Skill in immer kürzeren Abständen immer härtere Schläge folgen ließ, fraß sich mein Blick in Rampages.

Hilfe suchend. Anders wusste ich nicht, wie ich es hier aushalten könnte.

Tränen flossen meine Wangen hinab, Schluchzer *hätten* über meine Lippen kommen *müssen*. Stattdessen überraschte ich mich allerdings wieder selbst, weil das meiste davon Gestöhne war.

Es war nicht so, dass ich es nicht trennen konnte. Das, was mein Kopf dachte, und *das,* was mein Körper fühlte. Er war ein absoluter Verräter, und *das* hatte ich nicht erwartet. Mein hämmernder Puls wanderte bis hinunter zu meiner Mitte, die feucht wurde.

Normalerweise hatte mich so etwas noch nie erregt. Aber das hier war auch eigentlich nichts Sexuelles. Es war reine Schikane und Bestrafung.

Ich keuchte, und ein kleines Wimmern verließ nun doch meinen Mund, da seine Finger meine Luftröhre zudrückten und ich Schwierigkeiten beim Einatmen bekam.

»Wieso warst du im Keller?« Er hielt mit seiner Hand inne und ich schluckte umständlich und schwer.

Im nächsten Moment gab ich einen wehleidigen Ton von mir, da meine Wange den kühlen Untergrund des Tresens berührte. Und *dann* begann der wahre Horror.

Denn ich dachte schon, dieses Taubheitsgefühl auf meinem Hintern wäre schlimm, es war aber nichts im Vergleich zu dem, wenn Skill erneut zuschlug.

»Stopp!«, kam es flehend über meine Lippen, und ich krächzte qualvoll. »Bitte.«

»Er verlangt eine Antwort, Schatz.« Rampages Knöchel

streichelten mir über den Kopf und ich zuckte zurück. »Ich würde sie ihm liefern.«

Erneut knallte es, worauf mein Stöhnen folgte. Die Augen zukneifend, versuchte ich mich an den Untergrund zu krallen.

Aber es ging nicht. Den Schmerz konnte ich nicht ausblenden.

Hemmungslos weinte ich, während ich ihm ausgeliefert war.

»Wieso warst du im Keller?«, fragte Rampage amüsiert.

Zitternd sog ich den Sauerstoff ein, ehe Skill innehielt.

Ein erneuter Schluchzer kam mir über die Lippen, Speichel tropfte mir unkontrolliert aus dem Mundwinkel. Skill schlug noch mal mit seinem Lederhandschuh zu.

Es zwickte. Als würde meine Haut jeden Moment reißen.

»Vielleicht braucht sie noch mehr Motivation.«

Sobald ich hörte, dass Skill seine Gürtelschnalle öffnete, schrie ich.

»Bitte!«, flehte und kreischte ich, weil der Biker mir nun mit *diesem* Leder auf den Hintern schlug. Viel zu fest und viel zu schmerzhaft.

Schwarze Punkte tanzten vor meinen Augen und stumme Schreie entrannen meiner Kehle.

»Sie checkt's nicht.« Skill lachte. Doch ich war verzweifelt und bettelte um Hilfe.

Warum ließ man mich durch diese Hölle gehen? Was hatte ich verbrochen, um *das hier* zu verdienen?

»Stopp!«, schluchzte ich. »Bitte. I-i-ich habe ... gehofft ... es würde nach ... draußen führen«, sprach ich leise und abgehackt aus und ließ die Lider geschlossen, als Rampage von mir abließ.

»Lass der Kleinen Zeit zum Atmen«, gab er belustigt von sich. »Sieht für mich aus, als wüsste sie gar nichts von ihrer masochistischen Ader, so sehr, wie sie tropft.«

Zwischen meinen Beinen kribbelte es unerlässlich. Mein

Hintern tat in Sphären weh, die ich mir nicht einmal in meinen schlimmsten Albträumen hätte ausmalen können.

Wie oft hatte Skill zugeschlagen? Zehnmal? Zwanzigmal?

Er sog die Luft tief ein, bevor er von mir wegtrat. Doch im nächsten Moment griff er an meine Schenkel, und ich wimmerte leise – weil mir diese ebenfalls brannten –, während er mir die Jogginghose wieder hochzog.

Seine lederne Hand legte sich an meinen Hinterkopf, was mich erneut keuchen ließ.

»Vergiss nicht, dass du *mein* bist, Lilith«, sagte er leise, ehe Rampage sich umdrehte und heiser lachend davonlief. »*Ich* entscheide, wie weit ich mit dir gehe.« Noch während ich versuchte, mich aufzurichten, sackte ich kläglich zusammen. Als hätte er mir die komplette Kraft geraubt. Leise stöhnend schaute ich zu ihm hoch, woraufhin er mich packte, zu sich herumdrehte und festhielt. »Und nur ich allein«, fügte er ruhig hinzu.

Meine Brauen zogen sich kraus, bevor ich einen weiteren weinerlichen Laut von mir gab und er mich in seine Arme wuchtete.

»Relax«, bat er mich doch allen Ernstes, während er sich in Bewegung setzte.

Ich entspannte mich selbstverständlich kein Stück. Nicht, wenn ich in den Armen eines Dämons lag.

Kapitel 7

Skill

Ich stand so kurz vor dem Platzen.

Es hätte gar nicht erst so weit kommen dürfen.

Doch wie sie sich an mich geschmiegt hat, während ich sie schlug ...

Wäre Rampage nicht dazugestoßen, ich hätte sie nach den ersten paar Schlägen losgelassen – um sie dann vermutlich erst recht gegen die Theke zu ficken. Mein Präsident hätte allerdings nie im Leben geglaubt, dass sie es bei mir schlechter als bei ihm hatte, wenn ich sie einfach hätte davonkommen lassen.

Ich war niemand, der sonst eine Missachtung seiner Worte ungestraft ließ. Der Letzte, der das zu spüren bekommen hatte, saß erstickt in unserem Keller.

Eigentlich hatte ich heute Morgen gar nicht dort hingewollt, aber mein Spielzimmer war ein Albtraum, nachdem ich den Dealer beseitigt hatte. Also hatte ich den Bastard vorübergehend dort hingebracht, wo wir unsere Leichen aufbewahrten, bevor wir sie loswurden.

Lilith hätte niemals diesen Ort betreten dürfen.

Selten war ich dermaßen hart gewesen wie jetzt. Wie das Leder auf meiner Hand gespannt hatte, sobald es ihre zarte Haut getroffen hatte ... Der Wahnsinn.

Während ich ins Esszimmer trat, starrten Sally und Jack bereits in unsere Richtung und waren wohl gerade dabei, sich zu erheben, nun jedoch hielten sie inne, da sie Lilith in meinen Armen bemerkten.

»Was hast du getan?«, fragte Jack empört. »Ich dachte, sie schläft noch.«

»Sie wieder eingefangen«, antwortete ich leise und lief mit ihr weiter.

Ihre Atmung war unregelmäßig – gar hechelnd wie die eines Hundes, der sich verausgabt hatte. Wir betraten mein Zimmer und ich legte sie in mein Bett.

Für einen langen Moment gestattete ich mir, die Lider zu schließen, bevor ich mich ihr wieder widmete.

»Es wird eine Weile wehtun«, bemerkte ich und lief zu meinem Kleiderschrank. »An deiner Stelle würde ich darauf verzichten, in den nächsten vierundzwanzig Stunden Unterwäsche zu tragen.«

Als hätte Lilith überhaupt welche. Wo zur Hölle war sie hin? Hatte das kleine Blümchen denn welche bei ihrer Ankunft?

Lilith erwiderte nichts auf meine Worte und ich seufzte.

»Ich habe dich vorgewarnt«, sagte ich ihr, während ich auf ihren mir zugedrehten Rücken sah. Womöglich hätte ich es nicht mit vierundzwanzig Schlägen übertreiben sollen. Schon gar nicht mit dem Gürtel. Doch es hatte sich wie ein Rausch angefühlt. Wie ihr Arsch röter und röter geworden war und wie sie sich bewegt hatte, bis die Haut beim letzten Schlag ein wenig gerissen war ...

Es wäre noch fantastischer gewesen, hätte ich keinen Handschuh getragen.

Wenn ich ihn nach ärztlichem Anraten endlich wieder würde abnehmen dürfen, würde sie bereits tot sein.

»Wir finden eine Lösung wegen des Schlafproblems«, versuchte ich mich versöhnlich. Ich war kein Monster, ich wusste das. Keiner von uns Black Demons war eins. Wir mochten Mörder sein, manchmal auch skrupellose Wichser. Aber wir befolgten einen Kodex – einen selbst erstellten. Noch nie hatte ich ihn gebrochen. Damit würde ich jetzt garantiert nicht anfangen.

Trotzdem hatte ich mich heute Morgen gefragt, wohin Lilith verschwunden war. Gestern Abend war es mir egal gewesen. Aber ich gab es zu. Das versiffte Zimmer war nicht geeignet für sie. Immerhin hatte sie nichts getan, außer mir auf die Nerven zu gehen.

Ungeduldig wartete ich auf eine Reaktion von ihr. Vielleicht erhoffte ich viel zu sehr eine. Denn ich genoss Liliths Reaktionen auf mich, auch wenn ich es mir selbst verbieten wollte. Nur weil ich sie auf eine Art attraktiv und anziehend fand, hieß das nicht, dass ich sie mir auch nehmen sollte.

»Lilith«, nannte ich sie leise bei ihrem Namen, ehe ich mit dem Knie auf die Matratze sank und ihre Schulter berührte.

Sie schniefte.

»Was willst du?«, hakte sie brüchig nach. Das gefiel mir nicht. »Du hast mir wehgetan.«

Und dein Körper hat es genossen. Auch wenn ich übertrieben hatte. Ihn weiter und weiter vorangetrieben.

Da mich mein Schwanz schmerzhaft daran erinnerte, dass es nicht unglaublich, sondern *fantastisch* gewesen war, ihr diese Töne zu entlocken, presste ich die Lippen aufeinander.

Allerdings hatte sie viel zu gefangen in sich selbst geklungen. Immer wieder kurz davor, auszubrechen und dann doch zurück in sich zu fahren und sich an den Rettungsring zu klammern, der versuchte, sie über Wasser zu halten.

»Diese Situation ist außer Kontrolle geraten«, stimmte ich ruhig zu. »Und das tut mir leid.«

»Ist das so?« Sie schluchzte. »Wenn ja, würdest du mich gehen lassen.«

»Das kann ich nicht«, erwiderte ich schnell. »Rampage würde dich umbringen.«

»Tu es«, bat sie umgehend. »Bring mich um.«

»Nein«, entgegnete ich sofort und runzelte die Stirn. Wieso sollte ich sie umbringen? Dazu hatte ich keinen Grund, außer, dass sie Sculleys Tochter war – und das war mir nicht genug. Nicht mehr. Nicht, seit ich sie hatte erleben können. In ... ihre Augen hatte sehen können. So intensiv, dass man den Eindruck hatte, man würde in einen tiefen Ozean hinabschauen. »Im Gegensatz zu ihm möchte ich dich nicht tot sehen.«

»Nein, du bist schlimmer.« Es raschelte, bevor sie mich über ihre Schulter ansah. »Du besitzt mich und behandelst mich aber mit zwei völlig verschiedenen Seiten. Höflich und ansatzweise menschlich ... und wie ein Dämon, der es liebt, mir Schmerzen zuzufügen.«

Sie hatte genau ins Schwarze getroffen.

Unter anderen Umständen hätte sie diese Seite nie an mir kennengelernt. Wären wir uns normal begegnet, dann wäre sie noch in derselben Nacht in meinem Bett gelandet und am nächsten Morgen hinausspaziert und nach Hause gegangen. Vielleicht hätte ich sie auch ein zweites Mal zu mir geholt, aber daran gedacht, ihr wehzutun? Nein.

Die Situation war aber eine andere. Wir waren hier. Wir saßen fest – mit Rampage im Nacken.

Schluckend sah ich zu, wie die Hoffnung in ihr langsam erlosch. Dabei hatte ich ihr nur den Hintern versohlt. Nur ein einziges Mal.

»Du wirst mir nicht verzeihen, ich kann es noch so oft sagen«, seufzte ich.

»Weil du nichts davon ernst meinst.« Ihre vollen Lippen bebten.

»Ich meine es ernst«, beteuerte ich.

»Tust du nicht«, behauptete sie leise. »Ich bin dein Boxsack. Ein anderes Gefühl hast du mir nicht gegeben.«

»Das hier wird nichts«, meinte ich mit einem schweren Kloß im Hals, während ich sie betrachtete. »Du hoffst auf einen Augenblick, in dem dein Albtraum ein Ende nehmen wird. Das kannst nur du beenden, indem du dich deiner Umgebung anpasst.«

»Und zu deiner Hure werde.« Sie wendete sich ab. »Vergiss es. Du wirst von mir nie eine Zustimmung kriegen.«

Erneut schluckte ich, bevor ich aufstand. »Falls du dich dran erinnerst, brauche ich dein Einverständnis tatsächlich nicht.«

Vergewaltigen würde ich sie trotzdem nicht. Das hatte ich nicht nötig.

Langsam machte ich mich auf den Weg zu meinem Badezimmer.

»Nein, das tust du wahrlich nicht«, sagte sie mit vor Hass triefender Stimme. »Das hast du mir erst vor zehn Minuten bewiesen.«

Für einen Moment hielt ich im Türrahmen inne.

In ihren Augen war ich ihre Hölle. Dabei war ich auch nur ein Mensch.

»Wir reden darüber, wenn ich fertig bin«, bemerkte ich leise. »Ruh dich erst mal etwas aus.«

Ich schloss die Tür hinter mir und trat, nachdem ich mich ausgezogen hatte, unter die Dusche.

Der kalte Strahl war eine Wohltat. Denn mein harter Schwanz und meine dicken Eier bettelten darum, es jemandem besorgen zu dürfen, doch ich wollte mit meiner Laune nun keinen Sex.

Hatte Lilith recht? War ich zu grob gewesen?

Immerhin durfte ich es sein. Zumindest in meiner Welt, in welcher der Handel mit Menschen noch existierte und auf der Tagesordnung stand.

Nur weil wir kein MC mehr waren, der ihn betrieb und befürwortete, hieß es nicht, dass andere dieser Meinung waren. Das kleine Blümchen hatte es mit uns glimpflich erwischt. Würde ich behaupten.

Aber all das gab es in Liliths Welt nicht. Sie war von mir ins kalte Wasser geworfen und mir obendrein auch noch geschenkt worden, bis es so weit war, sie loszuwerden. Noch dazu war sie ein verdammtes Küken mit ihren fünfundzwanzig Jahren.

Wer zur Hölle hatte es dieser Frau nicht ordentlich besorgt? Hatte ihr nie jemand einen Orgasmus beschert, wenn sie schon feucht durch ein paar harte Schläge wurde?

Seufzend lehnte ich den Kopf gegen die Fliesen, während ich die Lider schloss und blind nach meinem Shampoo griff.

Was tat ich hier eigentlich?

Ihr eine Kugel zwischen die Augen zu setzen, wäre weitaus gnädiger – und ein schneller, schmerzloser Tod.

So oder so. Es würde am Ende dasselbe Ergebnis rauskommen. Lilith musste sterben.

Sculley verdiente es. Er verdiente es, denselben Schmerz zu spüren, wie wir ihn hatten erleben müssen.

Meine Erektion schwoll langsam ab und ich seifte meinen Körper ein.

Nachdem ich danach aus der Dusche gestiegen war, trocknete ich mich ab.

Mit dem Handtuch umwickelt, lief ich zurück ins Zimmer und blieb gleich wieder stehen, da ich Jack und Sally in der Tür entdeckte.

»Noch nie was von Anklopfen gehört?«

Jack, der auf dem Weg zu meinem Nachttisch gewesen war, lief stattdessen zu mir und drückte mir eine Salbe in die Hand.

»Wir haben ihre Schreie bis ins Esszimmer gehört«, meinte er leise. Mein Blick wanderte sofort zu Lilith, die zur Seite gerollt dalag und nicht länger weinte. Nein, sie starrte jetzt wie ein lebloses Wesen gegen meine graue Wand. »Wenn du sie schon missbrauchst, dann sorg auch dafür, dass danach ihre Wunden versorgt werden.«

Schnaubend blickte ich zu Sally. »Ihr beide habt einen zu weichen Kern«, bemerkte ich. »Und ich habe sie nicht missbraucht«, stellte ich klar und legte die Tube auf meiner Kommode ab. »Sie wurde bestraft.«

»Sie mag Sculleys Tochter sein«, sagte Sally mit seiner tiefen Stimme gedämpft. »Aber sie gehört nicht in unsere Welt. Das sieht man ihr an, Skill. Du hast ihr ernsthaft wehgetan, und das, obwohl sie bereits verletzt war. Bring sie um, wenn auch nur etwas von deiner Seele nicht mit Johnny gestorben ist.«

Meine Rückenmuskulatur verspannte sich, und ich betrachtete erst meinen besten Freund und dann unseren Treasurer. »Verpisst euch. Auf der Stelle.«

Jack schaute mir tief in die Augen. »Du hast zugeschlagen, weil du frustriert bist«, bemerkte er auf seinem Weg nach draußen. »Nicht, weil sie etwas falsch gemacht hat.«

Die beiden verließen Lilith und mich, die kein Wort mit mir sprach, während ich mir frische Klamotten anzog.

Lilith drehte sich nicht um, sie bewegte sich nicht einmal. Sie starrte nur vor sich hin.

»Wenn du mit Schmollen fertig bist, dann schmier deinen Hintern ein. Wäre schade, wenn er blau wird und sich entzündet«, kommentierte ich und zog meine Lederjacke über meinen Pullover. »Bis heute Abend darfst du dich ausruhen, dann möchte ich, dass du mit zum Essen kommst.«

Kein Widerspruch. Überhaupt keine Reaktion von ihr.

So blickte ich noch mal zu ihr zurück. Zusammengerollt wie ein Baby lag sie da.

Das Bild hätte mich befriedigen müssen. Stattdessen wühlte es mich auf.

Ich ahnte, dass ich Jack am Stadtrand bei den Weiden finden würde, wo im Sommer Kühe grasten. Es erinnerte ihn an zu Hause, hatte er mal gesagt.

Mit meiner Harley hielt ich neben seiner Maschine, bevor ich mir den Helm abnahm. Seufzend lief ich auf ihn zu, während er an einem morschen Holzgitter stand, das die Tiere davon abhalten sollte, auf die Straße zu laufen.

»Alles klar?«, hakte ich nach, während ich mich gegen den Zaun lehnte und dieser knarzte.

Jack atmete tief aus. Rauch kam aus seinem Mund, ehe er seine rechte Hand hob und die Asche der Zigarette abschnipste.

»Mir gefällt das Ganze nicht«, sagte er mit krausgezogener Stirn. »Du schlägst Frauen?«

Ich verdrehte die Augen. »Sie hat ein paar Klapse auf ihren Arsch kassiert. Mach keine Welle draus.«

Er sah mich an, als wäre ich derjenige, der es zur Sprache gebracht hatte. »Schmollst du hier?«, fragte ich ihn amüsiert.

»Du veränderst dich«, sagte er mir. »Vor ein paar Tagen hast du noch den Unterschied zwischen schuldig und unschuldig erkennen können und ...«

»Natürlich erkenne ich den noch immer«, unterbrach ich ihn mit gerunzelter Stirn. »Wieso behauptest du, dass es anders wäre?«

»Weil mein Bauchgefühl mir sagt, hier läuft etwas falsch.« Jack zog an seiner Kippe. »Du siehst nicht, *wie* unschuldig sie ist.«

Belustigt schnaubte ich. »Stehst du auf Lilith?«, fragte ich ihn glatt heraus. »Das Mauerblümchen? Das willst du bumsen?«

Er schüttelte den Kopf. »Sie erinnert mich an meine kleine Schwester.«

Die Augenbrauen zusammenziehend versteifte ich mich ein wenig. »Ich wusste nicht, dass du eine Schwester hast, Jack.«

»Du kennst nicht mal meinen bürgerlichen Namen.« Er blickte zu mir auf.

Ich ahnte, was er damit sagen wollte. Johnny hatte es gewusst. Mein Bruder war unser aller Geheimnisträger und Beschützer gewesen, solange er Präsident gewesen war. Das hatte ich so an ihm geliebt. Er hatte sich stets für *jeden* im Club eingebracht und eingesetzt.

Jack hatte mir bis heute nicht seinen wahren Namen genannt, doch mein Bruder hatte ihn und seine Geschichte – sein Wesen – gekannt. Und ich mochte ihn. Wir verstanden uns und hatten Zeiten erlebt, in der ich ungern jemand anderen an meiner Seite gehabt hätte.

Daher war es mir egal, wie Jack in Wirklichkeit hieß.

»Johnny und du haben mir eine Chance gegeben, als es keiner wollte, Derek. Wieso bestrafst du sie dafür, die Tochter eines Mannes zu sein, wenn sie doch nichts für ihre Gene kann?«

»Ich weiß nicht viel über deine Vergangenheit, Jack, aber was feststeht, ist, dass du noch immer zu weich für den MC bist.«

Das war er. Von dem Moment an, in dem ich ihn am liebsten abgeknallt hätte. Bis zu dem, an dem Johnny seine Hand auf meinen Arm gelegt und es mir verboten hatte.

Mein Präsident hatte etwas in Jack gesehen. Diesem ausgehungerten, dünnen Kerl, der hinter einer Mülltonne gelungert hatte.

»Ich habe ein Herz«, widersprach er mir und schnipste die Zigarette von sich. »Wann hast du aufgehört, zwischen schuldig und unschuldig zu unterscheiden?«, fragte er mich erneut.

»Wahrscheinlich zum selben Zeitpunkt, als Bones beschlossen hat, sich nur noch zuzudröhnen und nicht mehr mit uns abzuhängen.«

Mit den Fingern kratzte ich mir über meine Bartstoppeln. »Bones ist eine andere Schublade«, sagte ich ihm.

Das stimmte. Der beste Freund meines Bruders und der neue Vizepräsident waren ein anderes Thema. Auch ich musste mich erst noch an den Alltag gewöhnen, egal wie viele Monate inzwischen vergangen waren.

Bones trauerte auf seine Weise, ich auf meine.

Und irgendwann, da würden wir als Brüder wieder zueinanderfinden, ich wusste das. So war es, seit wir Teenager gewesen waren.

»Ich kann den Unterschied übrigens sehr wohl erkennen«, verteidigte ich mich nun.

»Sie hat geschrien. Vor Schmerzen.« Jack deutete die Straße hinunter. »Nicht vor Lust, weil du ihr mal ein wenig den Arsch getätschelt hast.«

»Es sollte wehtun«, beharrte ich darauf. »Ich habe sie gewarnt ...«

»Sie ist fünfundzwanzig, Derek!« Jack zog die Brauen zusammen. »Hab Erbarmen, Mann«, bat er mich und stieß mir im nächsten Moment derart heftig in die Brust, dass ich einen Schritt nach hinten auswich, um nicht zu stürzen. »Ich habe gedacht, ihre Strafe mit dir abzumildern, wäre das Richtige, weil ich weiß, in dir schlummert ein guter Kerl.«

Fest biss ich die Zähne aufeinander, ehe ich ihm in die braunen Augen sah. »Genau wie der gute Kerl, der deine Pflegeeltern ausfindig gemacht und ihnen die Augen mit einer Gabel ausgekratzt hat?«, hinterfragte ich. »Du weißt genau, welcher Familie du beigetreten bist, Jack«, erinnerte ich ihn. »Wir sind nicht nett zu einem Weib, dessen Vater unseren Präsidenten ermordet hat.«

»Nein, aber ich habe die junge *Frau* dem Mann angeboten, der der nächste hätte werden sollen.« Sein Gesicht verzerrte sich. »Ey, komm, wach auf, Derek!«, rief er schon fast. »Rampage fährt den Club an die Wand«, behauptete er, und ich ballte meine linke Hand zur Faust. »Die Drogendeals werden immer schlechter, in unserem Zeug wird ständig mitgemischt und die Bordelle laufen auch nicht mehr gut. Alles geht den Bach runter, seit Johnny tot ist. Davon abgesehen, dass *er* beschlossen hat, dich einen Rang abzusetzen, und diesen dann Bones gegeben hat, der sich wer weiß schon wie lange zudröhnt! *Eigentlich* dachte ich, Lilith lässt dich endlich aufwachen. Rampage lässt sie nur bei dir, weil er weiß, wie wütend du auf Sculley bist.«

Das war mir alles klar. Dumm war ich nicht. Rampage hoffte genau darauf, dass mein Zorn Liliths Untergang war, bevor er den Finger auch nur würde krümmen müssen.

Ich wusste auch, einen Rang abgesetzt zu werden, müsste mich jucken. Tat es aber nicht. Johnny hatte mich zum Vizepräsidenten ernannt, da ich unsere Geschäfte gut im Blick behalten und ihm den Rücken hatte stärken können. Weil wir ein Team gewesen waren. Ohne ihn wollte ich nicht länger Vize, geschweige denn Präsident sein.

»Was soll ich deiner Meinung nach unternehmen, hm?«

»Verdammt noch mal deinen Rachetrip endlich hinter dich bringen. Oder was der Scheiß soll, ey.« Jack verdrehte die Augen. »Ja, Mann. Sculley hat John ermordet, aber Lilith hat nicht einmal eine Ahnung, ob er überhaupt zwei Eier hat, Alter. Wenn du mit ihm eine Rechnung offen hast, dann geh verdammt noch mal über die Grenze nach Connecticut und mach dich auf die Suche nach ihm! Jag ihm auch zwei Kugeln durch den Schädel und fertig.« Er fuhr sich durch sein dunkelblondes Haar. »Aber lass dich von Rampage nicht ständig mit angeblichen Verdächtigen in dem Fall abspeisen. Rampage weiß, sobald Sculley tot ist und du deine Rache bekommen hast, dann werden alle erwarten, dass du endlich deinen Platz einnimmst. Selbst Bones weiß das und arbeitet darauf hin. Egal wie dicht der Idiot ist.«

»Aber ich möchte nicht Präsident sein, Jack«, gestand ich ihm. »Nicht ohne Johnny.«

»Lilith hat auch nicht darum gebeten, entführt und schikaniert zu werden, und das von einem Vierunddreißigjährigen, der sein Leben nicht mehr auf die Reihe kriegt.«

»Oh, so wie du?«, erwiderte ich. »Mit so vielen Nutten und Alkohol wie nur möglich?«

Er lachte und schüttelte den Kopf, ehe er eine neue Zigarette aus seiner Schachtel holte und sie sich anzündete. Nach einem tiefen Zug sah er mich an.

»Ich mache das, was wir alle tun. Das Leben genießen, solange es noch weitergeht. Du bist derjenige, der stehen geblieben ist.«

»Und was möchtest du nun von mir?«

Er zuckte mit den Schultern. »Ich möchte nichts von dir, Derek. Das hab ich nie«, behauptete er. »Ich kam her, um nachzudenken. *Du* bist mir gefolgt.«

Wegen der Minusgrade bildete sich eine Atemwolke vor meiner Nase. Konnte aber auch noch der restliche Qualm sein.

»Ich weiß auch nicht, Kumpel.« Kopfschüttelnd wandte ich den Blick zum Wald, durch den Jack oft im Sommer spazierte. »Vor einem Jahr hat sich alles so surreal angefühlt«, murmelte ich. »Mein Unfall und dann Johnnys Tod ... Seitdem kann ich an nichts anderes denken als an das, was mir die Green Killers genommen haben.«

Jack seufzte ebenfalls. »Du solltest anfangen, dir über einiges klarzuwerden. Johnnys Tod ist über ein Jahr her, dein Unfall noch länger. Es wird Zeit, nach vorne zu sehen.« Er drehte sich von mir weg. »Und hör auf, Lilith für die Taten ihres Vaters zu bestrafen. Das passt zu Rampage, aber nicht zu dir.«

Er stieg auf sein Motorrad, das neben meiner Harley parkte. »Du warst nie derart gewalttätig, bis zu Johnnys Tod. Und ich wünsche mir langsam meinen besten Freund zurück. Der, der du davor warst.«

Erneut seufzte ich und sah kurz auf meine abgenutzten Stiefel.

»Dir ist bewusst, ich leck noch immer Pussys.«

Jack schnaubte laut, diesmal klang es allerdings belustigt.

»Ändere die Geschmacksrichtung, du Arschloch«, riet er mir, bevor er davonfuhr. »Macht mehr Spaß.«

Als ich am Abend wieder in mein Zimmer eintrat, lag Lilith noch immer zur Seite gerollt da.

Erst wollte ich etwas sagen, doch als ich die Tür anlehnte und näher an sie herantrat, bemerkte ich, dass sie schlief.

Tief sog ich die Luft ein, während ich mich zum Bett herunterbeugte. Mein Blick glitt hinüber zur Kommode, auf der die Tube noch immer lag.

Für einen langen Moment schloss ich die Augen, lauschte ihren gleichmäßigen Atemzügen.

Dann streckte ich die Finger aus und strich ihr eine verknotete Haarsträhne hinter ihr Ohr. Lilith zuckte zusammen. Flatternd öffneten sich ihre Lider, und sie schien einen Moment zu brauchen, bevor sich ihre Sicht klärte und sie bemerkte, wie ich vor ihr hockte und sie ansah.

Sie schreckte zurück, ehe ein wehleidiger Laut ihren Mund verließ und ihre rechte Hand zu ihrem Gesäß wanderte.

Womöglich hätte ich wirklich sanfter sein können.

Heute war einfach nicht mein Tag.

»Hast du deinen Hintern eingecremt, wie ich es dir gesagt habe?«, fragte ich ruhig. Sie rückte von mir ab, brachte Abstand zwischen uns – und lieferte mir keine Antwort. »Lilith«, mahnte ich sie.

»Was?«, sagte sie heiser und räusperte sich.

Ihre Augen waren blutunterlaufen. Mir gefiel der Anblick nicht, denn er verriet, dass sie geweint hatte.

»Bestrafst du mich jetzt auch, wenn ich nicht mit dir rede?«

Auf diese Frage antwortete ich nicht.

»Hose runter«, befahl ich ihr, während ich mich aufrichtete und zur Kommode ging.

»Vergiss es«, nuschelte sie, als ich ihr den Rücken zudrehte. »Ich traue dir nicht.«

»Wir können das auf die einfache oder schwere Art machen«, bemerkte ich, ohne auf sie einzugehen. »Aber dein Hintern braucht Wundsalbe oder er wird für die nächsten Tage beim Scheißen höllisch wehtun.«

Liliths Wangen verfärbten sich bei meinen Worten rot, ehe sie demonstrativ versuchte, sich auf den Rücken zu legen. Ein Wimmern verließ ihre Lippen, bevor sie sich ruckartig wieder zur Seite drehte.

Ich sah auf die Creme, die Jack vorbeigebracht hatte. »Es tut mir leid«, entschuldigte ich mich noch einmal bei ihr. »Ich hätte nicht so oft zuschlagen dürfen.«

Eine kleine Stimme in mir, die ich seit einer Ewigkeit nicht mehr gehört hatte, sagte mir, dass ich gar nicht hätte zuschlagen dürfen. Aber ich hatte es gewollt. Gewollt, dass sie sich freiwillig von mir schlagen ließ. Ohne Angst.

Sobald ich wieder beim Bett war, kniete ich mich auf die Matratze nieder.

»Lilith, ich zieh dir nun die Hose runter«, warnte ich sie vor, und sie verkrampfte sich, als ich an den Bund fasste.

»Ich kann das selbst«, widersprach sie mir, aber ich drückte eine Hand gegen ihren Rücken, weil sie sich drehen wollte.

»Lass mich wenigstens versuchen, es wiedergutzumachen«, bat ich ruhig.

Sie hielt inne, rollte sich erneut auf die Seite und ließ mich machen. Schluckend betrachtete ich ihre runden Arschbacken, sobald die Jogginghose ein Stück heruntergezogen war.

Die Haut war noch immer gerötet, und die eine Hälfte war ein wenig geschwollen, wo sie gerissen war. Es war kein Handabdruck zu erkennen, aber noch immer die Streifen des Gürtels. Das hier war mein Werk. Meine Tat.

Ich erinnerte mich noch zu gut daran, wie es sich angefühlt hatte, als Dad mir einmal mit einem Gürtel den Hintern mit einem einzigen Schlag versohlt hatte, bevor er abgebrochen und sich tausendmal dafür entschuldigt hatte. Dad hatte nie wieder Hand an mich gelegt. Er hatte gesagt, so etwas taten wir nicht. Wir waren so nicht. Mein Arsch war noch nach einer Woche mit einem roten Striemen gestraft geblieben. Doch ich hatte es verdient. Immerhin hatte ich das erste Mal echt Mist gebaut.

Johnny und ich hatten nicht gewusst, dass die Waffe, die wir gefunden hatten, geladen war, und hatten damit herumgespielt. Nachdem ich den Abzug tatsächlich gedrückt hatte, wussten wir, dass wir uns geirrt hatten. Ironisch, dass er zwanzig Jahre später durch einen Kopfschuss starb, wo ich ihn damals nur knapp verfehlt – und stattdessen sein Ohr getroffen hatte.

Lilith riss mich aus meinen Gedanken, da sie schmerzerfüllt zischte, weil ich mit meiner rechten Hand die wunde Haut berührte.

»Bist du bereit, mir zuzuhören?«, hakte ich nach und öffnete mit der linken Hand die Tube.

»Lässt du mich in Ruhe, wenn ich Nein sage?«, entgegnete sie, und meine Mundwinkel zuckten unwillkürlich.

»Du bist eine unschuldige, die in einen Haufen an Problemen getreten ist«, erzählte ich ihr. »Dass du in diesen

Bandenkrieg hineingezogen wurdest, ist unfair, ich bin mir dessen bewusst.«

»Komm zum Punkt«, seufzte sie, und es raschelte unter ihrem Kopf.

»Ich möchte dir die Chance bieten, hier lebend herauszukommen.«

Lilith schnaubte. »Wie war das? Rampage ist dein Präsident? Du tust, was er dir sagt?« Sie zischte erneut, weil die kühle Wundsalbe ihre erhitzte Haut berührte und ich sie sanft eincremte. Ein Muskel zuckte unter meiner Haut und ich achtete einen Moment auf meinen schneller geratenen Puls. Das Blümchen hatte einen schönen Hintern. Einen Knackarsch, wie er im Buche stand. Mein Handabdruck würde nichts daran ändern.

»Keine Bestrafungen solchen Ausmaßes mehr«, sagte ich leise. »Du darfst hier schlafen«, schlug ich ihr vor. »Und ich besorge dir Klamotten.«

»Was. Willst. Du?«, gab sie durch zusammengebissene Zähne zurück. Ich hörte, wie sehr sie mit ihnen knirschte.

»Gehorsam«, verlangte ich ganz ruhig. »Ich möchte jemanden, der mir nicht widerspricht.« Der MC sollte wieder so werden, wie er gewesen war, bevor Johnny starb. Ich wollte die Kontrolle zurück.

Die würde ich nicht bekommen, wenn Lilith mir aufmüpfig durch die Gegend sprang.

»Ich habe dich vor ungefähr einer Woche kennengelernt«, murmelte sie. »Woher zur Hölle soll ich wissen, dass du die Wahrheit sagst und mich am Ende nicht einfach tötest?«, fragte sie mich.

Mit dem Leder auf meiner Hand strich ich mir über die Bartstoppeln. »Meine Versprechen halte ich. Immer. Ich rühr dich nicht an, ich schlage dich nicht, dafür erweist du mir diesen einfachen Dienst.«

»Du hast mich heute Morgen verprügelt«, bemerkte sie hasserfüllt. »Und jetzt soll ich dir glauben?«

»Wenn du überleben möchtest, dann nimmst du meinen Deal an.« Tief sog ich die Luft ein. »Denn ich möchte zwar meine Rache, aber wenn du stirbst, bringt mir das wohl weniger, als wenn du lebst.« Ich hielt kurz inne. »*Du* bist mein Druckmittel. Das Einzige, was ich dir anbieten kann, ist, weitestgehend unversehrt aus dieser Sache herauszukommen.«

Jeder, den ich kannte, wollte Sculley leiden sehen. Wir gingen uns damit alle schon viel zu lange auf die Nerven.

Und ich hatte seit Johnnys Tod eine lange Liste an Namen angehäuft, die nun meinetwegen unter der Erde lagen. Aber auch wenn ich ihnen noch mehr hinzufügte, würde ich meinem Ziel trotzdem kein Stück näher kommen.

Vielleicht konnte mich seine Tochter endlich dort hinführen. Womöglich war sie meine Chance auf Rache. Ich musste es nur richtig anstellen.

KAPITEL 8

LILITH

D ie Nacht war absolut durchwachsen und davon geprägt, dass ich ständig aufwachte und mein Hintern sehr schmerzte.

Konstant und ohne Linderung.

Zwischendurch hatte ich versucht, auf Toilette zu gelangen, aber ich hatte keine Chance gehabt. Nicht so.

Da Skill nicht anwesend war, und das die gesamte Nacht über, lag ich am nächsten Morgen noch immer hier.

Nachdem ich dem Deal nicht zugestimmt und ihn erneut zur Hölle gewünscht hatte, hatte er meinen Hintern fertig eingecremt, mir die Hose hochgezogen und war verschwunden.

Vor Schmerzen und Langeweile war ich schlussendlich eingenickt – und hatte unruhig geschlafen.

Jetzt, am nächsten Morgen, konnte ich es nicht länger aushalten. Ich musste für kleine Mädchen.

Stöhnend rollte ich mich aus dem Bett und zwang meine protestierenden Beine dazu, sich zu bewegen.

Mein blanker Hintern schabte über den Innenstoff der Jogginghose und bei jedem Schritt tat es höllisch weh.

Ich presste den Mund zu einer dünnen Linie zusammen, während ich mich an der Kommode abstützte und mich vorbeugte, um tief durchzuatmen.

In dem Moment hörte ich die Tür aufgehen und jemanden schnuppern.

»Alter«, ertönte Skills Stimme. »Was hast du getrieben? Es stinkt.«

Mit grimmiger Miene sah ich über meine Schulter. Er hatte noch dieselbe Kleidung wie gestern an.

Seine Mundwinkel zuckten, als er meinen Körper musterte.

»Hübscher Anblick«, schmeichelte er mir. »Wolltest du irgendwohin?« Sein Kopf legte sich schief und ich verdrehte die Augen.

Angestrengt grunzte ich, bevor ich mich weiter zum Klo vorarbeitete. »Lass mich in Ruhe«, flehte ich leise, als ich seine Schritte hinter mir hörte.

»Lilith, diese Haltung ist nicht gemütlich«, sagte er, und ich versuchte seine Pranken von meinem Körper zu schieben, ehe er sie gegen meine Ellenbogen legte.

»Lass mich«, bat ich ihn und wimmerte, weil mein Hintern gegen seinen Oberschenkel gepresst wurde.

Es drückte schmerzhaft.

»Lilith, lass mich dir helfen«, bat er seufzend. »Bitte.« Unsicher wendete ich mich ihm zu.

Ich wollte seine Unterstützung nicht. Dieses Monster war doch erst für meine Misere verantwortlich. In allen Belangen.

Mein Herz schlug unangenehm in meiner Brust, was mich schlucken ließ. Es hatte es vor mir gewusst. Skill war kein guter Mensch. Er tat mir weh.

Auf mehr als nur körperlicher Ebene.

»Bitte, lass mich«, flehte ich und sog die Luft tief ein,

während er sich hinter mir verspannte. »Ich will gar nichts von dir.«

Zögerlich nahm er seine Finger von mir.

Während ich darauf wartete, dass er zurücktrat, hielt ich still. Doch stattdessen spürte ich seinen Atem plötzlich in meinem Nacken und die Haare stellten sich mir auf.

»Lilith«, sagte er meinen Namen noch mal eindringlich. »Du kannst nicht einmal gerade stehen.« Skill atmete mir direkt in den Nacken, und meine Muskeln, mein armes Herz, reagierten darauf.

Ich sträubte mich in seinen Armen, versuchte an ihm vorbeizukommen, ohne noch mal seine Berührungen zuzulassen.

»Lass mich dir helfen. Bitte.«

»Hörst du nicht?!« Abermals drehte ich mich zu ihm. »Ich will deine Hilfe nicht.« So sah ich ihm in die dunkelbraunen, fast schwarzen Augen. »Auf die Bemühungen eines Monsters, das nur so tut, wo es doch für meine Lage verantwortlich ist, kann ich gut verzichten.«

Er malmte bei meinen Worten so hart mit seinem Kiefer, dass sich seine Haut im Gesicht spannte und seine Konturen noch stärker hervortraten.

»Du möchtest es also so auf die Toilette schaffen? Dich dort hinsetzen und dann vielleicht unter Krampf und Tränen duschen? Du bist stur und dumm, wenn du meine Unterstützung nicht annimmst.«

»Du hast sie mir auch nicht angeboten, während ich tagelang in einem bazillenverseuchten Raum vor mich hinvegetiert bin«, konterte ich mit Argwohn.

Seine Pupillen schossen förmlich Blitze, so schmal wurden sie. Ein paar Sekunden verstrichen, dann trat er zur Seite.

Er ließ mich passieren. Doch würdevoll konnte ich meinen Abgang ins Bad nicht bezeichnen.

Mit vor Schmerz verzogener Miene lehnte ich mich immer

wieder irgendwo im Raum an, keuchte und presste die Lippen trotzdem immer wieder fest aufeinander, um so wenig Schmerzenslaute wie möglich entweichen zu lassen.

Sobald ich die Tür hinter mir geschlossen hatte, öffnete ich den Mund zu einem stummen Fluch, weil es so höllisch brannte, und zerrte die Hose herunter.

Die Luft, die an meinen Hintern kam, war Folter und Segen zugleich.

Es würde sich ändern, sobald ich auf der Klobrille saß.

Unsicher betrachtete ich mich im Spiegel.

Gelinde ausgedrückt sah ich schrecklich aus. Meine Augen waren noch immer vom vielen Weinen am gestrigen Tag blutunterlaufen, meine Haare ein einziger Knoten und ich wirkte blasser als sonst. Das musste durch fehlende Flüssigkeit und Essen kommen.

Meine letzte Nahrung war beinahe schon wieder zwei Tage her. Überhaupt wunderte es mich, dass ich noch die Kraft hatte, zu stehen.

Langsam streckte ich die Arme aus und lief aufs Waschbecken zu, an das ich mich klammerte, um aus der Jogginghose zu steigen. Dann schloss ich für einen Moment die Lider, ehe ich mich auch aus dem Hoodie befreite.

Tief einatmend wandte ich mich der Duschkabine zu. Ich hatte eine bessere Idee, als mich mit dem wunden Hintern auf das Ding zu setzen. Was Männer konnten, konnte ich als Frau schon lange, wenn nur genug Wasser alles fortspülte.

Allerdings hatte ich das kühle Nass unterschätzt.

Denn sobald ich in die Kabine trat und den Hahn aufdrehte, schrie ich los, weil es furchtbar gegen meine Haut peitschte.

Ich rutschte auf den Fliesen aus und heulte letztendlich qualvoll auf, als ich auf meinem Hintern landete.

In dem Moment wurde die Tür aufgerissen.

Meine Sicht war vor Schmerz verschleiert, vor Scham, vor

Erniedrigung und vor allem, weil ich nur eines in diesem erbärmlichen Augenblick wollte. Meine Mutter.

Ich *wollte* meine Mutter.

Mich in ihre schützenden Arme flüchten und von ihr gehalten werden. Gesagt bekommen, dass es wieder gut werden würde und der Schmerz bald nachließe.

Während mehr Schluchzer meinen Hals verließen und über meine Lippen flüchteten, vergrub ich das Gesicht in den Händen.

Die Kabinentür wurde geöffnet.

»Okay, komm.« Skill seufzte und packte mich unter den Armen, bevor er mich aufrichtete und ich wimmerte.

Beschämt schaute ich auf seinen Pullover nieder.

»Es tut mir leid«, wiederholte er und packte mich an meinem Kinn, bevor er mich dazu zwang, ihn anzusehen.

Skill war entweder ein besserer Schauspieler, als ich dachte, oder ihm tat es wirklich leid. Denn ich glaubte, echtes Mitgefühl in seinen Augen zu erkennen. Ehrliches Mitleid.

»Ich habe zu fest zugeschlagen, ich sehe es ein«, sagte er leise und griff fest an meine Hüfte, damit ich nicht erneut ausrutschte. »Lass es mich wiedergutmachen, Lilith.«

Solange ich die Finger in seinen Pulli krallte, sah ich auf sie hinab.

»Du schlägst mich nie wieder«, stellte ich klar, als ich aufblickte. Mein Herzschlag war eine einzige Achterbahnfahrt, wenn ich in der Dunkelheit seiner Augen versank. »Und ich komme lebend aus der Sache raus.« Mit verschwommener Sicht betrachtete ich sein nahezu perfektes Gesicht. »Ich will meine Mutter wiedersehen«, gestand ich wie ein kleines, gebrechliches Kind.

»Ich weiß«, antwortete er schluckend, bevor er tief einatmend nach seinem Shampoo griff und dann die Temperatur am

Regler angenehmer stellte. »Waschen wir dich und ziehen dich frisch an«, murmelte er.

Ich hatte noch nie erlebt, dass jemand so grausam sein, aber in anderen Belangen auch so fürsorglich mit einem umgehen konnte.

Einmal war ich so krank gewesen, dass meine Mutter mit mir ein Erkältungsbad hatte nehmen müssen, damit ich nicht unterging, weil ich mich nicht hatte aufrecht halten können.

Skill tat nun dasselbe für mich. Der Biker hielt mich, wusch mir ernsthaft die Haare, trocknete mich ab – und drehte sich einen Moment weg von mir, damit ich in die Dusche pinkeln konnte. Auch ihm war bewusst, dass ich in keinem Szenario der Welt würde sitzen können.

Und jetzt stand ich hier und sah zu ihm nach unten, während er mir Schuhe zuband, die meine Größe hatten.

»Woher sind die?«, fragte ich.

Er zuckte mit den Schultern. »Von ein paar Hangarounds«, bemerkte er. »Der Pullover ist meiner, die Jogginghose von Momma.« Der weiche Stoff schmiegte sich nicht ganz so schmerzhaft an meinen Hintern, wie es noch zuvor der Fall gewesen war. Sie war pink, aber immer noch besser als gar nichts. »Den BH hat Jack besorgt. Ich weiß nicht woher, aber ich bezweifle, dass er deine Größe richtig geraten hat.«

Wir beide schauten auf das Teil, das auf dem Bett lag, weil es deutlich zu klein war.

»Er hat es gut gemeint«, nuschelte ich.

»Hat er.« Skill band den anderen Schuh fest zu und stand dann auf. »So. Gewaschen, gestriegelt und angezogen«, zählte er auf. »Hunger?«

Langsam legte ich den Kopf schief. »Du kannst aufhören, höflich zu sein.«

»Ich bin höflich«, widersprach er mir. »Es ist mein Naturell.«

»Nicht zu mir.«

»Bisher.« Er atmete tief ein. »Wenn ich das hier durchziehe, dann sehe ich ein, dass ich deutlich freundlicher sein könnte.« Bedacht schritt er durch sein Zimmer. »Angefangen bei *meinem* Eigentum.«

Ich schnaubte. »Hör auf, mich dein Eigentum zu nennen. Ich bin meine eigene Herrin.«

»Bist du das?«, hinterfragte er. »Versteh mich nicht falsch, Lilith, du wirkst eher, als würdest du dich selbst nicht kennen.«

»Behauptet der Kerl, der zwei Gesichter hat«, erwiderte ich sofort.

Ein Seufzen kam über seine Lippen. »Hunger?«, wiederholte er, und ich nickte.

So hielt er mir seine Hand hin, ergriff dann aber meinen Arm, sobald wir losliefen.

Es dauerte, vor allem, die Treppenstufen zu erklimmen, da ich mich weigerte, getragen zu werden.

Sobald wir oben waren, wusste ich, das hier würde kein einfaches Frühstück. Skill hatte mich in die Höhle des Löwen geführt.

Da saßen sie. An zwei großen Tischen, bestückt mit Essen.

Es waren unter anderem sogar Mitglieder anwesend, die ich noch nie im Leben zu Gesicht bekommen hatte. Einer trug einen blonden Irokesen, einige von ihnen jedoch eher das Haar kurz geschoren.

Ihre Blicke waren gesenkt, die meisten schlangen ihre Mahlzeit regelrecht hinunter.

Unglaublich, wie viele von denen hier hineinpassten.

Schluckend schielte ich unsicher zu Skill hoch, während er sich mit mir in Bewegung setzte.

»Die meisten beißen nicht«, raunte er mir zu.

Ungläubig sah ich ihn an, ehe mein Blick auf Jack traf, der kauend lachte und jemandem zuhörte, dessen Tätowierungen in ganzen Streifen über seinen Schädel gingen. In allen Farben.

»Sie ist ja süßer, als ihr behauptet.« Der Biker grinste breit und ich entdeckte zwei silberfarbene Piercings in seinen Mundwinkeln. Seine braunen Augen betrachteten mich. Eindringlicher, als sie sollten. »Lilith«, begrüßte er mich und beäugte dann Skill. »Hey, Skill.«

»Buzz.« Skill neigte einmal den Schopf. »Was macht deine Ma?«

»Macht sich gut«, erwiderte er schulterzuckend, und Skill griff nach Jacks Teller, der sofort skeptisch darauf schaute. Skill ließ sich nicht beirren und hielt mir Jacks Essen hin.

»Kann sie sich nicht ihr eigenes Brot schmieren?«, fragte Jack nuschelnd, und ich lugte auf die Wurst, die sich auf dem Bagel befand.

Es war ein ... nettes Angebot von Skill.

»Das esse ich nicht.« Skill hob den Kopf. »Ich esse kein Fleisch«, erklärte ich ihm.

Er verdrehte die Augen. »Es bringt dich nicht um, es ist schon tot.«

Jack grunzte, doch ich fand das ganz und gar nicht witzig.

»Stopf's ihr einfach ins Maul, und gut ist, Skill«, rief Rampage vom anderen Ende und zwinkerte mir zu, ehe er nach seinem Kaffee griff und sein Gespräch mit dem blauen Typen neben ihm fortführte. Dem Kerl, an dem alles blau war. Von den Tätowierungen bis zu den Haaren und den Piercings.

Ernst starrte ich Skill an, während er das Frühstück weiterhin in seinen Händen hielt.

»Ich werde kotzen, wenn du mich zwingst, ein totes Tier zu fressen«, warnte ich ihn vor.

Womöglich würde genau das passieren. Seit mehr als vier Jahren hatte ich kein Fleisch mehr gegessen. Mein Körper würde damit nicht klarkommen. Nicht im ersten Moment.

»In Ordnung«, sagte er ruhig und hob das Brötchen. Schnell wich ich mit dem Kopf nach hinten aus, hielt aber gleich wieder inne, da er es zu seinem Mund führte und hineinbiss, während er mich intensiv ansah.

Bei dem Bild, das sich mir bot, biss ich die Zähne aufeinander, ehe mein Magen knurrte.

Es war so weit. Ich bekam Hunger, wenn ich Fleisch betrachtete.

»Hier.« Sofort riss ich meinen Blick von Skill los und schaute zu Buzz, der mir ein Brötchen mit Marmelade hinhielt. »Bin ebenfalls Vegetarier«, erzählte er von sich, während ich es zögerlich entgegennahm.

Währenddessen setzte Skill sich auf den freien Stuhl neben mir, und ich blieb stehen.

»Danke«, wisperte ich überrascht, bevor ich hineinbiss.

Der Geschmack von Aprikosen verteilte sich auf meiner Zunge und mein Magen schrie danach. Nur, um sich nach einer Brötchenhälfte satt zu fühlen. Jedoch zwang ich die zweite, die Skill mir reichte, ebenfalls in mich. Mit Frischkäse. Außerdem stellte er mir gleich ein Glas Wasser an den Rand des Tischs.

»Was hab ich verpasst, als ich nicht da war?« Der Biker schaute seine Freunde an, die zunächst schwiegen.

»Wieso stehst du, Lilith?«, fragte Buzz mich dann interessiert.

»Ich bin Skills Eigentum«, sprach ich sarkastisch aus, und Buzz' Körper wurde starr, während er zu kauen aufhörte. »Und ich kann im Moment nicht sitzen.« Mal wieder lief ich rot an, weil Skill mir einen noch intensiveren Blick zuwarf.

»Seit wann halten wir uns Sklaven?«, fragte Buzz laut, und alle Gespräche verstummten. »Sagt mal, tickt ihr noch ganz sauber?« Er schaute zu Rampage hinüber. »Wer zur Hölle ist die Kleine?«

Rampage krauste die Nase und lehnte sich in seinem Stuhl zurück.

»Ich mag deine Moral, ehrlich, Buzz. Doch sie ist hier fehl am Platz«, wies er ihn zurecht.

»Wir haben mit dem Menschenhandel vor Jahren aufgehört, Ramp, also lass den Scheiß.« Er guckte wieder zu mir auf. »Woher kommst du?«

Tief atmete ich ein. »Aus Rhode Island«, erzählte ich. »Ich bin in Providence aufgewachsen.« Misstrauisch sah ich einen Moment zu Skill, der allerdings zu Buzz schaute. »Ich habe an der Brown studiert.«

»Eine Studentin?!« Ungläubig wandte Buzz sich wieder Rampage zu. »Sie ist nicht mal 'ne Nutte?!«, hakte er noch empörter nach.

»Nein, ich bin keine Nutte«, nuschelte ich und biss beschämt in mein Frühstück.

»Sie ist Sculleys Tochter«, ließ der blaue Typ die Bombe platzen.

Mit Argwohn legte ich die Stirn in Falten.

»Das rechtfertigt nicht, eine junge Frau zu *versklaven*, Alter.« Buzz schüttelte den Kopf. »Wo zur Hölle ist *eure Moral* geblieben?«, fragte er sie. »Kleines, wo wohnst du?« Der Biker stand auf und ich hob perplex beide Brauen.

»Frag doch Skill«, scherzte Jack.

»Du hältst besser die Klappe, *Prospect*«, bemerkte Skill trocken.

Rampage erhob sich ebenfalls. »Buzz ...«

»Wo wohnst du?« Buzz musterte mich.

Erschrocken öffnete ich meinen Mund, weil ein lauter Knall

ertönte und Putz von der Decke rieselte, was mich im nächsten Moment spitz aufschreien ließ.

Schockiert schaute ich zu dem Typen, der auf Rampages anderer Seite saß.

Ein großes schwarzes Kreuz prangte an seinem Hals, und seine komplette Kleidung war dunkel, genauso wie das Haar. Das Einzige, was Farbe aufwies, waren seine Augen. Denn sie leuchteten förmlich in einem hellen eisigen Blau. Abgesehen davon hatte er eine Waffe in der Hand und ließ sie gerade wieder sinken. Er wirkte unsicher auf den Beinen, so, wie er am Tischende wankte.

»Lilith geht nirgendwohin, Buzz«, stellte er mit unfassbar tiefer Stimme klar. Tiefer, als Skills je sein könnte. Irgendwoher kannte ich sie. »Sie ist nicht Skills *Sklavin*. Rampage macht sich einen Spaß daraus, weil er glaubt, dadurch würde sie zu ihm gekrochen kommen und um Gnade winseln.« Beklommen schaute ich zu Skill, der mit seinem Kiefer malmte. »Sie ist hier, weil Sculley alles tun würde.«

Stille trat für einen Moment ein, bevor ich sie undurchdacht durchbrach.

»Könnten wir vorher einen Vaterschaftstest durchführen?«, scherzte ich. »Nicht, dass ihr den Falschen umbringt.« Jack grunzte plötzlich, und das Glas Wasser, das für mich bestimmt war, wackelte gefährlich an der Tischkante. »Ich habe meinen Vater nie kennengelernt.« Skill hob sofort den Kopf. »Ihr hättet einfach fragen können.«

»Wir sind eher vom Typ ›erst *schießen*, dann *fragen*‹«, scherzte der Kerl in Blau trocken.

Momma seufzte laut. »Können wir nicht auch einfach frühstücken, ohne dass wir uns an die Gurgel springen?«

Buzz schnaubte und setzte sich in Bewegung. »Sculley mag die Ausgeburt der Hölle sein, aber Kidnapping einer unschul-

digen Studentin ist trotzdem unter der Gürtellinie.« Kopfschüttelnd verließ er den Raum. »Ich fass es nicht.«

»Lass ihn schmollen«, stellte Rampage klar, und Sally erhob
sich. Seine dunklen Locken waren noch feucht. Vermutlich war
er wie ich unter der Dusche gewesen. »Er wird auch noch erkennen, dass Lilith es nicht wert ist, verteidigt zu werden.«
Rampage schaute mich herausfordernd an. Nun war ich es, die
mit ihrem Kiefer malmte.

»Findest du nicht, es reicht?« Jack stand auf. »Sie kriecht
schon am Boden, Rampage.«

Dessen Mundwinkel zuckten, ehe er seine Waffe auf mich
richtete, was mich zurückschrecken ließ.

»Ist es genug?«, fragte er in die Runde. »Wenn ihr wollt,
kann ich sie auch gleich hier umbringen. Eine kleine Kugel
zwischen deine hübschen Äuglein, hm? Wie fändest du das,
Lilith?«

Ängstlich biss ich die Zähne aufeinander und ein Kribbeln
jagte mir den Rücken hinauf.

»Wenn sie jemand umbringt«, mischte sich Skill ein, »dann
bin ich das.« Er stierte Rampage an, der den Blick sofort erwiderte. »Sculley hat *meinen* Bruder erschossen. *Meinem* Bruder
hat er zwei Kugeln in den Kopf gejagt. Wenn irgendwer das
Recht darauf hat, seine Tochter umzulegen, dann bin *ich* das,
Rampage.«

Nach einigen Sekunden Stille lachte dieser leise und legte
die Waffe auf dem Tisch ab.

»Meinetwegen«, bemerkte er nickend. »Doch so langsam
geht sie mir mit ihrer Anwesenheit auf die Nerven.«

Schluckend schielte ich zu Jack. Als würde er helfen
können. Er beachtete mich gar nicht, sondern seinen
Präsidenten.

»Ramp, komm langsam ein wenig runter«, bat Sally ihn
beschwichtigend. »Sie ist nur eine junge Frau. Und sie hat seit

Tagen keine regelmäßige Nahrung bekommen. Sie sollte etwas ...«

»Sie soll woanders essen«, schnitt er ihm kühl das Wort ab, und Skill erhob sich seufzend, ehe er mir die Hand hinhielt.

Stumm ergriff ich diese und ließ mich mitziehen.

Dass das hier funktionieren würde ... Ich zweifelte angesichts Rampages Verhalten dran.

Hier war nichts okay.

Sie hatten alle grundlegende Probleme, die sie mit Schüssen zu klären versuchten. Worte wären besser gewählt, wagte ich zu behaupten.

KAPITEL 9

SKILL

»**D**as üben wir noch mal.«

Seufzend schaute ich auf die Unterlagen vor mir. Meine Sicht verschwamm. Mittlerweile starrte ich seit Stunden darauf. Es war mir noch immer unerklärlich, wie diese Zahlen zustande kamen. Vor allem, da Sally schon seit elf Jahren unser Treasurer war und das Amt innehielt.

»Wie kommt es zu diesem Defizit?«, hakte ich bei Momma nach, als ich auf die Ergebnisse des letzten Monats unseres Clubs sah.

Damit konnte etwas nicht stimmen. Wir standen zwar nicht im Minus – wir waren weitab davon –, doch die Einnahmen waren vor einem Jahr definitiv höher gewesen. Viel höher.

Auch wenn ich nicht länger Vizepräsident war, der Club hing mir besonders am Herzen. Als Kind hatte ich schon an der Theke gesessen und Johnny hatte mir Nachhilfe in Biologie gegeben. Zumindest so lange, bis ich selbst herausfand, welche Löcher ich auf welche Weise stopfen konnte.

»Zwei Lieferungen kamen nicht an«, bemerkte sie und deutete auf die Rechnungsnummern. »Ich diskutiere noch immer mit dem Lieferanten.«

»Nicht verhandeln, wir schicken nach dem Wochenende jemanden vorbei«, versicherte ich ihr. »Vorzugsweise nicht Jack. Den Letzten hat er mehr als übel zugerichtet.« Ich blickte auf. »Hast du die Abrechnung vom Bordell gesehen? Maya hat letzten Monat dreimal hier getanzt und sich jedes Mal erkundigt, warum ihr und anderen nur ihr monatliches Nettogehalt überwiesen wurde.«

Momma zuckte erst ratlos mit den Schultern, ehe ihre Aufmerksamkeit über den Tisch zur Theke wanderte, weil ein ungewöhnlicher Ton zu hören war.

Mit gerunzelter Stirn folgte ich ihrem Blick und entdeckte Buzz, Sally und Lilith.

Lilith stand hinter dem Tresen und wusch erneut Krüge für Momma, die sie heute Abend dreckig zurückbekommen würde.

Ihre Mundwinkel waren merkwürdig weit nach oben gezogen und ihre langen Schneidezähne zeigten sich. Es lagen Lachfältchen um ihre Augen. Und auch das Geräusch kam von ihr.

Es war … gewöhnungsbedürftig.

Klang ein wenig wie ein bellender Hund. Einnehmend, einzigartig und … komisch.

Wer hörte sich beim Lachen schon wie ein Tier an?

Sally schmunzelte, während Buzz grinsend seinen Schopf schüttelte.

»Sally! Buzz!«, rief Momma. »Sie soll meine Gläser abwaschen, nicht euren dummen Geschichten lauschen!«

Lilith verstummte, auch wenn ihre Mundwinkel noch leicht gehoben waren. Sie starrte zu uns hinüber. Statt zu Momma zu schauen, trafen ihre dunkelblauen Augen direkt auf mich – und ihre erhellte Miene schwand.

Schaute ich so unzufrieden drein?

Sie konnte meiner Ansicht nach ruhig noch ein wenig länger fröhlich sein. Wenn es sie glücklich stimmte.

Ich seufzte und richtete meine Aufmerksamkeit wieder auf die Dokumente vor mir.

»Die Bilanzen, Momma«, kam ich zurück auf unseren Gesprächspunkt.

»Ich gebe Maya heute Abend die Rechnungen für die anderen mit und zahle ihr Gehalt in bar aus, wie wäre das?« Momma wandte ebenfalls ihr Interesse von den dreien ab und beäugte mich stattdessen, woraufhin ich nickte.

»Waren die Dealer von der James Street die Tage über da?«

Sie schüttelte ihren Schopf. »Nein, nicht dass ich wüsste. Aber unser Zeug ist rausgegangen.«

»Prima.« Ich guckte zurück zu Sally.

»Sally?!«, rief ich seinen Namen und winkte ihn zu mir herüber.

Er erhob sich von seinem Barhocker, nahm sein alkoholfreies Bier mit und trat an unseren Tisch.

»Die Drogen für den westlichen Teil der Stadt«, meinte ich. »Sind sie vertickt?«

Er zog seinen rechten Mundwinkel hoch. »Dafür ist Blue zuständig«, erzählte er.

»Seit wann?«, fragte ich irritiert und sah sofort zu Momma. »Du hast das immer gemacht.«

Sally hatte das seit Jahren getan. Meist auf dem Weg zu seiner Schwester, wenn sie wieder Hilfe mit den Kindern benötigte.

»Rampage hat die Arbeit aufgeteilt«, teilte er mir mit, und meine Brauen hoben sich ein Stück.

Wieso zum Teufel hatte Rampage das? Das war völlig idiotisch. Und raubte uns Zeit.

Die Routen hatten Johnny und ich vor Jahren ausgefeilt, um effektiver zu arbeiten.

»Ich beliefere die Waffenhändler und das Bordell«, teilte er mir mit. »Blue kümmert sich mittlerweile um die Drogen und Joker um die Verhandlungen.«

Nun war ich noch verblüffter. »Joker? Um die Gespräche mit anderen MCs?« Nicht gerade begeistert riss ich die Augen auf. »Ist Rampage dement?« Das war ein absolut berechtigter Einwand.

Wie kam er darauf, *Joker*, der nie und nimmer seine Klappe halten konnte, wäre perfekt für diesen Job?!

»Wer?« Misstrauisch schaute ich hinter mich, als Bones aus der Küche kam, und stand auf. Er schniefte und rieb sich den Nasenflügel. Schon wieder sah er aus, als hätte er letzte Nacht gar nicht erst die Lider geschlossen.

War er schon wieder drauf?

»Dir ist bewusst, zu viel Koks macht abhängig«, sagte ich in gedämpfter Lautstärke.

»Laber keinen Dreck, ich hab's unter Kontrolle«, murmelte er. »Wer ist nun senil?«

»Seit wann übernimmt Joker die Kommunikation?«, hakte ich bei unserem Vizepräsidenten nach. »Der Kerl hat nicht genug Impulskontrolle.«

Das hatte Joker noch nie gehabt.

Stirnrunzelnd hielt Bones in der Bewegung inne. »Er macht es seit einem halben Jahr«, bemerkte er. »Warum fragst ausgerechnet du mich das?«

»Weil hier einiges falsch läuft«, sprach ich an. »Bones, es fehlen Lieferungen, Rechnungen sind falsch ausgestellt ... Woher zur Hölle kommt das?«

»Warum interessiert's dich?« Er hob eine Augenbraue. »Ich dachte, du möchtest dich weiter in deinem Spielzimmer verkriechen und foltern, *Sergeant*.«

Das Papier unter meinen Fingern knisterte.

»Rampage wollte Blue mehr Aufgaben zuteilen«, behauptete er seufzend. »Nachdem du alle Morde aufgetragen bekamst, wurde ihm langweilig. Da Jack langsam die Bordellangelegenheiten übernimmt, hat Joker sich beschwert und Ramp hat die Arbeit auf beide aufgeteilt. Ist doch nichts dabei.« Hier lief irgendetwas mächtig falsch.

Skeptisch betrachtete ich die Papiere vor mir.

Jack war noch nicht so weit. Deswegen sollten er und Joker zusammenarbeiten. Abgesehen davon passte deren Arbeits-Chemie. Sie brachten gute Umsätze ein.

Blue ... Na ja. Es klang plausibel. Ohne sein Spielzeug und seine angestaute Energie an Opfern auszulassen ... Das ging tatsächlich auf meine Kappe. Schon wieder.

»Es könnte sein, dass ich die Arbeitsstunden falsch berechnet habe.« Bones trat an den Tisch heran und nahm eine Rechnung zur Hand. Seine Stirn runzelte sich, ehe er sich eine Haarsträhne hinter sein gepierctes Ohr strich. »Maya hat zu wenig für letzten Monat bekommen, du hast recht. Eliza und Keira auch. Bei Miley fehlt glaube ich nur gestern Nacht.«

»Haben wir bemerkt«, seufzte Momma.

Bones faltete das Blatt und steckte es sich in die Jeanstasche. »Kein Problem, ich überweise es ihnen. Muss ohnehin zur Bank.«

Wie von allein wanderte meine Aufmerksamkeit zurück zu Lilith, und ich atmete tief ein, als ich bemerkte, dass sie Buzz konzentriert zuhörte und trotzdem ihrer Arbeit nachging.

»Slips.« Nachdenklich schaute ich zu Bones. »Bring eine Packung Slips mit«, bat ich ihn. »Größe S.«

Bones schaute hinüber zu Lilith und seine Mundwinkel zuckten ein Stück. »Gefällt dir der Anblick ihrer Pussy nicht?« Er wandte sich zum Gehen.

Den Hieb ignorierend, schluckte ich das Bild ihrer intimsten

Stelle vor meinem inneren Auge hinunter. Sie gefiel mir sogar viel zu sehr.

»Lilith, welche BH-Größe hast du?«, rief ich, und Buzz verschluckte sich beim Trinken. Er hustete.

Lilith schaute auf, und als sie bemerkte, dass wir sie alle anstarrten, wurde sie rot.

Ihre Lippen bewegten sich, aber ihre Worte kamen bei uns nicht an. Stattdessen starrte Buzz hinunter zu Liliths Oberweite.

»Du machst Scherze«, sagte er mit überraschtem Unterton. Lilith wurde noch röter. »80D«, antwortete er mir, und ich hob die Brauen.

»Sie ist doch niemals eine D«, bemerkte Sally nuschelnd.

»Nun ja ...« Bones schmunzelte. »Die Pille soll doch alles regeln. Auch das Wachstum.«

Tief sog ich den Sauerstoff in meine Lunge ein.

Noch hatte ich mich nicht intensiver mit ihren Brüsten befasst. Aus Höflichkeit hatte ich versucht, wegzusehen, als wir unter der Dusche gestanden hatten. Weil ich mir sicher war, ich wäre kurz davor gewesen, die Hände zwischen ihre Beine gleiten zu lassen und mir zu nehmen, was ich wollte.

Selbst verletzt und unsicher wirkte diese Frau auf mich wie ein Aphrodisiakum.

»Bring ebenfalls ein paar BHs mit«, fügte ich hinzu. »Streck das Geld vor, ich geb's dir später wieder.«

Er legte den Kopf schief, betrachtete mich einen langen Moment, bevor er die Lider ein kleines Stück zusammenkniff. »Meinetwegen.«

Letztendlich lief er zur Tür hinaus und Lilith folgte ihm mit ihrem Blick. Sehnsüchtig.

In meiner Brust hämmerte und stach es, was mich schlucken ließ.

Sie wollte nach draußen, ich wusste es. Deswegen guckte sie

Bones flehentlich hinterher. Doch es war so ... intensiv. So sollte sie ihm nicht nachschauen. Nicht ihm.

»Lilith, Süße, möchtest du Mittagessen?«, rief Momma in einem liebevollen Tonfall, als sie zur Uhr über Lilith schaute. »Ich habe noch Auflauf von gestern im Kühlschrank stehen, den kannst du dir nehmen. Er ist ohne Hackfleisch.«

Sie nickte und zog ihre Hände aus dem Spülbecken vor sich.

Sobald sie sich diese abgetrocknet hatte, lief sie langsam und vorsichtig erst zu uns und dann mit erhobenem Kopf an uns vorbei, ohne ein weiteres Wort zu verlieren.

Als ich mich wieder geradeaus richtete, war ich Mommas Musterung ausgesetzt, die nachdenklich eine Augenbraue hochzog.

Genervt klopfte ich gegen meine eigene Badezimmertür – das zweite Mal in fünf Minuten.

»Bist du heute auch noch mal fertig?«, brüllte ich schon fast. »Lilith, ich muss pissen«, fügte ich hinzu. »Wenn du jetzt nicht rauskommst, dann mach ich es vor dir.«

Natürlich erhielt ich keine Antwort. Dafür aber trat sie nach einer gefühlten Ewigkeit endlich heraus, als ich Jack gerade eine Nachricht schreiben wollte.

Zuerst hob ich den Kopf und gleich darauf auch meine Brauen.

»Steht dir.« Bevor ich mich aufhalten konnte, waren die Worte bereits heraus.

Doch es entsprach der Wahrheit.

Lilith mit einem unordentlichen Dutt schaute aus wie Schlagsahne mit Kirsche obendrauf. Es lud dazu ein, in ihren Nacken zu greifen und sie an sich zu reißen.

Ein paar Strähnen fielen ihr in die Stirn und klebten an ihrer Schläfe, weil sie feucht vom Wasser waren.

Lilith trug wieder Mommas Hose und meinen blauen Pulli.

»Entschuldige«, nuschelte sie eilig und lief hinüber zum Bett. »Ich konnte nicht so schnell auf Toilette.«

Es war, als schüttete sie kaltes Wasser über mir aus. Sofort fühlte ich mich wie ein Arschloch.

Ich starrte ihren Hals an, an dem meine Male noch blass zu erkennen waren. »Was machst du da?«, hinterfragte ich stirnrunzelnd und legte mein Handy beiseite.

Lilith zog sich die Bettdecke zurück und schaute mich danach unsicher an. »Ich leg mich hin?« Sie richtete sich wieder auf. »Ich meine ... Ich glaube nicht, dass du heute noch irgendwas vorhast, und du hast gesagt, ich darf hier schlafen.« Während sie ihre Hände ineinander knetete, stülpte sie sich die langen Ärmel über, was sie noch zierlicher aussehen ließ.

In diesem Moment wirkte alles an ihr zerbrechlich. Mir gefiel das noch immer nicht.

»Hat dir nie jemand gesagt, dass du mehr aus dir machen kannst, als eine graue Maus zu sein?«

Augenblicklich hob sie den Schopf, während ich die Arme vor der Brust verschränkte und mich gegen den Türrahmen zum Bad anlehnte.

»Nein, ich bin keine graue Maus«, widersprach sie kopfschüttelnd und atmete tief ein. »Ihr habt mich entführt«, sagte sie. »Wieso sollte ich mich für euch aufstylen?«

Ein paar Sekunden dachte ich über ihre Worte nach. »Und was ... machst du sonst so? An freien Abenden?«

Beinahe verträumt betrachtete sie mich aus ihren dunkelblauen Augen. »Meistens schaue ich Serien oder lese. Oft lerne ich auch.« Sie drehte ihren Kopf in die Richtung des kleinen Fensters, das keine Aussicht lieferte, aber etwas frische Luft.

»Ich gehe auch sehr gerne spazieren«, fügte sie leise hinzu. »Wahrscheinlich ist es nicht das, was du oft tust.«

Ich schüttelte den Schopf. »Es ist egal, was ich mache.« Zumal es in letzter Zeit auch nicht vorgekommen war, dass ich einem Hobby nachging. »Wie sieht es mit einer Party aus?«, schlug ich ihr vor. »Dann ... sitzt du hier nicht rum.«

Ganz dumme Idee, rief mir mein Innerstes zu.

»Nein, ehrlich, ich möchte nicht mit dir auf eine Party«, lehnte sie ab. »Eigentlich würde ich mit keinem von euch meine Zeit verbringen.«

Ich wusste, was sie implizierte. Lilith wollte nach Hause.

Kurz hob ich meine Brauen, dann wandte ich den Blick ab, als sie mich intensiv musterte. »Tja, na ja«, murmelte ich. »Immerhin habe ich es versucht. Dann ... guck eine Serie oder so.« Mit der Hand deutete ich in die Richtung meines Fernsehers. »Warte nicht auf mich.«

Ohnehin hatte ich nicht vorgehabt, hier zu schlafen.

Nicht wenn sie mir die kalte Schulter zeigte. Eigentlich nie. Eine weitere Nacht auf Jacks kleinem Minisofa würde ich heute nicht überleben. Nicht, wenn es eine fette Party gab und er höchstwahrscheinlich eine Frau mit in sein Bett nahm. Ich war nicht so der Voyeur.

»Viel Spaß«, wünschte sie mir, und ich hielt an der offenen Zimmertür inne.

»Danke«, antwortete ich, bevor ich heraustrat und sie zurückließ. Dass ich ins Bad gewollt hatte, hatte ich glatt vergessen.

Kapitel 10

Skill

»**F**indest du das nicht auch?«

Nein, ehrlich gesagt hatte ich keine Ahnung.

Irritiert schaute ich von dem Drink in meiner Hand zu der Frau vor mir. In den letzten fünf Minuten hatte ich ihr nicht zugehört, stattdessen vor mich hingestarrt.

»Nein«, entgegnete ich langsam. »Es tut mir leid, kannst du wiederholen, was du gesagt hast?«, hakte ich höflich nach, während Buzz ein teuflisch lautes Lied aus den Lautsprechern scheppern ließ.

Zunächst warf ich ihm einen bösen Blick zu, aber er beachtete mich gar nicht.

»Ob du nicht auch findest, dass der Club bessere Musik spielen könnte?!«, schrie sie, und meine Braue wanderte nach oben.

»Schätzchen, du bist in einem Rockclub, was erwartest du?«, erinnerte ich sie an das Offensichtliche. »Taylor Swift?«

Ihr Mund verformte sich zu einer Schnute. Eine übertriebene und aufgespritzte, die mich ehrlich gesagt nicht beeindruckte *und* auch noch abturnte.

»Aber die Musik gibt so wenig Rhythmus vor.« Während sie ihre Hand ausstreckte und gegen mein Shirt drückte, starrte ich sie ungeniert an. Schmunzelnd tastete sie meine feste Brust ab. »Dazu kann man schlecht tanzen.«

Jetzt knüllte sie den Stoff zusammen und versuchte, mich näher zu sich zu ziehen. Allerdings war ich nicht in Stimmung. Ich war nie in Stimmung.

»Ich tanze nicht«, sagte ich klipp und klar, und ihre Unterlippe schob sich noch weiter vor.

»Nicht mal mit mir?« Einer ihrer Mundwinkel ging nach oben und sie steckte sich ihren Strohhalm zwischen die Zähne.

Es sollte wohl verführerisch wirken, doch verfehlte es bei mir die Wirkung auf voller Länge.

»Nicht mal mit dir«, stimmte ich ihr zu.

Ihre Miene fiel in sich zusammen. Seufzend löste sie sich von mir und gab ein Schnauben von sich, ehe ich sie los war.

»Du vergraulst sie alle.« Jack lehnte sich neben mich und ich wandte ihm mein Gesicht zu.

»Ich kam her, um zu trinken. Und nich', um mir euch beim Ficken anzusehen, wenn man Joker betrachtet.« Meine Miene verzog sich, als ich hinter Jack die Sicht auf Jokers nackten Arsch erhielt. »Wie oft kann der Kerl, verdammt?«

Jack guckte hinter sich und lachte. »Oft«, bemerkte er und stieß sein Bier gegen meins. »Wo hast du Lilith gelassen?«

»Im Bett«, behauptete ich laut. »Ich hab ihr angeboten mitzukommen. Sie wollte keine Zeit mit irgendwem verbringen.«

Jack zuckte mit einer Schulter. »Kann man auch nichts machen.« Ich nickte zustimmend. »Aber dann frag ich mich, was ihr Zwilling im Club zu suchen hat.«

Ruckartig wirbelte ich zur Bar herum. Doch ich sah zu viele Körper, die eng aneinander standen.

Blaue Haare, pinke Haare, eine Glatze, blonde Haare, braune Haare ...

»Wo?«, hakte ich nach und räusperte mich, als ich bemerkte, dass mein Tonfall grimmig klang.

»Da, wo Blue ist.«

Mein Blick wanderte zu Blue, der hinter der Theke stand und Momma heute Abend unterstützte. Es war Samstag. Eigentlich hätte Momma noch mehr Hilfe gebraucht. Wo zur Hölle war Rampage, der sich dem Ganzen annehmen wollte?!

Doch Lilith entdeckte ich nicht. Meinen Präsidenten erst recht nicht.

»Bist du blind oder ich?«

»Vielleicht bin ich auch schon zu betrunken«, meinte Jack. »Oder ich wollte nur deine Reaktion sehen, wenn ich sage, sie wäre hier.« Resigniert drehte ich ihm mein Gesicht zu und er schaute mich breit grinsend an. »Hey, jetzt behaupte nicht, deine Laune war *nicht* für eine Millisekunde besser, weil du dachtest, sie sei hier.«

»Wer?«

Demonstrativ sah ich weg, während Joker seinen Schwanz in seine zerrissene Jeans stopfte.

»Versuchst du 'n Rekord aufzustellen?«, hinterfragte ich sein Verhalten und trank einen Schluck von meinem Bier.

»Nö«, antwortete er mir. »Ich hab nur Spaß.«

»Lilith«, antwortete Jack ihm. »Was ich glaube, ist, dass Skill ein wenig vernarrt in das kleine Ding ist.«

»Versteh ich nicht«, bemerkte Joker. »Sie ist still, zuckt zurück, wenn Waffen gehoben werden, und ihre Schreie klingen auch nicht sexy.« Angesäuert starrte ich ihn an. »Aber einen prallen Knackarsch hat die Kleine, das muss man ihr lassen.«

Genervt verdrehte ich die Augen.

»Woher weißt du das?«, stieß Jack überrascht aus. »Hast du sie dir je von hinten angesehen?«

»Jetzt gerade.« Er deutete zur Bar, zu der Stelle, an der Momma servierte.

»Bin ich doch nicht zu betrunken.« Jack grinste und kippte sich sein Bier in einem Zug rein, während ich zu Momma starrte und zu der Frau, die vor ihr am Tresen stand.

Mittlerweile fielen ihr mehr Haarsträhnen aus dem Dutt, aber sie trug noch immer die Sachen von vorhin und passte damit überhaupt nicht ins Bild.

»Ihr Arsch wäre perfekt für einen richtig angenehmen Doggy-Fick«, beschrieb Joker. »Schade, dass du ihr die Haut wund geschlagen hast.« Er drehte mir seine Visage zu. »Warum eigentlich?«

»Sie ist ihm davongerannt«, antwortete Jack für mich, und ich hob meine Flasche, bevor ich Momma dabei beobachtete, wie sie Lilith einen Cocktail vor die Nase setzte.

»Nur gerannt? Hm. Ich hätte an ihrer Stelle versucht, dich abzustechen.«

»Auf die Idee kam sie nicht.«

»Noch nicht.«

Angefressen grummelte ich in mein Getränk. »Könnt ihr zwei auch die Klappe halten?«, bat ich die beiden.

»Warum? Hast du noch nicht genug? Oder möchtest du weiter wie ein gruseliger Stalker Lilith anstarren, anstatt zu ihr zu gehen? Es sieht jeder Blinde, dass sie was mit dir macht. Sie hasst dich, aber du ... Oho!« Jack lachte in sich hinein. »Du bist sturer als sie.«

»Du weißt nicht, ob sie stur ist«, erwiderte ich fix, während Lilith das Glas an ihre Lippen führte und daran nippte. Danach trank sie großzügig, was Mommas Cocktailkünsten schmeichelte.

»Ich habe ihr ein warmes Bett angeboten und sie hat abgelehnt, weil Rampage zuvor meinte, wenn sie eins will, muss sie mit ihm vögeln.«

»An ihrer Stelle würde ich auch nicht mit ihm ficken woll'n«, stellte Joker klar. »Sie sieht aus, als würde sie auf Frauen stehen.«

Erstaunt wanderten meine Augenbrauen wieder nach oben. Darüber hatte ich noch gar nicht nachgedacht.

»Sie ist nicht lesbisch«, widersprach Jack ihm augenblicklich. »Dafür reagiert sie zu stark auf unseren hübschen Skill hier.«

»Skill *besitzt* sie.« Joker sah zu mir. »Oder besitzt sie heimlich dich?«, bemerkte er schon beinahe schnurrend und ich verdrehte die Augen. »Hat ihr eigentlich jemand erlaubt, auf diese Party zu gehen?«, fragte Joker. »Es könnten auch Greens oder Spitzel unterwegs sein.«

Darüber machte ich mir weniger Gedanken. Sie hatten sich nicht noch mal gemeldet, nachdem Rico Rivera hier aufgetaucht war.

Angespannt beobachtete ich den Typen, der sich neben Lilith stellte – und dort blieb.

Wieder setzte ich das Bier an die Lippen und trank es aus.

»Sieht aus, als hätte das Mauerblümchen einen Fisch an Land gezogen«, scherzte Jack trocken. »Wie war das, Joker? Steht auf Frauen?«

Sollte sie machen. Sie war laut Rampage meins. Aber sie war nicht wirklich *meins*. Nicht freiwillig.

Mein Standpunkt, sie zunächst in Frieden zu lassen, geriet ins Wanken, als ich mitanschauen musste, dass sie über etwas lachte, was der Kerl vor ihr sagte, und sie nicht zurückzuckte, sobald er seine Finger an ihren Arm legte und sie dort berührte.

Lilith wirkte losgelöst. Für einen Moment ohne Angst.

Dann setzte ich mich ruckartig in Bewegung, weil sie den

Kopf kurz zur Seite drehte und er seine andere Hand über ihren Cocktail bewegte.

»Drogen«, erklärte ich, während ich Jack und Joker verließ.

So schnell ich konnte, drückte ich mich durch die Menge, anstatt zu bitten oder zu hoffen, sie würden kuschen.

Wegen der Masse im Club kam ich trotzdem nicht rechtzeitig an.

Lilith hatte ihr Glas schon an die Lippen gesetzt.

»Nicht!« Augenblicklich streckte ich die Hand aus, ehe ich es ihr abnahm. Lilith schreckte zusammen und blickte mich verblüfft an.

»Alles klar, Mann?« Der Kerl mit den dunklen Haaren zog eine Braue nach oben und ich schnüffelte am Drink. Nichts Auffälliges.

»Sag du's mir, Alter.« Mit einem lauten Geräusch stellte ich den Cocktail vor ihm ab und wendete mich Lilith zu. »Was war das? Wie fühlst du dich?«

»Was war was?«, entgegnete sie und guckte von mir verwirrt und fragend zu dem Typen, mit dem sie sich eben noch unterhalten hatte.

»K.o.-Tropfen«, erklärte ich ihr.

Sofort schaute sie zu mir zurück. »Woher weißt du, dass er welche dort reingemischt hat?«, hakte sie nach.

Ungläubig starrte ich sie an. Das konnte nicht ihr Ernst sein.

»Ja«, stimmte er ihr zu. »Woher willst du wissen, dass ich dort welche reingemischt habe?« Mehr als skeptisch beäugte er mich, und ich erwiderte dies mit einem resignierten Blick.

»Trink.« Fordernd schob ich ihm das Getränk noch näher.

»Ich kipp doch kein Frauengesöff in mich rein.«

»Trink«, wiederholte ich und ballte eine Faust.

Lilith neben mir atmete tief ein und drehte mir ihr Gesicht zu.

»Wieso glaubst du mir nicht?«

»Nenn es Erfahrung«, meinte ich. »Jetzt schluck.« Um meinen Punkt zu verdeutlichen, zeigte ich erneut auf das Glas.

Er lachte kopfschüttelnd. »Das Pussyzeug ex ich nicht«, merkte er wieder an.

»Aber«, mischte sich Lilith ruhig ein, »wenn du sagst, da ist nichts drin, Logan, dann ... hast du doch nichts zu befürchten.« Sie blickte unsicher wieder zu mir.

Ihre Züge waren blass im Licht der Scheinwerfer, die durch den Club schweiften.

»Bedeutet trotzdem nicht, dass ich dein süßes Blubberding süffeln möchte, Schnecke.«

»Nenn sie nicht Schnecke, Wichser«, stellte ich klar.

»Und du bist noch mal?« Ich ignorierte ihn, schaute zu Lilith.

»*Den* ziehst du *mir* vor?«, hinterfragte ich, ohne nachzudenken. »Ernsthaft?«

»Ich ziehe niemanden irgendwem vor«, erwiderte sie verlegen. »Er hat mich angesprochen.«

»Ja, weil du nicht im Bett geblieben bist.«

»Warum eigentlich nicht?« Jack schlang ihr einen Arm um die Schultern und zerrte sie mit einem Ruck an seine Brust, weswegen sie zusammenzuckte. »Haben wir hier Probleme?« Er musterte den Kerl vor uns, der auf die Lederjacke und das Emblem starrte, das Jack als unseren Prospect kennzeichnete.

»Das Arschloch behauptet, ich hätte ihr etwas untergemischt.«

»Ah.« Jack musterte mich interessiert. »Hat er?«

»Fragst du mich das gerade ernsthaft?«, beschwerte ich mich.

Sein linker Mundwinkel zuckte nach oben. »Es spricht doch, wenn nichts drin ist, nichts dagegen, zu probieren.« Er nahm das Getränk in seine Finger und drehte es. »Trink.«

Der Waschlappen vor uns schnaubte. »Das möchte ich nicht saufen«, führte er abermals aus.

»Pech gehabt«, kommentierte ich.

Unsicher guckte er zu Lilith. »Was sind das für Psychos, Lili?«

Jack lachte. »Lili?«, wiederholte er den Spitznamen und betrachtete sie. »Darf er dich so nennen, Süße?«

Lilith schaute unschlüssig zu mir. »Hat er mir was untergemischt?«

Die Zähne aufeinanderpressend sog ich ihren besorgten Anblick in mich auf.

Sie hatte Angst. Nicht vor mir. Vor dem, was in diesem Getränk war. Was dieses Schwein hatte versuchen wollen, ihr anzutun.

Sofort fuhr ich zu dem Typen herum. »*Trink*«, stellte ich ein letztes Mal klar.

Jack lachte leise. »Junge, du hast dich in was reingeritten«, behauptete er und setzte sein Kinn auf Liliths Schulter ab. »Hättest seinem Mädchen wohl besser nicht schaden sollen.«

Das Arschloch blickte von ihr zu mir. »Dein Mädchen?«

»*Mein* Mädchen«, bestätigte ich, und Lilith atmete tief ein.

»Lässt du ihn gehen, wenn ich sage, er soll verschwinden?«, mischte sie sich ein.

»Nein«, antwortete ich ihr. »Er geht, wenn er von dem *Pussyzeug* getrunken hat.« Kopfschüttelnd machte der Typ einen Schritt rückwärts. »Das würde ich an deiner Stelle nicht tun«, warnte ich ihn.

»Du hast mir gar nichts zu sagen.«

Ruckartig streckte ich meine Hand aus und packte ihn. Dann nahm ich mir den Cocktail.

»Skill«, beschwerte sich Lilith, und aus dem Augenwinkel bemerkte ich, wie Jack sie zu sich zurück an seinen Brustkorb zog.

»Lass ihn, Lilith«, bat Jack ernsthaft. »Man mischt Frauen nichts unter.« Er legte sein Kinn wieder auf ihrer Schulter ab. »Sieh dir die Show lieber an. Wird unterhaltsam. Das macht er nur für dich, Süße.«

»Ey, Mann, so hab ich's nicht gemeint.« Flehend schaute der Typ mich an, als müsste ich es verstehen.

»Seh ich so aus, als hätt' ich Mitleid?« Ein letztes Mal hielt ich ihm das Glas vor die Nase. »Ende der Diskussion.«

Schluckend blickte er zu Lilith. »Entschuldigung.«

»Soll ich dir den Kiefer brechen, damit du den Mund endlich aufmachst?«, kommentierte ich.

»Hey, Mann, ich ...«

»Gibt's Probleme?« Blue klopfte auf das Holz der Theke und schaute uns alle an.

»Der Kerl soll den Scheiß exen«, insistierte ich und stellte es auf dem Tresen ab. »Oder brich ihm den Kiefer.«

Unsicher guckte Lilith zu mir hoch. Ihre Pupillen waren geweitet. Ob vor Schreck oder Adrenalin wusste ich nicht.

»Was machst du?« Sie schaute hinunter auf ihre Hüfte, als ich diese ergriff.

»Wir verlassen die Party jetzt«, verdeutlichte ich ihr. »Du hast genug Aufregung für den Abend gehabt.«

»Oh, so siehst du das?« Ich blickte hinunter auf meinen Brustkorb, als sie ihre Finger an meinen Arm legte. Jack lief um sie herum.

»Du hast mir nicht verboten, in den Club zu gehen«, meinte sie. »Wenn ihr solche Typen reinlasst, dann ist das euer Problem. Nicht meins.«

»Nicht dein *Problem*?«, wiederholte ich. »Los, umdrehen.«

Hiermit hatte ich eindeutig den falschen Ton gewählt. Denn Lilith wurde im Licht des Clubs blasser und erstarrte vor mir förmlich zu einer Salzsäule.

Tief sog ich die Luft um mich herum ein. »Wir gehen zurück ins Zimmer, meine ich damit«, erklärte ich sanft.

»Und wenn ich das nicht möchte?«

Was sollte das? Lief unser Deal nicht darauf hinaus? Sie sollte nicht aufmüpfig sein, verdammt noch mal.

»Werde ich dich zwingen«, drohte ich ihr.

Daraufhin drehte sie sich um.

»Was eine Schlampe«, sagte der Idiot.

Unüberlegt – und dumm.

»Skill!«

Blue lachte amüsiert, sobald ich herumfuhr und den Kerl an seinem Kragen packte.

Fest griff ich an seinen Kiefer und quetschte diesen so stark, dass er den Mund perplex öffnete. Ich ergriff den Cocktail und kippte ihn ihm in den Rachen.

»Ich hoffe, du verreckst daran«, wünschte ich ihm leise, ehe ich ihn von mir stieß. Mit schreckgeweiteten Augen starrte er mich an. »Was?«, rief ich. »Sag nicht, du magst das Glas noch hinterherfressen.«

Während ich einen Schritt auf ihn zumachte, wich er einen zurück.

Schnaubend sah ich mich nach Lilith um, doch zu meiner Überraschung war sie verschwunden. In der Menge des Clubs.

Resigniert schaute ich Jack in die Augen.

»Sie war ganz fix«, verteidigte er sich.

Das konnte doch wohl nicht ihr Ernst sein.

KAPITEL 11

SKILL

Dass sie es geschafft hatte, mir davonzulaufen, konnte ich einfach nicht fassen.

Und jetzt war ich kurz davor, durchzudrehen. Der Wichser, der ihr K.o.-Tropfen hatte unterjubeln wollen, war völlig vergessen.

»Sie ist nicht in unseren Privaträumen.« Jack sah mich fragend an. »So flink ist sie mit ihrem wunden Hintern nicht unterwegs.«

»Ist sie wirklich nicht.« Blue deutete quer durch den Club. »Sollen wir die Party beenden?«, hakte er laut nach, während wir drei zusahen, wie sie zur Vordertür hinausschlüpfte. Schnell, panisch. Der gehetzte Ausdruck in ihrem Gesicht sagte mir ganz und gar nicht zu. Doch noch weniger gefiel mir die Aussicht, dass sie mir entkommen würde.

Glaubte sie wirklich, ich würde sie so schnell vom Haken lassen?

Ich mochte ihr zugesichert haben, dass sie hier lebend

herauskam. Den Rest, die Zeit hier, da konnten wir verfickt noch mal drüber reden. Doch ich verhandelte nicht über die Freiheit, nach der sie sich *sehnte*.

»Spätestens Sally müsste sie davon abhalten ...«

»Draußen sind 'ne Menge Leute«, unterbrach Blue mich. »Was meinst du, warum ich hier stehe und Cocktails mische? Rampage ist heute Abend nicht wieder aufgetaucht.« Seine Braue wanderte nach oben.

»Fein«, knurrte ich und setzte mich in Bewegung.

So viel zu: Sie würde mir nicht noch mehr Probleme bereiten.

Die Menschen, die sich auf der Tanzfläche aneinander rieben, erschwerten es mir, schnell durch den Raum zu gelangen. Doch als ich es endlich geschafft hatte, stellte sich für mich heraus, dass ich nicht mehr weit laufen musste.

Noch war sie auf unserem Gelände.

»Lilith hat von dem Scheißzeug getrunken«, meinte Jack, der mir anscheinend gefolgt war, in einem besorgten Ton, bevor er sich neben mir zur Tür herauspresste. »Die geht heut nirgends mehr hin. Fuck.«

Ein paar unserer Jungs, die sich zum Rauchen auf den Innenhof verzogen hatten, sah ich – einen nach dem anderen – grimmig an. Sie lachten über Lilith, weil sie keuchend und kotzend an der Hauswand lehnte.

»Hat euch wer erlaubt, sie anzuglotzen?!«, motzte ich, und alle wandten zeitgleich ihre Aufmerksamkeit von ihr ab. »Besser is'.«

Meine Eingeweide zogen sich bei dem erbärmlichen Anblick zusammen.

Verfickt noch mal, wäre ich nur schneller gewesen!

Ich lief zu Lilith hinüber, die gehetzt aufsah.

Ihre Pupillen waren riesig. Sie drängten das dunkle Blau an

den Rand der Iris. Ihre Wangen waren leuchtend rot wie eine Warntafel, Schweißperlen glänzten an ihrem Haaransatz.

»Du hattest recht«, nuschelte sie, ehe ich bei ihr hielt und ihr Haare aus der Stirn strich. »Ich wollte ... Ich hab keine Toilette gefunden.« Sie wimmerte, ein Schauer ließ sie erzittern und ich schloss ganz kurz die Augen.

Einen Moment wartete ich darauf, ob sie noch mal brechen musste. Als sie es nicht tat, drehte ich sie gänzlich zu mir herum und besah mir erneut ihre geröteten Augen. Sie wirkte noch abwesender als vorhin. Schwer ein- und ausatmend, zuckten ihre Finger unkontrolliert gegen meinen Bauch. Als überlegte sie, mich zu berühren.

Ich seufzte schwer.

Scheiße. Das hätte nicht passieren dürfen. Lilith hätte im Zimmer bleiben müssen.

»Bringen wir dich ins Bett«, murmelte ich versöhnlich, während ich sie an mich zog.

»Wieso sind Männer solche Arschlöcher?«, fragte sie rhetorisch, während ich sie sanft fortbugsierte. »Außer du!« Lilith zeigte auf Jack, an dem wir vorbeiliefen. »Dich mag ich.«

Leicht schmunzelnd betrachtete er mich. »Okay. Ich mag mich auch, Lilith«, spielte er mit, und ich verdrehte die Augen.

Lilith wieder durch den Club zu kriegen, war nicht so leicht. Zwar blieb sie nicht stehen, um sich noch mal zu übergeben, aber sie war absolut nicht mehr zurechnungsfähig. Zunehmend verschwand die Lilith, die ich bisher hatte erleben dürfen. Und ich wusste nicht, ob die Lilith, die an ihre Stelle trat, mir auch gefiel. Das war ... irgendwie nicht sie.

Blue blickte Lilith an, als wir hinter der Theke entlang zurück zu den Privaträumen liefen.

»Kontrolliert die Scheißgläser der Reihe nach auf GBL«, rief ich Jack über die Schulter zu. »Und brecht dem Hurensohn den Kiefer.«

»Was ist mit ihr?«, fragte Momma, der wir ausweichen mussten.

Lilith antwortete unverständlich und schaute sie aus großen Augen an.

»Jemand hat ihr was untergemischt«, klärte ich Momma kurz angebunden auf. »Und jetzt bringe ich sie ins Bett.«

Leichter gesagt als getan. Endlich im Nebengebäude angekommen, krabbelte sie die Stufen hinab wie ein Kleinkind.

»O Gott.« Stöhnend kniff ich mir entnervt in meinen Nasenrücken. »Lilith!« Am Arm zerrte ich sie wieder in die Senkrechte und sie sah mich irritiert an.

»Kann nicht laufen«, nuschelte sie und blickte sich schielend um. »Bin ich in der Hölle? Es ist warm hier unten.«

Erneut stöhnte ich – weil ich inzwischen doch etwas überfordert war – und griff unter ihre Kniekehlen, ehe ich sie in meine Arme hob.

»Seit wann bist du so stark?«

Die Antwort ersparte ich mir. Bald würde es ihr nur noch mieser gehen. Sie sollte diesen Rausch ausschlafen.

Nicht das erste Mal erlebte ich, wie K.o.-Tropfen anschlugen, und wusste, wie die Nachwirkungen ausklangen.

Lilith kicherte, als wir vor meiner Tür standen, und brabbelte leise vor sich hin, ohne lauter zu werden.

»Möchtest du etwas loswerden?«, fragte ich sie, während ich das Licht einschaltete, eintrat und die Tür mit einem Fußtritt hinter uns wieder schloss.

»Ich finde, du bist ein schöööner Mann.«

Zögerlich wandte ich ihr den Kopf zu, als sie ihre Finger hob und über mein Kinn strich.

»Als hätte ein Dämon Sex mit einem Engel gehabt«, fügte sie leise hinzu und blickte von ihren Fingern zu meinen Augen.

Einen Moment hielt ich mit ihr auf dem Arm inne. »Aber im Inneren bist du ein Dämon«, beleidigte sie mich.

»Danke«, gab ich trocken zurück und stellte sie auf ihre wackligen Füße. »So, ab ins Bett.«

Ich lief um sie herum, und gerade fand ich mich eigentlich überaus freundlich. War ein Dämon freundlich?

»Findest du mich nicht schön?«, hakte sie nach, bevor ich mich wieder zu ihr umdrehte. Meine Braue wanderte nach oben, sobald ich in ihre aufgeschlossene Miene starrte.

»Darüber diskutiere ich in diesem Zustand nicht mit dir.« Noch mal wischte ich über meine Züge. »Möchtest du dich zum Schlafen umziehen oder in den Klamotten pennen?«

Lilith schaute an sich herab und zuckte dann mit ihren Schultern. »Mir ist warm«, teilte sie mir wieder mit.

»Ja, das glaube ich dir.« Ich wollte mich zur Seite drehen, weil sie bereits den Pulli am Saum ergriff, bevor sie ihn dann achtlos über ihren Schopf zerrte.

Dabei lockerte sich das Gummi, sodass mehr Strähnen herausfielen, als darin blieben.

Sobald ihre blasse Haut unter dem Stoff zum Vorschein kam, biss ich die Zähne festaufeinander.

»Findest du mich jetzt schön?«, fragte sie.

»Darüber rede ich noch immer nicht mit dir«, stellte ich klar und weigerte mich, mit mehr Willenskraft, als ich dachte zu besitzen, ihr auf die Brüste zu glotzen. Diese einladenden, runden Titten, deren Nippel ...

Gott, ich war verdammt.

»Ich mag sie.« Lilith schaute hinunter auf ihren Busen. »Sie sind ein Teil meines Körpers, den ich mag«, gestand sie mir, ehe sie krebsrot anlief. Auch auf dem Dekolleté. Die roten Flecken waren so anziehend, dass ich den Blick komplett abwenden musste.

Ihren Zustand sollte ich nicht ausnutzen. Nicht so.

»Zeit fürs Bett.«

»Ja«, gab sie leise von sich, und ich wandte den Kopf ab, während sie die Jogginghose hinunterschob. Ohne aus den Schuhen zu treten, würde das nichts werden.

»Ich bin nackt«, sagte sie überflüssigerweise.

Und *wie* sie nackt war!

Nackter, als Adam und Eva es zu ihren Zeiten gewesen waren.

»Ich sehe es«, stimmte ich ihr zu und biss die Zähne aufeinander. Das war eine Notlüge. Mit aller Kraft guckte ich nämlich komplett an ihr vorbei.

Würde ich sie mir jetzt anschauen, ich würde die fucking Kontrolle verlieren. Und morgen früh würde sie mich noch viel mehr hassen als ohnehin schon.

»Mein Hintern tut nicht mehr weh«, gestand sie mir.

»Weil deine Sinne auf anderes ausgerichtet sind.« Ich seufzte. »Lilith, geh ins Bett«, bat ich abermals.

»Nur, wenn du mit mir kommst.« Sie hob den Kopf und blickte zu mir hoch.

Auf keinen Fall.

»Geh. Ins. Bett.«

Ihre Mundwinkel verzogen sich zu einem schiefen und unsicheren Lächeln. »Ich mag es, wenn du mir Befehle gibst«, gestand sie mir mit roten Wangen. »Aber das darfst du nicht weitererzählen. Und vor allem nicht Derek.«

Nicht gerade glücklich schoben sich meine Brauen zusammen.

»Lilith.«

Gott, bitte. Erlöste mich jemand von meinem heißen Leid? Ich wollte nichts weiter, als mich in ihrer Pussy zu vergraben. Tief in sie zu stoßen und ihr die süßesten Töne zu entlocken.

Sobald meine Hand auf meinem Schwanz lag, richtete ich

ihn in meiner Jeans. Morgen früh würde sie sich ohnehin nicht mehr an diese Situation erinnern, da war ich mir sicher.

Lilith schaute nach unten, und ich zuckte zusammen, weil sie unbedacht die Hand ausstreckte und sie über meine legte, die gerade den Schwanz bequemer ausrichtete.

Verflucht, sie sollte das lassen!

»Er ist bestimmt ... groß.« Mit ihrer Zunge befeuchtete sie ihre Lippen, ehe sie den Blick wieder hob. »Würde er ...« Ruckartig packte ich sie an den Schultern.

Nein. Auf keinen Fall!

Lilith würde jetzt nicht auf ihre Knie gehen, um mir einen zu blasen, verdammt. Nicht in diesem erbärmlichen Zustand.

Einen, den aber mein notgeiler Schwanz nicht juckte, wie mir schien.

Lilith seufzte, bevor ihre Augen sich kurz nach innen verdrehten.

Ich wollte sie schon auffangen, weil ich glaubte, sie klappte in sich zusammen, da zuckte sie mit ihren dünnen Schultern, ehe sie um mich herumtaumelte und ich kurz die Lider schloss.

Himmelherrgott.

Diese Frau machte mich wahnsinniger, als ich zugeben wollte.

»Komm kuscheln«, nuschelte sie, während sie sich *nackt* in *mein* verdammtes Bett legte. Ich würde nie wieder darin schlafen können.

»Gute Nacht.«

Sie brummte, als ich zur Tür ging. »Du bist so ein Spielverderber«, behauptete sie, und ich hielt inne. »Da bitte ich dich einmal um etwas, und du tust so, als wäre es das Schlimmste auf der Welt.« Lilith wälzte sich auf die Seite, während ich über meine Schulter sah. »Dabei möchte ich nur jemanden, der mich im Arm hält.« Ein Seufzen verließ ihre Lippen.

Und ich blieb weiterhin stehen.

Diese Frau stand unter Drogen. Sie konnte nicht kontrollieren, was sie da von sich gab. Trotzdem klang es so ... niedlich.

Seit wann fuhr ich auf süß und niedlich ab? Ich mochte dreckig und selbstbewusst. Wenn die Frauen lautstark nach meinem Schwanz verlangten und sich wünschten, ich würde ihn noch tiefer in sie rammen, als ich es bereits tat. Ich stand nicht auf rote Wangen, gebrochenen Augenkontakt und ständiges Zusammenzucken, sobald ich sie berührte.

Trotzdem. Ich konnte mich nicht dazu durchringen, zu gehen.

So stand ich ein paar Minuten unschlüssig in der Tür und beobachtete sie.

Lilith stöhnte nach einiger Zeit qualvoll und kratzte sich am Hinterkopf. »Mein Schädel brummt«, sagte sie zu niemand Bestimmtem, und ich seufzte.

Sobald ich nähertrat, redete ich mir ein, dass ich nur blieb, falls es ihr noch schlechter gehen sollte.

Noch ehe ich in mein Bett kroch und ihre Hitze unter der Decke spürte, wusste ich, dass ich es aus egoistischen Gründen tat und das Ganze leugnete.

Es war viel zu gut, wie sich ihr Hintern gegen mein Becken schmiegte. So phänomenal, dass ich mit einer schmerzenden Erektion dalag.

»Ich habe jetzt keine Lust auf Sex«, flüsterte sie plötzlich, und ich verdrehte die Augen, bevor ich das Licht löschte.

»Schlaf, Lilith«, riet ich ihr.

»Bleibst du?«, hauchte sie in der Dunkelheit.

»Ich bleibe«, gab ich ihr mein Wort.

Als ich am nächsten Morgen die Augen öffnete, wusste ich erst nicht, wo oben und wo unten war.

Ich verzog das Gesicht und wischte mir hellbraune Haarsträhnen davon weg, ehe ich mich aufsetzen wollte, aber durch das Gewicht auf meinem Oberkörper zurück in die Kissen gedrückt wurde.

Müde hob ich den Kopf und sah an mir herab. Dann verwirrt die Matratze entlang.

Lilith lag quer im Bett. Wie hatte sie das hinbekommen?

Nachdenklich einatmend zerrte ich die Decke über ihre Brüste, mit Bedacht darauf, sie nicht zu berühren.

Lilith schnarchte leise, völlig im Tiefschlaf versunken.

So schrecklich, wie ich es mir ausgemalt hatte, war es nicht gewesen, neben ihr die Nacht zu verbringen.

Ich hatte sogar recht angenehm geschlafen, nachdem mein schmerzhaft harter Schwanz sich beruhigt und sie sich nicht mehr gegen mein Becken gedrückt hatte.

»Du raubst mir die Nerven«, murmelte ich und hob den Arm, bevor ich mir über meine Schläfen rieb und gähnte.

»Ich hasse dich.« Ein heiseres Stöhnen ertönte und ich lachte leise.

»Das klang gestern Abend aber ganz anders«, widersprach ich ihr.

Sie wimmerte, ehe sie sich schwach auf mir bewegte und eine Hand gegen ihren Kopf presste. »Mein Schädel«, sagte sie qualerfüllt.

»Aspirin?«

»Bitte«, flüsterte sie.

Schnell arbeitete ich mich unter ihr hervor, bevor ich zu meiner Kommode lief und die erste Schublade aufzog.

Darin befanden sich keine Klamotten, sondern sämtlicher Kram. Einige Zeit wühlte ich darin herum, schob eine Packung Kondome zur Seite, ehe ich eine Tüte mit Pulveraspirin fand.

»Bin gleich wieder da.«

Im Bad griff ich nach dem Zahnputzbecher, in den ich

Wasser aus dem Hahn laufen ließ. Dann löste ich das Aspirin darin auf und ging zurück ins Schlafzimmer.

Lilith lag noch immer quer und kraftlos in den Laken.

Ihr Rücken war frei von der Decke, doch nicht von ihren Haaren.

Die leichten Naturlocken lagen über der blassen Haut, als würden sie einen geradezu einladen wollen, sie zu packen.

Ich räusperte mich und strich mein T-Shirt glatt. »Hast du je daran gedacht, dir die Haare zu schneiden?«, fragte ich sie unüberlegt. »Stören sie dich nicht?«

Brummend streckte sie die Hand nach dem Glas aus. Sie ließ es beinahe fallen, und tief einatmend half ich ihr beim Aufsetzen, was sie etwas zischen ließ, und Trinken.

»Woran erinnerst du dich aus letzter Nacht?«, fragte ich sie.

Sie brummte wieder und kniff die knallroten Augen zusammen. Die Äderchen darin wirkten, als hätte sie die Nacht durchgefeiert.

»Du hast irgendwie rumgepöbelt«, nuschelte sie. »Danach nix mehr.« Mit diesen blutunterlaufenen Augen schaute sie mich fragend an, ehe sie erneut an sich hinunterblickte und beschämt die Decke hochzog, die einige Zentimeter tiefer gerutscht gewesen war.

»Mach dir darum keine Gedanken«, bat ich.

»Was ist hier drin passiert?« Sie drehte ihr lichterloh brennendes Gesicht von mir weg und verzog die Miene.

»Wir haben nichts gemacht, was du nicht wolltest.« Ich hatte deutlich die falschen Worte gewählt – schon wieder. Noch mal seufzte ich. »Damit meine ich, dass ich dich ins Bett gebracht habe und du mich gebeten hast, zu bleiben. Mehr nicht.«

Der Rest *durfte* keine Rolle spielen.

»Oh«, machte sie und guckte auf mein Shirt. »Danke.«

Ich blickte ebenfalls hinunter auf den Stoff um meine Brust, der zerknittert aussah.

»Dir hat jemand Drogen untergemischt«, erzählte ich ihr. »Du hast nur einen kleinen Schluck getrunken, doch bei zu wenig Nahrungsaufnahme reicht das.«

»Mein Schädel brummt und alles fühlt sich an wie in Watte gepackt.«

Ich neigte den Kopf. »Ruh dich aus«, bat ich. »Schlaf und ... Ich schaue später nach dir.«

Ohnehin hatte ich heute Morgen einiges zu tun, weshalb ich mir nicht erlauben konnte, bei ihr zu bleiben. Davon abgesehen war ich sicher keine Gesellschaft, die sie um sich haben wollte.

»Skill?« Augenblicklich ruckte mein Kopf zu ihr zurück.

»Danke. Dafür.«

Die Brauen krausziehend fragte ich Lilith: »Warum warst du gestern im Club?«

Sie schaute auf das Glas in ihrer Hand.

»Nenn es Neugierde«, murmelte sie. »Es war so laut, dass ich die Bässe bis hierher gehört habe, und ... du hast nicht abgeschlossen.«

Sie sah ... interessiert an mir hinab.

Ich folgte ihrem Blick – aus Angst, ich hätte schon wieder einen harten und würde es dieses Mal nicht spüren. Doch da war nichts.

»Bis später.« Ich musste hier sofort raus.

Eine schwache Lilith weckte in mir den Wunsch, ihr zu helfen. Und ich war nicht der, der ihr helfen würde.

»Und?«

Ich seufzte und verschränkte die Arme vor der Brust.

»Keine gute Idee«, bemerkte Blue. »Die Green Killers wüten laut Aussagen durch sämtliche Clubhäuser dieser Gegend. Ihr Präsident behauptet, Menschenhandel wäre der Grund.«

Ich erinnerte mich noch daran, dass ich elf gewesen war, als Dad und ein paar andere MCs beschlossen, diese Art Geschäfte an der Ostküste zu unterbinden. Es war ein Schlachtfeld damals gewesen, trotzdem waren wir als Sieger hervorgegangen. Johnny hatte mir beim Zocken Gruselgeschichten darüber erzählt, versucht, mir damit Angst zu machen. Ich hatte ihm nie geglaubt.

Die Greens hatten dem Menschenhandel schon in den Neunzigern abgeschworen.

»Bullshit«, sagte Buzz und sah mit gerunzelter Stirn auf die Rechnungen, über die wir zuletzt gesprochen hatten. Es ging um weitere Unstimmigkeiten, die ich gefunden hatte. Diesmal im Buch unseres Bordells, einer unserer Haupteinnahmequellen.

Es erschien mir nicht schlüssig, warum es so viele Fehlstände gab, gleichzeitig aber so viel Geld ausgegeben wurde.

»Es ist Kidnapping«, korrigierte Joker Buzz. »Wir werden sie doch nicht verscherbeln, oder?«

Darauf gab es keine Antwort. Denn es war klar, dass Lilith *nicht* verkauft werden würde. Damit wollten wir nichts zu tun haben.

Egal, was uns seit Jahren unterstellt wurde. Es waren Gerüchte, nichts weiter. Die Black Demons handelten nicht mit Menschen. Nicht mehr.

Für diesen Schritt hatte ich Dad stets bewundert, selbst als er dafür damals seinen Sergeant-At-Arms umgelegt hatte, weil dieser sich gegen ihn und seinen Vizepräsidenten gerichtet hatte.

Vizepräsident Tally war nur wenige Monate später mit einem PKW auf dem Highway kollidiert und verblutet – womit unsere liebe Momma zur Witwe geworden war. Sehr schade. Den Biker mit der großen Zahnlücke hatte ich sehr gemocht. Dad war einige Zeit in Trauer gewesen. Ich hatte damals angenommen, dass sie die besten Freunde gewesen waren, bis ich verstand, was es bedeutete, sich dieser Bruderschaft wirklich verbunden zu fühlen. Wir waren eine Familie. Mehr als nur ein Motorcycle-Club.

»Es ist nur noch eine Frage der Zeit, bis sie hier auftauchen«, bemerkte ich ruhig. »Der Punkt ist, wie wir nun weiter verfahren.«

Mein Blick ging zu Ramp, der auf Johnnys altem Platz saß, die Beine auf dem Holz vor sich abgelegt.

Mein Bruder hatte es gehasst, wenn sich Schuhe auf dem Tisch befanden.

Oder Geschäfte außerhalb der Sanctuary besprochen wurden.

Seit Ramps Übernahme gab es so gut wie kein Gespräch und keine Abstimmung mehr dort oben.

Mein Präsident zuckte nichtssagend mit den Schultern. »Sag du's mir«, entgegnete er. »Wir können sie doch jederzeit loswerden.« Seine Mundwinkel zogen sich ein kleines Stück nach oben. »Ab in die Gosse mit ihr, zu all den Drogenkranken. Die Polizei würde nur einen weiteren Junkie vermuten, der seiner Sucht erlegen ist.«

Joker runzelte die Stirn und legte die Hand flach auf den Tisch. »Ich finde das selbst für uns ein wenig zu geschmacklos«, behauptete er. »Immerhin reden wir von der Tochter eines Präsidenten. Auch wenn dieser unseren erschossen hat, Ramp.«

»Ich erinnere mich bildlich«, murmelte er, während seine Aufmerksamkeit weiterhin auf mir lag. »Hängst du so an ihr, Skill? Ich hatte gedacht, dich kriegt keine weich.«

Tief einatmend ignorierte ich das aufbrausende Flattern meines Herzschlags. »Ich weigere mich, so Rache zu üben«, erwiderte ich. »Sculley soll leiden, Rampage.«

»Oh, er *wird* leiden.« Rampages Mund verzog sich zu einem breiten Lächeln. »Wie wäre es mit Vergewa...«

179

»Nein«, sprach Buzz scharf aus. »Das verstößt gegen unseren Kodex.«

»Ich stimme Buzz zu.« Sally legte die Unterarme auf dem Holz ab. »Wir müssen doch eine Lösung für diese Scheiße finden.«

»Es wird zu spät sein, bis wir uns einig sind«, seufzte Roady. »Bis dahin finden auch die Greens heraus, dass wir in die Sache involviert sind.«

»Uns steht Kidnapping *Unschuldiger* nicht«, kommentierte Sally.

»Grundloser Mord stand uns bis vor einem Jahr auch nicht«, nuschelte Buzz, und ich atmete tief ein, während ich an die Decke starrte.

Ja, ich wusste, ich hatte ein paar Fehler gemacht. Man musste es mir nicht dauernd unter die Nase reiben.

»Wir warten die Woche ab. Mal sehen, ob sie aufkreuzen und ein wenig Spaß für uns bei rausspringt.« Rampage zuckte mit den Schultern.

»Wir sind verpflichtet, unser Wort zu halten, wenn ...«

»Seit wann?«, unterbrach Rampage Roady und zog eine Augenbraue hoch. »Seit wann sind wir den Green Killers gegenüber zu irgendwas verpflichtet?«

Noch mal sog ich Sauerstoff in meine Lunge. »Ich stimme Rampage zu. Warten wir noch eine Woche ab.«

Blue, Sally und Roady hoben ihre Hand. Buzz im Hintergrund ganz schnell und still ebenfalls. Überzahl also. Wir würden warten.

Ohne mit beiden zu sprechen, wusste ich, dass Jack und Buzz die Suppe auch nicht schmeckte. Aber aus dem Stegreif konnte nichts hieran geändert werden. Aus dem Stegreif *sollte* nichts hieran geändert werden.

»Wie macht sie sich eigentlich? Spielt sie brav an der Stange?«

Ich wusste, Buzz schaute mich interessiert an. Und zugleich wissend.

»Sie ist süß«, beschrieb ich sie und legte den Kopf schief. Sofort sah ich zu Blue, der belustigt schnaubte. Joker grunzte und konnte sich wohl schlechter beherrschen als Ersterer. »Sie ist nicht wie übliche Frauen.«

»Direkt?«, schlug Joker amüsiert vor. »Schmutzig? Fordernd?«

»Sie ist also eine Sub«, sagte Blue trocken.

Entnervt starrte ich zur Decke. »Wenn du das so ausdrücken möchtest.« Ich sah auf den Whiskey, den Momma mir vor einiger Zeit eingeschenkt hatte. »Sie ist das, was ich sagte.« Schnell hob ich das Glas. »Süß.«

KAPITEL 12

LILITH
Zwei Wochen später

Als Buzz mir ein Sandwich aus der Küche mitbrachte, lächelte ich ihn dankbar an.

»Du bist viel zu dünn, Mädchen.«

»Ich bin fünfzehn Jahre jünger als du«, sagte ich kichernd.

»Das ist zwar viel jünger. Aber trotzdem: Frau.« Bei ihm hatte ich gelernt, dass mir keine Bestrafung oder Maßregelung drohte, wenn ich widersprach. Im Gegenteil, er tat es lächelnd ab und biss in sein Käsesandwich.

»Iss, sonst tu ich's«, drohte er mir.

Mit noch immer hochgezogenen Mundwinkeln nahm ich meine Hände aus dem Spülbecken.

Meine tägliche Arbeit war mittlerweile stinklangweilig.

Den Vormittag über spülte ich Hunderte von Gläsern. Nachmittags machte ich meist nichts, außer fernzusehen. Da ich kein Handy mehr besaß und unmöglich an eins herankam, war ich gezwungen, anderweitig meine Zeit totzuschlagen. Skill gab mir keine Bücher, so blieben nur der Fernseher oder sein unspektakuläres Zimmer. Dieser Mann versteckte nichts. Zumindest nichts Skandalöses. Über andere Bereiche dieses Hauses versuchte ich nicht nachzudenken. Schon gar nicht über den Keller. Ich wollte mich dem nicht stellen.

Die Abende verliefen angespannt, wenn Skill überhaupt mal anwesend war. Denn ich merkte es. Bekam mit, wie er sich in meiner Gegenwart unwohl fühlte und vor mir flüchtete. Dabei unternahm ich nichts, um ihn zu reizen. Ich blieb gehorsam seit der Sache im Club mit den K.o.-Tropfen und tat das, was er von mir verlangte.

Beim Frühstück sagte ich nie etwas. Erleichterung durchflutete mich schon allein dadurch, dass Rampage mich mit am Tisch sitzen ließ und ich regelmäßig Nahrung erhielt.

Seine Sprüche taten nicht mehr weh, denn sie waren nur das. Sprüche.

Doch ich sah die Blicke der anderen. Ich ahnte, dass Buzz nicht mit allem übereinstimmte und dass Jack versuchte, höflich zu mir zu sein, selbst wenn andere anwesend waren. Sobald er allein mit mir war, hinterfragte ich, ob er wirklich ein Biker sein wollte und nicht lieber ein Glitzereinhorn oder Ähnliches. Der Typ war Zucker auf zwei Beinen. Lieb, freundlich ... Er war so gar nicht das, was ich gedacht hatte, in ihm zu sehen. Wieso zur Hölle war so jemand mit einem wie Skill *befreundet*?

Andererseits mochte ich selbst Biker wie Buzz und Jack, so viel war sicher. Mir gefiel, dass sie mich nicht ignorierten, und vor allem sagte mir Buzz' fürsorgliche Ader zu. Das hätte ich nicht von ihm erwartet, denn er schaute nicht danach aus.

Wie konnte man es schaffen, mit solchen Gedanken tagein, tagaus zu leben? Ich wurde noch verrückt.

»Danke.«

Leicht schmunzelnd biss ich in mein Mittagessen, während

die Tür zum Nebengebäude aufging und Skill herauskam. Mit einem nicht mehr weißen Shirt.

Mein Lächeln gefror mir auf den Lippen und mein Magen drehte sich, sodass mit Sicherheit nichts mehr hineinpasste.

»Ist das ... Blut?«

Mit Schrecken musterte ich sein blutdurchtränktes und ihm am Körper klebendes Oberteil.

»Jup.« Er griff an mir vorbei nach einem sauberen Glas und ließ frisches Wasser hineinlaufen, bevor er es an seine Lippen führte und gierig ein paar Schlucke trank. »Ich war heute Morgen zu lange oben«, behauptete er.

»Oben?«, hinterfragte ich und sah gen Decke.

»Lass gut sein, Lilith.« Er nahm das Glas mit sich und verschwand wieder im Nebengebäude.

Unsicher schaute ich zu Buzz. »Was ist oben?«, hakte ich nach und wanderte mit meinem Blick erneut nach oben.

»Darüber solltest du dir nicht allzu viele Gedanken machen.« Seine Mundwinkel zuckten. »Iss, und dann sieh zu, dass du weiter abwäschst. Sonst ist Momma später am Arsch, wenn sie aus dem Lager wiederkommt.« Er klopfte auf die bordeauxrote Theke, ehe er sich vom Barhocker erhob und mich allein im Club zurückließ.

Nicht eine Sekunde zweifelte ich daran, dass, würde ich versuchen, durch die Vordertür zu verschwinden, sie es sofort mitbekommen und mich zurückschleifen würden. Vorzugsweise an den Haaren.

»Was machst du hier allein?«

Erschrocken drehte ich mich um.

»Spülen«, antwortete ich Rampage, der sich die Hände rieb und danach über seinen geschorenen Kopf fuhr.

Vielleicht verschwand er wieder, wenn ich stehen blieb und nichts tat?

»Wer hat dir das aufgetragen?« Er lief zu mir hinüber und ergriff einen der Bierkrüge, ehe er ihn inspizierte.

»Skill«, sagte ich.

Was glaubte er, wie die Gläser täglich wieder sauber wurden? Durch eine unsichtbare Spülmaschine? Bisher hatte ich nämlich noch keine gesehen.

»Dann hab ich jetzt eine andere Aufgabe für dich.«

Während er mich ernst anschaute, schluckte ich schwer. Denn ehrlich gesagt gab es jetzt plötzlich nichts Interessanteres als Spülen.

»Und was?«, hörte ich mich trotzdem fragen, und ein Grinsen breitete sich auf seinem Gesicht aus.

»Hübsch in eine Kamera lächeln«, verkündete er. »Ich muss jemandem eine Nachricht zukommen lassen.«

»Wem?«, hakte ich nach, und er seufzte.

»Bist du immer so neugierig?« Rampage drehte mir den kurz geschorenen Schopf zu. »Lässt er dir das wirklich durchgehen, oder bist du so dämlich, die Geduld eines Mannes herauszufordern?«

Fest presste ich meine Lippen aufeinander.

»Ich habe nur eine normale Frage gestellt«, bemerkte ich.

»Und ich habe dir geantwortet.«

Hast du nicht.

Um ein paar Sekunden zu schinden, sah ich zurück zum Spülbecken. »Wenn ich damit fertig bin«, gab ich ihm meine endgültige Antwort.

»Jetzt«, korrigierte er mich.

Ich hielt inne. »Es ist bereits fünfzehn Uhr. Momma wollte, dass ich vor vier fertig werde«, murmelte ich und tunkte meine Hände ins Wasser. Doch Rampage packte mich bei meinem Zopf, was mich zischen ließ.

»Ich habe dir eben etwas gesagt, Lilith«, stellte er leise klar.

Knirschend biss ich die Zähne aufeinander und hielt den

Augenkontakt mit Rampage – etwas anderes blieb mir auch nicht übrig. Mein Herz hämmerte bis hoch zum Hals und mir wurde trotz der Wärme um meine Finger eiskalt.

»Oder ich finde eine andere Beschäftigung für deinen Mund«, drohte er mir und hob seine freie Hand, ehe seine Finger die Konturen meiner Lippen nachzeichneten. »Ich wette, nicht nur Skill kann dir seinen Schwanz im perfekten Winkel in den Rachen rammen.«

Meine Brauen zogen sich zusammen, doch dann hörte ich die Tür zum Nebengebäude aufgehen.

»Was tust du da mit ihr?«, ertönte Skills Stimme.

»Ihr zeigen, wo ihr Platz ist.« Er ließ mich ruckartig los und ich atmete erleichtert aus.

Aber ich hatte mich zu früh gefreut. Im nächsten Moment packte Rampage meinen Kopf und drückte mich hinab ins warme Wasser.

Fassungslos schlug ich um mich, atmete vor Schreck Spülwasser ein, wurde dann aber wieder losgelassen und fuhr Luft schnappend nach oben.

»Geht's noch?«, fragte Skill trocken.

»Was denn?« Rampage lachte. »Sieh nur, ihre Titten sind perfekt.«

Beschämt guckte ich immer noch hustend hinunter auf mein weißes Oberteil. Auf Skills weißes Oberteil. Es war klitschnass und zeigte deutlich nicht nur meine Nippel, sondern einfach *alles*. Ich wünschte, ich hätte heute Morgen den BH angezogen, den er mir besorgt hatte. Aber Skill hatte ihn direkt in die Wäsche geworfen.

Wie dumm von mir, nichts zu sagen.

»Wollen wir schauen, ob ihr Arsch für Runde zwei bereit ist?« Mit weit aufgerissenen Augen sah ich zu Skill, dessen Kiefermuskeln zuckten, und verschränkte die Arme vor meinen Brüsten.

Meine Nippel stellten sich ungewollt auf. Meine körperlichen Reaktionen waren das. Nicht ich.

»Sag mal, bist du drauf, Alter?« Skill zeigte Rampage den Vogel.

»Sie hat das doch angemacht.«

Ich wurde wieder einmal rot und nahm mir das Küchenhandtuch, ehe ich zurückwich und schluckte, als Rampage die Hand ausstreckte und über einen meiner Nippel strich, der sich daraufhin noch mehr aufrichtete.

»Sie hat gestöhnt und um mehr gebettelt. Wir sollten ihr mehr geben, wenn sie danach verlangt.«

Skill schnaubte. »Egal was du genommen hast, Rampage, verzieh dich ins Bett.« Er griff nach meinem Ellenbogen, ehe er mich mit sich zerrte.

»Danke«, nuschelte ich, bevor wir die Treppe hinunterliefen.

»Dank mir nicht«, bat er und schritt mit mir gleich darauf durchs Esszimmer. »Hat er dir wehgetan?«

Kopfschüttelnd versuchte ich bei seinem Tempo mitzuhalten.

»Nur an meinen Haaren gezogen«, nuschelte ich und rieb kurz über die Stelle.

»Daran bist du selbst schuld«, sagte er mir, während er sein Zimmer aufschloss. »Was trägst du auch einen Zopf?«, warf er mir vor, dann trat er als Erstes ein.

»Warum?« Darauf erhielt ich keine Antwort.

Aber mir wurde heiß, als er sich sein Shirt über den Oberkörper zog und ich erkannte, dass das Blut auch auf seine Muskeln durchgesickert war. Ein paar Tropfen flossen hinab und verschwanden im dunklen Stoff seiner Jeans.

Für gewöhnlich versuchte ich seine Muskeln nicht zu sehr anzustarren. Er machte keinen Hehl aus Nacktheit und daraus, dass er offensichtlich kein Problem damit hatte.

Aber auch nach zwei Wochen mit ihm war ich es noch immer nicht gewohnt.

Und gerade jetzt, wenn ich mir seinen tätowierten Brustkorb so ansah ...

Ich mochte das Schwert, das sich über seine Rippen erstreckte, und ich vergötterte die Schlange, die sich um seinen Arm schlängelte und dann auf seiner Brust ein Ende fand. In einem weiteren Totenschädel. Dem Logo seines MCs.

»Ist es deins?«, fragte ich, als ich mir des vielen Bluts wieder bewusst wurde.

Er schüttelte den Kopf. »Mach dir darum keine Gedanken.«

»Mach ich nicht«, erwiderte ich und verschränkte die Arme wieder vor meiner nassen Brust.

Er richtete seine Aufmerksamkeit auf mich. »So siehst du nicht aus«, bemerkte er stirnrunzelnd.

Schluckend schaute ich auf mein nasses Oberteil. »Und wie seh ich aus?«, glitt mir über die Lippen. Sofort biss ich mir auf die Zunge.

Solche Sachen sollte ich Skill nicht fragen.

Er warf sein Shirt in seinen kleinen Zimmermülleimer, anscheinend ohne einen zweiten Gedanken daran zu verschwenden.

Ich seufzte, lief zu besagtem Eimer und entnahm das Kleidungsstück.

»Kaltes Wasser und Salz, und das Blut kriegst du raus«, behauptete ich.

Seine Mundwinkel zuckten. »Damit solltest du aufhören«, sagte er mir und deutete auf mein Gesicht.

Nun legte sich meine Stirn in Falten. »Womit?«, fragte ich verwirrt.

Meine Stirn runzelte sich noch stärker, als er meinen Körper betrachtete. Langsam, ein wenig fürsorglich.

»Dich zu sorgen.«

Die Worte hingen in der Luft, kaum dass sie seinen Mund verlassen hatten. Und so zog sich die Stille, ehe ich völlig stillhielt, nicht einmal atmete, während er auf mich zulief.

Mein Herz hämmerte laut gegen meine Rippen, mit jedem Schritt, den Skill näher kam.

Mir wurde noch wärmer. Meine Reaktionen verrieten mich. Ich trug eine unübersehbare Gänsehaut.

Mein ganzes Sein reagierte auf diesen Mann. Warum mir seine Nähe guttat, wusste ich nicht. Doch es gefiel mir auf eine Art, die ich noch nicht erlebt hatte. Das Ganze widersprach meinem eigentlichen Naturell.

Denn wer fand schon seinen Entführer attraktiv?

»Ich weiß selbst, wie man Blutflecken entfernt.« Skill nahm mir den Stoff aus der Hand, während er näher an mich herantrat. Seine Hitze hüllte mich ein und ich drohte darin zu ersticken.

Ich musste Luft holen. Ich *musste*.

Nur als ich es tat, war alles, was ich roch, dieser eine Biker, der mein Leben aus den Fugen gebracht hatte. Sein Duschgel, dasselbe, das inzwischen auch ich benutzte, sein Shampoo, sein Deo ... Ihn. Er ... duftete wunderbar. Genau wie seine Laken. Nach Leder, Zitrus, Walddüften und dieser betörenden, puren Hitze, die alles verschlingen konnte – insbesondere mich.

»Tust du das?«, hinterfragte ich seine Aussage, und seine Mundwinkel hoben sich. Kein hämisches, hinterhältiges Lächeln breitete sich auf seinen Zügen aus. Es war eines, in das man sich unwiderruflich verlieben könnte. Eins, das selbst einen Eisberg zum Schmelzen brachte.

»Es ist mir nur egal.« Er warf das Shirt blind wieder zum Mülleimer, und es ertönte ein leises Geräusch im Zimmer, als er traf. »Du solltest es lassen«, wiederholte er.

»Ich weiß nicht, was du meinst«, entgegnete ich verwirrt, mein Herz immer schneller schlagend.

»Doch«, entgegnete er und schaute mir tief in die Augen. »Du weißt es«, hauchte er hinterher, und ich biss mir erneut auf die Zunge, während seine Pupillen hinunter zu meinen Lippen wanderten.

Tat ich das? Wusste ich, wovon er sprach?

Erneut tief Luft holend traute mich gar nicht erst, den Blickkontakt zu unterbrechen.

Was wäre, wenn ... Wenn er mich küssen würde? Mich anfassen? Wäre das verwerflich? Nur ein Mal?

Skill würde mich mit seiner sengenden Hitze verbrennen, so viel war klar.

Ich scheute hohe Temperaturen. Er war nichts für mich. Eine Nummer zu groß und ...

»Du denkst zu laut«, sagte er in die Stille.

»Ja?« Meine Stimme klang atemlos, erschöpft. Denn so fühlte ich mich. Skill zerrte sämtliche Energie aus meinen Muskeln, die sich nur zu gern bereitwillig gegen ihn lehnen und ihn übernehmen lassen würden.

Ich hegte keinen Zweifel daran: Würde ich versuchen, einen Schritt in diese Richtung zu unternehmen, würde er nachgeben. Nur war es falsch. Er war noch immer der, der mein Leben in seinen Händen hielt. Und ich war darauf angewiesen, rational zu bleiben.

Leider war an dieser ganzen Geschichte nichts rational. Wir waren nicht rational.

Moment. Es gab kein *Wir*.

Das würde es nie geben.

»Lilith«, warnte er mich leise, und ich atmete schneller ein.

»Ich versuch's«, wisperte ich und sah, wie er schluckte.

»Fuck«, sagte er knurrend, und ich wich einen kleinen Schritt zurück, während er auf meine Brüste starrte. Mir war entgangen, die Arme oben zu behalten.

Mein Keuchen war eine unangebrachte Reaktion auf seine.

»Du hast gesagt, du rührst mich nicht an«, plapperte ich schnell hervor.

»Ich weiß.« Er bekam rote Wangen, und ich blickte auf seine Hände, als sein Lederhandschuh knirschte, da er eine Faust ballte. »Und ich werde dich nicht anrühren.«

Schluckend wich ich noch einen Schritt zurück und stieß gegen ein Möbelstück.

»Dann ist alles geklärt.« Tief atmete ich ein. »Ich ... Möchtest du duschen?«

Mit dem Daumen deutete ich aufs Badezimmer.

Duschen.

Wir könnten auch ...

Nein, falscher Ansatz! Ganz falsch!

»Sollte das ein Angebot sein?« Er klang hoffnungsvoll. So hatte ich ihn noch nie gehört.

Eigentlich hatte ich implizieren wollen, dass er sich das Blut von der Haut schrubben sollte. Und *eigentlich* sollte ich es nicht attraktiv finden, wenn er welches an sich kleben hatte.

Aber die Vorstellung von einer Dusche *mit* Skill? Während er mich halten würde und ...

»Womöglich«, hörte ich mich sagen. Bevor ich entschieden hatte, was das bedeutete.

Als ich gleich darauf die Welt verkehrt herum betrachtete, quietschte ich.

»Was machst du?«, fragte ich überrascht, riss den Kopf nach oben und realisierte, dass ich über seiner Schulter hing.

Skill gab mir keine Antwort. Er trug mich ins Bad und ließ mich dort wieder herunter.

Laut fiel die Badezimmertür ins Schloss.

Meine Augen wurden groß, als er einfach mein nasses Shirt packte und es an mir hochzog, bis ich dazu genötigt war, die Arme zu heben.

Meine Atmung verselbstständigte sich, und ich starrte den

Schlangenschädel auf seiner Brust an, ehe er mein Kinn fest packte und es anhob.

»Kein Sex«, stellte er klar und musterte mich.

»Was?« Ich stöhnte auf, als er mich noch fester am Kinn packte, bevor seine Lippen meine hauchzart berührten.

O Gott. Er schmeckte auch nach purer Hitze.

Ich schmolz dahin. So plötzlich, dass ich – selbst wenn ich es gewollt hätte – mich nicht hätte wehren können. Wie ein nasser Sack sank ich in seinen Armen zusammen und hielt mich nur aufrecht, indem ich meine Hände an seine warme Brust legte und mich daran abstützte. Blut besudelte meine Finger, doch mein Gehirn konnte nicht verarbeiten, was gerade geschah. Was sich gerade veränderte.

Ich seufzte, als seine Zunge meine Unterlippe entlangfuhr, ehe er mit den Zähnen dieselbe Stelle nachmalte und ich den Mund öffnete.

Mehr. Hiervon wollte ich definitiv mehr.

Skill ließ mein Kinn los, und ich stöhnte noch mal, als er an meinem Haar zog.

»Erwarte keine sanften Berührungen.« Er löste sich von meinen Lippen. »Ich werde dich *jetzt* nicht ficken.«

Schwer schluckend keuchte ich erneut, während er mit der freien Hand meine Hüfte packte und mich gegen sein Becken drückte. Meine Augen fixierten das verschmierte Blut auf seinem glatten Brustkorb.

»Wegen dir hab ich blaue Eier«, grummelte er und drückte sein Bein zwischen meine.

Ich keuchte gleich noch mal, während er seine Kniescheibe an meine Mitte drückte und ihn nur die Leggings und der Slip davon abhielten, die Hitze zu spüren, die sich in mir bildete.

»Skill.« Ich schüttelte den Kopf. »Du ... Ich meine, wir ...« Unsicher unterbrach ich unseren Blickkontakt.

Er war zu intensiv für mich.

»Sieh mich gefälligst an.« Er zog sanft an meinem langen Haar und ein Zischen entfuhr mir. »Nimm dir, was dir zusteht, und tu nicht so, als würdest du nicht wollen, dass mein Schwanz dich Zentimeter um Zentimeter ausfüllt.«

Hitze breitet sich in meinem gesamten Körper aus.

Zur Hölle ... Konnte ich an Erröten verenden? Ging das?

»Du hast bestimmt noch was vor«, murmelte ich beschämt. »Mit ... jemandem.«

»Scheiß drauf.« Als ich zusammenzuckte, löste er sich von mir und öffnete seinen Gürtel. »Und es gibt im Moment niemanden.«

Es gab niemanden.

Keinen, der *ihm* wichtig genug war.

Warum überraschte mich das nicht?

Mein Herz stolperte, weil er den Gürtel aus der Jeans zog und ihn faltete.

»Nicht.« Ich zuckte zurück und er schaute auf.

Skill atmete tief ein, legte den Gürtel auf dem geschlossenen Klodeckel ab. »Bleib locker, Blümchen.«

»Ich ... Ähm ... Ich rede für gewöhnlich nicht viel, wenn ... Ähm ... Ja«, stotterte ich herum und fuchtelte ratlos mit den Händen.

Sofort sah ich zu seinem Reißverschluss, da er ihn herunterzog und der Stoff förmlich *aufplatzte*.

Als ich den Blick wieder hob, wanderte seine Braue nach oben.

»Musst du nicht.« Achselzuckend öffnete Skill die Klettriemen seines Handschuhs. Noch nie hatte ich gesehen, dass er ihn auszog. Doch als Skill das nun tat, kam darunter ein heller Mullverband zum Vorschein und ich starrte ihn überrascht an.

Noch überraschter war ich, dass Skill nun aus dem Seitenschrank neben dem Waschbecken einen grauen Handschuh holte, der irgendeine glatte Beschichtung an der Innenseite hatte. Er stülpte ihn sich über und schloss den Klettriemen am Handgelenk wieder.

»Was ist da passiert?«, fragte ich neugierig, während sich meine Lust für einen Moment in den Hintergrund drängte.

»Das hat keine Bedeutung für dich.« Skill legte den Kopf schief, bevor er mich einen Moment lang betrachtete. »Zieh dich aus«, verlangte er urplötzlich, und ich hob beide Brauen.

»Wie bitte?« Meine Augen wanderten von seinem Schritt, in dem eine beachtliche Ausbeulung zu erkennen war, wieder nach oben.

»Zieh dich aus«, forderte er mich erneut auf, mit der Aufmerksamkeit auf meinen Brüsten.

»Aber dann ... bin ich nackt.«

Wow. Ich gehörte erschossen, jetzt erst recht.

»Ja, und ich will dich nackt sehen.«

»Warum ziehst du mich dann nicht aus?«, hinterfragte ich.

»Weil ich will, dass du das machst.«

Zitternd presste ich die Lippen aufeinander, ehe ich den Knopf seiner Hose öffnete.

Er ... Er fand mich hübsch, sonst würde er nicht ... Oder nur weil ich gerade da war ...

Einmal mehr atmete ich tief ein. Diese Zweifel mussten aus dem Weg geräumt werden. Nur leider leichter gesagt als getan.

»Wirst du mir wehtun?«, flüsterte ich.

»Das Einzige, was wehtut, ist mein harte Latte.« Er seufzte und strich sich sein dunkles Haar zurück. »Hör auf zu grübeln, Lilith.«

»Aber ...«

»Hör auf.« Sobald er meine Hand packte und sie gegen seine Erektion drückte, keuchte ich überrascht. »Hör auf nachzudenken.« Ich machte große Augen, als ich ihn unter dem Stoff zucken fühlte und meine Finger sich wie von selbst an das steife Glied legten.

Skill seufzte, blickte nach unten. »Wenn ich es mir so recht überlege, möchte ich gerade doch zuerst die Kleidung loswerden.«

Ohne weitere Worte zog er sich seine Jeans und Boxer aus.

Und plötzlich war ich nicht mehr fähig, zu denken. Nicht länger in der Lage, mein Hirn ordentlich zu benutzen. Mein Kopf war wie leer gefegt.

Weil sich viel Speichel in meinem Mund gesammelt hatte, schluckte ich, während ich auf seine Erektion hinabstarrte.

Wie sollte Denken bei diesem Anblick auch funktionieren?

Ich war keine Jungfrau mehr, aber der Kerl, mit dem ich mein erstes Mal gehabt hatte, war definitiv nicht *so* bestückt gewesen, wie Skill es war.

Nie hätte ich damit gerechnet, dass ich einfach auf die Knie sank.

Meine Lippen öffneten sich, und ich schluckte noch mal, während sich Skills Blick in meinen fraß.

Er wartete ab, ob ich meine begonnene Tat beenden würde.

Nur ich hatte noch nie ...

»Du musst mich lenken«, sprach ich beschämt aus. »Ich habe ... noch nie ...«

Ein Seufzen kam ihm über seinen Mund, und erst dachte ich, er wäre genervt.

Doch dann ergriff er sein Glied bei der Wurzel.

»Dann öffne deine hübschen Lippen, Blümchen.«

Das tat ich.

Ich wusste nicht, wie ich erwartet hatte, dass sich sein Schwanz in meinem Mund anfühlen würde. Aber so weich und warm und irgendwie ... salzig hatte ich es mir nicht vorgestellt.

Ein Laut kam mir über die Lippen, als ich experimentierend die Zunge um seinen Schaft bewegte.

»Braves Mädchen.« Tief einatmend zog er sich von mir zurück, ehe er wieder leicht vorstieß. Seine Hand bewegte er um sein Glied und bearbeitete den Rest seiner Länge, der nicht in meinen Mund passte.

Jemandem schon mal einen runtergeholt hatte ich, deswegen fühlte ich mich sicher, als ich meine Finger um seine legte und für ihn übernahm.

Skill senkte halb die Lider, weil ich meinen Kopf zurück bewegte und er mit einem Schmatzen hinausglitt.

Schnell versuchte ich den vielen Speichel herunterzuschlucken, doch es gelang mir nicht. Etwas lief aus meinem Mundwinkel, und plötzlich stieg mir so viel Blut in den Kopf, dass mir etwas schwindlig wurde.

»Mein schmutziges kleines Blümchen«, beschrieb Skill mich, und ich hob den Blick, während ich ihm weiter langsam einen runterholte.

»Bin ich das?«, fragte ich perplex.

Er grinste. Als ... hätte er den Jackpot gewonnen.

»Öffne den Mund, Lilith«, forderte er mich auf. »Und lass ihn offen.«

Stirnrunzelnd tat ich, worum er mich gebeten hatte. Ich keuchte, weil er seine Daumen in meine Mundwinkel hakte und ihn dadurch weitete.

»Setz ihn an die Lippen.« Von seinem Gesicht aus wanderte ich mit meinen Augen zu seiner steifen Erektion, bevor ich wieder machte, was er von mir verlangt hatte. »Und jetzt schluckst du, verstanden?«

»Okay«, sagte ich leise, bevor ich die Lider senkte.

»Und schau gefälligst hin.« Er drückte meine Kiefer weiter auseinander. »Sieh zu, wie ich deinen Mund ficke.« Skill stieß mit der Hüfte vor, und ich atmete tief ein, ehe ich würgte, da er gegen meinen Gaumen stieß. Belustigt schüttelte er den dunklen Schopf. »Das geht tiefer, Lilith.« Schockiert riss ich die Augen auf. »Schluck, Blümchen. Schluck ihn runter.«

Ich konnte seinen Schwanz doch nicht schlucken! Ich

würgte und versuchte, seinen Namen auszusprechen. Hervor kamen aber nur Geräusche.

Es überraschte mich, dass er trotzdem verstand, was ich sagen wollte.

»Nenn mich nicht so«, bat er leise und erregt. »Nicht, wenn wir so wie jetzt zusammen sind.«

Leise gab ich einen Ton von mir, bevor ich wieder würgte, weil er sich ans Ende meines Rachens vordrückte. Doch er ließ mir diesmal nicht die Chance, durchzuatmen. Er presste sich in meine Kehle, weswegen ich schon aus Reflex schluckte.

Skill stöhnte auf, und vor Anstrengung und dem Druck im Hals schaute ich zu ihm nach oben, als Tränen in meinen Augenwinkeln brannten.

»Fuck«, sagte Skill leise und hielt in mir inne. Seine Hand wanderte an meinen Unterkiefer. »Dafür, dass dein Mund noch Jungfrau war, lässt er sich perfekt ficken.«

Mir wurde einen Moment schwindlig und schwarz vor Augen. Meine Fingerkuppen kribbelten aufgeregt.

Was er damit implizierte, wusste ich. Ich war unerfahren.

»Es wird Zeit für die Dusche«, stellte er plötzlich klar und strich mit seinen Fingern über meine Wangen.

Mit diesen Worten zog er sich aus mir heraus, und ich keuchte, weil ein Schwall an Speichel an seinem Schwanz hängen blieb. Sobald ich wieder genügend Luft bekam, hustete ich röchelnd. Die plötzliche Leere und das Brennen in meinem Rachen erinnerten mich daran, dass er wenige Sekunden zuvor noch in mir gewesen war.

Ohne weitere Worte hielt Skill mir die Hand hin, um mir aufzuhelfen.

Unsicher sah ich darauf, ehe ich meine Finger auf den grauen Handschuh legte.

»Tut es weh?«, fragte ich und strich über den Stoff.

Skill streichelte mir über die Lippen, um die Nässe darauf zu verreiben.

»Es tut nur noch in seltenen Fällen weh«, erklärte er.

Ich lächelte leicht, doch dann gefror es mir auf dem Gesicht, weil er mit der Hand, die eben noch meinen Mund berührt hatte, zu meiner Leggings glitt.

»Was ich mich frage, ist ...« Unsicher sah ich nach unten, während er mit dem elastischen Bund meines Slips spielte und dann unverhohlen auf meine Scham starrte. Ich zuckte zurück, sobald er seine Hand unter den Stoff schob.

»Was tust du da?« Als er seine Finger durch meine Nässe zog, keuchte ich auf.

»Schauen, wie feucht du bist.« Er sprach es aus, als wäre es das Normalste der Welt.

Während er einen Finger krümmte und ihn um meinen Eingang kreisen ließ, wurde mir schlagartig bewusst, wie nass es mich gemacht hatte, dass ich seinen Schwanz gelutscht hatte.

»Wie wär es, wenn du dich endlich ausziehst und mit mir unter die Dusche verschwindest? Hm?«

»Klingt ... wunderbar«, stotterte ich heiser und konnte nichts gegen das Schmunzeln unternehmen, das sich auf meinen Zügen ausbreitete. Es war ... so urnatürlich.

»Süß«, kommentierte er mein Lächeln und drückte seinen Daumen in meinen rechten Mundwinkel.

Es herrschte Stille, bevor seine Fingerkuppen über mein Schlüsselbein tanzten. Ohne meine Brüste zu berühren, die nach Aufmerksamkeit bettelten, sah er mich an und wartete darauf, dass meine Kleidung loswurde.

Wenige Zeit später stand ich nackt vor ihm.

»Dreh dich um, Blümchen«, befahl er mir, und ich kehrte ihm den Rücken zu, mit dem Blick zur bodenebenen Dusche. Seine Hände platzierte er auf meiner Hüfte, ehe er mich hinein dirigierte und die Kabinentür hinter uns zuzog.

Kurz darauf prasselte lauwarmes Wasser auf uns nieder.

Lust brannte in mir, während ich über meine Schulter und zu ihm hoch blickte. Aber er tat nichts, als zum Shampoo zu greifen und es auf seiner rechten Handinnenfläche zu verteilen. Ich zuckte leicht zusammen, als er sie dann in meine Mähne drückte und anfing, es zu verreiben. Er übte dabei den perfekten Druck aus.

Meine Lider schlossen sich, und ich begann zu entspannen. Bis sich sein hartes Glied gegen meinen Hintern drückte.

»Wir werden Sex haben«, sprach ich das Offensichtliche aus.

»Wenn du es möchtest«, stimmte er mir zu. »Ich ... Es ist deine Entscheidung«, fügte er leise an. »Aber sei dir gewiss.« Skill strich meine Strähnen zur Seite. »Ich werde nicht stoppen, wenn du mich später anflehst, sanfter zu sein.« Ich biss mir auf die Unterlippe, während ich mich gegen ihn lehnte und mein Körper sich weiter entspannte. »Ich werde so tief in dir stecken, du wirst betteln, ein wenig Luft zum Atmen zu bekommen.«

»Derek«, nannte ich ihn seufzend bei seinem Namen. Seine Hände glitten zu meinem Bauch und streichelten mich.

»Es ist deine Wahl, Lilith«, wiederholte er.

Es war nicht länger meine Wahl, nein. Es war ein Bedürfnis. Etwas, das mir einredete, ihn zu brauchen.

»Ich will es«, seufzte ich und legte meine Finger auf seine, ehe ich sie mutig hinab zu meiner Mitte führte. »Solange du ... mich nicht schlägst.«

Er lachte mir leise in den feuchten Nacken, ohne Küsse auf der prickelnden Haut zu verteilen.

»Von null auf hundert, und das ohne ein paar saftige Hiebe auf deinen süßen Knackarsch?« Ein erschrockener Laut verließ meine Lippen, während er mir einen Klaps auf den Hintern gab und meine verheilte Haut sofort kribbelte. »Es war unglaublich, wie feucht du unter meinen Schlägen geworden bist.« Als er noch einmal zuschlug und es leise in der Kabine schallte, keuchte ich. »Aber wenn du nicht möchtest ...« Sein Daumen glitt zwischen meine Beine und ich seufzte. »Dann werde ich es nicht tun.« Skill streichelte ein letztes Mal meinen Arsch, bevor er sich von mir löste und Abstand zu mir nahm.

Ich drehte mich um und sah ihn fragend an. Mit seiner nicht bandagierten Hand verteilte er Schaum über seinen Bauch.

»Lass mich das machen.« Meine Finger griffen nach dem Duschgel und ich begegnete seinem Blick.

»Schau mich weiter so an und wir werden es niemals bis ins Bett schaffen.«

KAPITEL 13

SKILL

Ich war kein Gläubiger. Nie gewesen.

Doch trotzdem dankte ich während unserer Dusche einer unbekannten Macht, dass Lilith nachgegeben hatte.

Die gesamte Zeit hatte ich mich zusammengerissen. Hatte heimlich im Bad abends dermaßen viel gewichst, so krass viel hatte ich zuletzt als Teenager abgespritzt. Und das wegen *einer* Frau.

Dabei hatte ich schon weitaus selbstbewusstere Weiber in meinem Bett gehabt, aber süße, schüchterne und auch noch *unerfahrene*? Nicht eine.

Lilith mochte keine Jungfrau mehr sein, aber verdammt, aus jeder ihrer Poren schrie die Unerfahrenheit. Nie hätte ich gedacht, dass mich das erregte. Und das in einem Ausmaß, dass ich jeden Moment das Gefühl hatte, meine Geduld würde sich in Luft auflösen und ich mir nehmen, was ich so dringend wollte.

Und das war: sie dermaßen hart in meine Matratze zu

bumsen, dass ich mich schon selbst gefragt hatte, was bei mir nicht richtig lief. Denn normalerweise war ich nicht so notgeil.

Schon früh, als ich das Feuer in ihren Augen zuerst lodern gesehen hatte, hatte ich gewusst, dass ich sie wollte, aber niemals hätte ich gedacht, in welchem Ausmaß.

Während ich ihr dabei zusah, wie sie die Kabine verließ, war ich so kurz davor, meine Hand in ihrem langen Haar zu vergraben und sie über die Toilette zu beugen.

Es war so verlockend. Jedes. Einzelne. Mal.

Sie sollte dringend ihre Haare abschneiden.

Lilith verließ vor mir das Bad, ihr Handtuch um sich geschlungen. Kurz darauf folgte ich ihr.

»Und nun?«, fragte sie mich mit unsicherem Tonfall.

»Und nun?«, echote ich und trat nah an sie heran. »Nun wirst du das da fallen lassen.« Ich griff an den Knoten zwischen ihren Brüsten und öffnete ihn, woraufhin der Stoff zu Boden glitt. »Und jetzt wirst du wie das brave Mädchen, das du bist, hinüber zum Bett gehen, dich hinlegen und für mich die Beine spreizen.«

Hatte ich irgendwo, irgendwann schon mal erwähnt, dass ich es verdammt noch mal *genoss*, wenn sie rote Wangen bekam?

»Ja, aber was dann?«, hauchte sie und schaute mit ihren dunkelblauen Augen und den kurzen Wimpern zu mir auf. Im Gegensatz zu ihr hatte ich mir erst gar nicht die Mühe gemacht, mein bestes Stück zu verdecken. Es war sowieso Fakt, dass alles außer ihrer Haut wehtat, wenn es gegen meinen harten Schwanz kam.

»Dann wirst du mir einfach zuhören«, stellte ich klar, und sie zog ihre Augenbrauen hoch.

Oh, sie hatte keine Ahnung, worauf ich aus war. Sie glaubte, Schläge waren Folter? Worte konnten noch viel mehr Schaden anrichten. Worte waren Macht.

Lilith blieb stehen und presste die Lippen aufeinander.

»Lass es mich nicht wiederholen«, drohte ich kaum vernehmlich.

»Du wirst mir nicht wehtun«, erwiderte sie tief einatmend.

»Sei dir da nicht so sicher«, sprach ich aus, ehe ich sie rückwärts drängte, bis ihre Beine gegen die Bettkante stießen. »Ich kenne so viele Arten, dich zu bestrafen, dazu brauche ich meine Hände gar nicht.«

Sie blickte wie ein scheues Reh zu mir auf, bevor sie sich aufs Bett setzte und damit genau auf einer Höhe mit meinem Schwanz war.

Doch anstatt sie zu drängen, den Mund noch mal zu öffnen, damit ich zurück in die Wärme ihres Halses konnte, bückte ich mich hinab, ergriff ihre Fußknöchel und spreizte ihre Beine für mich. Sie war mir eindeutig zu langsam.

Lilith atmete tief ein, starrte mich an und stützte sich auf ihre Ellenbogen.

»Hast du es je mit der Zunge besorgt bekommen?«, fragte ich sie und guckte auf ihre rosige Pussy hinab, die nicht nur wegen des Wassers aus dem Duschkopf glänzte. Nein, ich konnte genau erkennen, wie ihre Feuchtigkeit bei meinen Worten aus ihr herauslief. Sie sah mich an, als hätte es ihr die Sprache verschlagen, und ich zog meine eigenen Schlüsse. »Es hat also niemand je deine süße, kleine Pussy vernaschen wollen?« Ich legte den Kopf schief und schob ihre Schenkel weiter auseinander, sobald sie mit etwas Gegendruck versuchte, ihre Beine zu schließen. »Du wagst es nur einmal, dich mir zu verwehren«, entfuhr es mir mit einem Brummen, und sie riss die Lider auf, ehe ich auf ihre Mitte zurücksah und das nasse Glänzen ihrer Haut mich in den Bann zog. »Verdammt«, fluchte ich leise. »Blümchen, du duftest köstlich.« Sie drückte ihre Glieder erneut ein Stück zusammen und ich hob ein weiteres Mal warnend den Blick.

»Derek«, hauchte sie atemlos und schüttelte den Kopf. »Ich kann das nicht.«

Ich zog eine Braue hoch.

Das sagte sie jetzt? Wo sie vor mir ausgebreitet dalag und schöner denn je aussah?

»Hör auf nachzudenken«, forderte ich, richtete mich auf und beugte mich über sie. »Wenn du ständig alles zerdenkst, dann kannst du dich gar nicht entspannen.«

»Es ist mir peinlich«, gestand sie mir und brach den Augenkontakt, den ich aufzubauen versucht hatte. »Ich ... bin praktisch Jungfrau.« Sie wurde beim Sprechen immer leiser.

Belustigt unterdrückte ich ein Schmunzeln. »Erwartest du liebevollen, romantischen Blümchensex?«, fragte ich sie geradeheraus, und ihr Atem traf auf mein Gesicht. Abgehackt und schnell. Sie blieb stumm, also streckte ich meine Arme über ihrem Kopf aus und drängte sie mit meinem Körper in die Matratze. »Oder möchtest du harten, unnachgiebigen, schmutzigen Sex?«, erkundigte ich mich.

Noch immer sah sie mir wie ein aufgeschrecktes Reh entgegen, das in Starre verharrte, bis es mit einer Motorhaube kollidierte.

»Zählt meine Meinung denn?«, hakte sie nach, und ich rieb meinen Daumen über ihre erhitzte Wange.

»Deine Meinung zählt immer«, gab ich ihr mein Wort und drehte ihr Kinn, um ihre Augen betrachten zu können. Dieses tiefe Blau zog mich an wie kein anderes.

Schluckend schaute sie mir entgegen. »Wie kann ich mich entspannen?«, stellte sie die lang ersehnte Frage, und meine Mundwinkel zogen sich nach oben.

»Halt einfach still«, bat ich sie. »Und genieße.«

Lilith sog zitternd den Sauerstoff ein, bevor ich meine Lippen gegen ihren Kiefer drückte und leicht in ihre Haut biss, an ihr knabberte. »Sei ein braves Mädchen und heb die

Arme über den Kopf.« Mein Lächeln breitete sich zu einem siegessicheren Grinsen aus, sobald sie diese kommentarlos streckte.

Tief einatmend vergrub ich meine Nase in der Kule ihres Schlüsselbeins und packte ihre Taille, sodass ich sie ein wenig übers Bett schieben konnte.

Dann drückte ich meine Lippen auf ihr Dekolleté und ließ gleich darauf meine Zunge über ihre samtige Haut gleiten.

»So weich«, beschrieb ich, während ich Liliths Puls unter meinen Lippen spürte. Meine Zähne streiften ihre eine Brust, ehe ich zur anderen wanderte und meinen Mund um ihren Nippel schloss.

Lilith japste, da ich ein Vakuum aufbaute, das von Sekunde zu Sekunde kräftiger und intensiver wurde. Dann ließ ich los und leckte mit der Zunge über die aufgerichtete Knospe.

»Derek«, seufzte sie meinen Namen und zappelte unter mir. Ich packte ihre Taille und hielt sie fest.

»Halt still«, befahl ich ihr und biss als kleine Strafe in ihre empfindliche Haut, wodurch sie sich gleich wieder bewegte und aufschrie.

Ruckartig hob sie den Kopf. »Derek!«, japste sie laut, und ihre Hände glitten in mein Haar. »Hör auf«, keuchte sie und ließ den Kopf wieder sinken.

Schmunzelnd leckte ich erneut mit der Zunge über die aufgerichtete Knospe.

»Arme. Hoch«, wiederholte ich mich, und weil sie nicht gehorchte, packte ich ihre Gelenke und zerrte sie ihr über das Haupt. »Wenn die nicht oben bleiben, werde ich dich an dieses Bett ketten und mich so lange an deinen Titten laben, bis du darum bettelst, kommen zu dürfen.« Ernst schaute ich ihr tief in die Augen. Lilith hingegen wurde dermaßen rot, dass ich um ihr Bewusstsein fürchtete. »Also halt gefälligst still. Lass es auf dich zukommen.«

Ohne weitere Worte widmete ich mich daraufhin der anderen Titte.

Lilith keuchte, stöhnte heiser, doch regte sich unter mir nicht mehr.

»So ein braves Mädchen«, lobte ich sie.

Sie zu liebkosen, war berauschender, als ich es mir vorgestellt hatte.

Wie ihre Atmung abgehackt aus ihr hervorkam. Sich ihr Hintern in meine Hände drückte.

Schwer schluckend blickte ich auf meinen Handschuh hinab und kroch dann zwischen ihre Beine und platzierte mich vor ihrer Pussy. Näher konnte ich ihr mit meiner einen Hand nicht kommen. Doch das war nicht annähernd genug. Es verlangte mich nach hundert Prozent. Nach ihrer Haut, ihrem Gefühl, ihrem Duft.

Tief einatmend sah ich sie über ihren Bauch hinweg an.

»Wie eine Blume«, murmelte ich, ehe ich meine Augen auf ihre Scham senkte und bemerkte, dass ihr Atem stockte.

Lilith glänzte nass, wie ich es mochte. Feucht durch meine Worte und meine Liebkosungen.

Dieses Weib konnte es noch so sehr leugnen, aber das hier war der Beweis, dass sie es genoss. Dass ihr Körper stärker war als ihre Gedanken.

Sie quietschte, während ich meinen Schopf ein weiteres Stück senkte und die Finger in ihren Arsch krallte. Dann zerrte ich sie näher an meinen Mund.

»Möchtest du es?«, fragte ich sie. »Rede mit mir, Blümchen«, sagte ich schmunzelnd.

Ihr Brustkorb hob und senkte sich hektisch, und sie starrte mich an, als könnte nur ich sie von ihrem Leid erlösen.

»Soll ich dich bis zur Besinnungslosigkeit lecken?«

Lilith schluckte hektisch und ich grinste.

Ein Wimmern verließ ihre Lippen, und beinahe hätte ich

meinen Mund einfach hinab auf diesen köstlichen Geruch gesenkt, um herauszufinden, ob sie auch so fantastisch schmeckte.

»Sag's mir, Lilith. Oder uns bleibt beiden die Befriedigung verwehrt.«

»Leck mich«, flüsterte sie nach einigen Sekunden der Stille, und ich lachte.

»Lauter«, forderte ich sie auf.

»Leck mich«, sprach sie klar aus, und ich grinste noch breiter, ehe ich die Zunge ausstreckte und einmal durch ihre Falten fuhr.

Himmelherrgott.

Ein absolutes Nirvana, diese Frau!

Seufzend musste ich mich nach nur einer Kostprobe fast schon mit Gewalt losreißen.

Lilith wimmerte erneut und wand sich unter meinen Fingern, womit sie noch tiefer rutschte.

»Ungefähr so?«, hakte ich nach. Sie schüttelte den Kopf, bevor ich meine Position vor ihrer Mitte korrigierte, um noch besseren Zugang zu haben. »Wie möchtest du es dann, Lilith?«

Sie keuchte, als ich meine Zunge erneut zwischen ihre Falten steckte und einmal in ihrem Loch verschwinden ließ, das wegen ihrer Erregung unter meinem weichen Muskel sofort nachgab.

»Bitte, Derek«, flüsterte sie, und ich hielt inne.

»Wie war das?«

»Nicht so«, jammerte sie.

Erneut leckte ich durch ihre Falten und sie seufzte. Sobald ich ihre Klitoris umkreiste, sog sie tief die Luft ein, doch ich ließ direkt wieder von ihr ab und nahm wenige Zentimeter Abstand.

»So?«

»Fester«, bat sie.

»Wie fest?«, erkundigte ich mich und streckte einen Arm

unter sie. »Du musst schon mit mir reden, Blümchen.« Sie wimmerte abermals, als ich ihren Hintern drückte. »Soll mein Mund dich ficken? Oder willst du es nur hinter dich bringen?«

»Ersteres«, antwortete sie mir, und ich lachte amüsiert.

»So läuft das nicht, Lilith«, behauptete ich. »Sag mir klipp und klar, was du willst.«

»Gefickt werden.« Sie schluckte schwer. »Fick mich mit deiner Zung...«

Und da war das, was ich zu hören gewünscht hatte: ihr zufriedenes Seufzen, als ich ihr und mir gab, wonach es uns beide verlangte.

Ich ergötzte mich an ihren Geräuschen, während meine Zunge sich gegen ihr Nervenbündel drückte und ich in kleinen Kreisen darüber leckte.

Ich dachte, ich müsste ihr ein paar Minuten geben, aber die benötigte sie gar nicht. Denn sobald ich abließ und wieder in ihrem Loch verschwand, explodierte ihr Geschmack auf meiner Zunge und ich stöhnte genüsslich auf.

Genau wie sie.

Wenn ich sie weiter bearbeitete, würde ich vor ihr kommen, da war ich mir sicher. Sie schmeckte so süß und blumig, wie ich es mir immer vorgestellt hatte.

»Derek«, keuchte Lilith, und ich hob den Blick, weil sie unsicher ihre Finger nach mir ausstreckte und sie dann in meinem Haar vergrub.

Ich löste mich von ihr und packte ihre Hand, ehe ich sie kurz zu meinem Mund führte.

»Du willst von mir mit dem Mund gefickt werden?«, entgegnete ich, und ihr Blick traf auf meinen. »Dann sieh zu, wie ich es dir besorge.« Sie lief dunkelrot an, da ich ihre Hand losließ und meine Lippen wieder auf ihre süße Pussy drückte.

Schnell wanderte ich zurück zu ihrem Kitzler, reizte ihn. Währenddessen fanden ihre Finger zurück in mein Haar.

»Bitte, Derek«, flüsterte sie und ächzte. Sie schloss kurz die Lider, weswegen ich meine Kuppen stärker in ihren Arsch drückte, sodass sie sie sofort wieder öffnete.

»Sieh mir dabei zu, was ich mit dir mache, Blümchen«, flüsterte ich gegen sie.

Während ich mich weiter dem Nervenbündel widmete und meine Bartstoppeln über ihre Haut rieben, verließ ein lustgeschwängerter Ton ihren Mund. Die Art ihrer Atmung klang wunderbar, wie Musik für meine Ohren. »Wie ich dich ficke und du mich völlig einsaust, ist so wunderbar.«

Lilith ballte ihre Hand auf meinem Kopf zu einer Faust, ehe ich einmal durch ihre Falten leckte und mich wieder ihrem Loch widmete.

Ich zog das Spiel in die Länge, genoss, dass sie mir so intensiv dabei zusah, was ich hier mit ihr anstellte.

»Braves Mädchen«, lobte ich sie wieder und wanderte ein letztes Mal zu ihrer Klitoris zurück. Sobald ich diese sanft zwischen meine Zähne saugte und leicht hineinbiss, schrie sie heiser auf. Stetig erhöhte ich den Druck, um wieder ein Vakuum zu erzeugen. Ihre Atmung war hektisch.

Und ich ließ von ihr ab.

»Was willst du noch, Lilith?«

»Bitte«, japste sie, und ihr Mund öffnete sich sprachlos. »Fick mich«, hauchte sie.

»Das tu ich«, entgegnete ich. »Und du schmeckst fantastisch, Kleines. Und wie du dich bewegst ...« Brummend zerrte ich ihre Klit erneut zwischen die Zähne.

Diesmal schrie sie lauter auf, noch bevor ich den Druck ein weiteres Mal erhöhte. »O Gott, Derek«, rief sie, als sie zuckend an meinem Mund kam.

Das hatte ich hören wollen. Ihre zuckersüßen Laute. Die allein mir gehörten. Weil sie mir gehörte. Verdammt, ich hatte nicht vor, sie je wieder herzugeben.

Laut brachte Lilith zum Ausdruck, wie sehr es ihr gefiel, doch sie brach den Augenkontakt nicht ab, während sie unter mir zitterte und sich in meinen Armen wand.

»O Gott«, hauchte sie mit hochrotem Gesicht, ehe ich wieder zu ihrem heißen Loch wanderte und die Zunge in ihr vergrub. »Bitte!«, rief Lilith erstickt, und ich lachte leise, während ich mir alles nahm, was sie mir gab.

»Meins«, murmelte ich und drückte einen Kuss gegen ihre zuckersüße Pussy, bevor ich auch einen auf ihren Venushügel hauchte. Schwer atmend ließ sie ihren Schopf in die Kissen fallen und brach den Blickkontakt ab.

Ihre Atmung war noch immer hektisch, als sie zu mir aufsah.

»Ich ...« Lilith keuchte, weil meine Finger wieder durch ihre Falten glitten und ich ihre Klitoris kurz zwischen ihnen einklemmte. Ihr Puls pochte an dieser Stelle gefährlich stark und ich lächelte. Sie zerfloss unter mir. War genau da, wo ich sie haben wollte. »Bitte«, seufzte sie wieder, und ich schmunzelte, ehe ich ihr meine glänzenden Finger vor die Nase hielt. Sie starrte darauf, bis ihr Blick einige Sekunden später zu mir schoss. »Das kann nicht dein Ernst sein«, meinte sie leise, ihre Atmung noch immer nicht wieder im Normalbereich.

»Leck sie ab«, forderte ich sie auf. »Leck sie ab und ich bring dich heute Nacht noch mal zum Orgasmus«, versprach ich ihr.

Schwer schluckte sie. »Wäre es das wert?«

Meine Miene verdunkelte sich, während ich mich zu ihrem Gesicht vorbeugte. »Wir wissen beide, du hast mich gerade völlig eingesaut, Blümchen. Also versuch gar nicht erst, deinen Orgasmus auf meiner Zunge zu verleugnen«, stellte ich klar, und ihre Nase zog sich kraus.

»Du kannst mich aber doch nicht ...«

»Leck. Sie. Ab.« So lange, bis ihr Mund sich öffnete, starrte ich ihr in die Augen.

Mir schlug das Herz bis zum Hals, als sie zurück auf meine

Finger sah, mit ihren roten Wangen den Kopf hob und mir ein Seufzen über die Lippen kam, da ihr feuchter Mund sich um meine Finger schloss.

»So ein schmutziges Weib«, nannte ich einen weiteren Kose-namen, den ich für sie parat hatte und der mir völlig natürlich über die Lippen kam. Sie keuchte, weil ich schmunzelnd meine Finger ihren Rachen hinunterschob und gleichzeitig ihren Unterkiefer packte. »Und jetzt erinnere dich an eins, Lilith.« Panisch umklammerte sie mein Handgelenk und schaute mich an. »Ich mag dir gewisse Freiheiten in unserem Deal einräu-men ...«, ihre Brauen zogen sich stark zusammen, während sich Tränen in ihren Augenwinkeln bildeten, »... aber hier in meinem Bett habe ich das Sagen. Immer«, stellte ich klar, während sie mich mit aufgerissenen Lidern ansah. »Deine Pussy, dein Arsch und dein Mund gehören mir, solange ich es will, wie ich es will.«

Sobald ich meine Finger aus ihrem Hals zog, stöhnte sie erleichtert und setzte sich zum Durchatmen auf.

Mit entsetztem Blick guckte sie mich an, und da quietschte sie auch schon, weil ich sie packte und anhob.

Ich drehte uns auf dem Bett um die eigene Achse.

Völlig schockiert sah sie zu mir nach unten, während ich ihre Mitte über meinem Gesicht platzierte.

»Ich hab ein Versprechen einzulösen«, sagte ich grinsend, ehe ich die Arme fest um ihre Oberschenkel schlang und sie auf meinen Mund zerrte.

Lilith schrie heiser auf, während ich mich fordernd gegen ihr kleines Nervenbündel drückte.

»Ich liebe es, wie du mich einsaust, Blümchen.«

KAPITEL 14

LILITH

Konnte man durch Scham, Orgasmen und einen wunden Schoß sterben?

Denn Skill – nein, Derek – ließ mich nicht mehr aus seinem Bett.

Es war, als könnte er sich an mir nicht sattessen. Ich wusste nicht mehr, wo oben und wo unten war, und erst recht nicht, dass ich derart leicht zum Höhepunkt zu bringen war.

Oder wie sehr es mir gefallen konnte, einen Mann mit dem Kopf zwischen den Schenkeln zu haben.

Mittlerweile wusste ich auch nicht mehr, wie viel Zeit vergangen war.

Alles zwischen meinen Beinen schmerzte. Von meiner Klitoris, weiter über meinen Eingang, bis zu meinem Arsch, den er nicht noch mal geschlagen hatte. Selbst meine Zehen zogen, als hätte ich dort Muskelkater.

Trotzdem saß ich schon wieder auf Dereks Gesicht, mein eigenes gen Decke gelegt, und schrie mir die Seele aus dem Leib.

Ich konnte nicht mehr stöhnen, ich konnte nur noch meine Lust herausschreien, weil ein Rausch nach dem anderen durch mich hindurchbrannte. Fast noch schlimmer als ein paar Gürtelschläge auf meinem Hintern.

»Warte«, bat ich laut und krächzte, während er an meinen Rücken griff und sich meine Haare packte, damit ich den Kopf in Richtung Decke gelegt ließ. »Bitte!«, schrie ich und krallte mich ins Bettgestell. »O Gott!« Meine Beine zitterten erneut, und mein Schoß zog sich abermals köstlich, aber auch schmerzend zusammen. »Derek!«

Dieses Arschloch unter mir lachte und drang mit seiner Zunge in mich ein.

»Perfekt, Blümchen.«

Er ließ mich los.

Schwer atmend schaute ich sofort nach unten und versuchte, von ihm zu steigen. Es war mein x-ter Versuch, aber keiner war mir gelungen. Er hielt mich fest umschlungen. Wie lange … Das wusste ich schon nicht mehr.

»Ich kann nicht mehr«, sagte ich ihm atemlos. »Bitte«, flehte ich. »Ich bin wund.«

Er seufzte. »Wund?«

Ich erzitterte, sobald er grinsend durch meine Falte leckte und meinen Kitzler traf. »Nein«, sagte ich erschrocken. »Bitte, nicht, Derek. Ich fleh dich an.«

Er lachte, ehe er mein Gesäß tätschelte und meine Beine losließ. »Meinetwegen.«

So fix ich konnte – was nicht sonderlich schnell war, denn ich war Wackelpudding unter seinen Berührungen geworden –, stieg ich von ihm.

Erschöpft sank ich gegen das Bettgestell und schloss meine kribbelnden Beine.

Mit geröteten Wangen guckte ich ihn an, da er keuchend seine harte Erektion umfasste und sie sich rieb.

Ein paar Sekunden tief durchatmend betrachtete ich sein Vorhaben.

»Darf ich?« Schüchtern streckte ich die Hände aus, und er blickte auf, ehe er sich losließ und mir vollen Zugriff gewährte.

Ein tiefes Brummen drang über seine Lippen, als ich meine Finger um ihn schloss und mit sanften Bewegungen auf und ab glitt.

»Schneller«, forderte er mich auf, und ich folgte. Derek stöhnte heiser und sah mir in die Augen, ehe er meinen Schopf packte und ich keuchte, als er seine Lippen gegen meine presste.

Als wäre meine Hand alles, was er brauchte, stieß er in sie, und ich keuchte, während er seine Zunge in meine Mundhöhle drückte.

Er griff an meinen Hals und begann unter meinen Berührungen zu zittern.

»O Gott«, keuchte er, und ich fuhr mit dem Daumen über seine Eichel und verrieb die Lusttropfen. »Fester«, bat er mich, und ich kam seinem Wunsch nach. Wurde schneller und fester, bevor er laut aufstöhnte und sich an meinen Lippen versteifte. »Blümchen«, nannte er mich, und mein Herz hüpfte in meiner Brust, weil meinen Oberschenkel heißes flüssiges Sperma traf und er leise fluchte. Derek starrte mir dabei fest in die Augen. Ich pumpte ihn, ließ ihn seinen Trip genießen.

Er dafür massakrierte meine Lippen, während er immer langsamer in meine Hände stieß und dann in der Position verharrte.

Derek hörte nicht auf, mich zu küssen. Und das genoss ich auf einer ganz anderen Ebene als gegenseitige Befriedigung. Auf einer, die mir noch gefährlich werden könnte.

Als ich mitten in der Nacht wach wurde, war die andere Bettseite kalt.

Mein Körper lag nackt unter der dünnen Decke, das Zimmer war dunkel.

»Derek?«, fragte ich verschlafen und stützte mich auf die Ellenbogen.

Doch ich bekam keine Antwort.

Seufzend fuhr ich mir durch mein klammes Haar. Es war immer noch feucht von der Dusche.

Einen Moment lauschte ich auf Geräusche, aber nicht einmal den Bass des Clubs hörte ich heute Nacht.

Irritiert setzte ich mich auf und ächzte heiser, da ich unbewusst kurz die Beine bewegt hatte und es dazwischen heftig brannte und kribbelte.

Halleluja. Ich. War. Wund.

Was hatte Derek nur mit mir gemacht?!

Wimmernd kämpfte ich mich aus dem Bett, die bittersüßen Nachwehen meiner vielen Orgasmen spürend. Denn es brannte, es ziepte und es zerrte jeder Muskel an und in mir.

Egal wer ihm beigebracht hatte, seine Zunge derart talentiert einzusetzen, es war mein Untergang gewesen. Wie sollte ich mich je wieder von einem anderen Mann berühren lassen?

Seufzend zwängte ich mich in eine Jogginghose und zerrte mir ein Shirt über den Oberkörper.

Als ich auf den Flur trat, wirkte auf mich alles wie ausgestorben. Es war kein Mucks zu hören und es war dunkel – selbst das Deckenlicht des Flurs blieb seltsamerweise ausgeschaltet.

Schluckend ging ich durchs dunkle Esszimmer gegenüber und lief die Stufen im Treppenhaus hinauf. Vor den Fenstern war es bewölkt, sodass man keine Sterne sah.

Meine Füße führten mich in den Raum hinein, der, wie mir erklärt worden war, als ein Lager hätte fungieren sollen, aber nie eins geworden war. Buzz hatte mir erst gestern erzählt, dass sie noch keine Ahnung hatten, was sie aus diesem Raum machen wollten. Er stand seit Jahren leer.

Wortwörtlich, denn größtenteils war er tatsächlich leer. Nur ein paar Stühle verstaubten hier – und ein einzelner Tisch.

Die Augen ein wenig zusammenkneifend versuchte ich, noch etwas anderes zu erkennen. Aber nichts bewegte sich.

Zunächst blieb ich unschlüssig stehen, doch als ein lautes Geräusch ertönte, schreckte ich in Richtung Treppenhaus zurück. Beinahe hätte ich aufgeschrien, als ich gegen etwas prallte und sich binnen Sekunden eine Hand über meinen Mund legte. Ich verspannte und wehrte mich, da kroch mir der vertraute Duft von Leder, Zitrus und Walddüften in die Nase.

»Keinen Mucks«, flüsterte Derek und nahm zögernd seine Finger von meinen Lippen.

Sofort drehte ich meinen Kopf in seine Richtung, doch ich erkannte wenig in der Dunkelheit.

»Wo warst ...« Derek legte seine Pranke direkt wieder auf meinen Mund.

»Sch ...«, machte er leise und ließ die Hand nach einem weiteren Zögern erneut sinken.

Wir verharrten einige Sekunden voreinander, dann löste er sich aus seiner Position und ging um mich herum.

Er öffnete die Tür zum Club so leise, nicht einmal ich hörte es, dabei hätte ich auf meinen linken Zeh schwören können, dass sie bisher immer geknarzt hatte.

»Wo ist sie?«, ertönte eine unbekannte Stimme.

Fragend schaute ich zu Derek, der einen Finger an seine Lippen hielt.

»Wenn ich wüsste, wen du meinst, könnte ich dir mehr sagen«, entgegnete eindeutig Rampage, und ich runzelte meine Stirn.

»Miss Gross.«

Meine Schultern verspannten sich bei meinem Namen.

Allerdings auch nur, weil er aus dem Mund des Unbekannten wie eine Beleidigung klang.

»Ich bin nicht tausend Kilometer gefahren, um mit leeren Händen nach Hause zu gehen, Rampage.«

Der Präsident der Black Demons schnaubte amüsiert, und dann lachte er leise. »Ich habe nie behauptet, du würdest mit leeren Händen gehen«, meinte er. »Nur meine Geschäfte mit ihr sind noch nicht abgeschlossen.«

»Was hättest du schon mit ihr zu tun?«

»Die Ware zum Beispiel testen.«

Mein Magen machte einen unangenehmen Salto.

»Ich soll sie dir also ein bisschen länger überlassen, nur weil du sie noch bumsen willst?«

»Nein, natürlich nicht. Sie ist der Lockvogel, damit ich Sculley endlich aus dem Weg schaffen kann.«

»Ah ... Da drückt der Schuh. Du bist angefressen, dass er deine Umsätze ruinieren könnte.«

»Er tut, als wäre er ein Märtyrer, dabei ist er mit Sicherheit keiner. Nur weil er dem Handel schon vor längerer Zeit abgeschworen hat, bedeutet das nicht, dass ich dasselbe tun muss.«

Ein weiteres kühles Lachen ertönte und mir stellten sich die Nackenhaare auf.

»Du kriegst eine Woche. Nicht mehr, nicht weniger.«

Rampages Schnauben war zu vernehmen. »Du denkst, meine Pläne mit der kleinen Göre lassen sich in sieben Tage erledigen?«

»Das müssen sie. Ich habe nicht Millionen für sie geblecht, nur um ohne sie nach Hause zurückzukehren. Du hast mir eine von deinen Frauen exklusiv zugesichert, und ich will *sie*. Keine andere.«

Angst stieg in mir auf und ich machte unsicher einen weiteren Schritt nach hinten. Dann noch einen.

Das konnte nicht sein. Nein.

Das alles klang danach, dass ich verkauft wurde.

Was lief hier falsch?!

Derek stand weiter neben dem Eingang und lauschte.

»Ich halte mein Wort, immer.«

»Immer?« Wieder lachte diese eisige Stimme so humor- und emotionslos. »Daran zweifle ich, Rampage.«

Glas klirrte laut und ich schreckte gleich mehrere Schritte zurück.

»Sind wir für heute fertig, Kayn? Ich will ins Bett.«

Erneut klirrte Glas.

»Wir sind fertig. Fürs Erste.«

Derek ließ den Rahmen augenblicklich los, war binnen Sekunden bei mir und zerrte mich tief in den dunklen Raum hinein, in eine Ecke. Gezwungenermaßen hielt ich den Atem an, weil er die Finger abermals auf meine Lippen – und diesmal auch meine Nase – presste, während uns die Dunkelheit verschluckte. Dereks Körper schirmte mich zusätzlich von allem ab.

Schritte ertönten. Dann wurde die Tür knarzend aufgestoßen und Rampages Seufzen war zu hören.

Zu unserem Glück schaltete er nicht das Licht im Lagerraum ein, ehe er durch diesen lief und dann hinüber ins Treppenhaus.

Derek hielt still, so auch ich, bevor er mich langsam losließ. Ich nahm einen tiefen Atemzug, während wir mehrere Minuten verharrten. Mein Herz polterte unangenehm in meiner Brust.

Was zur Hölle war soeben passiert?

Schon setzte ich zu einer Frage an, doch ich war so überfordert, dass ich nicht wusste, was ich eigentlich fragen wollte oder gar *sollte*.

»Hast du jemals Kontakt zu jemandem namens Kayn Martin gehabt?«, kam mir Derek zuvor.

Einen Moment überlegte ich. »Nein«, antwortete ich ihm

flüsternd. »Was hatte das eben zu bedeuten?« Angst ließ meine Stimme zittern und es wurde nicht besser.

Er nahm einen tiefen Atemzug.

»Es bedeutet, Rampage ist nicht zu trauen«, teilte er mir mit. »Kayn Martin ist ein Milliardär, der Frauen kauft.«

Ein leiser Laut verließ meinen Mund, der schmerzlich in mir widerhallte.

Er kaufte Frauen. Er ... kaufte mich.

O mein Gott.

Nein.

Das durfte nicht passieren!

»Bedeutet das ...?« Ich legte den Kopf in den Nacken. »Du hast mir dein Wort gegeben, Derek.«

»Ich weiß«, erwiderte er und sog noch mal kräftig Sauerstoff in seine Lunge. »Ich lass mir was einfallen.«

Noch bevor seine Hände mein Gesicht umfassten, runzelte ich die Stirn. »Niemand wird dich kaufen«, sagte er langsam und betont. »*Nichts* wird dir passieren«, flüsterte er gegen meine Lippen.

»Woher weißt du das?«

Derek schluckte und streichelte mir über die Wange. »Weil ich mein Eigentum nicht hergebe.«

Ich war definitiv nicht mehr mein eigener Herr, so viel war klar. Denn das Pochen meines Herzens wies darauf hin, dass Derek etwas mit ihm machte.

KAPITEL 15

LILITH

Die letzten Stunden waren von Albträumen geprägt. Jedes Mal, wenn ich aufwachte, stellte ich fest, dass ich allein im Bett lag.

Derek blieb fort. Die gesamte restliche Zeit.

Als ich gegen Sonnenaufgang erneut einnickte, rechnete ich wieder mit einem Albtraum. Doch ich schlief traumlos bis zum späten Vormittag.

Zwischen meinen Beinen brannte es noch immer, während ich auf der Toilette saß und meine Blase entleerte.

Gerade als ich zurück ins Zimmer kam, öffnete Derek die Tür und tauchte in todmüder Erscheinung auf.

Er hatte über Nacht Augenringe, blasse, fahle und etwas graue Haut bekommen. Die Haare saßen nicht mehr, sondern hingen ihm schlaff in der Stirn.

»Warst du die ganze Nacht auf?«, fragte ich besorgt und schluckte, sobald er mir zur Antwort zunickte und sich mit der linken Hand über seinen wachsenden Bart wischte.

»Ich brauch eine Rasur, das Bett und die Toilette. Nicht unbedingt in dieser Reihenfolge.« Er seufzte. »Heute Abend musst du fit sein«, teilte er mir mit und trat an mir vorbei ins Bad.

Da er die Tür nur anlehnte und ich daraufhin hören konnte, wie er pinkelte, wurde ich etwas rot.

»Wieso muss ich fit sein?«, fragte ich nach, während er, ohne sich die Hände zu waschen, wieder hereinkam, sich das Shirt vom Körper riss und ins Bett fiel.

»Is' alles Plan«, murmelte Derek und seufzte erneut, ehe er gähnte. »Lass mich schlafen«, bat er. »Aber verlass nicht das Zimmer«, nuschelte er hinterher, und ich seufzte.

»Ich habe Hunger, Derek.«

Doch ich bekam keine Antwort. Also saß ich hier fest.

Denn nach gestern wusste ich nicht, was ich tun sollte. Auf keinen Fall wollte ich riskieren, meinen Dickschädel durchzusetzen und mich dadurch in Gefahr zu bringen.

Ach was. Ich war so oder so in Gefahr. Schon seit ich hier gelandet war.

Am Nachmittag wachte Derek wieder auf. Zwischendurch hatte ich zur Sicherheit die Zimmertür mit dem Schlüssel abgeschlossen, den er stets in seinen Hosentaschen aufbewahrte. Ich hatte mich zu Tode erschreckt, als vor einer Weile jemand geklopft und gerufen hatte, Derek sollte aufstehen. Dieser hatte sich nur umgedreht und war nicht zu wecken gewesen.

Als er nun die Augen aufschlug und mich aufrecht sitzend neben ihm im Bett entdeckte, schreckte er hoch und schaute sich verschlafen im Zimmer um.

»Wie viel Uhr ist es?«

»Keine Ahnung, aber es ist schon Nachmittag«, antwortete ich. »Ich habe kein Handy und du keine Uhr hier drin.«

Derek ächzte und drehte sich auf sein Kreuz.

»Ich habe echt Kohldampf, Derek. Wegen dir sitze ich schon den ganzen Tag hier drin fest«, schnaubte ich.

»Da draußen bist du nicht sicher.«

»Offensichtlich«, stimmte ich ihm zu. »Wie lautet nun der Plan?«, fragte ich, und er stöhnte leise.

»Darf ich erst mal wach werden?«

»Mir hast du auch keine Chance gelassen.«

Der Biker neben mir im Bett stöhnte ein weiteres Mal, diesmal deutlich genervt. »Wenn du schon deinen Mund benutzen musst, dann lutsch mir doch einen.«

Rot werdend schoben sich meine Brauen zusammen. »Wie bitte?«, fragte ich.

Sobald er die Finger ausstreckte, wich ich zurück.

Derek lächelte ein wenig. »Du bist so leicht zu verärgern, es ist so schön.«

Zuerst schlug ich seine Hand beiseite, doch dann packte er sie fester, und ich wurde noch röter, sobald sich unsere Finger ineinanderschlangen.

»Wir werden heute Abend auf die Party im Club gehen«, erzählte er mir, und ich hob den Blick. »Ich werde Sachen sagen und machen, die werden dir weder gefallen noch dich wohl-fühlen lassen. Aber sie sind notwendig.« Derek hob beide Augenbrauen, spielte mit meinen Fingerkuppen. »Ich schwöre, du bist zu jederzeit bei mir sicher und ich werde alles tun, damit das so bleibt, klar?«

»Was war das letzte Nacht?« Ich schlug den Blick auf unsere Hände nieder, sein Daumen rieb über meinen Handrücken.

»Ich glaube, Rampage hat sich im Menschenhandel tätig gemacht. Etwas, was unser MC, seitdem mein Vater Präsident war, nicht mehr getan und unterbunden hat.«

»Dein Dad?«, fragte ich. »Er war auch Präsident?«

Derek seufzte. »Das ist eine zu lange Geschichte für jetzt, aber die Kurzform: Mein Vater war unser Präs und starb, weil ihn jemand erschossen hat. Mein Bruder wurde der nächste Anführer, da er zu diesem Zeitpunkt bereits einundzwanzig war, nur irgendwann wurde auch er erschossen. Ich habe abgelehnt, Präsident zu werden, als man für mich stimmte.«

»Das tut mir leid, Derek«, sprach ich ihm mein Mitleid aus. Ich wüsste nicht, wie ich ohne meine Mom klarkäme. Sie war alles für mich. Mein Anker. Meine beste Freundin. Neben Veronica.

O Gott ... Wie es den beiden wohl ging?

In all dem Trubel und meiner Angst hatte ich nicht mehr über die zwei wichtigsten Menschen in meinem Leben nachgedacht. Ein bisschen fühlte ich mich schuldig. Doch dann dachte ich daran, was ich alles in den letzten Wochen erlebt hatte. Ich konnte unmöglich an alles und jeden denken. Nicht jetzt. Nicht hier. Nicht mit ... Derek.

Ich schluckte, als mir bewusst wurde, dass ich bisher ziemlich mies ohne Mom zurechtgekommen war. Offensichtlich wusste ich mich gegen Männer dieser Klasse nicht zu behaupten.

»Du wirst nicht im Menschenhändlerring enden«, stellte Derek ernst klar, und ich guckte ihn wieder an. »Das ist kein Ort für Menschen wie dich.«

»Es ist kein Ort für irgendjemanden.«

Derek setzte sich brummend auf. »*Wenn* du jemandes Eigentum wärst ...« Er ließ den Satz unbeendet, aber ich wusste, was er damit ausdrücken wollte.

»Ich bin doch gar nicht dein Typ«, behauptete ich leise.

»Das dachte ich auch, und ich hab trotzdem in deine Hände gewichst.«

»Okay«, meinte ich tief einatmend und schloss kurz die Lider. »Was habe ich zu tun? Für heute Abend?«

Er schaute mir in die Augen. »Was du immer tust«, erwiderte er. »Mein kleines Blümchen sein.«

Ich runzelte die Stirn, als Derek am frühen Abend mit Tüten von Target hereinkam.

»Du hast Größe sechsunddreißig, nicht wahr?«

»Äh ... kommt auf das Oberteil an.« Ich blickte hinunter auf meine Brüste. »Manchmal spannt es«, gab ich zu.

Er warf drei Tüten auf das Bett und es klirrte in einer davon laut.

»Frauenzeug. Und ein paar Klamotten, die ich an dir sexy finden könnte. Du darfst aussuchen.«

»Oh, wie nett.« Ich verdrehte die Augen und griff an meinen Bauch, da er knurrte. »Derek, ich habe noch immer Hunger.«

Nachdem er auf der Toilette gewesen war, hatte er behauptet, mir Essen zu holen, und mich dann eingesperrt – bis gerade war er nicht zurückgekehrt. Das war jetzt, wie die Uhr im Teletext wiedergab, zweieinhalb Stunden her.

»Ich hol was«, versprach er und strich sich schwer atmend durchs ungemachte Haar. So außer sich hatte ich ihn noch nie erlebt. Konfus und durcheinander. Es passte nicht zu dem Mann, der mir mit tiefer Düsternis begegnet war und mich in einen Albtraum entführt hatte.

»Wenn ich wiederkomme, bist du geduscht«, bat er mich.

Seufzend hob ich die Arme, bevor ich sie frustriert in die Hüfte stemmte.

»Derek!«, fluchte ich, und er zuckte zusammen, bevor er innehielt. »Wenn du mir nicht sagst, was los ist ...«

»Wenn wir keinen Sex haben«, unterbrach er mich und zog eine Augenbraue hoch, »dann ...«

»*Skill*, meinetwegen.« Langsam schien ich dieses perfide Machtspiel zu durchschauen, welches er unbedingt aufrechterhalten wollte.

Bitte!

Dafür schämte ich mich kein Stück. Es war Sex. Und nur Sex! Er benahm sich unmöglich.

Ich knirschte mit den Zähnen. »Ich brauche auch Details.« Flehend sah ich ihn an. »Du kannst mich nicht blind in alles hineinrennen lassen.«

»Es ist besser so«, behauptete er.

Ächzend setzte ich mich in Bewegung. »Nein, nicht!« Ich gab einen frustrierten Ton von mir, während er zur Tür hinausschlüpfte und abschloss. Mit flacher Hand schlug ich dagegen. »Du bist so ein Wichser!«, beleidigte ich ihn durch das Holz und drehte mich grummelnd um.

Ich wollte mich zurück ins Bett legen, doch dafür musste ich die großen Tüten von diesem herunterschaffen.

Sobald es wieder klirrte, siegte meine Neugier über die Wut und ich schaute in den schwersten der Plastikbeutel.

Er war voller Make-up. Lauter verschiedene Farben derselben Foundation, mehrere Contoursticks. Ich entdeckte sogar einige Lidschattenpaletten und gleich mehrere Mascaras. Das konnte nicht sein Scheißernst sein.

Schnaufend platzierte ich alles auf dem Boden und legte mich dann zurück auf die Matratze.

Es dauerte mindestens fünfzehn Minuten, bis Derek mit einer großen Schüssel und zwei Löffeln wiederkam.

Er stöhnte entnervt. »Du solltest duschen, verdammt noch mal!«, fluchte er und stellte alles auf seiner Kommode ab.

»Hielt ich nicht für notwendig, weil du mir nicht gesagt hast, *was* der Plan ist.« Mein Protest versiegte so schnell, wie ich versuchte, meine Braue hochzuziehen.

Überrascht schrie ich auf, als er mich an beiden Knöcheln packte, schnell übers Bett zog und mich dann mit vollem Körpereinsatz über seine Schulter wuchtete.

»Du Höhlenmensch!«, beleidigte ich ihn.

»Ein Höhlenmensch wäre ich, wenn ich gleich noch mein Sperma in dich pumpen würde«, scherzte er trocken und stellte mich in der Dusche ab, ehe er mir das Shirt grob über den Kopf zerrte. »Muss ich dir auch die Hose ausziehen?« Seine Augenbraue wanderte demonstrativ nach oben.

»Ich will doch nur ebenbürtig behandelt werden!« Wütend stampfte ich mit dem Fuß auf. »Kannst du dir das nicht denken?!«

»Ich habe dir eben schon mal gesagt, es ist besser, wenn du nicht alles weißt, verdammt.« Sobald er den Regler zur Seite geschoben hatte und kaltes Wasser auf mich niederprasselte, kreischte ich. Er trat aus der Kabine und schloss die Glastür.

Er verschränkte die Arme vor der Brust, während ich mir das Wasser wärmer stellte und gegen das Glas schlug.

»Jetzt wasch dich, Lilith«, forderte er mich auf und deutete auf den nassen Stoff an meinen Beinen. »Du hast fünf Minuten.«

Schnaubend stierte ich ihn weiter zornig an. Mein Herz hämmerte laut gegen meine Rippen, während ich seine Nase betrachte und dann die wohlgeformten Lippen und die Barthaare drum herum.

Angesäuert wollte ich die Duschkabine öffnen, doch stattdessen stemmte Derek seine Pranke dagegen.

»Denk gar nicht erst daran«, warnte er mich unheilverkündend. »Ich habe nicht viel geschlafen und wir haben heute noch so einiges vor.«

»Ja, was denn?!« Grummelnd strich ich mir nasse Haarsträhnen aus dem Gesicht. »Skill, bitte. Behandle mich nicht wie ein Kind.«

Er ging nicht darauf ein.

Ich beobachtete, wie er zum Waschbecken lief, bevor er sich das Shirt vom Körper riss und den Spiegel öffnete.

Als er einen Elektrorasierer, Nassrasierer, Rasierseife und andere Utensilien herausholte, hob ich überrascht die Brauen. Und dann fing dieser Mann allen Ernstes seelenruhig an, sich den Oberkörper und Kiefer zu rasieren.

Das fand ich schade. Und gleichzeitig hoffte ich, er würde sich tief schneiden und bluten.

Seufzend zerrte ich meine klitschnasse Jogginghose von mir, ehe ich nach seinem Duschgel griff und meinen Körper einseifte.

Schluckend entdeckte ich, wie lange ich nicht mehr die Chance gehabt hatte, mich zu rasieren.

»Hast du Einwegrasierer?«, nuschelte ich, und er hielt inne.

»Huh?«, machte er und schaute mich mit einer weißen Kinnpartie durch den Spiegel an.

»Hast du Einwegrasierer?«, fragte ich lauter.

Ich fühlte mich unwohl, wenn ich bemerkte, dass Derek die Chance hatte, sich zu rasieren, während mir das verwehrt blieb.

»Ich hab dir welche mitgebracht.« Er deutete ins Schlafzimmer.

»Großartig.« Eigentlich fand ich es äußerst befriedigend, die Kabinentür aufzustoßen und klitschnass ins Schlafzimmer zu gehen, sodass feuchte Spuren meinen Weg zeichneten. Welche, die ihn sicherlich aufregen würden.

Zurück unter der Dusche nahm ich mir Shampoo und rasierte mir die Achseln.

»Beine kannst du morgen machen«, kommentierte er. »Außerdem hast du da nichts. Also hör auf, dich zu beklagen.«

Die Stoppeln spürte ich sehr wohl. Trotzdem wusch ich mir nur noch die Haare und trat dann aus der warmen Dusche zu ihm.

Die Röte auf meinen Wangen intensivierte sich, sobald er seine Jeans und Boxershorts loswurde, nackt an mir vorbei stapfte und den Platz mit mir tauschte.

Wortlos schaltete er das Wasser wieder ein.

Und ich stand nur da und schmachtete diesen Körper an.

Er hatte gesagt, mit unrasierten Beinen wäre ich attraktiv – und ich bräuchte es nicht. Das war ... süß.

Ich atmete tief ein, weil ich noch immer nackt und nass vor der Dusche stand, während er schon wieder heraustrat und nach seinem Handtuch griff.

»Für einen Quickie haben wir keine Zeit«, kommentierte Derek leise, und ich keuchte, weil er einen meiner Nippel zwischen seine Finger nahm und ihn zwirbelte. »Heute Nacht«, versprach er. »Da gehörst du mir allein, Lilith.«

Erneut keuchend schaute ich in sein Gesicht.

»Und wenn ich das nicht möchte?«, fragte ich, ehe ich ihm heute das erste Lächeln in meiner Gegenwart entlockte.

»Du willst«, schwor er. »Denn wenn du glaubst, und das tust du, meine Zunge ist schon ein Wunder, warte ab, bis mein Schwanz tief in deiner kleinen, engen Pussy steckt und dich Sterne sehen lässt.«

Ein drittes Mal keuchend schreckte ich zusammen, da er den Nippel losließ und auf meine Brust schlug. Es durchfuhr mich ein kleiner stechender Schmerz und ich wich einen Schritt vor ihm zurück. Aber er folgte.

»Du bist *mein*«, wiederholte er wie gestern Nachmittag. »Solange du hier bist, bist du mein und ...« Als Derek meine andere empfindliche Knospe packte, stöhnte ich auf und ließ mich am Nacken bis vor seine Lippen ziehen. »Und solange gehören deine Orgasmen mir.« Er blickte mir tief in die Augen, während ich sie aufriss und die Beine zusammenkniff, da ich feucht wurde. »Habe ich mich klar ausgedrückt?«

Schnell nickte ich, ehe er meine Brust losließ und auch diese schlug.

»Jetzt such dir 'n Outfit raus und mach dich fertig. Ich will dich mit dunklen Augen, viel Make-up und so sexy wie möglich haben, klar?« Schwer schluckte ich einmal mehr. »Und mach dir einen Zopf. Einen hohen. Deine Haare müssen für heute aus dem Weg sein.«

Er ließ mich los und trat dann aus dem Badezimmer, als wäre gerade nichts gewesen.

Mein Puls zwischen meinen Beinen sah das anders.

Angespannt beobachtete ich Derek, der seine Mähne mit ein wenig Stylingpaste frisierte. Er fuhr sich mit den Fingern durch das weiche Dunkelbraun.

Ich wünschte, das würde auch bei mir so einfach funktionieren.

Derek hielt vor dem kleinen Standspiegel auf seiner Kommode inne, den er ebenfalls neu gekauft hatte, ehe er zur Tür schaute und mich betrachtete.

Ohne etwas zu sagen, strich er weiter durch seine Strähnen und ich stieß enttäuscht Luft aus.

»Bin ich dir nicht genug?« Die Worte hatten meinen Mund verlassen, bevor ich mich hatte aufhalten können.

»Guck auf meinen Schwanz, dann weißt du es«, kommentierte er trocken, und meine Augen folgten der Aufforderung, bevor mein Mund so trocken wie sein Spruch wurde. »Zieh das Handtuch aus«, forderte er.

»Warum?«, fragte ich. »Du hast gesagt, ich soll mich beeilen.«

»Sollst du auch, aber ich will die Unterwäsche aussuchen.«

Perplex blinzelnd guckte ich zu, wie er mit sich zufrieden dem Spiegel den Rücken kehrte und zum kleinsten der Plastikbeutel ging. Ich konnte es nicht glauben, als ein Haufen an dunklen Lingerie-BHs zum Vorschein kamen.

»Du scheinst auf dunkle Sachen zu stehen.« Unsicher trat ich auf ihn zu. »Darf ich mir das nicht selbst aussuchen?« Zumal ich mir ein weißes Oberteil herausgepickt hatte. Ungern wollte ich mich umentscheiden müssen.

»Nein«, antwortete er plump. Ich zuckte zusammen, weil er den Knoten meines Handtuchs löste und es mir durch die Finger glitt, als ich versuchte, es zu fassen zu bekommen.

»Kannst du mich bitte netter behandeln?«, bat ich. Natürlich wusste ich, dass er womöglich ebenfalls angespannt war, aber konnte er nicht ein klein wenig freundlicher sein?

»Lilith, ich versuche wirklich mein Bestes, mich zusammenzureißen.« Er seufzte, und ich keuchte, als er meine Hand packte und sie gegen seinen Schritt drückte. »Aber alles, woran ich denken kann, ist, wie du auf meinem Gesicht sitzt und schreist. Also hab Nachsicht mit mir.« Derek guckte mir tief in die Augen, ehe er einen dunkelgrauen BH mit hellgrauer Spitze hochhielt, dessen Cups nicht gepolstert waren. »Der hier.« Er schloss genüsslich die Augen, während er meine Finger kräftiger gegen seine Erektion drückte und sie ein wenig auf der Jeans bewegte. Dann blickte er plötzlich auf die Armbanduhr, die er sich heute umgebunden hatte.

»Zieh dich an.«

Er ließ mich abrupt los und warf den BH aufs Bett, bevor er um mich herumlief und im Badezimmer verschwand.

Man brauchte kein Genie zu sein, um zu wissen, was er jetzt tat.

Ich hatte etwas Ähnliches wie beim letzten Mal erwartet. Aber diese Party war noch größer als die vergangene.

Wir traten durch die Nebentür, die Derek danach sorgfältig verschloss, damit niemand in die Privaträume eindringen konnte.

Der Bass vibrierte unter unseren Füßen. Oder in meinem Fall unter den Absätzen. Meine Stilettos waren viel zu hoch und unbequem. Von diesem kurzen Lederrock wollte ich gar nicht erst anfangen. Aber es biss sich immerhin nicht mit dem weißen Top, das ich anhatte.

Erst hatte ich gedacht, Derek würde genervt sein, doch sein Blick hatte sich viel zu sehr auf mein Dekolleté gebrannt, das ich nun zur Schau stellte. Nur von Dereks Blick abgesehen, wünschte ich mir, ein anderes Oberteil angezogen zu haben, da der BH vollkommen unter dem weißen Stoff sichtbar war und ich in genau diesen Moment einen tanzenden Kerl bemerkte, der mir auf die Brüste starrte.

Besitzergreifend zog Derek mich an sich und führte mich zuerst an die Theke.

»Darf ich heute Abend mit anderen sprechen?«, fragte ich.

»Wir bleiben nur so lange wie nötig«, bemerkte er. »Ich bezweifle, dass du mit anderen reden wirst.« Er schaute mir tief in die Augen, bevor er sich von mir löste, hinter die Bar trat und uns beiden Getränke mischte – beziehungsweise mir. Sich selbst nahm er nämlich nur ein Bier.

»Was ist das?«, fragte ich skeptisch.

»Etwas für deine Nerven«, scherzte er trocken, und ich guckte ihn resigniert an. »Wodka Cranberry.«

»Du weißt, wie man Wodka Cranberry mixt?«, hakte ich argwöhnisch nach.

»Ich habe einige Zeit als Barkeeper gearbeitet.« Seine Mundwinkel zuckten. Die frisch rasierte Kinnpartie war glatt und einladend. Mit diesem leichten Lächeln fiel es mir nur noch schwerer, ihm nicht zu verfallen.

»Wann?« Ich lachte ungläubig.

»Als mein Bruder noch alle Geschäfte geleitet hat und ich noch nach Hobbys gesucht habe.« Er erzählte es, als wäre es ein Scherz, aber ich glaubte ihm.

»Du musst ihn sehr vermissen«, meinte ich und hob das Glas, ehe ich einen Schluck trank. Und dann gleich noch einen großen hinterher, weil ich bemerkte, dass das Zeug, das er gemischt hatte, wirklich lecker schmeckte. »Hm«, machte ich und presste meine ungeschminkten Lippen zusammen.

Lippenstift war noch nie meins. Er klebte, genau wie Lipgloss.

Seine Mundwinkel zuckten abermals. »Ich vermisse ihn jeden Tag«, gestand er mir und packte meine Taille. »Aber es wird langsam erträglicher.« Ich nickte, während er sein Bier hob. »So«, sagte er. »Du gehst also gern spazieren?«

Ich war überrascht über den Themenwechsel. »Ehm ... Ja«, antwortete ich ihm genauso verwirrt. »Ich mag den Duft der Natur.«

Derek grinste. »Wir sollten die Tage mal Motorrad fahren. Ich kenne ein paar schöne Orte.«

Überrascht wanderten meine Brauen nach oben. »Du würdest mit mir nach draußen gehen?«

Er nickte. »Unter ein paar Umständen. Mir davonlaufen wirst du sowieso nicht.« Während er meinen Kiefer packte und mein Gesicht zu sich drehte, schluckte ich. »Weil du abhängig von mir bist.«

Kurz die Lider schließend drückte er mir anschließend einen keuschen Kuss auf die Lippen.

Mein Herz hämmerte und ich schaute ihn aufgewühlt an.

Er würde mit mir dieses Gelände verlassen. Ich würde Frischluft bekommen. Eine Chance, davonzulaufen.

»Unser Abend ist fast wieder vorbei«, raunte er mir gegen den Mund, ehe ein Lied von ACDC aus den Lautsprechern schallte. »Aber vorher ...«

Ich schluckte, als er mein Glas nahm, es auf dem Tresen abstellte und dann meine Hand ergriff und mich mit sich zerrte – auf die tanzende Menge zu.

Während ich zu Derek aufsah, seufzte ich, und er drehte mich zu sich herum.

»Ich weiß nicht, wie man hierzu tanzt«, gestand ich laut, und er grinste wieder breit.

»Ich tanze auch nicht.« Er schüttelte den Kopf und griff um mich herum. Wir wiegten uns hin und her, bis er mich zu sich zog und seinen Mund auf meinen presste.

Erneut seufzte ich und ließ zu, dass er mir vor all diesen Menschen die Zunge in den Hals steckte. Etwas anderes hätte ich auch nicht tun können. In seinen Fingern war ich reines Wachs.

Er sollte aufhören, derart gut zu küssen. Auf eine Art sündig und verheißungsvoll, dass alles in mir zu kribbeln anfing und mich Dinge fühlen ließ, die ich so noch nie mit einem anderen Mann erlebt hatte.

»Wie sehr stehst du drauf, wenn ich ...«

Keuchend stieg Hitze in mir auf, während er an meinen Hintern fasste – in aller Öffentlichkeit.

Das ... Das konnte er doch nicht machen!

»Skill«, warnte ich ihn vor.

»Vertrau mir«, bat er mich und drückte seinen Mund gegen mein Ohr. »Das ist Teil des Plans für heute Abend.«

Nun wurde ich noch ein wenig röter. Wie konnte es der Plan sein, mich in aller Öffentlichkeit anzugrabschen? Mich bloßzustellen? In Verlegenheit zu bringen?

»Stell dir vor«, raunte er mir gegen die Lippen, bevor er mich wieder küsste und ich kurz die Lider schloss, »wir wären allein. Dann ist es einfacher.«

Schockiert schnaubte ich darüber, dass er dachte, ich könnte mich so leicht ablenken lassen.

»Wir treiben es nicht in der Öffentlichkeit«, meinte ich klar und deutlich und drehte uns ruckartig, bevor er mich stürmischer küsste.

Schamlos drang seine Zunge in meinen Mund ein und umspielte meine, saugte an ihr.

Wenn es zum Plan gehörte, dass ich feucht im Slip wurde, dann hatte er Erfolg.

Trotzdem konnte ich diese kleine Stimme in meinem Schädel nicht einfach abschalten, die sich wegen Erregung öffentlichen Ärgernisses lautstark meldete und die mich nicht gut fühlen ließ. Sie sagte, das würde Konsequenzen mit sich ziehen, das sollte so nicht sein.

Trotzdem. An seinem Körper zerfloss ich strikt und einfach. Er spielte mich wie ein Instrument und drückte mich an sich, während wir abseits des Takts der Musik hin- und herwankten.

Irgendeine Kante drückte sich in meinen Rücken, da Derek mich wieder gedreht hatte. Und direkt darauf stieß ich gegen etwas Hartes, vermutlich eine Wand, an die er mich presste.

Ich erinnerte mich gar nicht, dass wir in irgendeine Richtung gelaufen waren.

Mein Keuchen war laut, als seine Finger auf Wanderschaft gingen und ihren Weg unter meinen Rock fanden. Ruckartig versuchte ich den Kuss zu unterbrechen, wollte mich von ihm lösen. Aber er packte nur fester zu und drückte seinen Mund energischer gegen meinen, eroberte ihn noch sündiger.

Heiser ächzte ich, während sein Geschmack und Geruch meine Sinne komplett durchtränkten und er an meinen Lippen lächelte, weil er ganz genau wusste, was er gerade mit mir tat.

»Himmelherrgott«, stöhnte er gedämpft, und ich japste nach

Sauerstoff, weil seine Hand einen Weg in meinen Slip gefunden hatte.

Und ab da lief mit mir etwas mächtig schief.

Denn ich hätte schwören können, dass ein weiteres Paar Lippen auf meiner nackten Schulter lag und die Wand hinter mir sich bewegte. Doch trotzdem rührte ich mich nicht. Nein, ich lehnte mich nach hinten und zog den Schopf zurück, um Derek anzusehen, der allerdings einen Punkt neben mir fixierte.

Als ich den Kopf endlich drehte, blickte ich Jack in die Augen, der gerade meine Hüfte fest umfasste.

»Hallo, Süße.« Er lächelte zuversichtlich, sanft. Der Ausdruck in seinen Augen gefiel mir trotzdem nicht.

Er war betrunken. *Jack* war betrunken.

»Entspann dich«, bat Derek mich. »Du wirst dich gut mit ihm fühlen.«

Erneut keuchend drehte ich völlig benebelt den Kopf zurück zu Derek. Mein Herz schlug unregelmäßig in meiner Brust und so stark, dass es schon schmerzte.

»Zumindest werde ich dich nicht schlagen«, schmunzelte Jack, und ich krächzte, da Derek seine Fingerkuppen gegen meinen Kitzler drückte.

Da kam endlich Leben in mich, und ich umklammerte mit meinen Fingern sein Handgelenk.

»Wir können das auf die sanfte Tour machen, Lilith, oder es für alle anderen interessanter gestalten«, sprach er in normaler Lautstärke aus, als würde nicht gerade der Bass aus den Lautsprechern dröhnen.

Jack seufzte an meiner Schulter, und ein Kribbeln und Kitzeln überkam die Haut, die er berührte, während er meine Seite streichelte und diese Hand zum Schluss nutzte, damit ich ihm mein Gesicht wieder zudrehte.

»Entspann dich.«

Das sagte sich so leicht.

»Ich will das nicht«, sprach ich zitternd aus.

»Oh, deine feuchte Pussy behauptet was anderes.« Wieder heiser stöhnend drang Derek trotz meines Widerstands mit zwei Fingern ein Stück in mich ein.

Jack umfasste mein Kinn und betrachtete mich.

»Denk dran, dass das hier deiner Sicherheit gilt, Lilith.« Was? »Wir machen das nicht aus Spaß.« Was zur Hölle sollte daran auch Spaß machen?

Mein Körper verriet mich, mein Herz empörte und verzehrte sich nach mehr. Aber mein Kopf kam nicht mehr hinterher. Die Gleichung mit Jack ging nicht auf.

Wieso ließ ich das mit mir machen?

Wieso taten sie das?

Wieso, *verfickt* noch mal, tat Derek das?

Ich war kein Mensch, der öffentlich so etwas je wagen würde. War ich nicht. Wirklich nicht.

Fest presste ich meine Lippen aufeinander, als Derek die andere Seite meiner Hüfte ergriff und sowohl er als auch Jack mich auf Dereks Finger drückten.

So drang er noch tiefer.

Ich wollte das nicht.

Und wollte es doch.

Es war wohl die sexuellste Erfahrung, die ich je machen würde, aber mein Gehirn wehrte sich bei der Tatsache, dass hier zwei Männer anwesend waren und wir uns auch noch in einem Raum voller Fremder befanden.

»O Gott«, hauchte ich verzweifelt, bevor ich nuschelte, da Jack sich vorbeugte und seinen Mund auf meinen presste.

»Lilith, es sind nur körperliche Reaktionen«, raunte er gegen mich, und ich kniff die Lider zu, weil Derek sich in mir bewegte.

»Das kann nicht richtig sein.« Schnaufend und stöhnend zog ich mich zusammen, weil Derek den Daumen streckte und über meinen Kitzler rieb.

»Mach die Augen zu und achte darauf, was dein Körper möchte, Süße«, sagte Jack mir. »Lass ihn führen.«

Als wäre das so verdammt einfach! Die beiden entfachten Gefühle in mir, die ich so noch nie erlebt hatte!

»Bitte«, flehte ich ächzend und rang nach Atem, während Jack mich so sanft und innig liebkoste, dass ich ein ganz anderes Bild von ihm bekam.

Wie konnte er überhaupt ein Biker sein? Derek dagegen küsste derart schmutzig, ich zerfloss jedes Mal.

Doch Jack? Jack küsste, als würde es in diesem Moment nur mich geben. Nur uns.

Derek seufzte, ehe seine Lippen meinen Hals verwöhnten. Er leckte über meine verschwitzte Haut, knabberte an meinem Ohrläppchen.

Nur fühlen.

Keine ... Keine Gefühle ...

Klangvoll keuchte ich in Jacks Mund, während ich meine Umklammerung um Dereks Hand aufgab und er ohne Gnade mit einem weiteren Finger in mich eindrang.

Jack drückte augenblicklich sein Knie zwischen meine Schenkel, sodass ihnen meine Beine geöffnet blieben.

Laut rang ich nach Luft und stöhnte unkontrolliert in Jacks Mundhöhle, während Derek und er meinen Körper immer wieder auf dessen Hand hinabsenkten und dieser so in einem anderen und viel schnelleren Rhythmus in mich eindrang. Zum Glück gingen meine lustgeschwängerten Geräusche in der Lautstärke der Musik unter.

Aber Derek und Jack gaben mir keine Chance.

Meinem armen Herzen gab Derek keine Chance.

»Das ist es, siehst du?« Derek brummte, während er sich näher an mich heranstellte und ich den Kopf wandte, um ihn anzusehen. Meine Wangen glühten, und Jack hob eine Hand, um mir durch den Stoff in den Nippel zu zwicken. »Du könntest jeden Mann in die Knie zwingen, Blümchen, wenn du nur wüsstest, wie heiß du gerade zwischen uns aussiehst.«

Jack lachte leise und streichelte meine Seiten, bevor er seine Lippen wieder gegen meine erhitzte Haut drückten.

Abermals keuchte ich und reckte den Hals, um Derek zu küssen.

Nur fühlen.

Jack hatte es gesagt. Es war nicht verwerflich. Ich ... Es durfte nicht verwerflich sein.

Derek stöhnte leise, Jack rieb sich ein Stück an mir, und ich hob meine Hände, krallte mich in den Stoff von Dereks Shirt.

»Du fühlst dich so gut an, Blümchen«, sagte er, bevor seine Zunge tief in mich drang.

Die süße Verheißung eines Orgasmus meldete sich in meinem Unterleib an und ich lief über seiner Hand sicherlich aus.

Derek schmunzelte in meinen Mund. »Komm für mich, meine kleine Blume.« Abermals stöhnend versuchte ich meine Schenkel zusammenzudrücken. Derek und Jack ließen es nicht zu und sorgten dafür, dass ich die Explosion zwischen meinen Beinen in vollen Zügen genießen *musste*.

Es war nicht falsch, aber ... es war ... eine reine Sünde.

Noch nie hatte ich darüber nachgedacht, mit zwei Partnern ...

Sobald ich plötzlich nichts als Leere fühlte, krächzte ich, ehe Derek seine Pranke unter meinem Rock hervorzog.

»Braves Mädchen«, lobte er mich und streckte seine Finger in Richtung meines Gesichts.

Ich hatte angenommen, er wollte, dass ich mich erneut auf seinen Fingern schmeckte. Wie beim letzten Mal. Doch ich hatte nicht damit gerechnet, dass er mir über die Wange streicheln würde.

Perplex hielten wir beide inne, während sein Blick sich in meinen brannte und mich herausforderte.

Ich konnte nicht wegsehen – und ich konnte den Mund nicht geschlossen lassen. Einladend öffnete ich meine Lippen und umschloss dann seine Finger, die er mir in die Mundhöhle drückte. Mich selbst auf ihm zu schmecken, war, wie auch das letzte Mal ... berauschend und erschreckend zugleich, weil ich nicht gewusst hatte, dass mich so was erregen konnte.

Wieder versuchte ich die Schenkel zusammenzukneifen und schreckte zurück, sobald ich bemerkte, dass Jack sein Knie noch dazwischen hatte.

Derek schluckte, während ich meine Zunge um seine Fingerkuppen bewegte, ihn ableckte und er mir weiterhin in die Augen starrte.

»Die Party ist an dieser Stelle für uns vorbei.«

Ich nickte, als Jack einen Schritt zurücktrat und Derek seine Finger aus meinem Mund zog.

Jack hielt mir die Hand hin, und sobald ich meine in seine legte, umschloss er sie fest und sicher. Genau wie Derek meine andere ergriff, bevor sie mich aus dem Club führten.

Inzwischen fühlte ich mich schwammig, so als würde ich jeden Moment auf dem Boden zerfließen.

Bevor wir durch die Tür traten, schaute ich in Rampages und Jokers Gesichter. Es war ein Zufall, dass sich unsere Blicke trafen.

Rampage wirkte sehr verärgert. Joker dagegen amüsiert, während er seinen Arm um die Taille einer Brünetten schlang. Als würde er ... dazustoßen wollen oder uns im besten Fall ... viel Spaß wünschen.

Würde es das? Spaß werden? Würde das nun folgen?

Abermals an diesem Abend schluckte ich, während die Tür hinter uns ins Schloss fiel.

Ein Kichern entrann sich wie von Zauberhand meiner Kehle und lenkte mich ab, als Derek mich losließ und Jack mich plötzlich einmal um die eigene Achse wirbelte.

Derek verdrehte die Augen, und mein Kichern wich einem Keuchen, da er mich packte, vor sich zerrte und küssend die Treppen hinunter manövrierte. Ohne ihn wäre ich sicherlich gestürzt.

»Wollt ihr es gleich hier auf dem Tisch treiben?«, scherzte Jack, bevor Derek ernst machte und mich wirklich auf den Esstisch schob.

Wieder stöhnte ich heiser, und er stellte sich zwischen meine Beine.

»Du hast keine Ahnung, wie heiß du da oben aussahst«, raunte er gegen meine Lippen. »Selbst Jack ist hart.«

»Haha.« Jack lief die paar Meter aus dem offenen Esszimmer hinüber zu Dereks Zimmer und stieß die Tür auf. Er verschwand darin, ehe ich keuchend zu meinen Brüsten hinabsah, die Derek mit seinen beiden Pranken umschloss.

»Meins«, konstatierte er und drückte fest zu.

»Aber du hast mich mit ihm geteilt«, versuchte ich zu feixen, und Derek lachte leise, bevor er mir die Chance ließ, vom Tisch zu steigen.

»Ich teile dich, mit wem ich möchte.« Er gab mir einen kleinen Klaps auf meinen Hintern.

Nach Luft japsend hastete ich den Flur entlang und mein Herz hämmerte bei jedem Schritt stärker.

Im Zimmer angekommen schluckte ich schwer einen Kloß hinunter, weil Derek hinter uns die Tür schloss.

Jack schmunzelte, während er uns beide betrachtete.

Unsicher drehte ich den Kopf, um Derek anzusehen.

»Es ist besser, auf Nummer sicher zu gehen.«

»Nummer sicher?«, wiederholte ich.

»Na dann.« Jack zuckte mit seinen Schultern, lehnte sich gegen die Wand. »Tut euch keinen Zwang an.«

Was? Was geschah hier?

KAPITEL 16

SKILL

»Was habt ihr vor?«

Lilith klang gehetzt. Als wollte sie nicht länger mit uns allein sein.

Sie ahnte, was ihr blühte. Wir alle wussten es. Und es musste sein. Es musste authentisch wirken.

Nur ich hätte niemals zugelassen, dass jemand anderes Lilith in die Matratze drückte und seinen Schwanz in ihr vergrub. Niemand tat das, außer mir.

Jack wusste, wie wir die Reaktion bekamen, die wir hatten provozieren wollen. Seine Zeit im Bordell war nicht umsonst gewesen.

Mein bester Freund schmunzelte. »Ich werde die Show genießen, Lilith.«

Er schaute mich an und klopfte gegen den Türrahmen zum Badezimmer.

Liliths Kopf drehte sich zu mir herum.

Ihre Augen weiteten sich, je länger sie mich ansah.

»Nein.« Sie schüttelte den Kopf. »Nicht so.« Sie verzog die Miene.

»Doch«, widersprach ich und ging einen Schritt auf sie zu. »Lass dich einfach führen«, meinte ich. »Du wirst dich fallenlassen.«

»Jack ist im *selben* Raum und ...«

»Einer wird lauschen. Jemand wird versuchen, herauszufinden, was hier drin getrieben wird. Und wenn wir nur wie ein paar Schulmädchen nebeneinander hocken und lästern, dann war alles umsonst.« Ich deutete gen Decke. »Die gesamte Show da oben.«

Sie atmete schnell ein und aus, schüttelte den Kopf und schloss die Lider.

»Ein ... Quickie? Blowjob?«, fragte sie in hoffnungsvollem Ton. »So ... So hab ich mir das nicht vorgestellt. Bitte nicht.«

Ich mir doch auch nicht. Verdammt, ich hatte mir Zeit nehmen wollen, wie als ich sie auf meinem Gesicht sitzen hatte.

Sie hatte so fantastisch geschmeckt und so markerschütternd *geklungen.*

Davon wollte ich mehr. Für mich.

Seufzend trat ich näher und zerrte mir das Shirt vom Körper.

»Dreh dich um«, bat ich sie, während sie den Kopf in den Nacken fallen ließ.

»Nein«, widersprach sie mir. »Wenn wir das tun, dann auf meine Weise, Skill. Jack, er soll ...« Sie schrie auf, als ich sie im Nacken packte und Richtung Bett drehte.

»Ich werde mich nicht auf romantische kleine Stelldichein einlassen.« Betört sog ich den Duft ihrer Haare tief ein und schloss für einen Moment die Augen. »Beug dich mit dem Oberkörper aufs Bett hinab, Blümchen.«

»Ab-ber ich bin ga-ar nicht nackt.«

Sie gab einen protestierenden Laut von sich, noch bevor meine Hand zwischen ihren Schulterblättern sie zu der Handlung zwang und ich mein Becken gegen ihres stieß.

Lilith schnaubte, während ich den kurzen Rock ihre Taille hinaufschob und mein harter Schwanz unter meinem Jeansstoff gegen ihren Slip drückte.

»Wenn ich jetzt nachsehe, bist du dann feucht?« Ich musste es nicht kontrollieren, ich wusste es.

»Wieso? Beabsichtigst du, Gleitgel zu nutzen, um es erträglicher zu machen?«, scherzte sie, und meine Mundwinkel zuckten stark.

Ihren Humor, der ihr ab und an unüberlegt über die Lippen glitt, mochte ich viel zu sehr. Sie versteckte ihn so sorgsam vor mir, als wollte sie nicht, dass sie mir gefiel. Dafür war es viel zu spät.

Schmerzerfüllt schrie sie auf, als ich sie schlug. »Wir machen das auf meine Weise.«

Lilith keuchte, und ich drückte sie erneut zwischen ihren Schulterblättern auf die Matratze hinunter, während sie versuchte, sich aufzurichten.

»Warte!«, bat sie mich, sobald ich ihren Slip ihre Beine hinunterzog und unbeachtet um ihre Knöchel liegen ließ.

Heiser wimmerte Lilith, weil ich den Daumen streckte und ihn gegen ihren erhitzten Kitzler drückte.

Jack richtete seinen Blick zu Boden. Und hielt ihn gesenkt.

Die Geste wusste ich unterbewusst zu schätzen. Doch wenn ich die Chance erhalten hätte, zuzusehen, wie jemand Lilith hart fickte ... Ich war mir sicher, ich hätte mich nicht von diesem Anblick losreißen können.

Sanft zog ich kleine Kreise.

»Mein kleines schmutziges Blümchen gibt vor, so tough und ehrlich zu sein, aber wenn ich sie berühre, werden all ihre Lügen offengelegt«, sagte ich gedämpft, und sie wandte japsend ihren Kopf herum. »Du genießt, was ich mit dir mache. Dein Körper kann nicht lügen.«

Ich bückte mich und spreizte ihre Arschbacken für mich, ehe meine Zunge sich an ihr labte.

Keuchend schloss sie die Schenkel ein Stück und schrie schmerzerfüllt gleich darauf auf, da ich ihr noch mal auf den Arsch schlug. Mit voller Kraft und dem Leder um meine Hand.

»Bitte«, flehte sie schwer atmend, während ihre Nässe meine Zunge benetzte.

»So ein schmutziges kleines Blümchen.« Meine Mundwinkel zuckten, als erneut Feuchtigkeit aus ihr lief.

Natürlich wusste ich, dass meine Worte sie in einem Ausmaß erregten, das ihr Angst bereitete, aber ich genoss das auf so vielen Ebenen.

Ihr Stöhnen, ihr abgehackter Atem, ihre zitternden Beine ... ihre explosiven lauten Orgasmen, die ich letzte Nacht ihrer Kehle entlocken konnte.

Ich liebte die Art, wie ihr Körper auf meinen reagierte.

Lilith seufzte enttäuscht, sobald ich mich aufrichtete und einen Schritt zurücktrat.

Eilig lief ich zu meiner Kommode und öffnete die erste Schublade, bevor ich mir ein Kondom nahm und meine Jeans auf dem Weg zu ihr öffnete.

Ich schob mir das Stück Latex noch verpackt zwischen die Lippen und entledigte mich meiner Kleidung, ehe ich vernahm, dass die Tür aufging. Jack setzte sich schmunzelnd ruckartig in Bewegung.

Fuck.

Genau das, was ich gehofft hatte, dass nicht geschehen würde, trat ein.

Noch jemand anderes als Jack sah uns zu.

Kurz blickte ich über meine Schulter und starrte Rampage entgegen, der im Rahmen stand. Völlig unbeeindruckt – und als beabsichtigte er, nicht so bald wieder zu verschwinden.

Langsam sog ich die Luft ein und öffnete die Kondompackung, bevor ich mir den Schutz überstreifte.

Jack kniete sich zum Bett hinab, streichelte Lilith über ihre Schläfe.

»Wirst du ein braves Mädchen sein und seinen Schwanz ohne Widerrede in dir aufnehmen?«, fragte er sie, und sie wimmerte, während er einen Finger zwischen ihre Lippen schob. »Komm, zeig mir, wie schmutzig du sein kannst, Süße.«

Ich packte meine Erektion bei der Wurzel und rieb meine Eichel zwischen ihren Falten. Sie seufzte genüsslich. »Wirst du das tun, Lilith?«, fragte ich sie.

»Hm ...« Sie hatte die Lider geschlossen, atmete flach und wartete darauf, dass ich mich in sie schob.

Schmerzerfüllt schrie sie, als ich ihr einen Schlag auf ihren Hintern gab. »Ganze Sätze, Lilith«, stellte ich klar. »Willst du gefickt werden?«

»Bitte, Derek«, flehte sie mich an, starrte aber zu Jack hinauf. »Fick mich.« Ihre Wangen waren wieder dunkelrot.

Würde sie das Bewusstsein verlieren?

Ihr Flehen ließ ich gelten. Denn ich war mir ziemlich sicher, zu mehr als einem Quickie war ich nicht in der Lage.

Wie sie sich mir hingab und mir ohne weitere Widersprüche die Führung überließ ... Wenn sie sich nur sehen könnte.

Seufzend drückte ich meine Eichel in ihren Eingang.

Sobald ich ein Stück vorgestoßen war, krächzte sie heiser.

»Warte!«, bat sie wimmernd und streckte eine Hand nach oben aus. Die andere krallte sich in Jacks Shirt, der auf ihre schmalen Finger sah. »Zu viel«, keuchte sie, während ich noch tiefer in ihre Enge glitt.

»Zu viel?« Mit gehobenen Brauen tauschte ich einen kurzen Blick mit meinem besten Freund und legte dann meine Hände auf ihre Arschbacken. »Lilith, du missverstehst hier was«, sagte ich. Schon schrie sie vor Erregung, weil ich mich in einem Stück in ihr vergraben hatte. »Ich bestimme, was zu viel ist.«

Sie jammerte unverständlich und krallte sich in Jacks Arme, als ich ihr gestattete, von meinem Schwanz zu rutschen. Bis zur Eichel. Nur damit ich sie an ihrem Hinterteil wieder zu mir ziehen und mich bis zum Anschlag in ihr vergraben konnte.

Lilith brüllte erneut und gab lustgeschwängerte Töne von sich, während ich mein Becken gegen ihres stieß.

Schmunzelnd sog ich den Sauerstoff erneut in meine Lunge ein.

»Hat es dir noch niemand hart besorgt?«, fragte Jack sie amüsiert, obwohl sowohl er als auch ich die Antwort darauf kannten.

»Antworte ihm besser, Lilith,« riet ich ihr und glitt besonders kräftig in sie hinein.

Lilith quietschte in einem hohen Ton, der in meinen Ohren wie Musik klang. Dass Rampage uns beobachtete, verschwand in den Hintergrund. Mir war unsere Lust in diesem Moment wichtiger.

Es war wie ein Rausch. Zu sehen, wie sie sich verzweifelt an meinen besten Freund klammerte, nur weil ich mich in sie stieß und sie das fühlen ließ, was in diesem Moment durch ihre Muskeln floss. Lust. Rohe, pure Lust. Nach mehr.

»Nein«, antwortete sie mir und wimmerte, während ich ein Bein aufs Bett stützte und noch tiefer in sie eindrang.

Mit Erstaunen starrte ich auf mein erregtes Glied und wie sie es in sich aufnahm. Ich spürte diese heftige Erregung unverkennbar in meinem Innern.

»Mach mit ihr, was du dir vorstellst«, bot ich Jack an. »Benutz sie. Meinetwegen.«

Lilith schluchzte vor Lust, versuchte sich auf die Unterarme zu stemmen.

Jack schmunzelte, ergriff ihre Hand und drückte sie gegen seine Erektion. »Ich bin gerade damit zufrieden, zuzuschauen«, brummte er und streichelte Lilith über die Wange. »Sie darf ihn nachher gerne lutschen, wenn du mit ihr fertig bist.«

Ich keuchte. Lilith ebenfalls, bevor sie Jack zu sich zerrte und meine Brauen überrascht nach oben wanderten, weil sie ihn stürmisch küsste.

Mit meinen Fingerkuppen drückte ich in ihre weiche Haut und bewegte ihren Körper zum Rhythmus meiner Stöße, während sie mehr und mehr die Kontrolle verlor. Bis sie nichts weiter als ein nach Lust lechzendes Instrument war, das meine Finger spielten.

»Und?« Heiser ächzte ich. »Kriegt das noch wer hin? Dich so fühlen zu lassen?«

Sie schrie in ihrem fesselnden Kuss auf, den sie mit Jack teilte, löste ihn und schüttelte hektisch den Kopf.

»Bitte, Derek«, flehte sie mich an, wanderte mit ihren Händen zu Jacks Erektion und strich ihm über die Jeans.

Sie verstand. Sie verstand, dass es sein musste.

Das war mein Mädchen. Mein gutes Mädchen.

Ich stöhnte. »So ist's gut«, murmelte ich und drückte mich noch mehr in ihre Haut, bevor ich mit dem Lederhandschuh einmal kräftig zuschlug. Lilith schrie schmerzerfüllt auf. »Braves Mädchen.« Ich stöhnte, da sie sich um mich herum zusammenzog.

Keuchend und stöhnend kontrahierten ihre Muskeln wieder und wieder.

Doch obwohl es der perfekte Moment war und ich meinen Orgasmus am Ende meiner Wirbelsäule bereits fühlen konnte, hielt Lilith sich zurück.

Etwas hielt sie zurück.

Ich wusste es, instinktiv.

Sie mochte es nicht. Mochte es nicht, geteilt zu werden. Sie war genauso wenig wie ich dazu geschaffen.

Doch darauf konnte ich jetzt keine Rücksicht nehmen. Ich musste Rampage beweisen, was sie mit Männern machen konnte.

Fest biss ich die Zähne aufeinander, doch leise Töne entkamen trotzdem meinem Mund, während ich langsamer zustieß und mich förmlich zu einem Höhepunkt zwang – bis ich gänzlich schwer atmend hinter ihr innehielt.

Der unbefriedigendste Orgasmus aller Zeiten.

Ich hätte Lilith gern ein paar Sekunden gegeben, um zu Atem zu kommen, hätte ihr gern ihre Befriedigung gegeben, doch alles blieb ihr verwehrt, sobald ich mich ruckartig aus ihr herauszog.

»Perfekt«, sagte ich und klopfte ihr auf den Hintern. »Danke.«

Lilith verharrte atemlos, ihre Lippen lösten sich von Jacks Mund, der schmunzelte, ihr feixend in die Augen blickte.

Im nächsten Moment verkrampfte sie, weil Rampage hinter mir lachte.

»Ich hab's gewusst«, sagte er leise und klopfte gegen die Tür, während ich mir tief einatmend das Kondom vom Schwanz zerrte. »Jede Frau muss nur ordentlich gefickt werden und wird zur schmutzigsten Hure.«

»Ich steh noch immer nicht auf Voyeure, Rampage. Also verpiss dich.« Grummelnd schaute ich über meine Schulter.

»Ach, ein wenig kann ganz interessant werden.« Jack lachte, streichelte Lilith über ihr verschwitztes Haar. »Wollen wir ihm zeigen, wie gut du Schwänze lutschst?«

Panisch zerrte sie an ihrem Lederrock.

»Wie du sagtest. Sie ist meins. Ich mach mit ihr, was ich will. Das hat dich nichts anzugehen.«

Rampage schnaubte lächelnd, ehe er den kurz geschorenen Schädel bewegte. »Wenn du meinst, Skill.«

Ohne weitere Sprüche zu klopfen, verschwand er aus meinem Zimmer und schloss die Tür hinter sich.

Mit einem verletzten Ausdruck und Tränen in den Augen starrte Lilith zu mir auf, bevor sie beschämt das Laken ergriff.

Jack richtete sich seufzend auf, ließ von ihr ab.

Mit einem schweren Atemzug schüttelte er den Kopf, als Lilith mit noch immer genauso verletztem Gesichtsausdruck ans Bettende krabbelte. So weit weg von uns wie nur irgend möglich.

»Du ... Ihr habt mich benutzt«, sagte sie leise.

»Es gab eine Fifty-fifty-Chance, dass er zusehen würde«, erklärte ich ihr und griff nach meinen Boxershorts.

»Ihr habt mich trotzdem benutzt.«

»Wir haben getan, was getan werden musste, Lilith.« Ratlos blickte sie zu Jack. »Du musst selbstverständlich *nicht* meinen Schwanz lutschen.« Er schaute mich an. »Das kann Maya gleich erledigen.«

Ich schnaubte.

»Das ... Raus.« Lilith schlug den Blick nieder. Ihre Stimme brach.

»Das ist noch immer mein Zimmer«, bemerkte ich. »Und er *musste* das sehen, Lilith.«

»Er hat gesehen ... Er hat ...« Es tat mir leid. Ich empfand tatsächlich Mitleid für sie, als ein paar Tränen ihre Augen verließen und sie sich über die gerötete Haut wischte.

»Was? Er hat gesehen, wie Derek 'n Orgasmus hatte?« Jack zuckte mit einer Schulter. »Lilith, das war der Plan. Die ganze Zeit. Du bist süß, aber ich möchte nicht mit dir vögeln.« Sie zog das Laken noch enger um ihren schmalen Leib. »Rampage muss denken, Derek hätte die volle Kontrolle über dich und du wärst ihm egal. Er musste sehen, dass du dich teilen lässt.«

Während Jack erklärte, was in mir vorging, atmete ich noch mal tief ein.

Lilith war mir nicht egal. Ich wusste es, doch diesen Fakt versuchte ich zu ignorieren, denn sonst lief ich Gefahr, nicht mehr klar denken zu können.

»Warum sollte er das denken müssen, hm? Wenn ich Ende dieser Woche verkauft werde, dann ...«

»Du wirst nicht verkauft. Wie oft noch?« Ich gab einen genervten Ton von mir, als ich mich in meine Jeans quälte und meine abklingende Erektion schmerzhaft protestierte.

»Ihr seid solche Arschlöcher«, beleidigte sie uns mit zusammengezogenen Brauen. »Seht ihr gar nicht, dass das unter der Gürtellinie ist?«

»Wir bemerken es«, behauptete Jack.

»Wir ignorieren es nur«, stimmte ich zu. »Und jetzt zieh dich an, Lilith. Wenigstens bist du auf die Kosten von 'nem ordentlichen Fick gekommen.« Das hätte ich nicht sagen sollen.

Das sah ich ihr an. Als etwas in ihr zerbrach.

Und ich glaubte, Jack bemerkte es auch, da sie sich daraufhin aus dem Laken stahl und sich kommentarlos ihre Unterhose nahm, die auf dem Boden lag.

Sobald die Badezimmertür ins Schloss fiel, blickte er mir ins Gesicht.

»Dafür solltest du dich später besonders gut bei ihr entschuldigen«, riet er mir.

Ein Schnauben entkam meinem Mund. »Komm, lass Maya deinen Schwanz lutschen, Alter.«

Seine Mundwinkel zuckten, ehe er die Lippen mit der Zunge befeuchtete und einen Finger an sie legte. »Dir ist bewusst, sie ist entführt, versklavt und verkauft worden, oder? Findest du nicht, sie hat einen Grund für all ihre Gefühle? Noch dazu, dass sie völlig in dich verschossen ist.«

Ich verdrehte die Augen. »Bitte.«

»Ich meine es ernst«, sagte er. »Wenn du ihre Blicke ignorierst, dann ist das deine Sache. Ich jedoch sehe sie und denke mir, sie verdient mein Beileid dafür, dass sie auf so 'n Idioten wie dich steht.«

Noch mal die Augen verdrehend schnappte ich mir ein Kissen und bewarf ihn damit.

»Halt die Klappe«, brummte ich.

KAPITEL 17

LILITH

I ch hatte nicht unbedingt geplant, zu verschwinden.

Es war einfach passiert.

Derek hatte nach Jacks Abgang gefordert, ich solle mich abschminken, von all dem Geschehenen heute Abend runterkommen und versuchen, etwas Schlaf zu finden.

Als er allerdings im Badezimmer verschwunden war, war in mir eine Sicherung durchgebrannt.

Er hätte mich einweihen müssen. Mir vertrauen sollen.

Mich nicht benutzen wie ein Vieh auf der Schlachtbank, seiner Gnade ausgeliefert. Verflucht noch mal!

Derek hätte mich nicht *benutzen* dürfen wie eine Puppe. Wie einen Gegenstand in seinem Besitz.

Es ging nicht, dass er über meinen Kopf hinweg entschied und erwartete, dass ich seine Befehle einfach so hinnahm.

Ja, ich hatte ihm Gehorsam versprochen, doch ich hatte nicht zugestimmt, mir in solchen Belangen mein Menschenrecht absprechen zu lassen! Es war noch immer mein Körper!

Ich hatte gedacht ... es wäre echt gewesen.

Einen Moment hatte ich gedacht, Derek würde nur versuchen, das Beste aus unserer verzwickten Situation zu machen, und Jack hatte ... Sie hatten mir etwas vorgespielt. Mich laufen lassen, ohne zu sagen, welche Richtungen wir ansteuerten.

Als wäre ich es nicht wert, dass man mich einweihte.

Inzwischen war ich bei meinem dritten Drink heute Nacht angekommen, saß an der Bar, neben mir Joker, der gerade über seinen eigenen Witz lachte und es genoss, dass weit und breit kein gewisser Biker zu sehen war.

Es fühlte sich fast schon befreiend an.

Beinahe, als wäre ich auf einer schrägen Rock-Party. Dieser Club spielte ausschließlich Rock, Hard Rock oder Metal – und es passte zur Atmosphäre. Von der Aufmachung über die alte Theke und Bar bis hin zu den bunten Leuchten und der Nebelmaschine, die auf die Tanzfläche ausgerichtet waren. Von Rampage war keine Spur zu sehen, und das trug zu meiner ›Ruhe‹ bei. Der Ruhe nach dem großen Theater.

Ich hatte Sex mit Derek gehabt. Und keinen bequemen. Die Position hatte an meinen Muskeln in meinen Oberschenkeln und meinem Rücken gezerrt, sodass ich noch immer die Nachwirkungen spüren konnte. Davon abgesehen, wie fest er sich in mich gestoßen hatte ...

Als wäre mein Hirn völlig ausgeknockt, verschwamm mir immer wieder die Sicht vor Augen.

Ich wusste noch, dass sich meine Eingeweide immer wieder schmerzhaft zusammengezogen hatten. Dass ich Jack hatte anflehen wollen, Derek zum Aufhören zu bewegen.

Es hätte doch so viel angenehmer laufen können. Nur dann hätte ich Rampage gesehen, und das hatte Derek offensichtlich verhindern wollen. Das änderte jedoch nichts daran, dass er uns in diesem intimen Moment zugesehen hatte und Jack ebenfalls anwesend gewesen war.

All das – die Scham, meine verletzte Würde und meine aufgewühlten Gefühle – bereitete mir Bauchschmerzen. Wenn ich an Derek dachte und daran, dass ich heute Nacht wieder neben ihm schlafen musste, wurde mir übel.

Ich war keine Frau, die wegen ein wenig Körpernähe Emotionen entwickelte, aber Derek kroch mir unter die Haut, mit seiner groben Art, mir keinerlei Wahl zu lassen. Das gefiel mir und gefiel mir nicht.

Ich wusste nicht mehr, was ich empfinden sollte.

»Lachst du immer über deine eigenen Witze?« Kichernd legte ich den Kopf schief und schaute Joker an, während ich aus dem Cocktail trank, den Momma mir gemischt und ungefragt hingestellt hatte.

Noch immer hatte ich mein Outfit von heute Abend an, nur mein Make-up saß nicht mehr an Ort und Stelle.

»Ich finde mich ja auch besonders witzig«, bemerkte Joker, bevor er seinen Shot stürzte. »Was hast du jetzt noch vor?«

»Nicht zu Bett gehen«, nuschelte ich und klemmte mir den Strohhalm zwischen die Finger. »Kein Plan«, sagte ich laut, damit es Jokers Ohren erreichte. »Tanzen?« Grinsend deutete ich auf die Tanzfläche.

»Oh, das wird Derek nicht gefallen.« Seine tätowierten Mundwinkel verzogen sich zu einem raubtierhaften Grinsen. »Du solltest es definitiv tun, denn wenn man deinem Stöhnen glauben darf, stehst du drauf, den Arsch von ihm versohlt zu bekommen.«

Ich wurde zwar rot, legte den Kopf ansonsten aber nur auf die andere Seite schief und guckte ihn an, während er sich durch sein hellblondes, fast silbriges Haar strich und seine ganze Frisur durcheinanderbrachte.

»Ich mag es nicht, geschlagen zu werden.«

Er lachte kopfschüttelnd und sah mich an, ehe er seinen nächsten Shot hob. »Das habe ich mir auch mal gesagt, Lilith.«

Er prostete mir zu. »Ich steh nicht auf harten Sex.« Er verzog das Gesicht.

»Was ist passiert?«, fragte ich unüberlegt, da Neugier in mir aufgekommen war.

»Ich bin diesen Idioten begegnet und habe herausgefunden, wer ich im Innern wirklich bin.« Der Biker vor mir schaute mich intensiv an. Er ließ einige Zeit verstreichen und hielt mir dann seinen vorletzten Shot hin.

Ich stellte meinen Drink beiseite und nahm ihm das kleine Glas ab. »Wenn du nicht weißt, wer du bist, dann wirst du nie herausfinden, wer du sein könntest.«

Und schon wieder grinste er, bevor er sein letztes Shotglas gegen meines stieß. Wir tranken zeitgleich, und es brannte in meinem Hals, weswegen ich das Gesicht verzog.

»Geh tanzen«, forderte er mich auf. »Ich komm mit.«

Und wie er mitkam.

Es war absolut lächerlich. Er hampelte zur Musik wie ein Kind herum. Joker war die reinste Versuchung. Verspielt und mit guter Laune ansteckend.

Er war das totale Gegenteil von dem, was ich vermutet hatte. Doch er war genau das, was ich in diesem Moment brauchte.

Ich musste lachen, als er mich packte und uns im Kreis drehte. Die Menge brüllte zum Refrain mit, sie hüpfte, und trotzdem: Joker ließ sich nicht aus seinem Takt bringen.

Wir wankten, wir lachten, wir hatten *Spaß*.

Bis Buzz ihn zu sich winkte.

»Ich bin sofort wieder da!« Joker hob den Finger vor meine Nase, und ich lächelte breit, ehe ich scherzend und unüberlegt in seinen Finger biss und er wie ein kleines Mädchen aufschrie und seine Hand ausschüttelte.

»Böses Mädchen, tz tz.« Er wackelte mit ebenjenem Finger und lief rückwärts. »Quatsch keine fremden Männer an, Baby!«, rief er laut, und ich zuckte mit den Schultern.

Da ich nur Suppe zum Abendessen gehabt hatte, war ich nicht mehr unbedingt nüchtern, betrunken war ich aber auch nicht.

Im Augenblick genoss ich das Schwebegefühl und ließ mir in meiner ausgelassenen Stimmung nichts verbieten.

Joker war zwar nicht mehr da, aber das hieß nicht, dass ich mich nicht bewegen konnte.

Losgelöst guckte ich mich um und beschloss kurzerhand, mich in die Menge zu wagen und mitzumachen. Nur weil es nicht meine Musikrichtung war, hieß es nicht, dass ich nicht dazu tanzen konnte. Lachend drehte ich mich im Kreis.

Der Song wechselte, und Joker kam nicht wieder wie versprochen. Auch nicht zum nächsten Lied.

Dafür legten sich große Hände auf meine Hüfte und verweilten dort, während wir sprangen.

Ich dachte mir nichts dabei. Es war nur Tanzen. Nur Spaß.

Als ich mich umdrehte, schaute ich einem Riesen mit Buzzcut ins Gesicht, dessen Augenbraue eine Lücke hatte und in dessen Mundwinkel ein Piercing steckte.

Wir pogten, und er lächelte, als würde er es amüsant finden, mich so ausgelassen zu sehen.

»Derek«, stellte er sich mir vor, während das Lied wechselte, und ich lachte fassungslos, da ich realisierte, was er mir soeben für einen Namen genannt hatte.

»Lili!«, rief ich über die Musik.

Als Nächstes wurde Guns 'N Roses gespielt. Den Beat mochte ich. Vor allem, weil er rockiger als die Lieder zuvor klang.

Derek hielt mir die Hände entgegen, und so ergriff ich sie unbedacht und wir schwangen die Hüften.

Ich hatte immer noch keine Ahnung, wie man sich zu dieser Musikrichtung bewegte, aber ich mochte die Innigkeit und dass Derek genug Abstand zwischen unseren Körpern hielt.

Ganz im Gegensatz zu einem anderen Derek, an den ich nicht zu denken versuchte.

Meine Sicht verschwamm durch die viele Bewegungen und die Nebelmaschine, deren Schwaden mir unangenehm in den Augen brannten, immer wieder.

Kichernd knickte ich einmal in meinen Turnschuhen um, die ich angezogen hatte, bevor ich das Zimmer eines gewissen Bikers verlassen hatte. Auf die Stilettos gepfiffen, die mir Mr Grumpy aufgezwungen hatte.

»Lili?«, brüllte Derek, und ich trat nickend näher.

»Ja?«, entgegnete ich. Perplex hielt ich inne, weil er die Hand hob.

»Ich frag nur einmal, aber darf ich dich küssen?!«, rief er laut, und ich verschluckte mich überrascht.

Wir kannten uns nicht.

Nun ja, mit dem letzten Idioten hatte ich auch beschlossen, in die Kiste zu hüpfen. Mehr als eine Lektion würde das hier nicht werden, im schlimmsten Falle.

Erst schmunzelte ich, bevor ich den Kopf neigte und unüberlegt vortrat. Sobald ich meinen Mund auf seinen quetschte, seufzte ich. Er schmeckte nach Bier. Und Zigaretten.

Es war so niedlich, wie er seinen Mund sanft bewegte. Gar nicht das, was ich bei einem Riesen wie ihm erwartet hätte. Das fand ich in meinem aufgelösten Zustand großartig.

Kichernd drückte ich meine Lippen härter gegen seine und legte mir seine Hände um die Hüfte, damit ich mich unbeschwert an seinen breiten Oberkörper schmiegen konnte.

Das Lied ging zu Ende und wechselte. Wir knutschten weiter. Ohne dass ich mir Gedanken machte.

Joker kam nicht wieder zurück.

Mir sollte es recht sein.

»Möchtest du was trinken?«, rief Derek, als er sich von mir löste.

»Gern«, erwiderte ich, ergriff seine Hand, damit wir uns nicht verlieren konnten, drehte mich um – und erstarrte, da ich gegen den breit gebauten und wohlgeformten Körper des anderen Derek lief.

Schluckend schaute ich zu ihm auf.

»Hast du Spaß?«, fragte er mich mit hochgezogener Augenbraue.

»Du ruinierst mir das jetzt nicht«, sagte ich angesäuert. »Du hast heute schon genug ruiniert.«

Er erwiderte darauf nichts.

Und ich wagte es, Derek und mich um *Skill* herumzumanövrieren, und war zunächst erleichtert, dass es tatsächlich funktionierte.

»Wer war das?«, rief Derek, sobald wir bei der Menge an Leuten ankamen, die sich an der Bar tummelten.

»Der Stock in meinem Arsch«, behauptete ich aufgelöst und strich mir meinen Zopf zurück. »Mach's wie ich und ignorier ihn«, schlug ich vor.

Ich zuckte mit einer Schulter, während Derek über eben diese blickte.

»Das, ähm ... Er ist ein Mitglied der Demons, nicht wahr?«

»Warum?«, hakte ich skeptisch nach.

Er schluckte, und ich brummte enttäuscht, weil er bleich wie eine Wand wurde. »Ähm ... Es tut mir leid, Lili, aber ich will keinen Ärger.« Er guckte wieder zu mir. »Ich bin nur hier, um Spaß zu haben.«

»Ich will auch Spaß haben«, insistierte ich, ehe ich resigniert dreinblickte, da er allen Ernstes flüchtete.

Das war doch nicht sein Scheißernst, oder? Was für eine Lusche war er bitte?

Wer hatte jetzt noch Angst vor *Derek*?

»Toll!«, rief ich ihm nach. »Dann hab ich eben allein Spaß!«

»So, hast du das?«, sagte Skill hinter mir, und ich grummelte, während ich mich zu ihm umdrehte.

»Du gönnst mir auch keine zwei Minuten Ruhe.«

»Was *tust* du hier?!«

Sauer verdrehte ich die Augen. »Ich versuche, zu Atem zu kommen und mich so weit, wie es mir erlaubt ist, von dir zu entfernen.«

»Indem du andere Kerle küsst?!«

Weil er mich stark am Oberarm packte, zuckte ich zusammen. Schon zerrte er mich zurück in die Privaträume. Im Lager riss ich mich von ihm los und schaute ihn einen langen Moment zornig an.

»Indem *ich* das tue, worauf *ich* Lust habe«, verteidigte ich mich. Mein Puls hämmerte. »Du tust jetzt nicht so, als wäre ich dir plötzlich wichtig«, sagte ich ihm und hob den Finger. »Denn offensichtlich bin ich das nur, wenn ich mich dir nackt ausliefere, und ich bin es leid. Ich wollte ein wenig Spaß, ich habe ihn bekommen. Du und ich ... Du bist ein egozentrischer Arsch, der sich nur darum kümmert, seinen Willen durchzusetzen. Du akzeptierst kein Nein, lässt nicht mit dir reden, diskutieren schon gar nicht, und, oh, du bist dazu auch noch völlig besitzergreifend, obwohl wir beide wissen, du hast keinerlei Anspruch darauf.« Ich drückte ihm meinen Finger in die Brust und er sah erst auf diesen und dann in mein Gesicht.

Seine Miene wirkte zunehmend düsterer, doch in meinem angetrunkenen Zustand war es mir scheißegal, was dieser Mann von mir hielt.

Er hatte mich doch immerhin auch glauben lassen, es wäre *nur* ein Dreier.

»Du hast keine Ahnung, wer ich bin«, sagte er ruhig und besonnen.

»Weil du auch niemanden an dich ranlässt.« Ich lachte freudlos. »Es wundert mich, dass ich bis jetzt immer wieder nachgegeben habe. Dass ich geduldig war und gewartet habe, bis auch du und dein scheißkleines Erbsenhirn hinterherkamen. Aber das Einzige, was wohl gut zwischen uns war, war sexuelle Anziehung.«

Ich wusste, aus mir sprachen der Alkohol, verletzte Gefühle und eine Bitterkeit, weil er sich ständig vor mir verschloss und mir dann wieder Stücke seines wahren Ichs zufütterte.

Aber das alles eben hätte ich nicht sagen dürfen.

Als er hinter mich griff, sich meinen Zopf um die Faust wickelte und meinen Kopf steif in den Nacken zerrte, um sich über mich zu beugen und mich anstarren zu können, ächzte ich.

Meine Position tat nach nur wenigen Sekunden *sehr* weh.

Zunächst sagte er nichts, allein das ließ die kleine Stimme der Unsicherheit in mir stetig wachsen.

»Du glaubst, ich bin ein Monster?« Seine Iriden funkelten vor Zorn. »*Du hast keine Ahnung.*«

Ein Schnauben drang aus mir hervor, und ich drängte die Stimme der Vernunft in mir zurück, die mir weismachen wollte, ich sollte jetzt bloß nicht den Mund öffnen.

»Ich bitte dich«, meinte ich beleidigt. »Du klopfst Sprüche, schlägst mich, und was dann? Huh?!«

Als er noch ein klein wenig kräftiger an meinem Haar zog, keuchte ich.

Es vergingen mehrere Sekunden – und mir riss der Geduldsfaden.

»Fick dich, Skill«, beleidigte ich ihn schnaubend vor Wut, und seine Mundwinkel zuckten.

KAPITEL 18

LILITH

»Lass mich los!«, rief ich und keuchte. Mit voller Kraft zerrte ich an meinem Arm.

Skill gab keine Sekunde mit seinem festen Griff nach, sondern zwang mich dazu, weiterzulaufen, während ich versuchte, die Füße in den Boden zu stemmen.

Nach meiner kleinen Schimpftirade hatte er mich gepackt und angefangen, mich mit sich zu zerren.

»Du bist ein Monster!« Er beachtete mich kaum. Als wäre ich nichts als ... als ... ein kleines, dummes Mädchen.

Ich fiepste, weil Schmerz durch meinen Arm schoss, als Skill ruckartig stehen blieb und mich zu sich herumzog.

»Bisher war ich nachsichtig mit dir, Lilith.«

Mein Mund wurde ganz trocken, während ich in seine dunklen Augen blickte und diesen tödlichen Wirbelsturm darin entdeckte. Dahin war mein Übermut, der durch den Alkohol gekommen war.

»Du willst, dass ich das Monster bin? Fein.«

Nach Sauerstoff schnappend hob ich ruckartig die Hände, da er mir die Luft abschnürte.

»Der...ek.« Ich versuchte einzuatmen, wirklich, doch er verwehrte es mir. Zornig drückte er mich gegen die nächstbeste Wand und ich zappelte wie ein Fisch am Angelhaken.

Er hielt mich eisern im Griff, verweigerte mir jeglichen Sauerstoff, bis ich immer kraftloser wurde und mein Sichtfeld sich trübte.

Seine Augen betrachteten mich, ließen anscheinend keine meiner Regungen unbeachtet vorüberziehen.

Schwer schluckte ich gegen seine Finger, während er die freie Hand hob und mit dem ledernen Zeigefinger über meinen Wangenknochen strich.

Wimmernd kratzte ich mit meinen Nägeln über seine Hautoberfläche, aber er rührte sich kein Stück.

Der Sturm in seinen Augen tobte. Skills Griff war so eisern, dass ich unternehmen konnte, was ich wollte, ich schaffte es nicht, ihn zu lösen.

Bis ich meine Gegenwehr einstellte.

Er lachte leise, ehe er den Kopf schief legte. »War das schon alles, Lilith?«

Sobald er mich mit einem Ruck zu sich zog und sein Atem auf meine Lippen prallte, ächzte ich.

»Ich hätte *mehr* erwartet.« Schmunzelnd ließ er mich ruckartig los, gab mir jedoch keine Chance, mich wirklich von ihm zu lösen und abzuhauen. Er packte mich an den Haaren und zerrte mich mit sich.

»Derek«, flehte ich krächzend, bevor ich von ihm in sein Schlafzimmer gestoßen wurde.

Noch während er die Tür ins Schloss warf, den Schlüssel herausholte und abschloss, rieb ich mir die gereizte Kopfhaut.

Ich wich zurück, weil er auf mich zulief, und streckte die Hände schützend nach vorne aus.

Ein Laut entwich mir, der nicht pure Angst war, aber auch nicht nach Freude klang, als er mich drehte und ich mich mit dem Gesicht nach vorne auf der Matratze wiederfand.

»Nein!«, rief ich, ehe ich jaulend aufheulte, da er mir auf den Hintern schlug. Skill löste seinen Gürtel und ließ ihn auf mich niedersausen. Mir entfuhr ein Schrei und ich zuckte heftig zusammen. Tränen quollen über meinen Lidrand.

»Du hast es versprochen!«, krächzte ich, während Skill mir den Rock herunterzerrte.

Er antwortete nicht, stattdessen schlug er noch mal zu, und ich sah gleißend helle Blitze, bevor mein Kreislauf zusammenbrach und mir schwarz vor Augen wurde.

Als ich wieder zu mir kam, kribbelte alles vor Schmerz. Mein Rücken, mein Hintern, meine Beine. Selbst meine Arme.

Derek schlug noch ein viertes Mal zu, diesmal mit seiner behandschuhten Hand, nicht mit dem Gürtel, ehe er innehielt. Mein Herz zog sich schmerzhaft zusammen.

Er hatte gelogen. Er hatte sein Wort gebrochen.

War es denn je echt gewesen? Jemand, der mich beschützte, würde nicht auch derjenige sein, der mich verletzte. Oder?

Der Alkohol machte sich plötzlich bemerkbar, sodass ich mir eine Hand vor den Mund hielt. Ich konnte Skill genervt seufzen hören, noch bevor ich erneut aufstöhnte. Unsicher, ob es an der aufsteigenden Übelkeit oder an seinem Daumen lag, den er gegen meinen Slip drückte.

»Dich macht es feucht, wenn ich dich spanke, Lilith, hm?«

Zunächst schluchzte ich nur, ehe ich quietschte, weil er mich aufrecht neben das Bett stellte und erneut fest in mein Haar griff.

»Auf deine Knie.« Es klang fast wie ein Knurren und ich riss die Lider auf.

»Was?«, hauchte ich fassungslos.

Er drückte mich am Schopf hinunter, bis mein Körper

nachgab und ich mit den Knien den unbequemen Linoleumfuß-
boden berührte.

Mit abgehackter Atmung schaute ich zu ihm auf, während
er seine Jeans öffnete und herunterzog – seine Boxershorts
folgte.

»Tu das nicht«, flehte ich heiser und presste mit rasendem
Herzen die Lippen fest aufeinander. Mir war immer noch
schwindlig, wenn auch wenigstens die Übelkeit verschwunden
war.

»Sei eine brave Schlampe und öffne den Mund, bevor ich
dich zwingen muss.«

Ich wich mit dem Kopf nach hinten aus, doch Skill packte
mein Haar, sodass ich keuchte.

»Mach den Mund auf!«

Mein Körper, verräterisch, wie er war, gehorchte seinem
Befehl. Kaum hatte ich die Lippen weit genug geöffnet, da schob
er seinen Schwanz meinen Hals hinunter.

Erst brannte es höllisch, dann musste ich nur noch würgen
und daraufhin versuchte ich zu husten. Was sich als schwierig
herausstellte, mit ihm in meinem Mund.

Aber Derek kannte kein Erbarmen. Er nahm sich, was er
wollte. Ohne Rücksicht.

Die nächsten Tränen stiegen in mir auf. Mein Körper genoss
das hier trotzdem. Gegen meinen Willen, gegen meinen Kopf,
gegen mein Herz. Er genoss, was Skill mit ihm tat. Und ich
genauso.

Speichel tropfte aus meinen Mundwinkeln, und mein Herz
hämmerte unaufhörlich, solange er mich benutzte.

Mir wurde furchtbar heiß und ich noch feuchter. Kaum
aushaltbar. Mir entkam ein würgender Laut, kleine schwarze
Punkte stahlen sich an den Rand meines Sichtfeldes und
rückten sich immer stärker in den Vordergrund. Ich bekam keine
Luft.

Der Biker stöhnte, vergrub sich, wenn möglich, noch tiefer, in mir, indem er meinen Kopf näher zu sich zerrte.

»So ist's gut, Lilith. Schluck ihn.« Er keuchte und zog sich ein kleines Stück zurück, bevor er erneut in mich stieß. »Macht's dich feucht, hm? Zu wissen, dass ich dein Leben in meinen Händen halte? Sieh dich nur an.« Er gab einen erregten Ton von sich, und meine Sicht verschwamm, während ich nach oben in sein Gesicht blickte. Es war zu viel. Ich musste mich zwingen, mein Hirn auszuschalten.

Wenn ich das nicht tat, würden die Schäden unumkehrbar sein. »Du schluckst meinen Schwanz wie meine persönliche kleine Hure.«

Nein, ich war keine Hure. Zumindest nicht ... Ich war keine Hure.

Skill atmete laut und abgehakt. »Es ist so perfekt.« In immer kürzeren Abständen stieß er hinein und zog ihn heraus, doch nie genug, damit ich nach Luft schnappen konnte. »Gefällt es dir, benutzt zu werden?«

Er kannte die Antwort, genau wie ich.

Aufstöhnend versteifte er sich und ich krächzte erstickt. Ich spürte, dass es mit meinem Bewusstsein gerade brenzlig wurde, da ließ er sämtlichen Druck heraus und sein Sperma flutete meinen Hals.

»Gott!« Er stöhnte und glitt aus mir heraus. Erst schluckte ich, doch dann schnappte ich hustend nach Luft. Meine Lunge schmerzte.

Er ließ mir ein paar Atemzüge, und als ich wortlos wieder zu ihm aufschaute, verdunkelte sich seine Miene.

»Mund auf.« Ich winselte, während ich nicht verstand, was hier passierte. Das wollte ich nicht. Und ich wollte es doch. Das sollte nicht passieren. Es sollte mich nicht so erregen, von ihm zu einem Blowjob gezwungen zu werden. Und doch war es so. Es machte mich verflucht an.

Ich wollte Derek meine Zustimmung nicht geben – auch wenn es bedeutete, mich selbst zu belügen. Mein Herz hatte es bereits getan, und es schmerzte von seiner Behandlung und ließ es trotzdem mit offenen Armen geschehen.

»Mund auf!« Sobald er mich dazu drängte und meinen Mund betrachtete, ächzte ich heiser. Ich atmete schwer, während er seinen noch immer harten Schwanz auf meiner Zunge ablegte. »Leck. Ihn. Sauber.«

Diese Genugtuung wollte ich ihm nicht geben. Wirklich nicht. Deswegen ließ ich die Zunge, wo sie war – in meinem Mund.

»Noch immer nicht genug?« Ohne Vorwarnung packte er meine Oberschenkel und beförderte mich auf die Matratze. »Dreh dich auf den Rücken!« Zitternd kam ich seiner Forderung nach. »Wer sich wie eine Schlampe verhält, wird wie eine behandelt.«

»Derek, bitte«, flehte ich leise.

»Fürs Betteln ist's zu spät.« Seine Finger wischten mir grob mit dem Daumen Tränen von der Haut. »Mund auf, Hure.«

»Nein.«

Doch er umfasste mit einer Hand seinen Schwanz und massierte ihn, während er mit der anderen in mein Haar griff. »Du wirst den Mund öffnen, Lilith. Ob freiwillig oder nicht«, drohte er, und ich öffnete meine Lippen trotz der Proteste meines Kopfes.

Ich stöhnte, als seine Erektion in meinen Mund zurückkehrte und wieder anschwoll.

Skill wartete anscheinend darauf, dass ich zu zittern aufhörte, bevor er sich über mich stemmte und mir die Sicht auf die graue Decke nahm. Ich blickte gegen seine Oberschenkel, währender er in mich stieß und ich nichts tun konnte, als ihn machen zu lassen.

Auch darauf reagierte mein Körper, der protestierte und langsam an seine Grenzen kam.

Skill lachte angestrengt und stieß ein wenig fester zu. Mein Körper wurde taub, während Skill meinen Slip herunterzog.

Kurz darauf kommentierte er meinen jämmerlichen Zustand. »Wie nass du allein davon bist, dass ich dich benutze, Lilith. Du lügst wie gedruckt.«

Schmerzerfüllt stöhnte ich auf und musste mich zurückhalten, nicht zuzubeißen, als er ausholte und ein blendender Schmerz von meiner Mitte aus bis in meinen Unterleib zog.

»Meine kleine Schlampe.« Wieder stöhnte ich laut auf, noch bevor seine Finger mir mitten auf den Kitzler schlugen.

Meine Muskeln zogen sich zusammen und meine Lider schlossen sich, als er schnaufte und seine Finger in meiner Mitte vergrub.

»Fünf Schläge, Lilith. Da du gerade nicht mitzählen kannst, werde ich das für dich übernehmen.«

Ich schrie auf, als er die Finger wieder aus mir zog und zuschlug. Auf meine Mitte. Auf meine nackte, entblößte und verletzliche Mitte, die in den letzten zwei Tagen ohnehin schon genug gereizt worden war.

»Eins«, zählte Derek, und mein Kopf drückte sich nach hinten, da erneute Pein gleißend hell von meiner Mitte in meinen Unterleib zog.

Sie war nicht bittersüß, sie war höllisch. Weil ich mir mehr wünschte.

»Derek!«, flehte ich und würgte, weil er sich wieder tief in meinen Rachen drückte.

»Das kommt davon, wenn mein Eigentum der Meinung ist, eine fremde Zunge in ihren Hals zu lassen.« Meine Proteste waren jämmerlich, während er erneut zuschlug und sich alles in mir zusammenzog. Meine Sicht verschwamm. »Zwei«, zählte er und wartete, bis der Schmerz abnahm. »Drei«, warnte er mich vor, bevor er wieder zuschlug. Ich stöhnte auf und lief währenddessen aus. »Du lügst uns beide an. Bisher hat dich keine Handlung von mir derart feucht gemacht ... denn das hier ...« Blitze tanzten vor meinen Augen, als er noch mal zuschlug und sich erneut alles in mir zusammenzog. Nur diesmal so intensiv, dass Skill sich perplex aus meinem Mund zurückzog, weil ich mich verkrampfte. Er lachte leise, klang angestrengt und gehetzt. »Fünf.« Er schlug erneut zu, und das Zittern, das durch meinen Körper ging, intensivierte sich und ich stöhnte erschöpft auf.

Meine Atmung kam hektisch und mein Puls raste.

Die dunklen Blitze, die über mein Sichtfeld jagten, hörten nicht mehr auf.

War ich überhaupt noch bei Bewusstsein?

Geschah das hier wirklich?

Ich wünschte, ich wüsste es.

Ich wünschte, ich wüsste, dass das hier meiner vollsten Zustimmung entsprach.

Skill packte mich ein weiteres Mal, was ich ohne Protest geschehen ließ, weil ich noch zu sehr damit beschäftigt war, nach Luft zu schnappen – jetzt, da er meinen Mund freigegeben hatte.

Allerdings schrie ich widerstrebend auf, weil seine Schwanzspitze in mein Loch eindrang.

»Bitte.« Ich streckte meine kribbelnden Finger aus, ehe er sie fest packte und meine Handgelenke mit seinen Händen umfasste.

Noch immer außer Atem hob ich schwerfällig den Kopf und blickte ihm ins Gesicht.

Ich musste einen erbärmlichen Anblick abgeben.

Er schwitzte und atmete beinahe genauso fieberhaft wie ich. Vor Lust. Vor Wut. Vor unbändiger Energie.

»Hab ich dir erlaubt ...« Ich schrie laut, da er in einem Zug in mich stieß.

»... zu kommen?!« Mit all seiner Kraft zerrte er mich an meinen Handgelenken zu sich und wiederholte es immer wieder, sodass ich gequälte, aber auch erregte Laute von mir gab.

Skill wich mit seinem Becken nach hinten aus und glitt dann wieder in mich.

»Derek!«, sagte ich heiser seinen Namen und flehte, er würde meinen gereizten Körper ein wenig schonen.

»Ich hab dir nicht erlaubt, zu kommen, du verräterische kleine Nutte.« Er stürzte sich auf mich und begrub mich unter sich, sodass mir ein Keuchen entwich, als mich sein Körpergewicht traf.

Dann packte er mein Haar und hob meinen Kopf an, damit ich ihm in die Augen sehen musste, während er sich wieder und wieder in mir versenkte und ich die Orientierung völlig verlor.

»Du bist meins«, knurrte er und stieß sein Becken hart gegen meins. »Sag es!«

»Ich ... bin deins«, flüsterte ich erschöpft, bevor er in mir innehielt.

»Noch mal!«, forderte er mich auf, und ich stöhnte vor Lust.

»Ich bin deins«, wiederholte ich leise, denn zu mehr war ich durch meine geschundene Kehle und das viele Schreien und Stöhnen nicht mehr in der Lage.

»Verdammt richtig, Lilith«, stimmte er mir aufstöhnend zu, und alles in mir verkrampfte sich, während mich erneut ein Orgasmus überrollte.

»Ich denke, ich behalt dich einfach, denn so gut wie du hat mir selten eine Frau ihren Körper überlassen.« Er lachte.

Der Bastard lachte.

Er stöhnte und ich zog mich erneut pulsierend um ihn herum zusammen. Sprachlos öffnete ich den Mund, während er mir tief in die Augen schaute und seine Stirn gegen meine lehnte.

»Du bist mein dreckiges Spielzeug, vergiss das nicht, Lilith.

Gehorsam. Du leistest *mir* Gehorsam.« Dann presste er seine Lippen gegen meine.

Derek keuchte mir in den Mund, verkrampfte sich und ließ ruckartig von meiner gereizten Perle ab, die er sanft massiert hatte. Ich war so reizüberflutet, dass ich kaum bemerkte, dass er aufhörte.

»Lilith«, stöhnte er. »Du fühlst dich so perfekt an.« Derek gab mir einen letzten Kuss.

Und mein Schädel war wie leer gefegt.

Ich wusste nicht, was ich denken sollte, während er mich schluckend betrachtete. Mich. Mit Tränen auf den Wangen, dem geschundenen Körper.

»Erinner dich beim nächsten Mal daran, wenn du einem anderen Kerl die Zunge in den Hals steckst«, raunte er mir zu, ehe sein Gewicht von mir verschwand und seine erschlaffende Erektion gleich mit.

Ohne eine Reaktion schaute ich für einen langen Moment in Richtung Decke.

Er hatte mich benutzt. Und ich hatte es nicht nur zugelassen, ich hatte es auch noch genossen.

Was sagte das nur über mich aus?

Kapitel 19

Skill

Hatte ich es zu weit getrieben?

Lilith war so still. Seit zwei verdammten Tagen.

Sie redete mit niemandem.

Als ich am nächsten Morgen wach geworden war, war sie bereits angezogen gewesen. Hatte Make-up aufgelegt, um zu verstecken, was ich mit ihr angestellt hatte. Sie hatte die kleinen dunklen Male verdeckt, die ich auf ihr hinterlassen hatte.

Doch so verängstigt, wie sie geschaut hatte, hatte es das Monster in mir nur darin beflügelt und bestärkt, noch härter mit ihr umzugehen.

Lilith mochte den gröbsten Sex ihres Lebens genossen haben, aber ich wusste nicht länger, ob sie es gewollt hatte. Denn während ich sie betrachtete, im Bad, als sie sich wusch und an ihre Schulter fasste, auf der sie meine Gürtelschnalle getroffen hatte, waren erneut Tränen über ihre Wangen gelaufen.

Ich bereute, was ich getan hatte. Bereute es, weil sie es nicht gewollt hatte. Weil ich ihr ihre Wahl vor Zorn abgesprochen hatte.

Das hier war nichts im Vergleich zu der Nummer vor Rampages Augen gewesen oder dem Oralsex davor. Oder meinen Schlägen auf ihren Hintern.

Ich wollte nur ... Gott, sie sollte mit mir reden. Mit irgendjemandem!

Im Augenblick saßen wir beim Frühstück. Sie war vor ein paar Minuten aufgestanden, um Wasser in der Küche aufzukochen.

Ich betrachtete ihre blasse Erscheinung, als sie wieder in den Club trat.

Rampage schmunzelte, ehe er blind plötzlich die Hand ausstreckte und sie am Weitergehen hinderte.

Ich stellte meine Tasse ab, beobachtete die beiden genau.

Alle anderen sprachen weiter miteinander, als würde gerade nichts am Kopf des Tisches passieren.

»Wie wäre es, wenn du die heutige Nacht bei mir verbringst, hm?«

Fest biss ich die Zähne aufeinander, weil er ihr einen Klaps auf ihren Arsch gab.

Lilith zuckte heftig zusammen, ihre Miene verzog sich kein Stück.

Buzz neben mir schaute auf, Jack brach seinen Satz ab.

»Ey, komm, muss das sein, Ramp?«, fragte Joker kauend. »Lass das Mädel doch mal in Ruhe frühstücken und belästige sie nicht gleich am Morgen.«

Unser Präsident kicherte, bevor ich mein Buttermesser fest umfasste, da seine Hand zwischen ihre Beine glitt.

Lilith verzog noch immer keine Miene.

Warum zur Hölle unternahm sie nichts?!

»Sind Spielzeuge nicht genau dazu da? Um mit ihnen zu spielen?«

Liliths Wangen wurden rot, die Hand um den Wasserkocher zitterte.

»Ich hab gehört – nein, wir alle haben gehört –, was ihr für einen Spaß die letzten Nächte hattet. Wenn sie schon so experimentierfreudig ist, lass sie doch gleich durch all unsere Betten hüpfen, hm?«

Lilith keuchte schmerzerfüllt, als Rampage ihr kräftiger auf ihren Knackarsch schlug.

Ich konnte mich nicht kontrollieren, so schnell stand ich auf. »Rampage, nimm deine Finger von ihr«, knurrte ich um Ruhe bemüht, und er drehte mir das Gesicht zu.

Die Hand zwischen ihren Beinen ließ er nicht sinken.

Bones neben ihm lehnte sich in seinem Stuhl zurück, besah sich die beiden.

Die Mundwinkel meines Präsidenten zuckten, ehe die Finger, die eben noch zwischen ihren Beinen gewesen waren, nach ihrer Bluse griffen, die ich ihr besorgt hatte. Er zog sie ihr aus dem Bund ihrer Hose, strich über die nackte freigelegte Haut.

»Bones, warum fängst du nicht an?«, schlug er vor. »Lilith soll hervorragend blasen. Du stehst doch so auf Blowjobs.«

Einige, darunter Jack, sahen verwirrt zu Bones, als dieser taktlos lachte.

»Sie ist nicht mein Typ, egal wie fickbar ihr Mund ist.«

»Alter«, entkam es Joker.

»Was? Nur weil du alles fickst, was nicht bei drei auf den Bäumen ist, muss ich das nicht auch tun. Abgesehen davon mag ich benutzte Ware nicht. Skill hat sie doch ohnehin schon vergewaltigt, was will man ihr noch Schlimmes antun? Sie beim Sex aufschlitzen?«

Was redete er da für einen Blödsinn?

Bones seufzte. »Lass das arme Mädel los, Alter. Sie ist nichts wert.«

Buzz schnaubte, während einige, unter anderem ich, Lilith ins Gesicht sahen.

In ihren Augen schwammen Tränen.

»Du hast sie vergewaltigt?« Buzz drehte mir den Kopf zu.

Mann, ich war so ... zornig gewesen.

Sobald ich aus der Dusche getreten war, hatte ich bemerkt, dass sie fort gewesen war. Dann entdeckte ich sie ausgerechnet mit diesem Kerl, den sie geküsst hatte. Dem sie ihre Zunge in den Hals gesteckt hatte. Ich war so verflucht sauer geworden, dass ich rotgesehen hatte.

Aber ich hatte sie nicht vergewaltigt. Sie hatte mitgemacht. Ihre Hände hatten mich umklammert, als wäre ich das Einzige, das ihr den benötigten Halt gab.

»*Bitte!*« Ich schloss kurz die Augen, als ihr verzweifeltes Keuchen in meinem Kopf widerhallte.

Ich versuchte, mir einzureden, sie hätte es genossen. Aber das änderte nichts an dem Fakt, dass sie mir womöglich *nicht* ihre Zustimmung gegeben hatte, sie so hart zu nehmen.

Es zerfickte mein Gehirn.

Mir wurde das zu viel.

Rampage kicherte, während Bones am anderen Ende wieder irgendetwas sagte.

»Hör auf, Rampage«, sagte ich, bemüht, das Zittern in meiner Stimme zu unterdrücken. »Du erst recht, Bones. Was fällt dir ein, zu behaupten ...«

»Bitte!« Bones schnaubte, lachte erneut. »Ich hatte mit dir was zu besprechen, öffne die Tür und sehe, wie du sie zwingst, dir den Schwanz zu lutschen. Sie hat erbärmlich geheult. Das will man von einer Schlampe in seinem Bett nicht.«

Joker ließ klirrend seine Tasse auf den Tisch fallen, wo sie umkippte. Er fluchte und begann hektisch, alles aufzuwischen.

Alle am Tisch hielten inne, schauten entweder zu mir oder ihr.

»*Was* hast du getan?«, fragte Buzz fassungslos.

Tief sog ich den Sauerstoff in meine Lunge ein. Ich musste mich daran erinnern, die Maske nicht fallen zu lassen. Ein falscher Schritt, und Rampage würde mir Lilith wegnehmen. Er wartete nur darauf. Man sah es ihm an. Er bereute, sie mir überlassen zu haben.

Bones würde ihm noch in die Karten spielen, wenn er sein Maul nicht hielt. Der Idiot war womöglich schon wieder drauf, ich konnte es nicht fassen.

»Sie sollte lernen, wo ihr Platz ist«, antwortete ich Buzz mit resigniertem Tonfall.

Lilith atmete neben Rampage hörbar ein.

Joker hob seine Kaffeetasse wieder und betrachtete Lilith intensiv. »Indem du sie vergewaltigst?«, fragte er beängstigend ruhig.

Jack sah mich an, als würde er mich gleich niederringen und mir das Buttermesser in den Hals rammen. Ich wünschte, er würde es einfach tun.

»Was kümmern wir uns überhaupt darum?« Rampage trank seinen Latte Macchiato aus, bevor es laut knallte und Lilith keuchte, weil er ihr noch mal auf ihren Arsch geschlagen hatte. »Sie hat's doch nicht anders verdient.«

Noch mal schloss ich meine Lider, um mich zu besinnen. Sofort öffneten sie sich allerdings, weil Lilith sich ruckartig in Bewegung setzte und mit dem Wasserkocher in der Hand den Raum verließ.

»Ich finde, langsam reicht's«, mischte sich Blue ein, der ihr nachsah, und drehte seinen blauen Schopf nach rechts. »Rampage, wir müssen uns dringend überlegen, wie es *jetzt* mit ihr weitergeht, und nicht erst in einer Woche.«

Blues Blick streifte meinen, bevor er sich seinen Tee nahm.

»Ich lass mir was einfallen«, sagte Rampage. Er schmunzelte, während sein Blick meinen kreuzte. »Ich hab schon fast vergessen, wie sehr du Frauen zum Schreien bringst, Skill.« Ich presste die Lippen aufeinander. »Wir sollten überlegen, Sculley vielleicht 'ne Kostprobe seiner eigenen Medizin zukommen zu lassen.«

Um bloß die Klappe zu halten, sog ich noch mal ganz tief die Luft ein.

Dieser Wichser war doch nur Präsident, weil ich ihm die Chance dazu eingeräumt hatte. Ohne mich wäre er noch immer auf seinem jämmerlichen Posten und würde unsere Drogenrouten fahren.

»Was, glaubst du, machst du da?«

Lilith gab einen keuchenden Laut von sich, als ich hinter Jack in mein Zimmer lief und er sie vom Bett zerrte.

»Sie keine Sekunde länger in deiner Obhut lassen.«

Ich trat ihnen in den Weg. »Das hast du nicht zu bestimmen.«

»Skill, dein Ernst?!«, entgegnete er aufgebracht. »Ich verlier den Glauben.« Er schüttelte den Kopf. »*Das* war zu viel.«

»Oho, und das sagst du Moralapostel mir, der regelmäßig für seine dreckigen Gelüste das Bordell aufsucht?!«

Die todernste Miene, mit der er mich betrachtete, machte mir bewusst, dass ich Salz in eine Wunde gestreut hatte, von der ich nicht gewusst hatte, dass sie existierte.

Mein Herzschlag hämmerte gegen meine Rippen. Sobald Jack sich in Bewegung setzte, stellte ich mich ihnen beiden erneut in den Weg.

»Du nimmst sie mir nicht weg«, sagte ich ihm.

Seine Brauen zogen sich zusammen, bevor Lilith wimmerte, da er sie mir vor die Nase zerrte und ihre blauen Augen zu mir aufsahen. Flehend. Eingeschüchtert. Verängstigt. Wie ein Sturm ohne Ende.

Es verging ein langer Moment. Ich stand vor ihr wie eingefroren.

»Sieh sie dir an«, befahl mein bester Freund ernst. »Hätte Johnny gewollt, dass du ihr *wehtust*?«

Knirschend presste ich meine Zähne aufeinander, während Lilith schluckte.

»Sie hat es genossen«, stellte ich klar. »Sie hat es genossen«, wiederholte ich leise und musste den Blickkontakt unterbrechen. Denn ihre Augen sprachen eine ganz andere Wahrheit als jene, welche ich mir erhofft hatte.

Warum hatte sie sich dann so Hilfe suchend an mich geklammert? Warum hatte sie meine Handgelenke gepackt, als würde sie über einer Klippe baumeln und ich wäre ihre Rettung?

»Lilith?« Jack atmete tief ein. »Soll ich dich in mein Zimmer bringen?«

Aus dem Augenwinkel bekam ich mit, wie sie einmal nickte, bevor er sie an mir vorbeizog und ich die beiden gehen ließ.

Ich verstand es nicht.

Sie hatte es genossen.

Sie hatte sich mir hingegeben.

Ich hätte doch gestoppt, wenn ... wenn sie denn wirklich gezeigt hätte, dass sie es nicht will.

Um Ruhe bemüht sog ich den Sauerstoff ein, ehe ich zur Tür ging und sie öffnete. Beinahe stieß ich mit Joker zusammen, der gerade die Faust erhoben hatte, um anzuklopfen.

Als er wortlos an mir vorbeilief und in mein Zimmer eintrat, schluckte ich.

»Bist du auch hier, um mir eins reinzuwürgen?«, fragte ich leise und schloss die Tür gleich wieder hinter ihm.

»Vergewaltigung?«, sprach er es direkt an. »Wir vergewaltigen nicht. Was zur Hölle läuft falsch bei dir?«

Mit schweren Schritten ging ich zu meiner Kommode und holte mir aus der obersten Schublade Taschentücher, ehe ich meine Nase einmal schnäuzte.

»Rede!«, forderte er mich auf. »Verdammt, rede, Derek.« Er fuhr sich über sein Gesicht und die blonden Bartstoppeln.

Was sollte ich schon sagen? Ich wusste es im Moment selbst nicht.

Kapitel 20

Lilith

Warum Jack geglaubt hatte, ich würde eine typische RomCom amüsant und interessant finden, wusste ich nicht. Entspannend war es nicht, zuzusehen, wie ein Paar sich stritt. Eher im Gegenteil.

»Lilith.« Unbeteiligt schaute ich zu Jack, der wieder zur Tür hereinkam und direkt auf das Tablett mit Essen guckte. Da ich keinen Hunger gehabt hatte, hatte ich es nicht angerührt. »Du hast nichts gegessen.«

Ich seufzte und sah zurück zum Laptop, auf dem Netflix eingeschaltet war. Er hatte das WLAN abgeschaltet und das Passwort geändert, damit ich nichts Dummes tat. Wie zum Beispiel zu posten, was Skill mit mir getan hatte, damit es bloß die ganze Welt erfuhr.

Mit meinen widersprüchlichen Gedanken, ob es derber, roher Sex oder eine Vergewaltigung gewesen war, kämpfte ich noch immer.

So viel war sicher, ich war stinksauer auf Derek. So schnell wollte ich ihn nicht wieder an mich heranlassen.

Jack klappte den Bildschirm herunter und kniete sich vor sein Bett. »Komm, ich hol dir eine Jacke.« Leicht zog ich die Braue hoch. »Wir werden jetzt eine Spritztour machen. Frische Luft wird dir guttun.«

Vor Tagen hätte ich noch danach gelechzt, aber jetzt war es mir egal. Ich wollte nur, dass das Gedankenkarussell in meinem Kopf Ruhe gab.

Nachdem ich mich von Jack hatte einkleiden lassen, wurde ich aus dem Gebäude heraus in eine Garage geführt, wo eine *Menge* Motorräder standen, darunter auch Harleys.

Tief einatmend nahm Jack sich einen Schlüssel und zwei Helme.

»Bist du je auf einem Motorrad gefahren?« Mit einem Finger kratzte ich mich am Hinterkopf und verneinte. »Es wird dir gefallen«, versprach Jack mir und lief zu seiner Maschine. Irgendein Modell, das grün war und eine einzelne Blume auf dem Tank hatte. Die Outlines der Blütenblätter waren weiß.

Er setzte sich den schwarzen Helm auf und streckte mir dann die Hand entgegen.

»Du brauchst keine Angst haben«, sagte er ruhig. »Ich bin nicht Skill.«

Seufzend hob ich beide Augenbrauen und setzte mir den Helm auf, bevor ich seine Hand ergriff und mich hinter ihm auf das Gefährt schwang.

Auch er hatte mich benutzt. Benutzt, um zu beweisen, dass ich nichts weiter als ein Spielzeug war.

Nur mein Zorn auf Derek ließ alles verblassen. Selbst meine Wut auf Jack.

Stumm schlang ich meine Arme um den Oberkörper des Bikers vor mir und hielt mich an ihm fest.

Ich wünschte, meine erste Fahrt auf einem Motorrad wäre schöner gewesen, aber wirklich spektakulär war sie nicht.

Es regnete, es war kalt, es war nass. Die Gegend, in die er mich brachte, war auch nicht sonderlich prickelnd, weil es dort zu viel Matsch gab.

Als wir hielten, vom Motorrad stiegen und losliefen, ließ er die Stille und den Regen für sich sprechen.

Es wurde unerträglich, sodass es nicht lang dauerte, ehe ich mein tagelanges Schweigen brach.

»Ich weiß nicht, ob es eine Vergewaltigung war«, gestand ich ihm leise und räusperte mich.

Er atmete tief ein und schaute auf den Matsch hinab.

»Wolltest du es?«, fragte er. »Damit meine ich, ob du es *wirklich* wolltest. So behandelt werden. Gegen den eigenen Willen.«

Ich schluckte schwer und blickte über das verwaiste Feld, das wir eben erst hinter uns gelassen hatten. Es gab hier keine Menschenseele. Es war friedlich.

»Ich mag Derek«, sprach ich es das erste Mal aus. »Ich habe Sachen hinterfragt, die ... ich fühle.« Ich sah auf meine Fingernägel. Sie hatten jetzt ein paar Wochen keine Pflege mehr erhalten und sahen dementsprechend aus. »Er hat ... Er war bis dahin immer ... auszuhalten, aber ... intensiv.«

»Harter Sex ist nicht für jeden etwas«, sagte er leise. »Er wird dich nicht erneut anfassen, wenn du es nicht möchtest.«

Nachdenklich hob ich den Kopf.

»Warum interessiert dich das überhaupt?« Ich verzog das Gesicht, während er den Kopf fragend schief legte. »Du bist einer von ihnen, Jack«, stellte ich klar. »Du hast mich benutzt. Du hast mir weisgemacht, dass es okay ist, nur um dich am Ende darüber lustig zu machen.« Jack schluckte sichtlich schwer. »Ihr wisst alle, was am Ende mit mir passiert.«

Schnaubend nickte er. »Ich habe dich benutzt«, stimmte er zu. »Denn wenn ich es nicht hätte ... Wenn ich mich zurückgehalten hätte, dann hätte Rampage hinterfragt, was ich dort mache. Was Derek macht. Es sieht jeder Blinde, dass ihr Gefühle füreinander habt. Und das ist das Problem. Ich habe deine Reize ausgenutzt, damit es so aussah, als würde es nicht zählen, was du empfindest.«

Leider verstand ich nicht genau, was er mir damit sagen wollte.

Aber eine Sache wusste ich dennoch.

»Ich will nicht zu ihm zurück«, verriet ich Jack. »Nicht wenn ... wenn er mich so behandelt.« Mit der Hand rieb ich mir über meine Nase. »Er hat mir wehgetan, Jack.«

Er atmete tief ein und betrachtete mich. »Hat er dich verge-waltigt?«

Langsam schüttelte ich den Kopf. »So fühlt es sich nicht an«, erwiderte ich. »Aber ... ich kann nicht atmen, wenn ...« Ich schloss meine Lider, als ich Druck dahinter spürte. »Er hat mir *so* wehgetan«, sagte ich noch einmal.

Noch immer waren die Striemen auf meinem Rücken knall-rot. Noch immer sah man unter dem Make-up die Male der Schandtaten, die er auf meinem Körper hinterlassen hatte.

Jack neigte einmal den verwuschelten Schopf. »Ich kann dich zurück ins Clubhaus bringen«, bot er mir an.

»Oder?« Meine Stirn legte sich in Falten.

»Oder ich bring dich nach Hause, Lilith.« Mein Herz machte einen Satz und ich sah ihn überrascht an.

Er würde mich ... nach Hause bringen? Zu Veronica ... Zu meiner Mutter. Es war gefühlt schon so lange her. Seit Wochen war ich in diesem Albtraum gefangen.

»Rampage wird dich umbringen«, meinte ich zögerlich. »Er ...«

»Du würdest vor beiden in Sicherheit sein«, unterbrach er mich. »Und ich denke nicht, dass Rampage mich umbringen wird.« Er lächelte leicht und legte den Kopf schief. »Nach

Hause, nicht wahr?« Sofort nickte ich. »Okay.« Er hielt mir die Hand hin.

Und ich ergriff sie, ohne zu zögern.

Er führte mich den Weg zurück, und ich sah schon Jacks Motorrad, doch ich schluckte, da ich daneben ein mattes schwarzes Bike entdeckte und Derek, der an einem Zaun lehnte.

Das war's mit zu Hause.

KAPITEL 21

LILITH

Schluckend schaute ich unsicher zu Jack, der meine Hand nicht losließ.

Dereks Nase war rot, während er aufs verlassene Feld hinausblickte, nachdem er unsere Hände betrachtet hatte.

»Gib uns fünf Minuten«, bat er, als Jack mich an ihm vorbeiführte.

»Wieso sollte ich?«, entgegnete dieser sofort.

Derek seufzte. »Ich meinte Lilith«, bemerkte er und ließ den Kopf hängen. »Ich möchte mit dir reden, Jack.«

Jack hielt mit mir an und atmete tief ein, ehe er mich ansah.

Mit dem Kopf nickte ich in Richtung Derek. Nur weil ich ein Problem mit ihm hatte, musste Jack es nicht haben.

Ich wollte nicht zwischen den beiden stehen und Risse in einer jahrelangen Freundschaft verursachen.

Egal, wie ich zu Derek stand – und dessen war ich mir selbst nicht einmal sicher –, Jack war sein eigener Herr.

Er ließ mich los und trat zu Derek.

Demonstrativ drehte ich mich fort, um ihnen ein wenig Privatsphäre zu geben, aber ich hörte ohnehin nichts.

Sie zankten leise. Wortwörtlich zankten. Ab und an hörte ich ein Wort, das einer von ihnen zischte.

Es war eigenartig. Eine Männerfreundschaft.

Nach der Diskussion schien der Punkt zu kommen, an dem sie sich vertrugen – ohne Umarmung, es gab nicht mal einen Handschlag –, und plötzlich guckten sie mich beide an. Mit demselben Gesichtsausdruck. Sie waren sich in dem, was sie besprochen hatten, einig. Oh, oh.

»Lilith?« Jack legte den Kopf schief. »Kannst du bitte herkommen?«

Es roch Ärger. Mächtigen Ärger.

Unsicher blieb ich, wo ich war. Denn zur Not hätte ich so einen Vorsprung, falls ich mich dazu entschied, wegzurennen. Was absolut in die Hose gehen würde, denn sie hatten Motorräder, ich zwei linke Füße.

Jack sog den Sauerstoff geräuschvoll in seine Lunge, während Derek seine Hände in den Jeanstaschen vergrub.

»Er wird dir nichts tun, Lilith«, gab mir Jack sein Wort. »Er möchte mit dir reden.«

Aber ich wollte nicht mit ihm reden. Nicht bevor ich nicht wusste, was ich fühlen und denken sollte – und konnte. In seiner Gegenwart verhielt ich mich widersprüchlich und inkonsequent. Das gefiel mir nicht. Denn ich war kein Kind mehr. Ich konnte mich erwachsen verhalten. Nur nicht mit ihm, wie mir schien. In seiner Gegenwart wurde ich zu einem Teenager. Einem verunsicherten noch dazu.

Ich sah weg, als mir ihre Blicke zu viel wurden, und hörte beide Männer gleichzeitig seufzen.

»Du hast viel wiedergutzumachen«, bemerkte Jack, als Derek ein paar Schritte in meine Richtung nahm.

»Es tut mir leid«, sagte er, und ich atmete tief ein.

Wie oft hatte ich diese Worte jetzt schon aus seinem Mund gehört? War ich zu sanftmütig, sodass ich immer wieder nachgab? Oder war es, weil mein Körper in seiner Gegenwart nicht anständig funktionieren wollte? Weil mein Herz sich über meinen Verstand stellte und für sich sprechen ließ?

Am Ende waren es trotzdem nur Worte. Ohne Bedeutung.

»Ich weiß, ich wiederhole mich«, meinte Derek leise und trat noch näher. »Aber ich sehe die Fehler, die ich mache.«

»Tust du das?« Ich biss mir auf die Zunge, als ich ihm widersprach. »Denn bei der nächstbesten Gelegenheit schmeißt du alles wieder über Bord.«

Er presste die Lippen aufeinander. »Es liegt an dir.«

Überrascht öffnete ich den Mund und ein ungläubiger Ton kam heraus.

»Au Backe«, kommentierte Jack es voller Unverständnis. »Das ist nicht hilfreich, Derek!«, rief er. »Du hättest stattdessen sagen können, dass du dich wie ein Arschloch verhältst, weil du ihr gegenüber nicht weißt, was du fühlen sollst. Nicht, dass sie schuld ist!«

Schluckend betrachtete ich Dereks Gesicht und wie er rot um die Wangen wurde.

Dazu sagte ich nichts. Wenn es die Wahrheit war, was Jack behauptete, würde Derek den ersten Schritt machen müssen. Nur war ich mir auch überhaupt nicht mehr sicher, ob ich wollte, dass er einen Schritt machte.

Mein Körper mochte ihn. Mit ihm hatte ich die wohl erregendsten sexuellen Erfahrungen erlebt, die ich jemals haben würde – was traurig war, angesichts der Tatsache, dass ich erst fünfundzwanzig Jahre alt war. Aber ich wusste nie, was ich ihm gegenüber fühlen sollte. Dabei waren bereits Wochen vergangen, in denen ich ihn hatte kennenlernen können. Oder vielmehr das, was er mir von sich gezeigt hatte.

»Lilith, sag was«, flehte er mich an, und ich zog leicht die Brauen zusammen.

Ich war es leid, etwas zu sagen. Ihm nachzugeben.

Wir waren kein Paar, das wusste ich. Womöglich würden wir auch nie eins werden, dafür musste man sich nur die aktuelle Situation anschauen, in der wir uns befanden. Es war unmöglich.

Trotzdem.

Mein kleines verräterisches Herz zog sich bei seinem zu Kreuze kriechenden Anblick zusammen und wollte in seine Richtung flattern.

Dabei kannte ich Derek doch noch nicht einmal richtig. Er konnte mir auch alles vorgelogen haben.

Das war es. Eine reine emotionale Katastrophe.

»Lilith, ich mach mich gerade vor dir nackt, ist dir das bewusst?« Er fragte das, als würde er mich für dumm halten.

Nun ja ... In letzter Zeit traute ich mir selbst auch nicht über den Weg. Es war schlau und eine reine Vorsichtsmaßnahme, diesmal nicht sofort auf ihn hereinzufallen. Womöglich würde er mich wieder schlagen, wenn er mich noch mal rumbekam. Vielleicht nicht meinen Hintern oder meinen Rücken. Vielleicht würde es dieses Mal mein Gesicht treffen. Ein blaues Auge hatte mir gerade noch gefehlt.

»Lilith, lass es mich nicht aussprechen«, bat er mich, und ich hob beide Augenbrauen. Was sollte er schon aussprechen? Jack hatte alles gesagt – und er nicht. Derek schaute gequält und seufzte frustriert. »Lilith«, flüsterte er verkrampft meinen Namen. »Bitte.«

Bitte?

Er verlangte etwas von mir. Nicht umgekehrt. Das Einzige, was ich gewollt hatte, war meine Freiheit. Wieder nach Hause zu können. Ich wollte überleben – und leben.

Vielleicht hatte ich auch ihn gewollt. Gar seine fürsorgliche

Ader gemocht. Die süße und liebe. Die mir nicht wehtat, zumindest nicht auch noch seelisch.

Aus Reflex wich ich einen Schritt nach hinten aus, sobald er vortrat und mir zu nah kam.

»Bitte, Lilith«, bat er mich abermals.

Leicht zuckte ich mit meinen Schultern. Dazu hatte ich wirklich nichts zu sagen.

Er ließ ein paar Sekunden Ruhe vorübergehen. Dann packte Derek mich, zerrte mich zu sich und presste seine Lippen ungefragt auf meine.

Jack stöhnte entnervt auf.

Ich schrak zusammen, keuchte an Dereks Mund und hob perplex die Hände, um sie gegen seinen Brustkorb zu drücken.

»Alter! Hat sie dir das Gehirn rausgefickt? Was ist falsch bei dir?«

Wackelpudding.

Er wusste, ich wurde zu Wackelpudding, wenn er mich auf diese Weise küsste. Denn meinem Körper – und vor allem diesem verräterischen kleinen Ding in meiner Brust – gefiel es in einem unbegrenzten Maße, wenn er seine Zunge tief in meinem Mund vergrub, sie um meine wandern ließ und meinen Kopf hielt.

Mir glitt ein Seufzen über die Lippen, und genau wie ich es geahnt hatte, schmolz ich dahin und verriet mich selbst, als ich mich gegen ihn lehnte.

»Euch ist nicht mehr zu helfen«, kommentierte Jack im Hintergrund.

Derek brummte, ehe er mir in die Unterlippe biss und sich dann ein paar Zentimeter von mir trennte.

»Lilith, bitte.« Schwer schluckend, meine Wangen schon ganz warm, betrachtete ich ihn, da er mich so gequält ansah – und vor allem auch so klang. So ausgehungert. »Gib mir eine letzte Chance.«

»Für was?«, murmelte ich unsicher, mein Herzschlag irgendwo im Nirgendwo.

»Für das hier«, flehte er und ließ seine Hände von meinem Kopf zu meinem Körper wandern. »Keine Schläge mehr, ich schwöre es.«

Körperlich. Er wollte wieder zur körperlichen Ebene zurück. Sich in mir vergraben und den Druck loswerden, der ihn plagte.

Standhaft in meiner Meinung, zog ich die Brauen zusammen und schüttelte den Kopf. »Nein«, antwortete ich leise, und er schluckte, während ich mich von ihm löste. »Das Einzige, wofür ich dir gut genug bin, ist Sex.« Erneut schluckte er und schaute hinter mich, als ich in Richtung Jack lief, ihn dabei aber ansah. »Ich bedeute dir nichts.«

Ich klang erschöpfter, als ich es war. Das lag wohl daran, dass ich verletzt war. Von seinem Verhalten. Er war ein erwachsener Mann. Konnte er nicht zu dem stehen, was er empfand?

Ich konnte doch nicht die Einzige sein, die auf diese Bindung zwischen uns reagierte.

»Ich glaube, sie ist es leid, dein Punchingball zu sein, Derek«, bemerkte Jack.

»Bringst du mich bitte nach Hause?«, bat ich ihn, obwohl ich keine große Hoffnung mehr hatte, dass er mir diesen Wunsch erfüllen würde.

»Verdammt, was will sie denn von mir hören?« Derek wurde laut, und als ich ihm noch mal mein Gesicht zudrehte, streckte er überfordert beide Hände von sich. »Dass ich total verrückt nach ihr bin und mich offensichtlich jedes Mal wie ein Idiot benehme, wenn sie in meiner Gegenwart ist?!«, fragte er Jack, ohne ihm die Chance auf eine Antwort zu lassen. »Das werde ich nämlich nicht sagen«, fuhr er fort. »Sie ist alt genug, um sich denken zu können, dass ich sie nicht nur will, weil sie verdammt perfekt bläst und gut zu ficken ist!«

Tief sog ich die Luft in meine Lunge ein und schloss die Lider.

»Siehst du? Da liegt dein Problem«, antwortete Jack ihm. »Du siehst in ihr ein Objekt und setzt dich nicht damit auseinander, dass sie ein Mensch ist und Gefühle besitzt. Du setzt dich auch nicht damit auseinander, dass du ebenfalls Gefühle hast, über die du nun mal keine Kontrolle hast, Derek.« Er holte tief Luft. »Kannst du nicht zugeben, dass du sie magst? Denn wenn du sie dir anschaust, weißt du, dass sie absolut in dich verschossen ist, Alter.«

Verwirrt guckte ich ihn an. War ich das?

»Woher willst du das wissen?«, fragte ich irritiert und leise.

»Klappe, ich versuche deine Lage zu verbessern, Lilith«, murmelte er. Er schüttelte den Kopf und sprach dann weiter. »Du konntest sie nicht umbringen, weil du es nicht wolltest. Und du fickst sie nicht, weil sie gut im Bett ist, sondern weil du gerne mit ihr zusammen bist. Du bist solch ein emotionaler Hornochse, selbst Johnny dreht sich im Grab um, um dir eine überzubraten.«

Noch mal atmete ich ebenfalls tief ein. »Jack, er wird nicht einsehen, dass meine Gefühle ebenfalls zählen. Ich ... Ich bin's in seinen Augen nicht wert.«

Derek schluckte wieder. »Ey, bin ich jetzt den ganzen Weg hierhergekommen, nur um mich von euch zwei fertigmachen zu lassen, oder was?!«

»*Du* bist uns gefolgt, nicht andersrum«, erwiderte Jack schnippisch. »Und ich wette mit dir, wenn ich sie jetzt nach Hause bringe, dann wirst du sie spätestens heute Abend zurückholen.«

Ich konnte förmlich hören, wie sehr Derek mit den Zähnen knirschte.

»Fein, verdammt!«, fluchte er. »Ich bin ein emotionaler

Krüppel, der absolut in dich vernarrt ist, Lilith.« Überrascht legte ich die Stirn in Falten.

»Und jetzt frag sie ganz lieb, ob sie dir noch eine weitere Chance gibt. Vorzugsweise, ohne ihr die Zunge in den Hals zu stecken, du Idiot.«

Jack verdrehte gleich noch mal die Augen und Derek ballte brummend die Hände zu Fäusten.

»Würdest du mir noch eine Chance geben, Lilith?«

Frustriert und überfordert seufzte ich. Das alles war zu viel für meinen Kopf. »Ich ... Würdest du mit mir auch Zeit verbringen, wenn ich nicht mehr mit dir schlafen möchte?«

Jack schnaubte. »Bedenke, er ist ein emotionaler Krüppel«, kommentierte er leise und belustigt.

Ich ignorierte ihn und guckte Derek weiterhin fragend an.

Dieser schluckte erneut, bevor er sich grummelnd über das Gesicht rieb.

»Fein«, rief er und ließ die Schultern leicht hängen. »Kein Sex.«

Ich atmete tief ein. Das hier hatte keine Verhandlung sein sollen. Es war eine Frage gewesen, ob er auch Zeit mit mir verbringen würde, ohne mit mir zu schlafen.

Kapitel 22

Lilith

Es dauerte einen Moment, bis Derek wieder runtergekommen war.

Ich allerdings war es noch immer nicht. Mein Herz und meine Gefühle kamen nicht mit dem hinterher, was geschehen war.

Deswegen nahm ich Abstand zu ihm, indem ich während des spontanen Waldspaziergangs, der folgte, neben Jack lief.

»Rampage muss einen Fehler machen, wenn wir nichts gegen ihn in der Hand haben«, behauptete Jack. »Die Dealer von der Eastside haben keinen Erfolg gebracht?«

Derek brummte. »Niemand weiß etwas. Sie haben nur Angst vor uns. Wie sie es sollten, wenn sie Scheiße bauen.«

Ich nahm an, dass sie über die Sache sprachen, die Rampage am Laufen hatte. Den Menschenhandel.

Für mich unbegreiflich.

Wie konnte man darauf kommen, Menschen zu *verkaufen*?

Es war mir schon unbegreiflich, wie man Tiere verkaufen konnte, aber *Menschen?* Wir sollten alle gleich viel wert sein und uns schätzen.

Derek seufzte. »Uns bleiben drei Tage, um das Ganze durchzuziehen. Ich habe noch keinen genauen Plan, nun, da Rampage mich langsam auf dem Kieker hat.«

»Du hast ihm beim Frühstück ordentlich Futter gegeben.«

»Habt ihr noch weitere Ideen?«, fragte ich leise.

»Ihn provozieren«, schlug Jack augenblicklich vor. »Oder Sally von den Summen erzählen, die auf unseren Konten eingetroffen sein müssten. Rampage kann unmöglich jede Zahl manipulieren. Vielleicht sollte sich Joker auch dahinterklemmen.«

Derek schüttelte den Kopf. »Außer dir Hohlbirne wüsste ich nicht, ob noch jemand anderem zu trauen ist«, sagte er und runzelte seine Stirn.

»Warum traust du mir?«, entgegnete Jack verwirrt. »Was hab ich getan, um diese Ehre zu verdienen?« Sein Tonfall strotzte vor Spott.

»Du bist zu dumm für so was.«

»Das war gemein«, erwiderte der dunkelblonde Biker trocken.

»Es ist besser so, dass du zu dumm dafür bist.«

Jacks Augen wanderten zu mir. »Ich könnte mit Lilith im Club pimpern.«

»Wie bitte?« Mein Herz trommelte gegen meine Rippen. Laut, unbequem.

Auf keinen Fall würde ich Jack auch nur ansatzweise noch mal auf sexueller Ebene anrühren. Nicht nach dem, was geschehen war. Nicht nach den Konsequenzen, die ich hatte erleben müssen und die ich mir nicht einmal in meinem schlimmsten Albtraum hätte ausmalen können.

Weil ... weil ich Derek mochte.

Ich wollte nicht, dass der Mensch, dem ich an diesem

Höllenort am meisten vertraute, mir ein Messer in den Rücken stach.

»Ganz locker, ich würde Blümchensex mit dir haben.« Er zuckte mit den Schultern, als wäre es nichts. »Rampage zeigen, dass ich bei ihr landen kann. Im Gegensatz zu ihm. Das wurmt ihn. Hat ihn schon immer. Ich sehe halt besser aus.«

Derek schnaubte und strahlte eine Mischung aus Unglauben und Belustigung aus. »Ich kriege keinen Sex mehr mit ihr, aber du? Vergiss es. Du fickst mein Mädchen nicht.«

Prompt wurde ich rot. »Hallo? Ich bin anwesend«, wies ich sie darauf hin. »Gibt es nicht eine andere Möglichkeit, als ihn zu provozieren? Eine, in der ich *nicht* für euch die Beine spreize?«

»Rampage steht auf deinen süßen Körper«, erklärte Jack mir. »Sein Ego ist verletzt, weil sein Plan nicht aufgegangen ist. Er wollte, dass du zu ihm gekrochen kommst und um Gnade winselst. Das ist nicht passiert.«

»Wir könnten sie Maya übergeben«, schlug Derek plötzlich vor, und Jack lachte laut auf.

»Maya?! Bist du bescheuert? Sie hat in einem Bordell nichts verloren, und sicher ist sie dort ohnehin nicht.«

»Bordell?« Unsicher zog die Brauen kraus. »Der MC hat ein Bordell?«

»Was meinst du, woher wir unter anderem unsere Einnahmen kriegen? Auftragsmorde, ein wenig Sex und Herumfahren?« Jack schüttelte den Kopf. »Drogen, Korruption, um an der Macht zu bleiben, Prostitution, Geldwäsche, Waffen ...«

»Es reicht, Jack«, schnitt Derek ihm das Wort ab. »Sie muss nicht alles wissen. Ende der Woche ist sie weg.«

Ich schaute ihn an und er seufzte resigniert.

»Zu Hause«, fügte er hinzu. »Ich lass nicht zu, dass Martin dich bekommt.«

»Wenn ich sie nicht angrabe und sie Rampage nicht zu nahe

kommen soll ... dann solltest du dir schnell etwas einfallen lassen, Derek.«

»Bin ja schon dabei«, murmelte er, bevor ich zusammenzuckte, da er die Seite ruckartig gewechselt hatte und plötzlich neben mir ging.

Wieder wurde ich rot, weil er nach meiner Hand griff – und sie einfach nur hielt.

Überrascht guckte ich auf unsere Hände und dann in sein Gesicht. »Ich fick dich nicht gegen den nächsten Baum, nur weil ich deine Hand halten möchte.«

Mir hatte noch nie jemand so subtil gesagt, dass er Händchenhalten mochte. Und es war absolut untypisch für Derek – aber ich ließ es gelten, denn mein Herz und mein sich erwärmender Körper mochten diese Geste der Zuneigung sehr. Mit zuckenden Mundwinkeln verschränkte ich meine Finger mit seinen. Ihm einen kleinen Schritt entgegenzukommen, fühlte sich richtig an.

»Hierhin verschwindet er, wenn er schmollen möchte?«

Mittlerweile war es Nachmittag, und ich genoss trotz der Nässe und Kälte, dass ich an der frischen Luft war. Das erste Mal seit Wochen.

Jack hatte sich zu seinem Motorrad verzogen und tippte auf seinem Handy herum, um uns Privatsphäre zu geben. Das fand ich sehr aufmerksam.

»Es ist einsam hier«, stellte ich fest.

»Er ist gerne einsam.«

Ich zuckte mit einer Schulter.

»Lilith?« Fragend hob ich beide Brauen. »Bist du einsam?«

Nachdenklich legte ich den Kopf schief. »Interessiert dich

die Antwort wirklich?«, fragte ich. »Bisher schien es dir egal zu sein, wie es mir geht.«

»Es interessiert mich«, sagte er nickend, und ich guckte auf meine Finger hinunter, die kalt wurden, weil sie den feuchten Holzzaun umklammerten. Meine Muskeln verkrampften sich, als Derek seine Hand ausstreckte und sie auf meine legte. »Es tut mir ehrlich leid, dass ich dir wehgetan habe«, entschuldigte er sich noch mal ruhig und ernst, während er mir in die Augen sah. »Ich habe gedacht, du genießt es«, meinte er.

»Ich ... Ich habe es irgendwo genossen«, gestand ich ihm, und er hob überrascht beide Augenbrauen. »Du warst sehr ... forsch«, beschrieb ich. »Das bin ich nicht gewöhnt.«

Er biss sich sichtlich auf die Wangeninnenseite und holte tief Luft, während er auf unsere Hände sah. »Dich mit diesem Kerl am Sonntag zu sehen ... Mir ist eine Sicherung durchgebrannt.«

Sonntag. Wahnsinn. Ich vergaß völlig, welche Wochentage wir hatten.

»Wir sind kein Paar«, widersprach ich ihm leise.

»Du gehörst mir, Lilith«, behauptete Derek genauso ruhig und ernst wie auch bei seiner Entschuldigung eben.

Abermals bekam ich heiße Wangen.

Um ein paar Sekunden zu schinden, damit ich nachdenken konnte, was ich sagen würde, sog ich lange Sauerstoff ein. »Dass ich dir gehöre, ändert nichts daran, dass ich meinen eigenen Kopf habe, Derek. Ich ... Ich muss ein Mitspracherecht in gewissen Dingen haben«, forderte ich. »Wie in dieser Nacht.« Immer leiser sprechend schaute ich auf meine Hand und atmete erneut tief ein. »Die Sache mit Jack. Dass ihr ... mich in der Öffentlichkeit angefasst habt, obwohl ich deutlich gesagt habe, dass ich das nicht möchte.« Ich schüttelte den Kopf, während es mir kalt das Rückgrat hinunterlief. »Du musst mein Nein akzeptieren.«

Ich war nicht dafür geschaffen, Sex in der Öffentlichkeit zu haben. Nicht dafür geschaffen, dass mir andere dabei zusahen.

Spätestens jetzt wusste ich das. Die Panik, die bei dem Gedanken daran in mir hochkroch, der Kälteschauer, der mir den Rücken hinunterlief ...

»Auch die Sachen, die danach passiert sind«, sprach ich aus.

Dereks eine Braue wanderte nach oben. »Du forderst ein Mitspracherecht beim Sex?«, entgegnete er.

»Ich fordere, wie ein Mensch behandelt zu werden, Derek«, korrigierte ich ihn. »Ich bin keine Puppe, die du herumschubsen kannst.« Seine Mundwinkel zuckten, während ich den Kopf schüttelte.

»Also als Allererstes.« Ich schreckte zurück, da er seine Hand bewegte und seinen Daumen an meinen Unterleib legte. »Du stehst absolut darauf, dominiert zu werden.« Er blickte schmunzelnd auf und ich schluckte. »Es ist dein Kopf, Lilith. Du lässt dich nicht fallen.« Er atmete tief ein. »Ich habe es in der Nacht zu weit getrieben, das gebe ich zu. Aber unter den richtigen Umständen wäre es nicht zu viel gewesen. Da bin ich mir sicher.«

Jack hustete im Hintergrund, und Derek wandte ihm kurz den Kopf zu, bevor er weitersprach. »Zweitens«, sagte er. »Es geht um deine Sicherheit, Lilith. Über die verhandle ich nicht.«

»Es geht um mein Leben«, widersprach ich ihm. »Du hast nicht für mich zu bestimmen, wenn es hart auf hart kommt. Ich *muss* die letzte Stimme haben.«

Er presste die Lippen aufeinander, während er mich für mehrere schweigsame Sekunden betrachtete. »Ich versuche, es zu berücksichtigen«, sagte er. Und das war wohl das Beste, zu dem ich ihn bringen konnte. »Doch was mein ist, beschütze ich auf meine Art und Weise.« Wieder zog ich die Brauen kraus, ehe er die Hand hob und mir mit dem Daumen über die Schläfe streichelte. »Dass sie dir nicht gefällt, ist mir egal.« Er legte den

Kopf schief, bevor er mein Gesicht einige weitere stille Sekunden analysierte. »Bist du noch sehr wund?«

Wieder wurde ich rot und schlug den Blick auf meine Hände nieder. »Es tut noch immer weh, ja.«

»Die Striemen?«

»Weniger«, gestand ich leise. Es waren vielmehr meine seelischen Wunden, die noch schmerzten.

KAPITEL 23

SKILL

Gerade stellte ich den Motor meiner Harley ab, als Rampage durch die Tür trat – und neben ihm Kayn Martin.

So weit war es also schon. Das war nicht gut. *Gar nicht gut.*

Schnell schaute ich hinter mich zu Jack, der ebenfalls seinen Motor abstellte und seinen Helm abnahm. Er streckte Lilith die Hand entgegen, um auch ihren Helm an seinem Lenkrad baumeln lassen zu können. Gehetzt sah ich zurück zu Rampage. Er wusste, ich kannte Martin. Ich erkannte es an seinem Blick. Doch ich war ihm nur einmal begegnet. Als ich noch ein Teenager gewesen war und heimlich das Bordell aufgesucht hatte.

Dad war ausgeflippt und hatte im Nachhinein darüber gelacht, weil ich Erfahrungen hatte sammeln wollen. Keiner konnte einem besser das Ficken beibringen als Prostituierte, ich wusste das.

Martin war dort gewesen. Ich erinnerte mich daran, wie er Frauen behandelt hatte. Wie er am Tresen gefragt hatte, wie viel er für die Blondine mit der Doppel-D bezahlen müsste, damit er sie mit nach Hause nehmen konnte.

Ich hatte mich noch ewig darüber mit Johnny unterhalten, weil ich es so absurd gefunden hatte, Frauen auf Dauer zu kaufen.

Wer mochte das schon, hatte ich mich gefragt. Mit vierunddreißig kannte ich die Antwort. Wirklich kranke Psychopathen.

»Da ist sie.«

Lilith hob sofort den Kopf und blickte Rampage an, der auf sie zeigte und dann zu Martin, der um kein Jahr gealtert schien. Außer der Tatsache, dass er statt braunem mittlerweile grau meliertes Haar aufwies.

»Lilith, komm her. Ich möchte dir jemanden vorstellen.«

Lilith schluckte und guckte zu mir. Fragend. Flehend.

Meinen Kiefer aufeinanderpressend deutete ich zu den beiden Kerlen hinüber. »Mach schon«, knurrte ich.

Ich konnte Liliths Puls bis zu mir rasen fühlen, als sie steif auf die beiden zuging.

Sie zuckte zusammen, sobald Rampage sie an den Schultern fasste und vor sich schob, damit Martin sie sich ansehen konnte.

Der Wichser ließ sich alle Zeit der Welt damit.

Während er eine Braue urteilend hochzog, zählte ich gedanklich die Sekunden, um nicht einzuschreiten. Er streckte die Hand aus und öffnete ihre Jacke, um darunter blicken zu können.

Ich war so kurz davor, mir meine Waffe aus meinem kleinen Gepäckfach zu nehmen und abzudrücken.

»Wie alt bist du, Puppe?«

Lilith schluckte hörbar für uns alle und antwortete ihm nicht.

Aus Angst, vermutete ich, denn sie wurde blasser und blasser, bevor sie ängstlich wimmerte, da Rampages Griff um ihre Schultern stärker wurde.

»Antworte ihm, Lilith«, forderte er sie auf, und ihr Kopf drehte sich. Bis sie mich wieder ansah.

Deswegen entschied ich über ihren Kopf hinweg. Sie verriet sich – in allem.

»Sie ist fünfundzwanzig«, antwortete ich und stieg von meiner Harley, ehe ich zu ihnen lief und Lilith an mich zerrte. Rampage zog verwirrt eine dunkle Braue hoch. »Sie gehört zu mir«, stellte ich klar und sah Martin in seine grünen Augen.

Martins Mundwinkel verzogen sich zu einem trägen Lächeln. »Interessant«, kommentierte er. Er trug wie damals einen dieser glattgebügelten Anzüge, die ihn steif und arrogant wirken ließen. »Ich gehe nicht davon aus, dass sie noch Jungfrau ist, wenn ich sie mir so ansehe«, meinte er trocken, bedachte mich dabei mit einem neugierigen Blick – als würde ich ihm gleich meine Zustimmung liefern –, und Lilith atmete scharf neben mir ein, wand sich in meinem Griff, während ihr sichtlich ein Schauer über den Rücken lief.

Rampage neben uns schmunzelte. »Nein. Ist sie nicht.« Sie stieß ein überraschtes Geräusch aus, als er es wagte, die Finger auszustrecken und ihr in den Arsch zu kneifen.

Erneut zählte ich gedanklich ein paar Sekunden. »Du hast sie mir geschenkt, Rampage«, erinnerte ich ihn. »Also lass die Finger von meinem Spielzeug.«

Martin grinste breiter.

Vielleicht sollte ich ihn provozieren. Vielleicht brachte das Rampage dazu, einen Fehler zu machen.

»Lilith, geh in mein Zimmer«, sagte ich ihr. »Sei ein gutes Mädchen, zieh dich aus und warte, bis ich zu dir komme.« Ich klopfte gegen ihren Hintern und drückte sie in Richtung Ausgang. »Prospect, begleite sie und entferne mein Handy aus meinem Zimmer. Ich möchte nicht, dass sie wieder ungefragt rangeht.«

Jack verstand sofort und folgte ihr, während ich Martin

konzentriert anstarrte. »Sie sollten sich ein eigenes Spielzeug zulegen und nicht das eines anderen begehren, Martin. Sie ist nicht auf dem Markt.«

Sein fettes Grinsen gefiel mir nicht. Auch nicht, wie Rampage schmunzelte.

»Mein Gott, ein paar Tage und du hängst sentimental an ihr?«

Ich stieß laut Luft aus. »Wenn ihr mich entschuldigt, ich hab meiner *Puppe* zu zeigen, welcher Schwanz sie dominiert.«

Auf diese Scheiße konnte ich mich keine Minute länger einlassen. Ich war *so kurz* davor, beiden das Maul zu polieren. Vorzugsweise bis einer von ihnen nicht mal mehr Luft schöpfen könnte.

Sobald ich mein Zimmer betrat und Jack beim Hin- und Herlaufen erwischte, zog ich die Nase kraus.

»Das war unnötig von Rampage.«

»Jack«, sagte Lilith leise, während ich die Tür hinter mir schloss. Sie war noch immer zu blass. »Es war nur mein Hintern.« Nicht einmal die Röte auf ihren Wangen ließ sie lebendig aussehen. »Das war der Mann, nicht wahr?«, fragte sie mich dann. »Ich habe seine Stimme wiedererkannt.« Sie schluckte schwer, und ich drehte den Kopf, als hinter mir geklopft wurde.

In meinem Hirn ratterte es, da mir keine genaue Idee einfallen wollte.

Rampage stand vor meinem Zimmer. Und er sah nicht zufrieden aus.

»Was willst du?«, begrüßte ich ihn brummend und umklammerte von innen den Knauf.

»Der Spaß ist vorbei, Skill«, bemerkte er. »Wir wussten beide, sie wird zeitlich begrenzt hier sein.«

»Und?« Meine Braue wanderte schnell nach oben.

»Ich bin noch immer dein Präsident, Junge«, behauptete er, als wäre ich nicht schon erwachsen. Er war *nur* zwanzig Jahre älter. »Ich habe beschlossen, Lilith wird heute Abend mit mir essen.«

Fest presste ich meine Zähne aufeinander.

Nur über meine Leiche.

In meinem Kopf ratterte es nach einer Ausrede.

»Sie ist verplant«, entgegnete ich.

»Womit? Dir den Schwanz zu lutschen?« Rampages Mundwinkel zuckten. »Auch die beste Nutte wird ihren Pflichten nachgehen, wenn ich es sage, Skill. Ende der Geschichte.«

Verdammt, mir liefen die Ideen davon.

Deswegen nahm ich das Erstbeste, das mir einfiel. Ganz dumme Idee.

»Ich hatte vorgehabt, sie mit ins *Kittchen* zu nehmen.«

Rampages Mundwinkel zuckten erneut, als er den kahl geschorenen Schädel schief legte und sichtlich überrascht war.

Genau wie ich.

Mein Herz hämmerte laut in meiner Brust. Jack hinter der Tür stierte mich sicher an, als hätte ich nicht mehr alle Tassen im Schrank.

Verdammt. Hatte ich gerade wirklich das *Kittchen* erwähnt?

»Sie wird mit mir zu Abend essen.«

Ich brummte unzufrieden, ohne es aufhalten zu können, und er schmunzelte.

»Danach bring ich sie dir liebend gern ins *Kittchen*.«

An dieser Stelle hätte ich mir die Neunmillimeter selbst in den Mund schieben und abdrücken können.

Das verdammte *Kittchen*. Wie hatte ich nur darauf kommen können?!

KAPITEL 24

LILITH

»Was hast du getan?«, zischte Jack fassungslos, als Derek die Tür schloss und sich die Nasenwurzel massierte.

Meine Stirn legte sich in Falten, während ich die beiden Männer betrachtete.

»Einen offensichtlichen Kurzschluss gehabt«, murmelte er.

»Das fucking *Kittchen*?!« Ratlos schaute ich zu Jack und dann wieder zu Derek.

Allein anhand seines Tonfalls wollte ich nicht wissen, was das *Kittchen* war. Aber ich musste es.

»Was ist das *Kittchen*?«

Derek seufzte schwer und ließ das Kinn auf die Brust sinken. »Es ist ein Club«, erzählte er.

»Ah, na-ah-ah.« Jack wackelte mit dem Finger vor Dereks Gesicht herum. »Du erzählst ihr, in welch eine Scheiße du sie gerade geritten hast, Derek.«

Dieser seufzte erneut und rieb sich die Haut am Kiefer,

während er mich ansah. »Das *Kittchen* ist ein Spielclub. Ein Treffpunkt, um Gelüste auszuleben, und ... man darf dort bei allem zusehen.«

Ich konnte förmlich spüren, wie mir das Herz stehen blieb. Mir war es schon zu viel gewesen, dass Rampage mich beim Sex gesehen hatte oder ich in einem Club voller Menschen gefingert worden war. Dass Jack anwesend gewesen war, die *gesamte* Zeit über.

Wie hatte Derek das nur sagen können? Ausgerechnet solch ein ...

»Jeder?« Meine Stimme klang piepsig. »Du kannst mich nicht in diesen Club mitnehmen. Nein, ich möchte nicht, dass jeder mich ansehen und dir zusehen kann, wie ... wie du mich ...«

»Fickst?« Jack lachte bitter auf. »Hättest du nicht auch sagen können, die Party heute Abend reiche dir?«

Derek stöhnte. »Ich weiß, das war dumm.«

»Dumm ist gelinde ausgedrückt«, bemerkte Jack. »Lilith ist für diesen Ort nicht geschaffen.«

»Ich finde einen Ausweg.«

»Und was ist mit dem Fakt, dass sie mit Rampage zu Abend essen soll, huh? Sie wird zum Hauptgericht!«

Derek stöhnte erneut. »Ich weiß es nicht, okay?!«

Noch nie hatte ich ihn derart überfordert erlebt.

»Ich werde nicht mit ihm zu Abend essen«, stellte ich mich quer. »Ich weigere mich.«

»Du hast keine Wahl.« Derek lachte. »Rampage hat recht. Er ist noch immer der Präsident. Er hat das letzte Wort. Da kann ich mich noch so sehr aufregen.«

»Weil du den verdammten Posten abgelehnt hast!«, zischte Jack sauer. »Mann, Alter! Das war eine mehr als bescheuerte Entscheidung!«

»Danke, reib mir meine Fehler unter die Nase«, brummte Derek sarkastisch und öffnete die Lider, bevor er mich betrachtete. »Lilith? Jack und ich werden jetzt ein paar Sachen erledigen«, teilte er mir mit, ohne mich aus den Augen zu lassen, ehe er in seine Hosentasche fasste und sein Handy und Schlüssel herausholte. »Du öffnest niemandem die Tür. Ich habe einen Zweitschlüssel.« Schwer schluckend schaute ich ihn an, während er zu mir ging und mir Handy und Schlüssel aufs Bett legte. »Du schreibst Jack, wenn jemand versucht, sich Zugang zu verschaffen.«

»Hast du keine Angst, ich rufe um Hilfe?«, fragte ich ihn verwundert.

»Die Art von Hilfe, die du hoffst zu bekommen, nutzt uns jetzt auch nichts«, meinte er und sah mir tief in die Augen. »Lilith, du verstehst, wie ernst deine Lage nun ist?«

Erneut schluckend nickte ich einmal. »Was hast du davon, mich zu beschützen, Derek?«, fragte ich ihn das erste Mal.

Weil es mir über die Zunge rutschte und ich plötzlich fühlte, dass ich darauf eine Antwort *brauchte*.

Mehr noch, als ich mir vorher bewusst gewesen war.

»Ich kann dich nicht leiden sehen.«

Jack gab keinen Ton von sich, während Derek mir über mein Haar streichelte.

Dann richtete er sich wieder auf und ging zur Tür. Jack zögerte, doch folgte dann. Als die Tür ins Schloss fiel, ich aber nicht hörte, wie abgeschlossen wurde, sprang ich nervös mit dem Schlüssel in der Hand auf und sperrte mich selbst im Zimmer ein.

Die Stille, die folgte, war nervenaufreibend.

Natürlich hatte ich das Smartphone von Derek genutzt, um

jemandem zu schreiben. Meiner Mom. Mir war nur ihre Nummer eingefallen. Jedoch hatte sie mir nicht geantwortet.

Ich hatte ihr geschrieben, wo ich war – auch wenn ich nicht wusste, *wo* ich war. Doch ich hoffte, sie konnte mit den Black Demons etwas anfangen.

Wann auch immer sie es lesen würde ...

Mein Puls hatte sich kaum beruhigt, denn jedes Mal, wenn ein Geräusch auf dem Flur ertönte, sprang ich gehetzt auf.

Stunden später saß ich noch immer hier, obwohl ich das erste Mal seit Wochen ein Handy in den Händen hielt. Ich sollte die Polizei rufen. Sollte ich wirklich.

Aber der Gedanke, Derek ans Bein zu pissen und ihm Schwierigkeiten einzubrocken, ließ mich immer wieder innehalten. Er beschützte mich. Ja. So einfach war das.

Abgesehen davon war der Gedanke, Buzz, Sally oder Jack ebenfalls Ärger einzubringen, schwer zu ertragen. Sie waren ... auf eine komische Art meine Freunde, genau. Womöglich würden sie nie wirklich Freunde für mich sein, doch sie passten auf eine Weise auf mich auf und verteidigten mich, die mir immer wieder die Röte auf die Wangen zauberte.

Schluckend schreckte ich in die Kissen zurück, da Geräusche vor dem Zimmer ertönten und sich der Knauf bewegte.

Reflexartig griff ich nach dem Telefon neben mir und zerrte die Decke nach oben, als würde sie mich beschützen können.

Und dann schwang die Tür auf.

Nein.

Für die kleine Sekunde, in der ich nicht sah, dass es Derek war, der wiederkam, hielt ich die Luft an.

Seine Kleidung war feucht und von Regentropfen benetzt. Sie perlten über das Leder der Jacke und seine dunkle Jeans war dunkler als vorhin.

»Es regnet«, sagte ich leise zur Begrüßung, während er die

Tür schloss und sein Blick zu meinen Fingern wanderte, die sein Handy umklammerten.

»Tut es.« Er streckte ungefragt die Hand danach aus. Ich reichte es ihm, als er ans Bett herantrat.

Er tippte etwas in sein Handy.

Ich schluckte, sobald er es mir hinhielt und die Nachricht las, die er an mich eingegeben hatte.

> Es führt kein Weg am Kittchen vorbei. Ich werde aber dafür sorgen, dass dich niemand anrührt.

Ich riss die Augen auf und schaute zu ihm nach oben, während ich den Schopf schüttelte.

»Nein«, antwortete ich fest. »Das werde ich nicht tun. Ich lasse mich nicht ...« Derek hielt mir den Mund zu und sah mir in die Augen, bis er sich sicher war, dass ich nicht wieder reden würde.

Danach tippte er erneut etwas in sein Telefon.

> Wir haben größere Probleme als das Kittchen. Ich glaube, das Haus wird abgehört. Und ich weiß nicht, seit wann.

Meine Braue wanderte nach oben und ich guckte ihn resigniert an.

Wer sollte das denn machen? Hatte man sich plötzlich dazu entschieden, es wäre lustig, ausgerechnet *dieses* Gebäude abzuhören?

Derek gab schon wieder etwas ein und ich las es.

> Korrupte Polizisten machen mehr als nur Ärger, Blümchen.

Meine Mundwinkel zuckten gegen meinen Willen.

»Was nun?«, fragte ich, und er seufzte, ehe er ratlos mit den Schultern zuckte.

»Wir gehen einen Tag nach dem anderen an«, sagte er mir und schrieb nebenbei wieder was. »Ich genieße meine Zeit mit dir.«

Er hielt mir das Handy hin.

> Hab ein paar Stunden Geduld. Ich lass mir was einfallen.

»Muss ich mit Rampage zu Abend essen?«, fragte ich. »Sosehr ich dich hasse … Ihn hasse ich mehr«, sagte ich leise, und er seufzte.

»Es ist mir scheißegal«, sagte er, während er langsam nickte. »Wenn Rampage das will, bekommt er es. Er ist der Präsident, Lilith. Ich werde ihm seinen Willen geben.« Ich schluckte, als er mit seinen Fingern mein Kinn umfasste und es anhob.

Ich wollte nicht mit Rampage essen. Nicht wenn er sich mir gegenüber jedes einzelne Mal so verhielt, als wäre er der König der Welt. Und der Bestimmer über mein Leben.

»Geh duschen«, forderte Derek mich auf, und seine Mundwinkel zuckten. »Hier drin müffelt es.«

Angstschweiß. Das war es, was er roch.

Denn ich hatte Angst – nur nicht vor ihm, wie sich herausgestellt hatte.

Heute Abend hatte ich kein Make-up aufgelegt. Ich hatte mich geweigert. Derek hatte mich darum gebeten, aber ich war standhaft geblieben, wenn er mich schon in einen dieser Fetzen steckte, die er mir gekauft hatte.

Für diese Jahreszeit viel zu wenig Stoff.

Das knallblaue Kleid, das ich trug, kratzte und tat nichts, außer geradeso meinen Hintern und meine Brüste zu bedecken. Wenigstens hatte er mir einen Pulli von sich mitgegeben, den ich vorerst überziehen konnte. Ich hatte mir keinen Zopf gemacht, die Mähne blieb offen und fiel in ihren Naturwellen über meinen Rücken. Ich wünschte außerdem, ich hätte nicht wieder diese Stilettos anziehen müssen. Sie waren viel zu hoch und ich bekam schon beim Aufsteigen der Treppen Schmerzen.

Schluckend sah ich mich um. Der Club wurde gerade darauf vorbereitet, geöffnet zu werden. Es war neunzehn Uhr, wie mir die Zeiger hinter der Bar mitteilten, die nachher durch die Rauchschwaden nicht mehr zu erkennen sein dürften.

Erneut schluckend bemerkte ich, dass Derek ohne mich weiterlief und sich auf einen Platz an einem der Tische niederließ, an dem mehrere Member saßen, die ich nicht kannte.

Von Rampage keine Spur.

Unschlüssig blieb ich stehen und guckte Derek an.

»Worauf wartest du?« Er griff nach einem Apfel auf dem Teller eines weiteren Bikers und biss hinein, bevor er zum Eingang des Clubs deutete. »Lass ihn nicht warten, Lilith.«

Ein drittes Mal schluckte ich.

Innerlich flehte ich ihn an. Er sollte mich Rampage nicht überlassen. Bitte nicht.

Mein Herz schlug mir bis zum Hals und ich atmete zitternd ein, während ich mich gegen den Widerstand meines Körpers trotzdem in Bewegung setzte und zum Eingang ging.

Ich lief hindurch und drehte dann noch mal den Kopf. Derek sah mir nicht nach. Er blickte auf sein Handy.

Die Lippen aufeinanderpressend trat ich an die schweren dunkelroten Vorhänge vor mir und schlüpfte letztendlich hindurch. Dann passierte ich noch mal Türen. Diesmal schwarze Metalltüren.

Zum Schluss trat ich auf den Innenhof, der verlassen war – und verflucht kalt, nass und windig.

Es war schon dunkel, doch trotz der Beleuchtung der Laternen entdeckte ich keine Spur von Rampage.

Irritiert ging ich weiter auf die geschlossenen Tore zu und drückte die Klinke am Eingangstor nach unten.

Meine Augenbrauen zogen sich nach oben, während ich hindurchschlüpfte.

Mein Herz machte einen Satz – ein klein wenig Hoffnung keimte in mir auf.

Nur zerplatzte sie gleich wieder, sobald ich einen Wagen am Straßenrand parken sah und Rampage die Scheibe auf der Beifahrerseite herunterfuhr.

»Beweg deinen Arsch, oder willst du erfrieren?«, pampte er, und ich sog tief die Luft ein, ehe ich langsam auf das Auto zutrat.

»Du fährst kein Motorrad?«, hakte ich überrascht nach und öffnete die Beifahrertür, obwohl alles in mir danach schrie, nicht zu ihm in den Wagen zu steigen.

»Heute nicht«, antwortete er und seufzte entnervt, wahrscheinlich weil ich noch immer nicht eingestiegen war. »Komm, beeil dich«, sagte er ungeduldig. »Es zieht, und ich hab keinen Bock darauf, krank zu werden.« Einmal schniefte er.

Noch mal tief einatmend stieg ich nun zu ihm ins Auto.

Ich wollte hier nicht sein. Ich wollte nach Hause. Ich wollte ... zu Derek.

Nur war Derek die bessere Wahl? War er wirklich *meine* Hölle, wie ich sie mir vorstellte?

Außer gemein und besitzergreifend zu sein, hatte er mich bisher ... Nein. Derek war kein guter Mensch. Er hatte mich verletzt, wie Dreck behandelt, und er war für meine Situation verantwortlich. Er war die Quelle meines Übels.

Auf keinen Fall würde ich eine dieser Frauen werden, die ihren Entführer anschmachtete und ihm mit sabberndem Maul hinterherlief.

Er war Skill.

Resignierend schnallte ich mich an.

Rampage gab sofort Gas. Viel zu schnell.

»Geschwindigkeitsbegrenzungen interessieren dich wohl nicht, was?«, murmelte ich, und er schnaubte.

»Sie sind was für langweilige Hausbesitzer mit Vorgarten und einem Weib daheim.« Er verdrehte die Augen, konzentrierte sich aber sonst weiter auf den Straßenverkehr, weswegen ich keinen weiteren Kommentar zu seinem Fahrstil gab.

»Wo bringst du mich hin?«, hakte ich stattdessen nach.

»Zu unserem Essen«, beantwortete er mir die Frage. »Wir sind verabredet.«

»W-wir?«, stotterte ich.

Mein Herz rutschte in meine Magengrube. Nun, ich konnte mir die Frage selbst beantworten.

»Lilith«, sagte er meinen Namen, als würde er mit mir spielen. Viel zu belustigt, viel zu sanft, viel zu *verspielt*. »Du hast ein schlaues Köpfchen, wenn man deinen Noten trauen darf.«

Mir stockte der Atem, trotzdem beantwortete ich mir die Frage selbst. »Du bringst mich zu deinem *Freund*.«

»Aha«, machte er und hielt an der Ampel. »Wir essen mit ihm zu Abend, und danach geht es ab ins *Kittchen*.« Er drehte mir seinen kurz geschorenen Schädel zu. »Wünschst du dir immer noch, Dereks Bett zu teilen?«, fragte er mich in einem belustigten Tonfall. »Denn ich hätte dich *sicherlich* nicht der Öffentlichkeit präsentiert.«

Ich hielt seinem Blick stand. Obwohl mir bei dem Gedanken ans *Kittchen* schlecht wurde.

»Er macht mit mir, was er will«, antwortete ich atemlos. »Das war es doch, was du wolltest. Nicht wahr?«, fügte ich hinzu. »Du wolltest, dass ich zu dir gekrochen komme.«

Er grinste breit, und plötzlich erkannte ich, dass er ein Zungenpiercing hatte.

Igitt. Ich mochte keine Piercings. Das war ein Grund, warum ich selbst keine hatte.

»Wie ich sehe, läufst du noch aufrecht«, bemerkte er, bevor ich meine Beine zur Seite legte, da er die Pranke ausstreckte und sie auf mein nacktes Knie legte. Er ließ sich von meiner körperlichen Reaktion nicht beirren. »Wenn du möchtest, dann kann ich das hier und jetzt ändern. Skill scheint entgegen meinen Erwartungen zu sanft mit dir umzuspringen.«

»Er besitzt einen normalen Menschenverstand und weiß mit Worten so umzugehen, dass er bekommt, was er möchte«, widersprach ich unüberlegt, und Rampage lachte, bevor er aufs Gaspedal drückte.

»Offensichtlich«, stimmte er mir zu, als er wieder auf die Straße schaute. »Denn wie du dich von ihm hast ficken lassen ... Dir sind sämtliche Sicherungen durchgebrannt«, beschrieb er es, und mein Puls hämmerte unangenehm gegen meine Rippen, während ich rot anlief. »Dir ist bewusst, ich werde dir heute Abend dabei zusehen, wie sehr er deine Welt zum Einkrachen bringt, nicht wahr?«

Rampage zwinkerte mir zu, und ich schluckte schmerzhaft Galle hinunter, die meinen Hals hinaufgekrochen war.

»Ich hasse dich«, entgegnete ich ihm.

»Beiß nicht die Hand, die dich füttert«, konterte er, ehe Stille im Wagen eintrat.

Doch ich schaffte es nicht, meinen Kopf von Rampage fortzudrehen. Ich hatte Angst, er würde mich weiter bedrängen. Mich wieder anfassen, abgesehen von seiner Hand auf meinem Knie. Zu meinem Glück wanderte er mit dieser nicht hinauf.

Trotzdem. Es war das erste Mal seit Wochen, dass ich in die Stadt gefahren wurde. Zu sehen, wie trist und grau alles wirkte, war noch immer besser, als Rampage beim Autofahren zuzuschauen.

Die Umgebung hinter ihm kam mir bekannt vor. Meine Heimat.

Ich war noch ... Ich war sicher. Irgendwie.

Diese Stadt ... Sie hatte mir schon immer ein Gefühl von Sicherheit gegeben, weswegen ich auch nicht nach Princeton hatte ziehen wollen, als ich auf der Uni dort angenommen worden war, und auch nicht, als Mom ein Jobangebot bekommen hatte. Sie hatte sich für mich dagegen entschieden. Und dafür liebte ich sie. Weil sie mich zu nichts zwang, was ich nicht wirklich wollte.

Und ich wollte hierbleiben. Seit ich klein war. Weil ich mich hier *sicher* fühlte. Weil das meine Heimat war.

Rampage schnaubte. »Träumst du von Skills Schwanz oder warum schaust du so drein?«

Ich antwortete nicht, sondern sah diesen Biker nur weiter an und ließ die Umgebung an uns vorbeiziehen.

KAPITEL 25

LILITH

Es war nicht gerade das, was ich an einem Mittwochabend für gewöhnlich unternahm.

Normalerweise lernte ich, kochte mit Vero, und dann sahen wir einen Film oder so.

Jetzt gerade befand sich Rampages Hand an meinem unteren Rücken, und ich wurde durch die Türen eines Lokals geführt, das danach schrie, dass *er* hier *nicht* hergehörte.

Seine Tattoos, diese Long Sleeves, sie wirkten nicht nur fehl am Platz, sie teilten auch jedem mit, er würde die Gefahr sein, nach der sie sich *nicht* sehnten.

Dereks Motive auf seiner Haut wirkten so ... grazil und ebenmäßig, bei Rampage hingegen strahlten sie nichts weiter als Schwierigkeiten aus.

Zielsicher führte er mich bis in den hinteren Teil des teuren Ladens. Er ignorierte die drei Kellner in glattgebügelter Kleidung, die wesentlich eleganter wirkte als mein Outfit. Ich fühlte mich gekleidet wie eine Prostituierte. Wenigstens war das Licht hier gedimmt und die Vorhänge des Restaurants halb zugezogen. Obwohl wir nicht die einzigen Gäste waren, stach mir ein Tisch vor uns ins Auge. Denn an diesen wollte ich nicht.

Sobald ich Kayn Martins grau meliertes Haar entdeckt hatte und denselben Anzug, den er heute Nachmittag getragen hatte, machte mein Magen einen Purzelbaum. Hier wirkte er wie ein normaler Geschäftsmann. Schwer zu glauben, dass er Menschen kaufte.

Außer man sah ihm in diese giftigen grünen Augen und hinab in seine schwarze Seele. Denn wenn er mich anschaute, hatte ich das Gefühl, in das reine Böse zu blicken.

»War der Verkehr schrecklich, oder warum dauerte das so lange?« Im Kontrast zu seinen unhöflichen Worten lächelte Kayn, als würde er alte Freunde begrüßen.

»Hm«, brummte Rampage, und ich setzte mich sofort Martin gegenüber. Denn so würde er nicht von mir verlangen können, mich neben ihn zu setzen. Anzüglich betrachtete er jede Bewegung, die ich unternahm.

»Er hätte fließender sein können«, fügte Rampage seinem Brummen hinzu. »Und die Gesellschaft könnte gefügiger sein.« Er drehte den Kopf und nahm neben mir Platz.

»Ach.« Martin zischte und lachte dann leise – sodass sich mir die Nackenhaare aufstellten. »Ich schätze, unter der dicken Schicht verbirgt sich sicherlich ein hübscher Kern.«

Ich drückte die Beine unangenehm fest aneinander und vergrub die Hände unter dem Tisch im Saum, während er mich intensiv betrachtete.

»Ich hab gehört, du hast studiert, Lilith?«

Nicht ein Wort kam über meine Lippen.

Rampage konnte mich vielleicht zwingen, anwesend zu sein, aber er konnte mich nicht zur Konversation zwingen.

»Irgendwelche Geschwister?« Martin grinste breiter, da ich

wieder nicht antwortete, während er sein Glas mit klarer Flüssigkeit an die schmalen Lippen führte und einen Schluck trank.

Seine Züge waren konturlos, keine scharfen Kanten wie bei Derek. Aber auch keine Stoppeln, kein Bart, nichts. Er wirkte blank. Charakterlos.

Auch wenn es gedauert hatte, bis ich begriffen hatte, dass Derek wohl offensichtlich mein Typ war, wusste ich hier definitiv, dass Martin es nicht war. Ich hatte keine Daddy Issues.

»Die Frage beantwortet sich von selbst«, schmunzelte Rampage und schlug die einzige Speisekarte auf, die auf dem Tisch gelegen hatte. »Sie nimmt ein großes Wasser«, bestellte Rampage für mich, als einer der drei Kellner kam, um uns zu bedienen, und durchbrach damit das minutenlang andauernde Schweigen am Tisch. »Und wir teilen uns den *Coq au Vin*.«

Ich schaute Rampage erstaunt an, weil er den Namen des Gerichts perfekt ausgesprochen hatte.

»*Coq Au Vin*, kommt sofort.« Der Ober lächelte.

»Ich nehme ein kleines Wasser«, wandte ich ein. »Und ein anderes Hauptgericht. Ich esse kein Fleisch.«

»Entschuldigung?« Der Kellner schaute mich fragend aus großen braunen Augen an.

Rampage schnaubte amüsiert und zuckte mit einer Schulter. »Du isst, was du serviert bekommst, Lilith.« Für ihn schien damit alles geklärt. »Das wäre es dann.«

Der Kellner bedachte mich noch mal mit einem mitleidigen Blick, ehe sich vom Tisch entfernte.

»Ziert sie sich mit Fleisch?« Martin guckte erst Rampage, dann mich neugierig an. Gar richtig interessiert. Aber das war reine Manipulation, ich wusste es. »Wieso nimmst du kein Fleisch zu dir, Lilith?«

Indem Rampage nicht fair mit mir umging, würde Martin leichteres Spiel haben, nett zu mir zu sein, und glaubte wahrscheinlich, ich würde darauf anspringen.

»Du weißt, es ist unhöflich, nicht zu antworten«, bemerkte Martin, und ich sog Sauerstoff tief in mich ein. Während sich meine Schultern bewegten, wanderten seine Augen meinen Oberkörper entlang und er musterte den Stoff von Dereks Pullover. »Wird dir hier drin nicht warm, Lilith?«, hakte er nach, und Rampage lachte heiser.

»Stimmt«, brummte er. »Ich vergesse ständig, dass unter Skills Lumpen das hübsche Mädel steckt, das aus Sculleys Eiern kommt.« Ich drehte ihm den Kopf zu, sobald er wieder sprach. »Zieh dich aus.«

Erschrocken riss ich die Lider auf. »Nein«, erwiderte ich. »Ich fühl mich gerade …« Plötzlich drückte Rampages Hand hart meine Wangen zusammen.

»Hab ich gesagt, widersprich mir?«, entgegnete er ruhig. »Zieh. Den. Pullover. Aus. Lilith.« Er betonte jedes Wort. Besonders aber *Pullover* und *Lilith*. »Sonst übernehm ich das für dich.«

Die Zähne fest aufeinanderpressend, stand ich auf, sobald er mich losließ.

Ich fühlte mich unwohl, als ich mir Dereks Hoodie über den Schopf zerrte, und versuchte mich anschließend so schnell es ging wieder hinzusetzen. Dann breitete ich den Pulli über meinem Schoß aus.

Währenddessen klebten Martins Augen natürlich auf meiner nackten Haut und meinen Brüsten.

»Makellos«, beschrieb er mich. »Nahezu perfekt.«

Rampage seufzte. »Ja, eine perfekte Seelenplage.«

»Bereitet dir Sculley noch immer Probleme?«, fragte Martin, während seine Augen auf meinem Körper verharrten.

Ich bekam eine schreckliche Gänsehaut. Am liebsten wollte ich hier weg. Sofort.

»Dürfte ich auf die Toilette?«, bat ich. »Bitte?«, fügte ich hinzu, da Rampage resigniert dreinblickte.

»Du hast zwei Minuten.« Er deutete zur Seite.

Natürlich. Die Toilette befand sich keine zehn Schritte von uns entfernt.

Für den Weg dorthin nahm ich mir den Hoodie mit.

»Sie ist ein Goldstück«, bemerkte Martin, als würde ich ihn die paar Meter weiter weg nicht mehr hören können, ehe ich die Tür zur Frauentoilette aufstieß und in Wände in Gold, Grau und Moosgrün flüchtete.

Tief durchatmend schloss ich die Lider, während ich mich am Waschbecken abstützte. Kein Geräusch war hier drin zu hören.

Das Ganze sollte aufhören. Verdammt, ich wollte nicht hier sein. Ich wollte zurück zu Derek. Wo ich mich ... sicher fühlte.

Er mochte mir Angst machen und mich emotional herausfordern, aber ich fühlte mich auch sicher, wenn er in meiner Nähe war. Und ich fühlte mich ... gewollt. Auf eine Art, die mich zufrieden sein ließ.

Als die Tür aufging und eine Frau mit dunkelblonden Haaren in einem grünen Tweedkostüm hereinkam, schreckte ich zusammen.

Sie blickte mich überrascht an, ihr rot geschminkter Mund öffnete sich leicht, ehe sie in eine der Kabinen lief.

Noch mal sog ich tief die Luft ein.

Ich musste dieses Essen überstehen. Nur würde es danach nicht besser werden. Mein Magen tat bereits weh, wenn ich nur daran dachte, was danach folgen würde. Erneut zuckte ich zusammen, als die Dame wieder aus der Kabine kam und mit ihrer Clutch zu mir ans Waschbecken trat. Aus dieser holte sie nach dem Händewaschen Lippenstift und ein Telefon heraus, welche sie auf den Waschbeckenrand legte.

Zwei Minuten. Sie waren sicher gleich um.

Mein Blick haftete auf dem Smartphone, und ich überlegte,

ob ich sie fragen sollte, ob ich damit jemanden anrufen könnte. Meine Mutter zum Beispiel.

Aber dann klopfte es an der Tür, und diesmal schreckten sowohl die Frau als auch ich zusammen. Wie von der Tarantel gestochen drehte ich mich um und ging zurück in den Gastraum.

Rampage stand vor der Tür. »Was hast du da drin gemacht?«, fragte er mich und zog eine Braue hinauf.

»Ich brauch auch mal länger als zwei Minuten«, log ich jämmerlich.

Den Rest des Essens blieb ich stumm und nahm keinen Bissen zu mir. Mein Herz sehnte sich nach ... Sicherheit. Ruhe. Frieden.

Ich konnte mir definitiv Angenehmeres vorstellen, als neben Rampage im Auto zu sitzen.

Vor allem als Rampage etwas außerhalb von Providence auf ein einsames Anwesen zufuhr und der Schotterweg eklige Geräusche verursachte.

Das Haus strahlte Ruhe aus, obwohl in allen Fenstern Lichter brannten.

»Ist es das?«, fragte ich. »Das *Kittchen*?« Mir schlug das Herz bis zum Hals, und ich knetete nervös die Finger im Schoß.

»Er ist drinnen«, meinte er. »Geh ihn suchen, du würdest sowieso nicht weit kommen, wenn du hier versuchst, abzuhauen. Ich muss erst noch einen Parkplatz finden.«

Mit diesen Worten scheuchte er mich aus dem Wagen und ich stand da. Allein in der Kälte.

Ich wollte nicht hinein. So entschied ich, hier stehen zu bleiben.

Mein Vorhaben währte, bis ich derartig an den Beinen fror, dass ich mich doch auf den Weg nach drinnen machte.

Doch sofort wollte ich wieder umdrehen.

Hier schien es eine Art Empfang zu geben, an dem eine Dame mit knallroten Haaren stand und lächelte. Auch ihr Megawattlächeln änderte nichts an dem Gestöhne, das aus allen Zimmern drang. Nichts wurde versteckt. Genauso wie man es mir erzählt hatte.

»Guten Abend«, begrüßte sie mich. »Wie kann ich behilflich sein?«

Schluckend und bibbernd trat ich näher. »Es war draußen so kalt. Ich möchte mich nur etwas aufwärmen«, nuschelte ich in einem dämlichen Versuch, sie dazu zu überreden, hier einfach stehen bleiben zu dürfen. Dann würde ich den Abend über eben knallrot im Gesicht bleiben, weil ich zuhören musste, wie andere Menschen sich gegenseitig beglückten. Doch wenigstens wäre ich keine von ihnen.

»Es würde Ihnen schneller warm werden, wenn Sie Ihren Pullover ausziehen würden«, riet sie mir mit einer Falte auf ihrer Stirn. Als verstünde sie nicht, warum ich hier so eingepackt auftauchte.

»Nein, nein«, gab ich schnell von mir und schüttelte den Kopf, während ich mich an meinen Pulli klammerte. »Ich mag es so, wie es ist.« Ich zuckte zusammen, da die Tür hinter mir aufging und Rampage hereinkam, ohne Jacke.

»Louisa.«

»Rampage!« Sie grinste noch breiter. »Sie waren lange nicht mehr hier.«

»Ich weiß.« Er drückte mir seine Hand in den Rücken, bevor ich quietschte, weil er meinen Hoodie von hinten packte und nach oben zerrte.

»Nicht«, bat ich unangenehm berührt und versuchte, mich von ihm zu entfernen.

Er ergriff den Stoff nur fester. »Zieh ihn aus, Lilith. Keine Diskussion.« Er schaute mich so ernst an, dass mein Herz einen Schlag aussetzte und es sich zusammenzog.

Fest biss ich die Zähne aufeinander und ließ mir den Pullover von Rampage ausziehen, den er daraufhin Louise aushändigte. »Sie ist mit Skill hier.«

»Skill?« Louise blickte zu mir. »Ah, deswegen wollte er schon mal nach oben.«

Ich hatte plötzlich keine Spucke mehr im Mund, sobald sie oben erwähnte. Oben, von wo das Gepolter kam und wo das Gestöhne am lautesten schien.

»Ich wünsche viel Spaß.« Sie grinste. Wieder dieses Megawattlächeln.

»Den werden wir haben.« Rampage lächelte ebenfalls, ehe er mich zur dunklen Holztreppe führte.

Alles war in Rot und Schwarz oder dunkelbraunem Holz gehalten. Es gab überall rote Teppiche, auch auf der Treppe – und im oberen Stockwerk.

Es gab nirgendwo persönliche Sachen oder irgendwelche Dekoration. Es gab auch keine Möbel.

Aber was es oben gab, waren ... offene Räume. Keine Türen. Nicht eine verdammte einzige.

Ich riss die Lider weit auf, als wir auf eine Orgie trafen. Männer und Frauen. Alle ineinander verschlungen. Der Anblick schockierte mich, und ich wusste nicht, wo ich hinsehen sollte. Einem Mann wurde gerade von einer Frau mit einem Anschnalldildo in den Hintern gestoßen, während er oral einen anderen Mann befriedigte.

»Nicht das, was du erwartet hast?«

Mit feuerroten Wangen wandte ich den Kopf ab, als Dereks Stimme ertönte.

»Ich dachte, hier würden nur Frauen ... angefasst.« Ich schluckte.

»Mehr als das.« Derek schaute nicht zur riesigen Orgie in dem Zimmer vor uns, sondern nur zu mir. »Das ist eines der Spielzimmer.« Er streckte mir die Hand entgegen, und sobald ich meine in seine legte, guckte er Rampage an.

Während mein Puls noch immer viel zu schnell schlug, realisierte mein Körper langsam, dass ich nun wieder bei Derek war. Dass ich auf verquere Art und Weise in Sicherheit war. Und es führte dazu, dass sich mein Herz ein wenig beruhigte.

»Ich führ sie erst noch rum«, teilte er ihm mit. »Hab du deinen Spaß.«

Rampage hörte ich noch schnauben, das war aber auch alles, bevor Derek mich in ein anderes Zimmer neben der Treppe führte. Einen weiteren abgedunkelten Raum mit einigen ... knutschenden Menschen.

»Was ist das?«, raunte ich leise. Hier fasste sich niemand derart unsittlich an.

»Hier kommt man her, um zu knutschen.« Derek zuckte mit den Schultern. »Es ist der harmloseste Raum von allen.«

Ich schluckte, sobald er auf eine uneinsehbare Bank zusteuerte und sich darauf niederließ. Unsicher blieb ich einen Moment stehen, hielt weiterhin seine Hand.

Er hob die Brauen, und seine Mundwinkel zuckten, bevor er sich zurücklehnte und seinen Schoß tätschelte. »Komm her, Blümchen«, sagte er fordernd. »Ausnahmsweise will ich deine Lippen nicht um meinen Schwanz.«

Ich wurde noch röter, ehe ich mich mit erneut rasendem Puls auf ihn setzte. Unsicher blickte ich mich kurz um, während er meine Taille packte und mich ein Stück näher zu sich zog.

Keiner hier drin schenkte uns Aufmerksamkeit. Nicht einer. Sie waren alle mit Küssen beschäftigt.

Ich drehte den Kopf und schaute Derek ins Gesicht.

»Wir reden morgen früh, okay?«, raunte er gegen meine Lippen. »Wenn wir alleine sind.«

Ich seufzte und schloss die Lider, als er seinen Mund gegen meinen presste. »Okay«, murmelte ich und ließ mich führen.

Der Wackelpudding war zurück.

Mein Körper sank gegen seinen, und ich seufzte gleich noch mal, da er mir über die Unterlippe leckte und dann schamlos wie immer mit seiner Zunge in meinen Mund eindrang.

Er keuchte leise und drückte mich auf seinen Schoß hinunter.

»Ich könnte dich ewig küssen«, gestand er leise und löste sich für eine Sekunde, in der ich tief einatmete, meine Hände hob und eine an seine Wange und die andere an seinen Kiefer legte.

»Sagt der, der so fantastisch küsst«, schmeichelte ich ihm und stöhnte heiser, weil er mich fest auf sich hinabdrückte.

»Wir bleiben einfach hier«, seufzte er und hob eine Hand, um sie in meinem Haar zu vergraben. »Damit bin ich auch zufrieden.«

Das wäre schön gewesen. Nur in diesem Raum zu bleiben.

Aber irgendwann würde Rampage uns suchen. Ich war mir sicher, er würde sich nicht entgehen lassen, wie Derek mich ... in aller Öffentlichkeit ... Ich wollte es nicht einmal denken.

Mochte man mich für prüde halten, es war mir egal. Ich war für solch eine Art von Aktivität nicht gemacht.

Als Derek mich keuchend aufrecht stellte und sich von mir löste, waren mit Sicherheit mehr als zehn Minuten vergangen.

Meine Füße kribbelten und fühlten sich wackelig an, doch er ergriff fest meine Hand und führte mich aus einer anderen Tür heraus als die, durch die wir gekommen waren.

Das Stöhnen wurde leiser. Intimer.

Ich schaute an die verspiegelte Decke, während wir auf einen langen Flur traten. Es gab einige Räume vor uns, vor denen sich verspiegelte Türen befanden, die allesamt geschlossen waren.

»Hier gibt es Einzelräume. Mit Ausstattungen und Themen für die unterschiedlichsten Wünsche,«, erklärte Derek mir, und ich schluckte, als mein Blick auf seinen Schritt fiel.

Er war hart.

Was hatte ich auch erwartet? Dass das intensive Rummachen ihn nicht erregen würde? Und wenn ich es zugab, dann war auch ich feucht, trotz der Umstände.

»Hast du heute ein bestimmtes Thema im Sinn?«, fragte ich mit etwas wie Angst in der Stimme, doch es war gemischt mit ein klein wenig Neugierde, die ich einfach nicht zurückhalten konnte.

»Ja«, sagte er mir nur.

»Und was?« Ich schluckte erneut, während er mich durch eine Tür geleitete, die in einen weiteren Gang führte. Einen dunklen Flur, ebenfalls mit rotem Teppich ausgelegt, der sein Ende an einer verspiegelten Treppe fand. Was manche Architekten entwerfen konnten, war der Wahnsinn ...

»Was ist da oben?«, hakte ich leise und nun weniger neugierig nach.

»Der Raum der Dunkelheit.«

Mein Mund wurde trocken, als Derek in seine hintere Hosentasche griff und ein schwarzes Band hervorholte.

Ich schreckte einen Schritt vor ihm zurück und starrte mit großen Augen zu ihm auf. »Ich soll nicht wissen, was da oben auf mich wartet?«

»Einer von uns wird diese Augenbinde tragen. Es ist Pflicht in diesem Themenzimmer«, erklärte er mir und zog mich zu sich. »Es ist besser so, Lilith«, raunte er mir ins Ohr, während er sich drehte und mich gegen die Wand drückte. »Es wird das Ganze leichter machen. Ich verspreche es.«

»Derek«, nannte ich leise seinen Namen.

»Es ist besser so«, wiederholte er. *Vertrau mir.*« Er lehnte sich ein Stück zurück, und ich atmete tief ein, als ich in seine dunkelbraunen Augen blickte. In diesem Licht erkannte ich nur Konturen und alles schwärzer. »Ich werde nichts tun, wovor du dich fürchten müsstest«, raunte er weiterhin so gedämpft. »Keine Schläge, keine Grobheit. Du wirst umsorgt und bekommst den Blümchensex, den du dir wünschst.«

Er hatte mich noch nie so *lieb* behandelt, wie ich es von meinem ersten Mal kannte. Aber er hatte mich jedes Mal fantastisch fühlen lassen. Auch als er mir wehgetan hatte. Wollte ich also wirklich, dass er dies zur Show änderte?

»Versprich mir, dass ich hier nie wieder hinmuss.« Er atmete tief ein und nickte. Dann drehte ich ihm den Rücken zu – und ließ mir die Augen verbinden.

KAPITEL 26

LILITH

Der seidene Stoff lag unerklärbar sanft und doch fest um meine Augen. Derek machte einen Knoten, damit die Binde nicht verrutschen konnte.

Als er sich dann hinter mir bückte und plötzlich nach meinem linken Knöchel fasste, schreckte ich zusammen.

»Entspann dich«, lachte er rau. »Ich zieh dir nur die Schuhe aus, Blümchen. Du wirst die Treppe sonst mit Sicherheit nicht überleben«, scherzte er.

»Okay«, entgegnete ich leise und streckte die Hände aus, um mich an der Wand abzustützen. Die Tapete unter meinen Fingern war fast so weich wie der Teppich, den ich nun mit bloßen Füßen berührte.

Nachdem Derek mir meine Stilettos ausgezogen hatte, strich er beim Aufstehen meine Beine nach oben, und ich schluckte, weil seine Hand die eine Hälfte meines Pos fest packte.

Er drückte meine Haut und ich atmete tief ein.

»Ich sollte dir die Augen öfter verbinden«, flüsterte er, und ich zuckte heftig zusammen, als er seine Lippen auf meine entblößte Schulter drückte.

»Entschuldige«, murmelte ich, während er meinen Hintern losließ und nach meinen Fingern griff.

»Einen Fuß vor den anderen«, riet er mir und half mir, langsam voranzukommen.

Mir wurde schwindlig, so wild schlug mein Herz. Die Gewissheit, blind in diese Sache zu stolpern, machte es noch viel schlimmer.

Wer wusste, was da oben auf mich wartete? Würde man uns zusehen? Einschreiten? Kommentare von sich geben? Ihm zujubeln, weil er mich flachlegte? Weil er mich *ficken* würde?

Mein Puls nahm immer schneller an Fahrt auf, und Dereks Handgriff wurde gefühlt fester und fester, je höher wir die Treppe erklommen.

Ich hörte leise Geräusche aus dem Raum vor uns und war fast schon so weit, hier und jetzt umzukippen.

Durch die Augenbinde konnte ich nichts erkennen, aber ich vernahm leise Stimmen. Keuchen, Stöhnen, das Aneinanderklatschen von Körpern.

Hier drin wurde Eindeutiges getrieben. Aber wo wer war, konnte ich so gut wie nicht ausmachen, denn die Geräusche kamen von überall.

Doch Derek führte mich zielsicher weiter.

Mein Herz schlug so unkontrolliert in meiner Brust, dass ich innehielt.

Ich konnte das nicht.

Ich konnte das hier nicht. Auf keinen Fall!

»Derek«, nannte ich verzweifelt seinen Namen. »Bitte«, flehte ich.

Mein Brustkorb drohte zu platzen und mein Herz für immer stehen zu bleiben, als Derek mich noch wenige Schritte weiterdrängte.

Das Keuchen und Stöhnen erklang direkt hinter uns.

»Vor dir befindet sich eine Bank«, erklärte er mir leise, und ich schluckte, als seine Hand mein Haar von meiner Schulter strich. »Ich möchte, dass du dich hinsetzt, Lilith.«

Es hatte noch nicht einmal angefangen, und trotzdem atmete ich panisch durch meine Nase. Gehetzt und wie verhext. Ohne Kontrolle. Weil ich keine mehr besaß. Meine Wahl wurde mir abgesprochen. Ich sollte das hier tun. Ich musste das hier tun.

»Ich kann das nicht«, hauchte ich leise. »Bitte, Derek.«

Während sein Körper sich von hinten an meinen drückte und seine Lippen plötzlich meine nackte Haut berührten, zuckte ich stark zusammen.

Derek ließ meine Hand los und ich krallte meine Fingernägel in meine Innenflächen.

»Du wirst das schaffen«, murmelte er genauso leise, und ich schluchzte, benetzte die Binde mit Tränen. Nein. Ich würde das hier nicht packen.

Aber alles in mir schrie danach, dass ich das hier nicht konnte, nicht *wollte*.

»Bitte«, wimmerte ich gequält und gab einen leidenden Ton von mir, während er mein Kleid hochzog und den String entblößte, den ich heute hatte anziehen sollen.

Derek drehte mich zu sich, dann drückte er mich mit Kraft auf die Bank hinter mir. Zitternd saß ich verkrampft auf meinen vier Buchstaben. Der Untergrund fühlte sich eiskalt an.

»Lilith, entspann dich«, bat er mich und strich mit seinem Finger unter meinem Kinn entlang. »Außer mir fasst dich niemand an.«

»Nein, ich will das nicht.« Mit dem Kopf wich ich nach hinten aus. »Bitte nicht.«

Nein. Ich musste hier raus. Ich konnte nicht atmen. *Ich wollte das nicht.*

Ich musste hier raus. *Sofort.*

»Bitte«, flehte ich erneut panisch und verängstigt und krallte meine Finger ineinander. Meine Nägel drückten sich so tief in meine Haut, schmerzten und erinnerten mich daran, dass das alles real war.

Dass ich das hier gerade wirklich erlebte.

Es war ein Albtraum. Gegen meinen Willen.

Man würde mir zusehen. Zusehen, wie sich Dereks Schwanz in meine Mitte schob und ich mich auf eine Art entblößte, die nur mein Partner zu sehen bekommen sollte.

Ich wollte das nicht.

Das war zu intim. Das war meine *tiefste* Privatsphäre.

Derek umfasste mit beiden Händen mein Gesicht, ehe er meinen Kopf drehte. Dann drückte er seine Lippen auf meine. Nur jetzt ... hatten sie keine Wirkung auf mich. *Jetzt* wurde ich nicht zu einem Wackelpudding. Ich blieb ein nervliches Wrack, das am Ende war. Hier war meine Grenze. Ich konnte das nicht.

»Bitte, bring mich hier raus«, schluchzte ich leise, ehe ich mit zitternden Fingern beide Hände hob und versuchte, mir die Augenbinde abzunehmen. »Bitte, bitte, Derek«, hauchte ich verzweifelt und wimmerte, weil er mit seinen Fingern gegen meinen Hinterkopf drückte, um mich daran zu hindern, die Augenbinde zu lösen.

»Du kannst das, Lilith«, behauptete er ernst, ehe die andere Hand an meine Hüfte wanderte und dann sein Knie gegen meines stieß.

Verängstigt zuckte ich zurück. So wollte ich das nicht.

Nicht so, nein.

»Bitte.« Ich erkannte meine Stimme nicht mehr wieder.

Das hier war es. Das war gegen meinen Willen.

Das hier war gegen meinen verdammten Willen.

Derek, er ... Er hatte mich nicht vergewaltigt. Das hier war, was ich nicht wollte und konnte.

Ich wich mit dem Schopf erneut nach hinten aus, während er mit dem Daumen meine Lippen nachmalte und meine Hände losließ.

Mein ganzer Körper kribbelte, ich zitterte wie Espenlaub.

Es ging nicht. Ich konnte das nicht.

Er hatte mich in eine Falle gelockt. Er war böse. Er wollte, dass ich das fühlte. Er wollte, dass ich ...

Hemmungslos liefen Tränen über mein Gesicht, und ich schluchzte laut, als Derek mich plötzlich wieder von der Bank zerrte.

Er zog mich mit sich, hielt meinen Arm fest umklammert.

»Bitte!«

Ich keuchte, während er mich immer schneller mit sich zerrte.

Eine Tür ging auf. Und dann wurde ich gegen seinen Körper gepresst. In eine feste Umarmung.

Noch stärker jammernd und heulend gab ich wenige Sekunden später ein gequältes Stöhnen von mir, da Derek mir die Augenbinde mit einem Ruck vom Kopf riss.

»Nein.« Ich schlug hektisch die Lider auf und wehrte mich, doch er umfasste mein Gesicht.

»Hey!« Sein Blick suchte meinen, der panisch umherwanderte und den hellen Flur in Augenschein nahm, in dem wir uns befanden. Er war das komplette Gegenteil zum Rest des *Kittchen*.

Glatt, kühl, und alles war weiß, selbst das metallene Treppengeländer. Es wirkte steril.

»Sieh mich an, Lilith.« Mit angestrengter Atmung schaute ich Derek in seine dunklen Augen, und er schluckte, wischte mir Tränen aus dem Gesicht. »Hey«, wiederholte er ruhiger und schüttelte den Kopf. »Es ist vorbei«, entschied er nach einem Moment der Stille, während er mich betrachtete.

Meine Sicht verschwamm erneut.

Er seufzte und zog mich wieder in eine feste Umarmung. »Ich werde dich nicht wieder dort hineinbringen«, versprach er mir leise und streichelte mir über meinen Rücken, ehe er mit beiden Händen mein Kleid richtete, es wieder über meinen Hintern schob. »Es wird alles gut, Lilith. Hörst du? Es wird alles gut ...«

Ich gab einen erschreckten Ton von mir, der von den Wänden widerhallte, bevor ich die Lider zusammenkniff, da die Tür hinter Derek aufgegangen war und Rampage davorstand.

»Was sollte das, huh?!«, fragte er uns wütend.

Ich schrie auf, als er mich packte. Der Präsident der Black Demons ließ mich abrupt wieder los, weil Derek sich vor mich stellte.

Überrascht schaute ich gegen seinen Hinterkopf, betrachtete das Tattoo in seinem Nacken. Die Flügel waren ausgebreitet und dunkel. Weniger detailliert. Roh.

»Oberste Regel dieses Hauses ist, dass alles auf freiwilliger Basis läuft, Rampage. Sie hat da drin eine Panikattacke bekommen.«

»Sie soll sich nicht so haben.« Er machte wieder einen Schritt in meine Richtung, aber Derek verweigerte ihm den Zugriff.

»Lilith wird dort *nicht* wieder reingehen«, entgegnete er standhaft, den Rücken mir zugewandt, ehe er eine Hand nach hinten ausstreckte und sachte nach der meinen griff.

Zitternd atmete ich ein, sah auf meine kalt werdenden Füße hinab. Der Boden war hart und eisig. Der totale Gegensatz zum weichen Teppich.

»Sie wird«, stellte Rampage klar. »Und es ist mir egal«, fügte er hinzu, »ob *du* sie fickst oder ich dafür sorge, dass sie noch heute jemand anderes flachlegt. Vielleicht erledige ich das einfach selbst.«

Rampage machte einen Schritt auf mich zu, doch wieder

versperrte Derek ihm den Weg, während ich mir schnell mit der freien Hand versuchte, meine Tränen vom Gesicht zu wischen. Es kamen stetig neue nach.

»Du willst, dass sie in diesem Zustand gefickt wird?! Hast du sie noch alle?!« Er zeigte ihm den Vogel. »*Ich* sage, wir sind hier fertig.«

Hastig schlug ich den Blick nieder, als Rampage an Derek vorbeisah.

»Sie wird wieder mit reinkommen«, wiederholte er. »Das ist mein letztes Wort, Skill.«

»*Es. Ist. Gegen. Ihren. Willen.*« Derek schubste Rampage beiseite, packte mich und drängte mich dazu, die Treppe nach unten zu laufen.

Kapitel 27

Skill

Ich konnte das hier nicht.

Es lag nicht an ihren Tränen oder ihrer Panik. Beides zusammen war lediglich der Tropfen gewesen, der das Fass zum Überlaufen gebracht hatte, sodass ich sie jetzt über den Notausgang zu meiner Harley führte, um zurück nach Providence zu fahren.

Mein Problem war grundlegend: Ich wollte es nicht. Nicht so. Ich wollte sie nicht zitternd, bibbernd vor Angst und mit tränenüberströmtem Gesicht dazu drängen, mir einen zu blasen, oder sie über eine Holzbank gebeugt ficken. Vor allem nicht vor Rampage und anderen, die uns zusahen.

Dieser Raum hieß nicht umsonst *Für Voyeure*.

Ich hatte gedacht, es ihr mit einer Augenbinde erleichtern zu können, aber die Angst, die sie dort drin gezeigt hatte, war der Furcht gleichgekommen, die sie gehabt hatte, als ich sie das erste Mal zu Rampage gebracht hatte. Als meine Hand in ihrem weichen Haar verschwunden war und sie geschluchzt und um ihr Leben gefleht hatte.

Ich wollte es so nicht. Wollte so keinen Sex. Nicht mit Lilith.

Der Sex konnte noch so schmutzig sein. Und sie konnte so tun, als wollte sie es nicht. Meinetwegen. Aber so nicht. Nicht, wenn sie wirklich in Panik war.

Tief durchatmend holte ich aus der Seitentasche meiner Harley eine Jogginghose hervor und hielt sie ihr hin. Dicke Socken ließ ich folgen. »Anziehen«, forderte ich sie auf.

Ich empfand mehr als nur Mitleid. In mir zog sich bei ihrem Anblick alles zusammen. Schmerzhaft.

Das Einzige, was ich noch wollte, war, Rampage eins aufs Maul zu hauen und Martin ebenfalls, der in der ersten Reihe gesessen hatte und uns schon beim Hereinkommen mit den Augen gefolgt war. Aber noch viel schlimmer war, dass ich mir selbst eine verpassen wollte, weil ich uns erst in diese Lage gebracht hatte. Weil ich meine Klappe aufgerissen hatte.

Mir war klar, dass Rampage gewollt hatte, dass Martin sie in Aktion sah. Dass er selbst betrachten konnte, was Lilith für ein Gewinn war.

Dabei hatte er sie doch bereits gekauft. Sally hatte es mir heute Abend bestätigt. Er hatte sich darangesetzt, nachdem ich zu ihm gekommen war. Ich schaffte das nicht länger ohne den MC im Rücken. Sie waren meine Familie. Ich konnte sie nicht länger über unseren Präsidenten und seinen Dreck anlügen, wenn ich wusste, jeder von uns war gegen Menschenhandel.

Selbst wenn ich mich mit Bones in seinem benebelten Trauerzustand anlegen müsste.

Ich hatte durch meine eigene Trauer nun lange genug meinem MC den Rücken gekehrt und so getan, als würden sie alle nicht genauso unter Rampages Führung Schaden davontragen.

Lilith klapperte mit den Zähnen, und ich zerrte auch meine Jacke aus der Tasche, ehe ich sie ihr über ihre Schultern legte.

»Aber ...«

»Keine Widerrede«, unterbrach ich sie leise und zog den Reißverschluss nach oben. »Komm.« Ich setzte mich zuerst und half ihr hinter mir auf. Sie fühlte sich kalt an, als ich ihre Arme kräftig um meinen Bauch legte. Ihre Beine drückten sich fest gegen meine Hüfte, machten mir bewusst, wie nah sie an mich gerückt war.

»Ich werde jetzt schneller als erlaubt fahren, ja?« Rasch hielt ich ihr meinen Helm hin, denn ich hatte vorhin vergessen, zwei einzupacken.

Nur ein paarmal war ich bisher hier gewesen. Hatte zugesehen und mir den Stripperraum angeschaut, bevor wir in unserem Club selbst eine Show aufgezogen hatten, die inzwischen einmal im Monat stattfand. Aber noch nie hatte ich hier drin die Initiative ergreifen wollen, und das Ganze heute hatte auch mich verdammt nervös gemacht.

»Du brauchst auch Schutz«, murmelte Lilith, und mein Helm um ihren Kopf drückte sich zwischen meine Schulterblätter. »Und eine Jacke«, fügte sie hinzu.

Ich schluckte. »Was ich brauche, bist du«, gestand ich unüberlegt und legte kurzerhand meine Hand über ihre, bevor ich mit einem Kick versuchte, die Harley zu starten. Ganz miese Idee. Sagte mir auch mein Baby, denn sie ging wieder aus.

Seufzend startete ich sie ordentlich, bevor ich aus der zum *Kittchen* gehörenden Garage fuhr. Mit rasendem Tempo ging es hinaus in die kalte Nacht, ohne Sicherung.

Hauptsache Lilith war geschützt.

Sally saß an seinem Tablet an der Bar, als ich Lilith durch die Vordertüren des Clubs hereinführte.

Ich zerrte sie hinter mir her, ihre Hand fest umfassend, während ich auf unseren Treasurer zuhielt. »Hast du was Neues?!«, rief ich, und er hob den Blick.

»Alter! Hast du mich erschreckt!«, rief er über den Bass hinweg und schüttelte den Schopf. »Nein!«, antwortete er mir dann. »Nur die Summe. Nicht rückverfolgbar. Das müsste ich besser Joker vorlegen.« Er schaute zu Lilith, deren gerötete Augen auf den Boden gerichtet waren. »Es lief wohl nicht gut.«

Verneinend schüttelte ich den Kopf. »Rampage wird bald zurück sein«, teilte ich ihm mit. »Rede morgen mit Joker drüber. Alleine.«

Sally nickte. »Soll ich auch Bones Bescheid geben?«

Wieder schüttelte ich den Kopf. »Wir warten lieber erst mal die Nacht ab.«

Ich hatte es eigentlich satt, nichts zu unternehmen. Wenn Sculley so intensiv nach Lilith suchte, wie überall im Untergrund geflüstert wurde, dann müsste Rampage längst kalte Füße haben. Aber ich ließ nicht zu, dass er mir Lilith entriss. Nicht sie.

»Sculley wird nicht einfach hier aufkreuzen.« Sally deutete meine Miene wie immer richtig. »Doch du könntest in Betracht ziehen, mit ihm zu reden.« Ich zog eine Braue hoch. »Es wird kein weiteres Blutvergießen geben, Skill«, versicherte er mir. »Wir sind alle erwachsen. Wir können auch hinfahren und in Ruhe reden.«

Es durfte kein Massaker geben. Wir hatten nun Wichtigeres vor, als uns für Johnnys Tod zu rächen. Als Black Demons hatten wir uns nun lange genug lächerlich gemacht und den Greens die Macht auf den Straßen überlassen. Abgesehen davon mussten wir uns um den offensichtlichen Verrat unseres Präsidenten kümmern. Ein MC war nichts ohne seinen Anführer. Rampage wusste das. Fiel er, fielen wir alle.

Wie hatte es so weit kommen können? Dass ich alles aus den Augen verloren hatte? Es mir egal geworden war?

Durchatmend drückte ich, ohne groß drüber nachzudenken, meine Lippen gegen Liliths Schläfe, die ihre Hände an meine Bauchmuskeln legte und dann über den Stoff meines Shirts streichelte. Es wäre gelogen gewesen, wenn ich gesagt hätte, dass mich diese Geste nicht beruhigte.

Sally seufzte laut und frustriert, weil ich nicht antwortete.

»Ich wünsche eine gute Nacht«, meinte er an Lilith gerichtet.

»Ich bring dich ins Bett, in Ordnung?«, raunte ich ihr zu, und sobald sie zu mir aufschaute, nickte sie einmal.

Für ein paar Sekunden nahm ich es mir heraus, ihr Gesicht zu betrachten. Die eng beieinanderliegenden kleinen Augen, die leicht schräge Nase, die großen rosigen Lippen. Die schon wieder knallroten Wangen.

Ach, was. Sie waren einfach immer rot.

Mein kleines Blümchen war immer rot ...

»Es tut mir leid«, murmelte ich. »Ich hätte es gar nicht erst erwähnen dürfen.«

Dass uns hier alle sehen konnten, war mir egal. Was zählte, war jetzt nur, dass sie mir glaubte.

KAPITEL 28

SKILL

»Ich werde nicht ...«, begann ich, wurde aber unterbrochen.

»Uns ist egal, was du willst. Abgemacht ist abgemacht«, behauptete Rico, der Vizepräsident der Green Killers, am anderen Ende. »Sculley will sich treffen. Uns ist egal, wie tief ihr in der Scheiße steckt.«

Ich verdrehte die Augen und zwang mich dazu, mein Smartphone nicht gegen die Wand zu werfen.

»Ihr seid uns lange genug ausgewichen. Wird Zeit, diesen Scheiß zu bereinigen. Nur weil Johnny tot ist ...«

»Wag es nicht, seinen Namen in den Mund zu nehmen«, knurrte ich.

»Hey, ich hab deinen Bruder nicht ermordet.«

»Ihr ...«

»Ich habe dir schon letztes Jahr gesagt, das waren wir nicht. Wie oft willst du meine Aussagen noch ignorieren, Skill?«

»Fick dich!«, rief ich ins Telefon.

»Sag deinem Präs, in drei Tagen an der Timberley Lane. Neutraler Boden.«

Ich knirschte mit den Zähnen, als dieses Arschloch auflegte. Das durfte nicht wahr sein!

»Wer war das?«, hakte Lilith nach, sobald ich in mein Zimmer trat und mein Handy auf der Kommode ablegte.

Alles, was ich mir wünschte, war, bleiben zu können. Nur war ich mit einem miesen Timing gesegnet.

»Der Vizepräsident der Green Killers«, erzählte ich ihr. »Er möchte reden.« Ich atmete tief ein. »Ich werde ihm morgen erzählen, dass du hier bist.«

Ihre Brauen wanderten nach oben. »Wie bitte?«, fragte sie leise und überrascht.

Ein Seufzen entkam meinen Lippen. »Ich lass dich hier nicht länger als nötig mit Rampage unter einem Dach, Lilith«, erklärte ich ihr. »Du musst woandershin. Er fängt an, nervös zu werden.« Und ich auch.

Wäre das Ganze nicht sowieso so abgefuckt und verdreht, würde ich wahrscheinlich nur noch über die Frau vor mir grübeln und sie in meine Matratze drücken.

»Du solltest unter die Dusche«, bemerkte ich ruhig und trat wieder an meine Kommode heran, ehe ich aus einer Schublade frische Unterwäsche herausholte. »Es ist heute viel passiert.«

Sie schniefte, sagte erst nichts. »Das ist alles?«, entgegnete sie dann nach wenigen Sekunden. »Wir werden nicht darüber reden, was vor einer Stunde passiert ist?«

Ich drehte ihr den Kopf zu. »Du willst über deinen Zusammenbruch sprechen, obwohl wir es gut hätten gebrauchen können, dass du dich vorführen lässt?«, erwiderte ich.

Ihr wich die Farbe aus dem Gesicht und ich biss mir auf die Zunge. »So meinte ich es nicht«, entschuldigte ich mich.

»Hm«, machte sie. »Ich frag mich, warum ich jedes Mal einen anderen Ausgang erwarte«, fügte sie schulterzuckend hinzu. »Mir sagst du, ich kenn mich nicht. Aber hast du dir diese Frage schon einmal selbst gestellt, Derek? Du folterst Menschen und tötest sie, weil du über den Verlust deines Bruders nicht hinwegkommst. Und mir erzählst du, ich bin eine Unschuldige, die das alles nicht verdient. Trotzdem lässt du mich weder gehen, noch bist du sonderlich nett zu mir, außer ich bringe dir einen Vorteil.« Sie wischte sich über die Wangen, die wieder rot zu werden drohten. »Das soeben hast du nur getan, weil du keine Lust hattest, mich noch mal zu ver...«

»Du solltest dir deine nächsten Worte genau überlegen«, unterbrach ich sie. Mein Puls raste von jetzt auf gleich, hämmerte schnell gegen meine Rippenbögen. »Ich habe dich nicht vergewaltigt«, stellte ich klar. »Und wir beide wissen das.« Ich hob beide Augenbrauen, während ich mich in Bewegung setzte. »Das eben habe ich getan, weil ich nicht wollte, dass dich jemand so verletzlich sieht. Weil ich nicht wollte, dass sie sehen, was allein mir gehört«, fügte ich hinzu. »Ich streite mich jetzt nicht mit dir über etwas, über das es nicht länger ein Wort zu verlieren gibt. Das war deine Grenze, und ich habe sie akzeptiert, Lilith.« Sie presste ihre Lippen fest aufeinander. »Jetzt geh duschen«, forderte ich sie auf. Ich brauchte einen Moment Ruhe.

Seit Ewigkeiten hatte ich das hier nicht mehr gemacht. Gelesen.

Noch immer war das Buch in meinem Nachttisch, dasselbe, das ich gelesen hatte, als Johnny noch gelebt hatte. Ich hatte es nie beendet – und ehrlich gesagt wusste ich nicht einmal mehr, worum es ging.

Doch jetzt, wo ich eine Minute hatte und den Wunsch danach verspürte, etwas Normales zu machen, lag ich in Jogginghose und Shirt in meinem Bett und schlug das Buch auf.

Die Dusche nebenan war immer noch in Benutzung, und so hatte ich ein wenig Zeit für mich. Kein Foltern, kein Morden, keine Körperverletzungen, keine Drohungen.

Zumindest außerhalb des Buches, denn der Thriller begann alles andere als angenehm.

Johnny hatte einen schrägen Humor gehabt. Ich erinnerte mich noch daran, dass er es mir beim Frühstück gereicht und behauptet hatte, dass ich es unbedingt lesen musste. Es würde die Fantasie anregen. Was ein Idiot.

»Du liest?«

Ich seufzte, als ich aus der Szene auf der Seite gerissen wurde.

»Jeder braucht ein Hobby«, nuschelte ich und wünschte, ich würde weniger körperlich auf diese Frau in meinen Sachen reagieren.

Aber im String, in meinem Shirt ...

Das war wahr gewordene Fantasie.

Noch dazu, als sie sich, ohne zu zögern, auf die andere Bettseite pflanzte.

»Es tut mir leid«, murmelte sie, während ich meine Augen wieder über den letzten Absatz wandern ließ. Ich nahm keins der Wörter in meinem Hirn auf.

»Was sollte dir leidtun?«, hakte ich nach und setzte meinen Daumen an die Zeile, ehe ich ihr meinen Kopf zudrehte.

»Du hast mich nicht vergewaltigt«, sagte sie leise, und ihr Gesicht drückte sich mehr in die Kissen. »Ich hätte das vorhin nicht sagen dürfen«, fügte sie hinzu und blickte auf die Lücke zwischen unseren Körpern. »Ich weiß nicht, was im Club passiert ist. Ich bin völlig ausgeflippt bei dem Gedanken, dass du mit mir Sex vor anderen hast.«

»Tunnelblick«, bemerkte ich, und sie hob den Blick. »Er lässt einen nur in eine Richtung sehen.« Meine Augen wanderten zurück zum Buch.

Ein solcher Tunnelblick war nicht gut. Nie. Er ließ einen das Wesentliche übersehen.

Zum Beispiel, wie abgefuckt schnell unser MC mit Rampage an der Spitze den Bach hinunterging.

Was war ich für ein Volldepp.

»Für mich zählt«, ertönte Liliths Stimme wieder heiser neben mir, und ich schaute sie sofort an, »dass du aufgehört hast«, beendete sie ihren Satz, und ich schluckte, bevor sie ein klein wenig rot wurde. »Danke, Derek.«

Ich schüttelte den Kopf. »Dank mir nicht dafür, Lilith«, bat ich genauso gedämpft. »Ich wollte das ebenfalls nicht, dabei habe ich uns erst in die Bredouille gebracht.«

Ihre Mundwinkel zuckten ein Stück nach oben.

Sie überraschte mich, indem sie sich plötzlich auf ihre Arme stemmte, sich zu mir hinüberbeugte und mir einen Schmatzer auf die Lippen drückte. Einen verdammten Schmatzer.

Erneut schluckte ich, während sich meine Lider kurz schlossen und mein Herz in meiner Brust wieder laut gegen meine Rippen schlug.

»Gute Nacht, Derek«, wünschte sie mir und drehte mir dann den Rücken zu. Ich starrte auf ihre Kehrseite, während sie sich die Decke über die Schultern zog.

Ruckartig, ohne ein Lesezeichen hineinzulegen, schloss ich mein Buch und legte es achtlos auf meinen Nachttisch. Dann löschte ich das Licht und tat das Einzige, wonach es mich jetzt verlangte.

Ich wandte mich Lilith zu, zog die Decke über uns und schloss sie dann fest in meine Arme.

Sie zuckte zusammen, doch sagte nichts dazu, dass ich sie fester und fester um sie schloss, meine Beine zwischen ihre schob.

Ich wollte sie spüren. Ihre körperliche Präsenz. Und das,

ganz ohne hart zu werden, während ihr Hintern sich gegen meine Oberschenkel presste.

»Ich glaube, unter normalen Umständen könntest du mein Typ sein«, nuschelte sie nach einiger Zeit und seufzte daraufhin, während ihre Finger sich an meinen Unterarm legten und ihn streichelten.

Mit geschlossenen Lidern vergrub ich mein Gesicht in ihrem Haar und roch daran. Der blumige Duft, den sie ständig an sich trug. Vor wenigen Wochen noch hatte ich den Geruch schrecklich gefunden. Jetzt beruhigte er mich ungemein.

»Du wärst es nicht«, nuschelte ich erschöpft, während ich langsam wegdämmerte. »Aber das hier sind keine normalen Umstände.«

KAPITEL 29

SKILL

Am nächsten Morgen blieb ich das erste Mal seit längerer Zeit liegen – und hielt die Augen geschlossen.

Aus zwei verdammt guten Gründen.

Lilith lag wieder auf mir. Mittlerweile war ich das schon annähernd gewohnt, so viele akrobatische Drehungen, wie sie in der Nacht zu machen schien. Doch der eigentliche Grund war, dass sie mich streichelte und *summte*.

Ich hatte sie noch nie summen gehört. Es klang ein wenig schief, aber es wirkte so friedlich.

Ich wollte ihre Stimmung nicht durcheinanderbringen, indem ich mich aufsetzte.

Sie brummte einen Song, den ich noch nie gehört hatte, und strich mir über den Brustkorb. So vergingen ein paar Minuten.

Ich hielt still, lauschte ihr und fühlte, wie sie oberhalb meiner Jogginghose entlangfuhr.

Plötzlich bewegte sie sich, und ich murrte enttäuscht, was sie kichern ließ, bevor sie sich aufsetzte.

»Das war gemütlich«, beschwerte ich mich und linste durch meine Wimpern.

Ihre Haare fielen ihr ungekämmt über die Schultern. In meinem Zimmer war es noch immer dunkel, weil das kleine Fenster nicht genug Tageslicht hineinließ. Genau so hatte ich es eigentlich gewollt. Doch jetzt, in genau diesem Moment, wollte ich alles von Lilith in Augenschein nehmen können. Als sie sich weiter aufrichtete, öffnete ich meine Augen gänzlich, betrachtete sie.

Meine Mundwinkel zuckten, während ich einen Arm hinter dem Kopf verschränkte. »Was hat dich singen lassen?«, hakte ich nach und hob die andere Hand, um ihr übers Kinn zu streicheln.

»Dass du ohne Bewusstsein viel angenehmer bist«, scherzte sie, ehe sie kicherte.

»Gib es zu«, brummte ich und packte ihr Kinn, während ihre dunkelblauen Augen mich abwartend betrachteten. »Du magst es, wenn ich dir ungeteilte Aufmerksamkeit schenke, wie meinen Körper, nur nicht bei Bewusstsein.« Ich laberte Bullshit und realisierte es erst, als ich bereits fertig gesprochen hatte.

Sie kicherte, und ihre Strähnen fielen auf die Decke und meinen Bauch.

»Du hörst dir aber schon noch selbst zu, oder?«, fragte sie, und ich schluckte, bevor sie sich noch immer lächelnd vorbeugte und ihr Kinn auf meinem Brustkorb abstützte.

Mein Herz schlug schnell gegen meine Rippen.

»Ab und an«, stimmte ich ruhig zu und strich ihr ein paar Haare aus dem Gesicht. Mit einer Hand hielt ich sie zusammengefasst.

»Hast du gut geschlafen?«, fragte sie mich, als sich die Stille dehnte.

»Relativ«, antwortete ich ihr. »Wie oft hast du die Nacht versucht, mich umzubringen?«

Wieder lachte sie und blickte hinunter auf meinen Brustkorb. »Du atmest noch«, murmelte sie, und ich schmunzelte. »Und an einen Versuch, das zu ändern, erinnere ich mich nicht.«

»Dein Ellenbogen in meinen Rippen war schon unbequem«, erklärte ich ihr.

»Soll ich pusten?« Lilith lächelte breiter, aber lief auch wieder einmal rot an. Tiefrot. Selbst ohne groß Licht zu haben, erkannte ich es.

»Du könntest mir stattdessen sagen, woran du eben gedacht hast«, antwortete ich ihr. Mein eigenes Lächeln wuchs, da ich mir die Antwort denken konnte, denn sie schlug ihren Blick nieder. »Es war versaut, nicht wahr?«

Tief einatmend setzte sie sich wieder auf, ihre Hände verblieben auf meinem Brustkorb. »Es macht keinen Spaß, wenn du mich immer in Verlegenheit bringst«, murmelte sie und ich grunzte, ehe ich wieder eine Hand hob und ihr Kinn erneut ergriff.

»Erzähl es mir, ansonsten denke ich mir eine Antwort aus«, entgegnete ich. »Und dann lass ich diesen Gedanken Taten folgen.« Ich zog kurz eine Braue hoch, und sie blies ihre Wangen auf, bevor sie einen Punkt über meinem Kopf fixierte.

»Ich habe an einen Blowjob gedacht«, gestand sie mir, und ich lachte leise. »Pusten, verstehst schon?«

»Nun, in diesem Falle.« Mit der freien Hand deutete ich auf meinen Schritt. Dafür wäre meine Morgenlatte doch mal gut zu gebrauchen. »Tu dir keinen Zwang an, Blümchen.«

Ihre Verlegenheit stand ihr ins Gesicht geschrieben, während sie aufstand.

»Musst du nicht auf Toilette oder so?«

»Wer hat denn eben völlig versaut daran gedacht, meinen Schwanz zwischen die Lippen zu nehmen, mhm?«, neckte ich sie, als sie im Badezimmer verschwand. Ich warf die Decke zurück und rutschte an den Rand des Bettes.

»Weißt du, nicht alles, was versaut ist, muss auch versaut enden«, bemerkte sie, sobald sie eine Minute später wieder herauskam.

»Ja, aber sonst ist's langweilig«, erwiderte ich und stand auf. Ihr Blick richtete sich sofort auf meinen Schritt. »Entspann dich«, schmunzelte ich. »Ich muss nur aufs Klo.«

Sie murmelte etwas Unverständliches und ich verschwand auf der Toilette.

Als ich fertig war und zurückkehrte, lag die Decke zusammengeknüllt am Fußende der Matratze. Sofort schaute ich Lilith ins Gesicht. »Das war alles ein Scherz«, merkte ich an. »Ich will nicht, dass du mir einen bläst.«

Sie lief rot an und deutete aufs Bett. »Ich möchte was anderes«, behauptete sie. »Würdest du dich wieder hinlegen?« Skeptisch wanderte meine Braue nach oben. »Was willst du?«, fragte ich sie.

»Hast du nicht mal gesagt, wenn ich etwas will, dann soll ich es mir nehmen?«

Ich seufzte.

Sie merkte sich den Kram, den ich von mir gab. Nicht gut.

Denn wenn sie mich jetzt mit ihren Lippen belohnen würde ... Oder ihrer Pussy ...

Zögernd legte ich mich zurück in die Laken.

Lilith blieb stehen, haderte offensichtlich mit sich, bevor sie zu mir ins Bett kletterte, sich breitbeinig auf meinen Unterleib setzte und mein Gesicht in ihre Hände nahm.

Konzentriert schaute sie mich an und streichelte mir über meine Bartstoppeln.

»Das ist es, was du möchtest?«, entgegnete ich leise und legte meine Finger an ihre Taille, wiegte sie leicht hin und her.

»Nicht alles muss mit Sex enden«, murmelte sie. »Und wenn

das mein letzter Tag mit dir sein sollte, möchte ich im Nach-hinein nicht sentimental werden, nur weil ich dem heißen Entführer hinterhertrauere.«

Abermals schmunzelte ich und wanderte mit einer Hand unter ihr Shirt.

»Und daher möchtest du mich nur ansehen?«, hinterfragte ich, und sie nickte, presste kurz diese vollen Lippen aufeinander, die sich jedes Mal so perfekt anfühlten.

»Und ...«, begann sie leise, verstummte aber wieder.

»Sag es«, forderte ich sie auf. »Bitte«, fügte ich hinzu.

»Ich würde gern meine Zeit mit dir im Bett verbringen«, äußerte sie. »Einmal etwas völlig Normales machen.«

Spazieren oder feiern gehen oder zusammen duschen war nicht normal? Hatte ich das Memo dazu verpasst?

Ich hätte leider so viel Besseres zu tun, als den Tag mit Lilith hier zu verbringen. Aber so, wie sie mich mit ihren Kulleraugen betrachtete, wollte ich weich werden. Wollte mich dem einmal hingeben. »Welche Snacks soll ich holen und was für Filme werden geguckt?«, hakte ich nach, und sie fing breit zu lächeln an.

KAPITEL 30

LILITH

Stirnrunzelnd trat ich aus Dereks Zimmer und schaute den Flur hinunter.

Er war schon vor einer halben Ewigkeit gegangen, um uns Frühstückssnacks zu holen – und bisher nicht zurückgekommen.

Schnell machte ich mir eine Schleife in die Schnüre am Bund der Shorts, die ich eben übergezogen hatte, und trat mit nackten Füßen ins Esszimmer.

Hier war niemand. Mit noch immer gerunzelter Stirn beschloss ich, in der Küche nachzusehen.

Und auf meinem Gesicht breitete sich ein Lächeln aus, weil ich ihn vor dem Herd entdeckte.

»Du machst richtiges Frühstück?«, hakte ich nach, und er guckte nach oben.

»Nur Cerealien und Chips sind ungesund«, behauptete er, und ich schüttelte den Kopf, ehe ich zu ihm ging und mich neben dem Herd an die Kochinsel lehnte. »Und wir haben nichts anderes mehr da«, seufzte er. »Außer wir essen Eier zum Frühstück.« Er deutete mit dem Pfannenwender in die Pfanne, in der er Rührei zubereitete. »Und dann könnten wir ...« Er brach ab und seufzte noch tiefer als eben, bevor er mich betrachtete und ich ihn. »Du magst gar kein Ei, nicht wahr?«

Ich nickte. »Doch, schon. Ab und an.« Ich streichelte ihm über den Arm, ehe ich auf ebendiesen starrte. Man konnte die Muskeln nicht unbedingt erkennen, aber man spürte sie. Das mochte ich. »Einmal ungesund zu frühstücken, wird einen nicht umbringen.« Über die Insel hinweg griff ich nach den Cerealien. »Außerdem«, sagte ich, öffnete die Packung und schob mir ein paar der Schokoflocken in den Mund, »Schokolade hat Kalorien. Die geben Kraft«, scherzte ich.

Ich klopfte mir auf die Schenkel und er guckte nach unten.

»Wo?«, entgegnete er resigniert. »Du bist ein Strich in der Landschaft.«

Ich lachte. »Sagt der Richtige«, neckte ich ihn, ehe ich quietschte, da er mich urplötzlich packte und auf der Kochinsel platzierte.

Er stellte sich zwischen meine Beine, und ich atmete tief durch, während er mich betrachtete.

»Was mach ich jetzt mit dir, hm?«, fragte er gedämpft und drohend.

»Keine Ahnung, aber du solltest dich bald entscheiden«, murmelte ich, da begann es neben uns bereits zu zischen, und ich lachte wieder, als Derek abrupt von mir abließ. »Sonst brennen dir deine Eier an.«

Grummelnd schaltete er den Herd aus. »Mach so weiter und ich versohl dir doch noch mal den Arsch«, drohte er mir nicht minder amüsiert.

»Jaja.« Mit den Schokoflakes in der Hand hüpfte ich von der Kochinsel und setzte mich in Bewegung. »Kommst du?«, hakte ich nach. »Ich hab so richtig Lust auf die Komödie, die ich uns rausgesucht habe.« Gerade rechtzeitig drehte ich meinen Kopf nach vorne, um innezuhalten, da ich sonst in Bones und Blue hineinlief. »Guten Morgen«, grüßte ich sie.

Blue runzelte die Stirn und fixierte meine Hände. »Das sind meine Schokoflakes«, merkte er an.

»Derek hat sie mir gegeben«, log ich und schob es auf ihn. Dann umfasste ich die Packung fester.

Blue schaute hinter mich, während Bones' Blick sich unangenehm in meinen fraß. Ich schluckte und mir kroch eine Gänsehaut nicht gerade angenehm die Wirbelsäule hinauf.

»*Derek* hat sie dir gegeben?«, wiederholte Bones meine Worte mit seiner tiefen Stimme langsam.

»Jup.« Ich nickte.

»Und was macht *Skill* gerade?«

»Seine Eier anbraten«, antwortete ich, ehe ein Kichern meinem Mund entschlüpfte und Schritte hinter mir ertönten.

»Fertig.« Überrascht quietschte ich, als Derek neben mir hielt und mir in den Hintern kniff. Tadelnd starrte ich zu ihm nach oben, während er nur Bones und Blue ansah. »Alles klar bei euch?«

»Wir wollten uns auf die Suche nach Rampage machen. Er ist nicht in der Sanctuary.«

Was war eine Sanctuary? Ihr geheimer Treffpunkt?

Ich erinnerte mich nicht, je von diesem Ort gehört zu haben.

»Versucht's bei Momma, er wollte heute Morgen zu ihr.« Derek ergriff meine freie Hand, in seiner anderen hielt er baumelnd mit dem kleinen Finger eingequetscht eine Chipstüte und auf der Handfläche balancierte er seine Schüssel mit Rührei. »Wir haben noch was vor.«

Seine Hand löste sich aus meiner, dann schob er mich vor sich her, ehe ich erneut einen hohen Ton von mir gab, da er mir wieder in den Hintern kniff.

»Hörst du auf?«, bat ich, und er lachte.

»Aber das macht so viel Spaß«, behauptete er.

Lachend schrie ich, weil er wieder versuchte, mir an den Arsch zu packen, und flüchtete vor ihm ins Treppenhaus.

Blue und Bones ließen wir hinter uns zurück.

Der unangenehme Blick des Vizepräsidenten war schnell wieder vergessen.

»Haben du und dein Bruder so was nie gemacht?«, nuschelte ich und lauschte Dereks Herzschlag mehr, als dass ich dem Film folgte. Es war beruhigend, wie er kräftig in seiner Brust ertönte.

Derek brummte. »Wir waren nicht so für typische Mädchenabende zu haben, entschuldige.«

Ich pikste ihm in die Seite, und er lachte, streichelte dann gedankenverloren einen Moment über meinen nackten Arm.

»So was ist nicht typisch Mädchen«, widersprach ich ihm und schloss für einen sehr langen Moment die Lider. »Mit Freunden Filme oder Serien zu schauen und einfach Zeit zu verbringen, in Ruhe und ohne eine große Party, macht Spaß. Es erdet und«, ich musste gähnen und unterbrach mich dadurch kurz, »es befriedigt innerlich. Verstehst du?«

»Hm«, machte er und bewegte sich unter mir, ehe es knusperte, da er eine Handvoll Chips aß. Sobald sein Mund wieder leer war, antwortete er mir. »Ich hatte nie solche Abende mit ihm. Das wäre sinnlos gewesen«, bemerkte er. »Ich habe ihn jeden Tag meines Lebens gesehen, wir haben genug Zeit miteinander verbracht.«

Nachdenklich zog ich die Brauen zusammen. »Jeden Tag?«, fragte ich ungläubig. »Ich könnte mir das gar nicht vorstellen«, murmelte ich. »Ich verbringe gerne Zeit mit meiner Mom, aber seit ich ausgezogen bin, habe ich viel lieber meine Treffen mit

ihr als Wochenenden, an denen wir uns die ganze Zeit gegen-
übersitzen.«

Derek schmunzelte und strich mir über die Mähne. »Vermisst du sie?«

»Sehr«, antwortete ich ihm ehrlich und vergrub mein
Gesicht tiefer an seiner Brust. »Ich liebe sie über alles und sie ist
eine der wichtigsten Personen in meinem Leben.«

»Hm, ich habe mich nie dafür entschuldigt, dass ich dich aus
deinem Leben gerissen habe.«

Fest presste ich meine Lippen aufeinander. »Nun ja, ich
habe nicht noch mal gefragt, warum du mich umbringen wolltest«, entgegnete ich, und er atmete tief ein.

»Johnny ist von deinem Vater ermordet worden«, erklärte er
leise, und ich hielt inne.

Zögerlich setzte ich mich auf und schaute Derek ins Gesicht,
der auf seinen Bauch hinunterblickte und seine Lippen mit der
Zunge befeuchtete.

»Bones fand ihn im Hinterhof mit zwei Kugeln im Kopf,
nachdem er aus einem Transporter ohne Kennzeichen
geschmissen worden war«, erzählte er mir. »Er identifizierte als
Fahrer einen der Green Killers. Deswegen konnte er uns mit
Sicherheit sagen, dass sie es gewesen sein mussten.« Er sah auf
und mir in die Augen. »Deine Mutter ist für dich das, was
Johnny für mich war, Lilith«, meinte er. »Es ist mir egal, wen ich
umlegen muss. Ich will, dass Sculley das fühlt, was er mich
spüren lässt. Jeden einzelnen Tag.«

Schwer sog ich die Luft ein und legte meinen Kopf wieder
zurück auf seinen Brustkorb. »Es tut mir sehr leid, dass er dir
wehgetan hat«, meinte ich, als sich Stille zwischen uns
ausbreitete.

Es tat mir wirklich sehr leid. Ich wollte mir eine Welt ohne
Mom nicht vorstellen. Derek musste ohne Johnny weiterleben.

Es musste sich grauenvoll anfühlen. Die Hälfte zu verlieren, die man sein Leben lang an seiner Seite gehabt hatte.

»Es ist, wie es ist.«

Wieder hob ich den Blick, bevor seine Hand im Lederhandschuh erneut in die Tüte wanderte.

»Sind sie auch für deine Verletzung verantwortlich?«, fragte ich leise.

Er hatte Schmerz durchlitten. Sowohl physisch als auch psychisch.

Was hatte mein Erzeuger ihm nur getan?

»Nein.« Derek seufzte und atmete direkt danach wie ich tief ein. »Das war eigene Dummheit«, gestand er mir. »Ich habe einen Auftrag für die Demons ausgeführt, das Zeug geriet in Brand, und im Reflex hab ich danach gegriffen und mir die Handfläche verbrannt.«

»Wie schlimm?« Ich richtete den Blick auf seine Hand, die er gerade beladen mit Chips wieder aus der Tüte zog.

»Grad 2b«, antwortete er in einem ruhigen Tonfall. »Ich habe eine Hauttransplantation bekommen und seitdem heilt es ab. Nur schlechter, als es sollte, weil ich nie stillhalten kann.«

»Oh«, machte ich. »Tat es weh?«

Er schmunzelte. »Johnnys Schimpftirade tat meinem Ego mehr weh«, behauptete er belustigt. »Mach dir keine Gedanken drum. Die Ärzte sind sich sicher, bis zum Sommer darf ich wieder ohne Handschuh rumlaufen.«

Ich schaute zurück zum Fernseher. »Oh«, machte ich ein zweites Mal. »Ich hätte jetzt mehr Drama erwartet. Durch den Handschuh sieht es immer aus, als würde es ein dunkles Geheimnis um deine Verletzung geben.«

Derek lachte. »Manchmal sind es auch die kleinen Dinge, Lilith«, entgegnete er und strich mir mit seiner anderen Hand über meinen Kopf. »Manchmal sind's die kleinen Dinge«, wiederholte er.

KAPITEL 31

LILITH

Während der zweiten Hälfte der Komödie, die wir uns angeschaut hatten, war ich eingeschlafen – und zu einem Horrorfilm wieder aufgewacht, den Derek sich ausgesucht hatte. Nach diesem hatten wir uns irgendeinen Liebesfilm angemacht. Wir wollten einfach beide nicht aus diesem Bett heraus. Und wir waren uns unausgesprochen einig, hier gemeinsam unsere Zeit zu verbringen.

Kichernd zuckte ich zurück, als Derek mit seiner Hand gegen mein Knie stieß.

Ich wandte den Blick vom Fernseher ab und stattdessen ihm zu.

Er dagegen starrte auf den Bildschirm. »Schau den Film«, schmunzelte er, und mein Kopf drehte sich wieder.

Gedankenverloren griff ich nach den letzten Krümeln Chips, ehe ich innehielt, weil er mit den Fingern auf meinem Oberschenkel landete.

»Deereeek.« Ich zog seinen Namen in die Länge. »Was soll

das werden?«, wollte ich wissen und war wieder im Begriff, den Kopf zu drehen.

»Sieh dir den Film an«, forderte er mich erneut auf.

Mein Herz klopfte kräftig in meinem Brustkorb, während seine Hand hoch und runter wanderte.

»Kennst du den Film?«, erkundigte ich mich bei ihm leise und wurde rot, da seine Finger über meinen Innenschenkel tanzten.

»Ahmm«, machte er, und als er sich bewegte und dabei seine Hand auf meine Mitte drückte, keuchte ich. Sofort blickte ich vom Bildschirm zu ihm. »Schau dir den Film an«, wiederholte er mit zuckenden Mundwinkeln.

»Was hast du vor?«, hakte ich skeptisch nach, bevor ich die Beine zusammenkniff, da er den Daumen gegen den Stoff drückte und meinen Kitzler darunter massierte.

Es zog sehnsüchtig in meiner Mitte und ich schluckte.

»Du weißt schon, dass es unhöflich ist, nicht den Film zu schauen, den du dir ausgesucht hast, wenn ich meine Zeit mit dir verbringe, oder?« Das war absoluter Bullshit.

Derek verbrachte seine Zeit mit mir, weil er es so wollte. Und ich wusste genau, er hätte mit Sicherheit anderes zu tun.

»Vielleicht möchte ich gar keinen Sex«, sagte ich ihm. »Es muss sich nicht immer alles nur um Sex drehen, *Skill*. Das habe ich dir schon mal gesagt.«

Lächelnd legte er den Kopf schief, während er zusah, wie sich das Paar auf dem Bildschirm über die Speisekarte zankte.

Ich atmete tief ein, als er meine Shorts und meinen Slip zur Seite zerrte. Aufhalten würde ich ihn nicht – und dessen war er sich genauestens bewusst.

»Das sagst ausgerechnet du, die zu jeder Zeit feucht für mich ist und die reinste Versuchung«, behauptete er, und ich keuchte erneut, als er den Mittelfinger in meinen Eingang drückte und es in meinem Unterleib bittersüß zog. »Sieh dir den Film an und lass mich spielen, Lilith.«

Die Lippen aufeinanderpressend blieb ich sprachlos sitzen.

Wollte er etwa mit mir *spielen*, und ich sollte hier liegen *und* mir den Film anschauen? Das konnte nicht sein Ernst sein.

Mir wurde immer heißer, während ich ihn einige Minuten lang mit mir *spielen* ließ.

Und verdammt, es fühlte sich so gut an, dass ich mich anders hinsetzte, mich mehr zurücklehnte und die Beine weit spreizte.

Derek wollte spielen. Dann ließ ich ihn spielen.

Das hier war wesentlich ... angenehmer als im *Kittchen*. Privater. Zwangloser.

Der Biker zu meiner Rechten schmunzelte, ehe ich leise stöhnte und mir auf die Unterlippe biss, bevor er hinausglitt, dann aber mit zwei Fingern in mich eindrang und sie in mir bewegte.

Ruckartig umfasste ich meine Knie und knüllte den Stoff der Decke darauf zusammen.

»Du magst es also, gefingert und geleckt zu werden«, sagte er. »Hat dein voriger Lover überhaupt gewusst, was er tut?«

Nein, denn wir hatten unser erstes Mal miteinander gehabt – und danach hatte er mich unfairerweise geghostet. »Wenn du möchtest, könnte ich dich nebenbei auch lecken.«

Hektisch atmete ich ein und aus und hielt nur mit all meiner Willenskraft geradeso den Blick auf den Film gerichtet. Mit den Gedanken war ich definitiv woanders.

Ich keuchte, sobald Derek seinen Mund gegen meinen Kiefer drückte und seine Stoppeln über meine Haut kratzten.

»Denn weißt du«, raunte er, »ich würde dich wirklich gerne wieder lecken.« Erneut keuchte ich und wollte gerade den Kopf drehen, da umfasste er mein Kinn und zwang mich dazu, mit dem Gesicht in Richtung Fernseher zu verharren. »Schau den Film«, befahl er mir ein letztes Mal, und ich stöhnte, weil meine

Pussy schmatzende Geräusche machte, während er schneller eindrang – und vor allem *tiefer*. Wie mich das anturnte!

Ich versuchte, den Blick nicht vom Bildschirm loszureißen, aber als er schmunzelnd unter der Decke verschwand, mit seiner noch freien Hand meine Shorts und meinen Slip zur Seite hielt und mit seiner Zunge plötzlich meinen empfindlichsten Punkt umspielte, während seine Finger in mir drin wahnwitzige Sachen anstellten, ging es nicht mehr.

Keuchend blickte ich an die Decke.

»Schaust du noch den Film?«

»Ja«, log ich seufzend und krächzte, sobald er fest an mir saugte und dann über die Stelle leckte.

»Du bist so eine kleine Lügnerin, Blümchen«, sagte er lachend, ehe ich laut aufstöhnte. »Gefällt es dir so sanft?«, fragte er mich. »Wenn ich lieb und nett zu deinem Körper bin?«

Ich zappelte mit dem Oberkörper, bevor ich noch weiter zurück in die Kissen sank und Derek meine Shorts und den Slip herunterzog.

»Darf es auch gröber sein, Blümchen?«

Zu einem richtigen Gedanken war ich im Moment gar nicht in der Lage. Schon gar nicht in Bezug auf so was.

»Ich hätte eine Idee, die dir gefallen könnte.«

Ich hielt die Augen geschlossen und brummte enttäuscht, denn er ließ von meinem Körper ab. Ihn anblinzelnd brauchte ich ein paar Sekunden, um das große Lächeln auf seinen Zügen auszumachen, als sein Kopf unter den Laken hervorlugte. Dann setzte er sich vor mir auf und zerrte die Decke mit sich.

»Willst du von meiner Idee hören, oder soll ich einfach machen?«, kommentierte er belustigt, und ich atmete tief ein.

»Du schlägst mich nicht«, murmelte ich, und Derek schmunzelte.

»Dabei wissen wir beide, du liebst es, wenn ich dich schlage, Blümchen.« Keuchend blickte ich nach unten, weil sein

Daumen meinen Kitzler wenige Sekunden rieb. Allerdings viel zu kurz für einen Orgasmus. »Ich glaube, du hast eindeutig noch nicht viel davon gesehen, wie Lust aussehen kann«, behauptete er.

»Was hat mich verraten?«, erwiderte ich trocken, und er lachte erneut, ehe er mir Shorts und Slip endgültig von den Beinen zog und Letzteren an seinem Finger baumelnd vor mich hielt.

»Darf ich?«

Meine Stirn runzelte sich, als er meine linke Hand in ein Beinloch des Höschens legte, sich dann über mich beugte, den Stoff ums Bettgestell band und dann meine andere Hand durchs andere Ende führte.

»Zum Fesseln reicht das aber nicht«, scherzte ich atemlos.

Er sah zu mir herunter. »Die sind dafür da, dass du daran zerren kannst, Lilith«, korrigierte er mich, während er aufstand.

Wieder runzelte ich die Stirn. Er nahm sein Smartphone und die Fernbedienung des Fernsehers, schaltete den Film aus und verband stattdessen sein Handy mit dem Gerät.

»Willst du Musik anmachen?« Ich wurde rot. Denn irgendwie wäre das ... süß.

Derek lachte dreckig und zog die Schublade der Kommode auf, ehe er Kondome hervorholte und ... O mein Gott. Nein.

»So ungefähr.« Ich sah von dem Vibrator zum Bildschirm und wurde feuerrot, als Pornhub aufging. »Du darfst es dir aussuchen, Blümchen.« Er klang viel zu amüsiert, während ich sprachlos dasaß. »Spanking, Lesben, Daddykinks ... Es gibt alles, was das Herz begehrt.« Das konnte nicht sein *fucking* Ernst sein. »Stehst du auf Analspielchen?« Er wackelte mit den Augenbrauen.

Derek wollte, dass wir uns zusammen einen Porno ansahen?

»Ich ... schaue ... ähm ... ähm ... keine Pornos.«

Ich hatte davon nie viel gehalten und mich lieber von meiner

Fantasie leiten lassen, wenn ich mich selbst befriedigt hatte. Mit den Fingern. Mit einem Spielzeug hatte ich es auch noch nie gemacht.

Derek stieg mit Telefon und dem Teil zu mir ins Bett zurück und wackelte mit beidem.

»Willst du erst gucken?«

»Das ist ... nicht mein Stil«, antwortete ich kopfschüttelnd.

Grinsend presste er die Lippen aufeinander, bevor er sich zwischen meinen Beinen positionierte.

»Gut, dann entscheide ich, was wir uns ansehen.« Er schaute auf sein Smartphone hinab und ich schnaubte.

»Wir?«, hinterfragte ich. »Wie willst du dir das anschauen, wenn du mit dem Rücken zum Bildschirm sitzt? Und außerdem ...« Sprachlos sah ich zu seiner Hand, mit der er einen Knopf drückte und das Ding zu vibrieren anfing. »Was hast du damit vor?«, fragte ich warnend.

Er grinste, bevor ich keuchte und die Beine zusammenkniff, da er es kurz über meine Mitte geführt hatte.

»Was glaubst du, was ich damit vorhabe, Lilith?«, fragte er, während er auf sein Handy blickte.

»Du hast mal gesagt, du magst Spielzeug nicht«, widersprach ich, als ein Geräusch vom Fernseher ertönte und ich mit weit aufgerissenen Augen eine nackte Frau entdeckte, die quer über das Bett gespannt war. All ihre vier Extremitäten waren an je einer Ecke festgebunden.

Mein Blick ging zu Derek, der das Smartphone neben sich legte. »Ich schaue keine Pornos«, sagte ich. »Ich bezweifle, dass du damit weit bei mir kommst.«

»Oh, dabei machen sie so viel Spaß.« Er wackelte mit den Augenbrauen, ehe er seine Hand wieder an meine Pussy legte und mit dem Daumen zwischen meine Spalte drang. »Spreiz die Beine, Lilith. Vertrau mir. Lass dich führen.«

Als würde ich ihm je die Kontrolle stehlen.

Unsicher guckte ich auf den vibrierenden Stab, ehe ich die Beine genauso unsicher wieder für ihn spreizte und sie über seine Oberschenkel legte.

Schluckend sah ich auf die große Beule in seiner Jogginghose, während er mit seinem Daumen in meinen Eingang glitt.

»Schau dir den Film an«, schmunzelte er und blickte mir ins Gesicht, bevor plötzlich die Frau im Hintergrund weinerliche Laute von sich gab.

Ich öffnete meine Lippen, als ich zum Bildschirm starrte und eine Peitsche ausmachte, die ihr jemand auf die entblößten und geröteten Brüste schlug.

Derek seufzte und packte das Sexspielzeug fest, bevor er plötzlich meine Schamlippen auseinanderzog, sodass kalte Luft auf meinen Kitzler traf.

Laut stöhnte ich auf und sah ruckartig nach unten, darauf, wie er den Stab dagegenhielt. Meine Knie sanken, ohne es bewusst zu kontrollieren, gegeneinander und ich wurde hochrot.

Derek seufzte und ließ von mir ab. »So empfindlich«, schnaubte er belustigt. »Machen ein paar Vibrationen dir so viel aus, Lilith? Hm?« Er schmunzelte. »Guck sie dir an. Sie wird ausgepeitscht und du hältst das hier für zu viel?«

Schluckend starrte ich ihm ins Gesicht. »Stehst du darauf?«, fragte ich ihn, und mein Blick flackerte zurück zum Fernseher. »Auf festgebundene Frauen?«

»Ich stehe auf gehorsame Frauen im Bett, falls du dir das noch nicht denken konntest«, erklärte er mir. »Und wenn du brav genug bist, fick ich dich danach auch.« Sein Kehlkopf bewegte sich. »Sofern du das möchtest.«

Schwer atmete ich ein, ließ ein paar Sekunden verstreichen, ehe ein weiteres vibrierendes Geräusch erklang. Sobald ich wieder zum Bildschirm schaute, entdeckte ich, dass ein Mann mit blonden Haaren zwischen ihren Beinen hockte – und einen Vibrator gegen ihre Vagina drückte.

Sie keuchte und stöhnte, flehte leise um mehr. Sie genoss es. Eindeutig. Ihre geröteten Wangen und ihre geöffneten Lippen gaben kompletten Aufschluss darüber, wie sehr es ihr gefiel. Ihre Nippel waren aufgestellt und sie ... Sie war untenrum ganz nass.

Unsicher guckte ich zurück zu Derek, bevor ich meine Beine wieder ausstreckte.

Heiser krächzte ich, da er den Stab wieder zwischen meine Schenkel hielt, diesmal aber nicht meinen Kitzler freilegte.

Es war ein süßes Ziehen. Die Vibrationen machten meine Beine ganz taub. Doch egal wie sehr ich keuchte und stöhnte, ich kam nicht.

Derek brummte nachdenklich. »Sieh zum Porno, Lilith«, forderte er mich auf, und ich keuchte, während ich den Blick wieder dorthin wandern ließ und entdeckte, dass der Kerl mittlerweile einen Dildo einsetzte, um in ihr Loch zu stoßen.

Ihre Beine zuckten, und er blieb langsam und sanft, während ein summendes Geräusch ertönte.

Ich stöhnte, als Dereks Finger plötzlich in mich glitten und ... O Gott ... Verdammt noch mal. Mehr. Ich brauchte mehr.

»Derek«, sagte ich und schaute an mir herab, ehe er den Vibrator drehte und mich das kühle Ende auf dem Unterleib berührte.

Im nächsten Moment – genau wie im Filmchen – nahm er ihn von mir, zog die Finger aus mir heraus, wie der Kerl den Dildo aus der Frau, und setzte sich auf, um seine Hose loszuwerden.

Gedanklich verglich ich dessen Bewegungen mit Dereks und schluckte schwer, weil in diesem Moment mein Herz aus mir heraus und zu ihm hinüber sprang.

Er machte es dem Kerl nach. Nur bei ihm schaute es weitaus sexier aus. Um Längen sexier ...

Er platzierte sich zwischen meinen Schenkel. Dann rieb er mit seiner Spitze durch meine Spalte. Anschließend schlug er mir mit der Eichel auf den Kitzler, was mich keuchen ließ – genau wie die Frau. Und drang ohne Probleme in mich ein.

Er stieß sanft zu, genauso langsam wie zuvor mit seinen Fingern. Sein Blick huschte zwischen dem Porno und mir hin und her.

»Deine Pussy ist viel hübscher«, schmeichelte er mir plötzlich, und mir wurde kochend heiß. »Du bist so nass.« Er ächzte.

Ich blickte zur Seite und ... entdeckte die Kondome auf der Kommode.

»Kein ... Kondom«, keuchte ich schockiert.

Er hob den Blick und starrte wie ich zur Kommode.

»Verdammt.« Er stöhnte unterdrückt, ehe er den Kopf schüttelte. »Scheiß drauf.«

Ich zog die Brauen kraus, bevor er meine Hüfte packte, sich und mich anhob und plötzlich ein wenig kräftiger in mich stieß.

Ich schrie heiser auf und zerrte an dem Slip, der meine Hände noch immer festhielt.

»Siehst du? Pornos bringen einem ganz viel bei«, sagte Derek.

»Sie sind das Ausschlachten von Liebemachen«, entgegnete ich wie ein zickiger Teenager.

Das war kein Argument gewesen und wir beide wussten es.

»Du lässt dich so wunderbar ficken.« Derek seufzte. »Ein wenig schade, dass du jeden Moment weg sein könntest«, sagte er, und ich keuchte, kniff die Lider zu, weil er plötzlich den Vibrator gegen meine Perle legte.

»O Gott!« Egal was er zuvor gemacht hatte, das ... So intensiv ... Ich zog mit Druck an dem Stoff um meine Hände. »Derek, bitte!«, rief ich. »Das ist ... O Gott!«

Er schmunzelte und hob mein Becken mit einer Hand höher, während er weiterhin langsam in mich stieß. »Spielzeuge können dir Spaß machen, Lilith. Es ist keine Schande«, sagte er. »Sieh hin«, forderte er, und ich schüttelte den Kopf.

»Ich kann nicht, ich ... O Gott!« Ich bog den Oberkörper bei diesem süßen Ziehen durch und schrie, da sich alles in mir zusammenzog. »Mehr«, flehte ich verzweifelt. »Gib mir mehr!«, rief ich bettelnd. Ich brauchte mehr! Mehr von ihm. Von uns.

Derek drückte den Stab kräftiger an mich und fing zeitgleich an, fest in mich einzudringen.

Ich keuchte und stöhnte. Es nahm kein Ende. Das Ziehen sog mich in eine endlose Schleife aus Lust und Erlösungen, bis Derek plötzlich ganz lockerließ.

Denn als die Vibrationen weniger wurden und meinen Kitzler nur noch sanft streichelten, zog er sich schlagartig so fest zusammen, dass ich einen der heftigsten Orgasmen in meinem Leben bekam. Die Frau auf dem Fernseher schrie ihre Lust heraus. Oder war ich es, die schrie?

Derek keuchte und hielt inne, während ich noch immer krampfte. Er entfernte den Vibrator und hielt meine Taille, bewegte sie an seinem Becken auf und ab.

Mit rasendem Herzschlag öffnete ich wenig später die Lider und starrte ihn an. Ich war sprachlos. Darüber, dass ich zu solchen Gefühlen überhaupt in der Lage war. Mich derart fallenlassen konnte, dass ich mich auf diese Art von ihm hatte nehmen lassen.

Derek schmunzelte. »Du solltest dir ein Sexspielzeug zulegen, Lilith«, riet er mir. »Es scheint dir Spaß zu machen.«

Ächzend zog ich meine Hände aus dem Slip. Meine Arme kribbelten, sobald wieder Blut in sie floss.

Ich streckte die Hände nach ihm aus, und er schmunzelte, während ich ihn zu mir herunterzerrte und küsste.

Erschöpft schlang ich meine Beine fest um seinen Körper und verhakte meine Füße ineinander, während ich seinen Oberkörper streichelte.

»Schlaf mit mir«, flehte ich leise an seinem Mund. »Nur

einmal.« Er löste sich von mir und sah mir tief in die Augen. »Wie es langweilige Menschen tun«, beschrieb ich es ihm.

Er mochte es als so empfinden. Doch ich wollte es so, so sehr. Nur einmal etwas Intimes dieser ... süßen Art. Um ... Um vergleichen zu können, sagte ich mir.

Ich keuchte, als Derek sich ein Stück aus mir herauszog und dann wieder in mich glitt. Sein Becken presste sich gegen meins. Er wiederholte seine Bewegung ein paarmal, dann reckte er die Arme neben meinem Kopf und richtete sich wieder etwas auf.

»Die langweiligste Stellung, die es gibt«, behauptete er keuchend. »Und du wirst feuchter, als wenn ich deine kleine süße Pussy fingere.«

Ich ächzte, da es in mir zog, und fuhr mit meinen Fingernägeln über seinen unteren Rücken. »Es hat etwas Intimes an sich«, nuschelte ich und schaute ihm ins Gesicht. »Es ... gefällt mir, dich so nah bei mir zu haben.« Ich stöhnte, während er mich mit seinem Gewicht in die Matratze presste und sein Smartphone ergriff. Im nächsten Moment stoppte der Porno im Hintergrund, er packte meinen Körper und vergrub sein Gesicht an meinem Hals. Er stieß schnell zu – und sehr fest. Wir gaben sündige Geräusche von uns. Geräusche, die mich bis ins Mark erschütterten und sich in meine Seele brannten.

Ich schloss die Lider, genoss das Gefühl von Zweisamkeit. »Derek«, seufzte ich seinen Namen, und er keuchte, drängte sich noch fester in mich.

»Ich liebe es, wie eng und feucht du immer bist«, sagte er heiser und fuhr mit seiner Zunge über meine schweißbedeckte Haut. Während er wieder näher kam und dann plötzlich mein Oberteil grob herunterzog und einen Nippel zwischen die Zähne nahm, keuchte ich. »Du bist die reinste Versuchung«, seufzte er auf meiner Haut und wanderte mit seinen Lippen zurück zu meinem Schlüsselbein. »Du fühlst dich besser an als alles andere«, flüsterte er mir ins Ohr. »Du fickst dich besser als jede andere Frau«, gestand er mir genauso gedämpft. »Egal ob schmutzig oder lieb. Du bist …« Er stöhnte und hob den Schopf, ehe er seine Lippen gegen meine legte und mich küsste. Er umfasste meinen Kopf, um ihn bei sich zu halten, und drang mit seiner Zunge in meinen Mund ein.

Ich stöhnte und er wurde schneller. Bis das Ziehen in meinen Unterleib zurückkehrte.

Derek hörte nicht auf. Er glitt tiefer und kräftiger in mich, bis ich plötzlich laut in seinen Mund schrie, da er immer wieder meinen G-Punkt traf.

»Das ist es«, raunte er und stöhnte. »Du fickst dich so gut.« Er griff so fest in mein Haar, dass es anfing zu ziepen, und meine Fingernägel krallten sich als Antwort in seine Haut. Er stöhnte erneut und hob sein Becken, um noch fester in mich stoßen zu können. »Ich könnte das den ganzen Tag machen. Dir zusehen. Dich mir anhören … Du bist der perfekte Porno auf zwei Beinen für mich.«

Ich seufzte, als er mit seiner Zunge tief in meinen Mund drang und meine umspielte. Sündig. Sinnlich. Nicht süß und langsam. Sondern schnell und ohne Erbarmen.

»Bitte«, flehte ich, sobald sich ein weiterer Orgasmus in mir aufbaute.

»Es ist alles gut«, flüsterte er und löste sich von meinem Mund, um mir in die Augen sehen zu können. Sein Blick verkeilte sich mit meinen. »Du darfst kommen«, sagte er. »Ich liebe es, dir dabei zuzusehen, Blümchen.«

Ich schrie, während er so fest in mich drang, dass der Ring der Gefühle in mir platzte und ich mich stöhnend um ihn herum wiederholt zusammenzog.

Er keuchte, hielt tief in mir inne, und plötzlich spürte ich, wie sein Sperma in mich spritzte.

»Verdammt noch mal«, stöhnte er und hielt keuchend über mir inne. »Genau so, o Gott. Ja.« Mit den Fingern strich er über meine geschwollenen Lippen. »Die reinste Versuchung«, meinte er nach ein paar Sekunden, bevor er sich plötzlich aus mir herauszog und sich erhob.

Perplex schloss ich die Knie und öffnete sie gleich wieder, da Derek sie packte und spreizte, um zwischen meine Beine schauen zu können.

Er stöhnte leise – und wurde rot. Aber er sprach seine Gedanken diesmal nicht aus. Er guckte sich nur an, wie sein Sperma aus mir herauslief. Dann ließ er plötzlich meine Knöchel los und räusperte sich. »Du solltest dich waschen«, sagte er leise und wandte den Kopf ab.

Stirnrunzelnd starrte ich ihn an. »Ist alles in Ordnung?«, fragte ich ihn.

Er nickte und strich sich sein Haar zurück. »Ich besorg dir die Pille danach«, bemerkte er. »Nur für den Fall.«

Ich zog die Brauen zusammen. Mir entging hier etwas. Ich war mir ganz sicher. »Derek.« Ich stoppte ihn mit meiner Hand.

Er hielt in der Bewegung inne und sah zu mir, während ich mich aufsetzte. Das Shirt rutschte an mir wieder herunter, aber mir war noch so warm vom Sex eben, dass ich es auszog, bevor ich seinen Kiefer drehte und meine Lippen auf seine legte.

»Ist wirklich alles in Ordnung?«, fragte ich ihn.

Er schluckte und guckte mir in die Augen. »Ja.« Er lächelte leicht. »Alles ist perfekt.« Er hob die Hand und streichelte mir mit dem Daumen über die Wange. »Du solltest dich waschen«, wiederholte er sich. »Getrocknetes Sperma zwischen den Beinen ist nicht angenehm.«

So schnell würde es nicht trocknen, war ich mir fast sicher.

KAPITEL 32

LILITH

Es hatte sich was geändert.

Schon vor dem *Kittchen* waren wir nicht mehr so miteinander umgesprungen wie zu Beginn.

Doch sobald Derek nun aufschaute, während ich aus dem Bad trat – noch dazu völlig nackt –, sah ich ihm irgendetwas an, was ich nicht genau deuten konnte.

Er räusperte sich, hielt sich dafür sogar die Hand an den Mund, der von seinen weichen dunklen Bartstoppeln umrahmt wurde. Er hatte sich seine Boxershorts und Jogginghose bereits wieder angezogen, die er vorhin gar nicht schnell genug hatte loswerden können.

»Ich will nicht sagen, dass wir unseren Spa-Tag beenden müssen«, sagte er gedämpft, und ich legte meine Stirn in Falten. »Aber ich muss mich jetzt um ein paar Sachen kümmern«, bemerkte er, ohne es genauer auszuführen.

»Was für Dinge?«, fragte ich, ohne vorher darüber nachzudenken.

»Für dich nicht von Belang, Lilith«, erwiderte Derek und zerrte ein frisches Shirt aus der Kommode. »Sieh den Film weiter«, forderte er mich auf und drehte sein Handy in der Hand, während er mich entschlossen, ohne eine Miene zu verziehen, anblickte. »Und vielleicht ziehst du dir was an.« Fest presste er die Lippen aufeinander.

Hatte ich etwas falsch gemacht?

»Tust du das, weil ich dich gebeten habe, mit mir zu schlafen?«, fragte ich ihn ruhig, während mir das Herz plötzlich bis zum Hals schlug. Hatte er bemerkt, dass ich ... eine Art Bindung zu ihm aufbaute? Begann, ihm zu vertrauen? »Weil ich es sanft wollte?«, flüsterte ich unsicher hinterher.

Der Biker vor mir schüttelte den Kopf. »Ich hätte den Tag nicht mit dir im Bett verbringen dürfen«, sagte er. »Und jetzt muss ich noch ein paar Sachen erledigen und ...«

»Und?«, unterbrach ich ihn, mir bewusst, was ich ihn fragte. Wo lag das Problem dabei, dass wir Zeit miteinander verbrachten – noch dazu eine tolle Zeit – und unsere Lust nicht im Zentrum gestanden hatte?

Verstand er nicht, dass ... ich ihn mochte? Oder war genau das das Problem?

»Hör auf, Fragen zu stellen«, forderte Derek und legte sein Smartphone kurz beiseite, um sich sein Shirt überzustreifen. »Und zieh dich an«, wiederholte er.

»Derek.«

»*Hör auf.*«

Ratlos hob ich beide Brauen. »Womit?«, fragte ich ihn unsicher, lief aber zum Bett und nahm mir die Decke, die ich mir um den Körper schlang. Denn plötzlich hatte ich mich so nackt und verletzlich gefühlt, dass mir das die schnellere Lösung als Klamotten schien.

»So zu tun, als würde ich nach der Sache noch länger an dich denken und unsere kleine Affäre würde fortbestehen.«

Mein Magen verknotete sich unangenehm. Ungläubig starrte ich ihn eine lange Sekunde an. Daran dachte er? Jetzt, nach dem … liebevollen Sex?

Hatte er falsche Schlüsse gezogen? Waren es überhaupt falsche Schlüsse?

»Nur weil wir soften Sex hatten, gehe ich nicht plötzlich davon aus, du würdest mehr in mir sehen als … ein stopfbares Loch«, kam es zögerlich in einem bitteren Ton über meine Lippen. Mein Speichel schmeckte plötzlich sauer. Mit Sicherheit bekam ich rote Wangen – vor Scham.

Dereks Blick brannte unangenehm auf mir. Ich entdeckte so etwas wie Genugtuung in seinen Augen. Er riss mir die Decke weg und trat nah an mich heran, sodass ich keuchte.

»Sag nie wieder, wenn ich dich ficke, du willst es liebevoll«, stellte er leise drohend klar. »Und wenn du noch mal so frech der Meinung bist, gegen unsere Abmachung zu verstoßen, stopf ich dir demnächst dein anderes Loch. Ohne deine Einwilligung.«

Meine Sicht verschwamm, denn seine Drohung nahm noch mehr Tiefe an.

Was hatte sich so plötzlich geändert? Wo war der Biker hin, der mit mir die Filme geschaut hatte? Mich gehalten hatte, als ich neben ihm eingeschlafen war? Der mich aus dem *Kittchen* geholt hatte? Mich vor Kayn Martin retten wollte …

Oder mir all diese Versprechen gegeben hatte? Wo war dieser Mann hin?

Ich schlug den Blick nieder und zuckte zurück, sobald er den Zeigefinger hob und mir über die Wange streicheln wollte.

»Nicht«, bat ich leise, ehe ich schrie und zusammenzuckte, denn er ohrfeigte mich.

»Du bestimmst nicht, wann ich dich berühre, Lilith. Wann checkst du es endlich, hm?«

In meinen Augenwinkel drückten sich die ersten Tränen

nach außen. Wenige Sekunden später rollten sie mir über die Wange.

Woher kam dieser harsche Umgang so plötzlich? Eben war doch noch alles in Ordnung gewesen. Was hatte sich geändert, während ich im Bad gewesen war?

»Was habe ich falsch gemacht?«, fragte ich ihn leise.

Seine Mundwinkel zuckten, und ich wimmerte, während mich eine unangenehme Gänsehaut überzog und sein Lederhandschuh viel zu fest mein Kinn umgriff.

»Du träumst zu viel.«

Keuchend schreckte ich zurück, da Derek mich von sich schubste.

Sprachlos öffnete ich leicht den Mund, mein Herz ein hohles Klopfen in meiner Brust. Schmerzhaft und laut.

Derek schmunzelte, guckte auf sein Handy, bevor er es in seine Hosentasche steckte. »Verhalte dich ruhig, bis ich zurück bin.«

»Nein.« Ich schüttelte den Kopf und griff Schutz suchend wieder nach der Decke.

»Nein?« Er hob den Blick und eine dunkle Braue.

»Du glaubst, ich würde nach dieser Sache noch etwas mit dir zu tun haben wollen?« Meine Stimme hatte einen hohlen Klang. »Ist es das?« Ich wischte mir über die Augen. »Keine Sorge. Ich vergesse nicht, dass du mich entführt hast. Und mich immer wieder zum Sex drängst.«

Derek schnaubte und biss sich auf die Unterlippe, weil er wusste, dass ich log.

Er zwang mich vielleicht, doch im Endeffekt war ich es, die es trotz allem genoss. Die seine groben und harten Berührungen aushielt und förmlich nach ihnen lechzte. So unsagbar sehr ...

»Wer hat denn vor fünf Minuten noch darum gefleht, in die Matratze gefickt zu werden, hm?« Was war ihm derart über die Leber gelaufen, dass er so *unfair* zu mir war?

Als ich nichts sagte, gab sein Mund ein ploppendes und zufriedenes Geräusch von sich, ehe er nickte, in seine Schuhe schlüpfte und sich seine Jacke überzog. »Gut«, bemerkte er. »Dann müsste dir bewusst sein, wo dein Platz ist.«

Ich keuchte erneut und sah ihn verletzt an.

Meine Sicht verschwamm abermals, während mein Herz noch qualvoller zusammenschrumpfte. Ich stand hier, nackt, während er den Raum verließ und mich wie immer einschloss.

Ich hasste es. Kaum kamen wir einen Schritt vorwärts, machten wir fünf zurück.

KAPITEL 33

SKILL

Tief atmete ich durch, während ich neben Jack an meinem Motorrad lehnte, Sally mit seinem Tablet saß hinter uns auf seiner Maschine.

Von Rico fehlte jede Spur.

Ich hatte gedacht, zumindest ihn würde Sculley mitbringen.

Immerhin hat sein Road Captain unseren im Straßenverkehr abgepasst und eine Nachricht überbringen lassen.

Doch da kam der Präsident der Green Killers auf seiner protzigen dunkelgrünen Harley – ohne Begleitung oder irgendwelchen Schutz – die Straßen entlanggebrettert.

»Ich glaube, er kann uns auch so zerquetschen«, kommentierte Jack. »Sieh dir nur die Arme an, Alter.«

Enttäuscht seufzte ich. »Ich nehme dich nie wieder mit«, behauptete ich, während ich Sculley dabei zuschaute, wie er seinen Helm abnahm und schulterlanges graues Haar hervorkam, das er in einem tiefen Bun in seinem Nacken zusammengebunden trug. Sein Bart wirkte ungepflegter als beim letzten

Treffen. Damals hatte Johnny allerdings noch gelebt und die beiden hatten sich über Drogenrouten ihrer und unserer Dealer gestritten.

Auch die Augenringe in seinem Gesicht waren neu.

Ich legte den Kopf schief, bevor ich meine Arme vor der Brust verschränkte und Sculley in Lederjacke und schwarzen Jeans mit schweren Boots auf uns zustapfte.

Er ignorierte die Pfützen auf der Straße, sein Blick war auf mich gerichtet.

Einige Meter vor uns blieb er stehen und betrachtete mich einen langen Moment.

Mich, nicht unseren Prospect, der nervös neben mir stand, und nicht den Treasurer, der ihn mit Argusaugen beobachtete.

Ich schwor mir selbst, Jack nicht mehr mit auf solch eine Tour zu nehmen. Was konnte der Kleine überhaupt? Außer gut kochen und Ordnung halten oder die Drecksarbeit zu übernehmen, wie das Blut vom Boden aufzuwischen ... Was das Mindeste war, das wir von unseren Anwärtern erwarten durften.

»Warum hast du dich nicht an unseren Präsidenten gewandt?«

»Nenn es eine Vorahnung«, meinte er schulterzuckend. Seine Stimme war in den Jahren, die ich ihn nicht gesehen hatte, tiefer geworden. Vielleicht sollte er sich das mit dem Rauchen noch mal überlegen. »Ich weiß es, Skill.«

»Was weißt du?« Ich klang amüsiert und wünschte nur, Lilith würde aufhören, in meinem Kopf umherzukreisen.

Sie hatte Sculley nie kennengelernt. Natürlich könnte ich nun sagen, sie hätte damit nichts verpasst, allerdings ... war er noch immer *ihr* Erzeuger.

»Was habe ich getan, dass du alles zerstörst, was dein Vater und ich aufgebaut haben?«

»Was mein Vater und du aufgebaut haben, interessiert mich

nicht«, sagte ich. »Ich tu das, was unser Präsident von uns verlangt.«

Zumindest hatte ich es getan.

Ich hatte nachgefragt, in welcher Verbindung meine Opfer alle zu Sculley standen – wie wichtig sie für seine Geschäfte waren –, und dann hatte ich keine Gnade walten lassen.

»Du hast mehr als zwanzig meiner Dealer und zwei meiner Prospects im letzten Jahr verschwinden lassen«, zählte er auf. »Ich kenne deine Handschrift, *Derek*. Du warst noch 'n kleiner Scheißer, als ich das alles zwischen Rhode Island und Connecticut aufgebaut habe.« Er klang *richtig* angefressen. Gut.

Belustigt schaute ich gen Himmel. »Juckt mich das?«, hakte ich nach.

Ich musste Lilith loswerden. Denn in den nächsten Tagen würde ich hässliche Dinge tun. Ich wusste, dass ich jetzt keine Rache üben und Sculley umbringen konnte. Weder konnte ich mich meiner Wut hingeben noch ihm die Kehle durchschneiden, wie ich es mir erträumte. Ihn um Gnade winseln lassen. Die, die er meinem Bruder nicht zuteilwerden ließ. Es ging nicht. Und ich wollte Lilith nicht in meiner Nähe haben, wenn ich versuchen würde, mir die Macht zurückzuholen, die ich früher innegehabt hatte. Denn dafür müsste ich Rampage umbringen.

Zur Hölle, ich war der Erbe der Black Demons. Ich war der verdammte Präsident. Mich hatten sie gewählt, als Johnnys Leichnam noch warm gewesen war.

Ich würde mich nicht länger *benutzen* lassen. Noch dazu von jemandem, der keine Ahnung hatte, wie man den MC leitete.

»Wo ist *sie*?!«

»In Sicherheit«, plapperte Jack unüberlegt, und ich brummte enttäuscht, ehe Sculley schnaubte und auf den Boden spuckte.

»Ja, genau«, behauptete er sarkastisch und verdrehte die Augen. »Deswegen ruft mich ihre Mutter mitten in der Nacht an und heult mir die Ohren voll, dass *unsere* Tochter entführt wurde.« Er stierte mich an. »Was willst du, verfickt noch mal?!«

»Ein Geständnis.«

Ich würde ihn mir später holen. Auf andere Art, als Lilith dafür zu benutzen. Ich konnte nicht noch mehr zerstören, als ich es schon getan hatte. Verdammt, ich hatte ... Ich hatte so etwas wie Liebe mit ihr gemacht. Wie erbärmlich von mir. Weder fickte ich sanft noch genoss ich es. Nicht so, *wie* ich es genossen hatte.

Sculley vorerst wenigstens ein Geständnis zu entlocken, was er Johnny angetan hatte, würde mir reichen müssen. Denn er war nicht der Einzige, der Handschriften lesen konnte. Er hatte, seit ich ihn kannte, immer zweimal abgedrückt – an der rechten Schläfe. Genau wie bei Johnny.

»Und was soll ich gestehen?« Er schnaubte erneut, wutentbrannt. »Hab ich dir dein Lieblingsspielzeug weggenommen, oder was?« Er schüttelte den Kopf, während Jack neben mir eine Grimasse zog.

»Findest du das lustig?«, fragte dieser ihn. »Unseren Präsidenten ohne Grund umzulegen und zu denken, wir reagieren nicht darauf?«

Sculley erstarrte für einen Moment, bevor seine dunkelblauen Augen zu mir zurückkehrten.

Dunkelblau. Liliths hatten dieselbe Farbe.

»Wovon spricht er?«, fragte er mich ernst, und meine dunkle Braue wanderte nach oben.

»November vor drei Jahren«, rief ich ihm in Erinnerung. »Er meinte, er würde auf dem Rückweg eine Route durch dein Gebiet nehmen, nachdem er jemanden in New York besucht hatte«, erzählte ich. »Er kam nicht lebendig zurück.«

Wem machte Sculley was vor? Ich war es leid, Johnnys Tod

durchzukauen – wieder und wieder. Ich wollte Sculley umbringen und mit der Sache abschließen. Auge um Auge.

Mir war klar, dass ich dafür Lilith hätte umbringen sollen. Gleiches mit Gleichem vergelten. Doch sie verdiente das nicht.

Sie kannte ihren Vater überhaupt nicht.

Und ... ich konnte nicht. Egal wie sehr ich es versuchte, ich konnte ihr keine Kugel durch die Stirn jagen oder meine Klinge durch die Sehnen ihres Halses ziehen. Es ging einfach nicht!

Allein, wenn ich daran dachte ...

»Ich habe vom Tod deines Bruders gehört«, sagte Sculley. »Aber er ist nie durch mein Gebiet gereist.« Er schüttelte den Kopf.

»Er hatte zwei Kugeln im Schädel, mit dem Kaliber, das ihr vertickt, *und* wurde von zwei deiner Leute vor unserer Tür abgeladen«, erklärte ich mit den Zähnen knirschend. »Eindeutiger geht's wohl nicht.«

»Ich habe kein Plan, wovon du sprichst«, erwiderte er. »Wärst du damit zu mir gekommen, hätte ich dir das viel eher sagen können.«

Mein Kiefer knackte, so sehr spannte ich ihn an.

»Ich habe Johnny nicht getötet«, behauptete er. »Ich nehme keinen Tod auf meine Kappe, den ich nicht begangen habe.«

»Bullshit«, schnaubte Jack. »Wer sonst außer euch hätte es tun können?!«, fragte er Sculley. »Ihr seid neben uns der stärkste MC der Ostküste.«

Sculley ignorierte unseren Prospect. »Ich war mit deinem Vater befreundet«, rief er mir in Erinnerung. »Seinen Sohn ohne jegliche Gründe umzubringen, würde ich mir nicht erlauben.«

»Fakt ist, dass alles auf dich hindeutet«, widersprach ich ihm. »Es trägt *deine* Handschrift.«

Sally hinter mir hustete und wir alle hielten kurz inne.

Sculley zuckte kurz darauf mit den Schultern. »Hätte ich deinen Bruder umgebracht, dann wüsste ich es *mit Sicherheit*.«

Er schob seinen Ärmel hoch und entblößte damit schwarze Tinte. Eine schlichte Strichliste. Eine Liste seiner Opfer.

»Ich glaube dir nicht«, entgegnete ich.

»Hast du Lilith deswegen entführt?«, hinterfragte er.

»Er wollte sie umbringen«, korrigierte Jack ihn trocken und verschränkte die Arme vor der Brust.

Sculley atmete tief ein. »Was hast du getan, Derek?«

»Sie lebt«, entgegnete ich. »Und ich gebe sie dir nur unter ein paar Bedingungen wieder.«

Sie musste weg. Raus aus Rhode Island. Hier war sie nicht mehr sicher. Nicht mit mir – und schon gar nicht vor Rampage.

»Derek.« Drohend sprach er meinen Namen aus, und ich sah sofort auf seine Hand, die er an seine Jeans legte und sie dort behielt.

»Willst du es nun beenden?«, kommentierte ich. »Was du angefangen hast?«

»Derek«, unterbrach Sally mich plötzlich und atmete hinter mir tief ein.

Jack drehte den dunkelblonden Schopf und blickte ihn an, bevor er mich antippte.

Ich brummte, wandte meinen Blick aber nicht von Sculley ab. Er würde leichtes Spiel haben, uns umzulegen.

»Ich verstehe«, murmelte Sally hinter mir. »Wir sind unterwegs, Jungs.«

Sculley fluchte leise, ehe er sein Telefon aus der Hosentasche fischte, das wohl auch brummte. »Was?« Er guckte mich unentwegt an, während er das Handy ans Ohr presste. »Was?!« Seine Brauen zogen sich kraus. Sally stieg von seinem Motorrad und lief zu uns. »Wir haben ein Problem«, nuschelte er über meine Schulter.

»Dasselbe wie er?«, hakte ich neugierig nach.

»Ich vermute es.«

Ich wagte es, den Blick von Sculley zu nehmen und unseren Treasurer anzusehen. »Hau raus«, forderte ich.

»Er hat uns seine Jungs auf den Hals gehetzt.«

Vielleicht überreagierte ich. Aber instinktiv zückte ich die Waffe.

Sally war schneller und umfasste mein Handgelenk. »Lilith geht es gut.« Er schaute mich an, als wüsste er sofort, was mir zuerst durch den Kopf geschossen war.

Dass ich sofort an sie gedacht hatte, sollte mir Sorgen bereiten.

»Woher willst du das wissen?«

KAPITEL 34

LILITH

Mir ging es beschissen.

Nachdem Derek verschwunden war und mich mit Tränen auf den Wangen zurückgelassen hatte, hatte ich vor lauter Wut das Zimmer verwüstet – und am Ende vor schlechtem Gewissen angefangen, wieder aufzuräumen.

Noch nie hatte ich jemandes Sachen kaputtgemacht.

Eigentlich hatte ich gehofft, Derek wäre vor Sonnenuntergang wieder da, aber auch lange danach war er nicht wiedergekommen. Die Tür blieb geschlossen.

Ich hatte keine Lust mehr auf Filme, also schnappte ich mir das Buch, das auf Dereks Nachttisch gelegen hatte.

Ein Thriller, der mir bekannt vorkam.

Eilig schaute ich zurück auf den Titel und seufzte, da ich ihn schon einmal gelesen hatte. Na toll.

Als sich das Türblatt bewegte, brummte ich. »Ich dachte, du willst mich den ganzen Tag versauern lassen.« Rasch legte ich es zurück auf seinen Platz, bevor ich aufsah und meine Brauen sich hoben.

Das war nicht Derek.

Es war *nicht* Derek.

Es war nicht Derek!

Ich schluckte, ehe ich einen tiefen Atemzug nahm und mich aufsetzte, damit ich meine nackten Beine kaschieren konnte.

Rampages Braue wanderte derweil nach oben.

»Du hast einen Schlüssel zu diesem Zimmer«, bemerkte ich leise, als er hereinkam – komplett in Schwarz gekleidet, wie Bones es immer war.

»Ich habe zu allen Zimmern einen Schlüssel«, teilte er mir ruhig mit und nickte mit seinem kahlen Schädel hinter sich. »Zieh dir was Frisches an, Lilith.«

»Was?« Mein Herz blieb stehen. Wenn es vorher stark gegen meine Rippen geschlagen hatte, erlitt es nun einen Stillstand. »Wohin geht es?« Ich bewegte mich nicht vom Fleck.

Derek war nicht hier. Solange er nicht dabei war ... Das durfte nicht passieren. Nicht jetzt.

»Ich habe nicht den ganzen Tag Zeit«, insistierte Rampage und schob einen Ärmel hinauf, um auf eine dunkle Armbanduhr zu blicken, die um sein tätowiertes Handgelenk baumelte. »Jetzt zieh dich an.«

Wie unter Storm stehend erhob ich mich aus den Laken, denn nackte Haut war nun mein geringstes Problem. »Ich will nicht mit dir gehen«, stellte ich klar.

Rampage hob seinen Blick. »Beeil dich, Lilith«, warnte er mich, während ich die Luft anhielt und einen Satz in Richtung Bad machte. Er schnitt mir den Weg ab. »Zwing mich nicht, dir wehzutun«, drohte er mir.

Ohne Derek würde ich nirgendwohin gehen!

Rampage und ich sahen uns einen langen Moment an, bevor

er seine nächsten Worte aussprach. »*Blümchen*, wir gehen jetzt. Sofort.«

Sprachlos wanderten meine Brauen nach oben.

Blümchen. Es war nur ein Wort. Wie konnte ein einziges Wort mein Herz nur so zum Rasen bringen und verunsichern?

»Fahr zur Hölle«, spie ich aus.

Ich hatte nicht den Hauch einer Chance, ich wusste es in dem Moment, in dem ich über den Boden flitzte, fast zur Tür heraus war und er seufzend die Hand ausstreckte und mich an meinen langen Haaren zu fassen bekam.

Mit einem Aufschrei stolperte ich zurück, da der Schmerz augenblicklich auf meiner Kopfhaut explodierte. »Loslassen!«, kreischte ich. »Lass mich los, Rampage!«

Er dreht mich zu sich herum und presste mir die Pranke auf den Mund, sodass ich verstummte. »Hältst du die Klappe?!« Er guckte mich zornig an, ehe er mich nach einem Nicken meinerseits freiließ. »Jetzt zieh dich gefälligst an!«

Mir war klar, ich hatte keine Chance, trotzdem weigerte ich mich.

»Mit dir kann auch nichts einfach sein«, murmelte er genervt, riss wieder an meinem Haar und zog mich auf den Flur.

»Lass mich los!« Ich zog eine Grimasse, während seine Fingernägel sich in meine Kopfhaut gruben.

An dieser Stelle stimmte ich Derek nun zu. Mein Haar war zu lang. Es brauchte einen Schnitt. Falls ich noch dazu kam.

Rampage seufzte, ehe er sich in einem schnellen Laufschritt in Bewegung setzte und ich hinterherstolperte.

»Aua!« Er zerrte mich aufrecht, da ich erneut einknickte. »Rampage!«, fluchte ich. »Loslassen!«

»Stellst du immer so viele Forderungen, Lilith?«

»Du Wichser!«, beleidigte ich ihn.

»Oh-ho«, lachte er. »Jetzt werden wir auch noch frech.«

Wir kamen bis ins Esszimmer, wo er mich losließ und ich mir mit Tränen in den Augen die Kopfhaut rieb.

»Kann sie nicht alleine laufen?«

Sofort riss ich den Kopf herum und schaute zum Eingang des Treppenhauses, weil ich Bones' tiefe Stimme erkannt hatte.

»Jetzt gerade nicht, wo sie der Meinung ist, aufmüpfig durch die Gegend zu stänkern.« Rampage warf mir einen mehr als eindeutigen Blick zu. Ich sollte die Klappe halten. Oder es setzte was. »Wieso bist du hier?«

»Wo beabsichtigt ihr hinzugehen?«, entgegnete Bones, ohne auf Rampages Frage einzugehen.

Mein Herz stolperte in meiner Brust, während ich die geröteten Augen des Vizepräsidenten betrachtete. Sie ruhten auf mir, bevor sie langsam zu seinem Präsidenten wanderten.

»Skill hat mich gebeten, sie an die frische Luft zu bringen«, erzählte Rampage ihm. »Da ich ihm sowieso auf halber Strecke entgegenfahre, nehme ich sie jetzt mit.«

Bones zog irritiert seine Brauen ein Stück weit zusammen. »Ich dachte, Skill wäre heute mit ihr in seinem Zimmer und legt sie den ganzen Tag flach.«

»Ihm kam was dazwischen«, log Rampage.

»Und was?«, erkundigte sich Bones.

Rampage zuckte mit den Schultern. »Woher soll ich das wissen?« Er verdrehte die Augen. »Bin ich seine Mutter?«

»Ich frage nur, denn alle machen heute einen Ausflug, wie mir gesagt wurde«, murmelte er und kratzte sich an seiner Schläfe. »Kein Grund, mir pampig zu kommen.«

»Er macht das nur, weil …«

»Halt die Schnauze, Lilith.« Ich riss die Lider weit auf, als Rampage zu mir herumfuhr und mein Kinn schmerzhaft fest packte und mich zu sich zerrte. »Du tust, was man dir sagt«, meinte er leise. »Ist. Das. Klar?«

Mein Magen zog sich zusammen, während ich Hilfe

suchend zum einzigen Mann starrte, der noch hier war und mit dem ich bisher kaum mehr als fünf Worte gewechselt hatte. Schluckend betrachtete ich Bones' Gesicht und wie er mich ausdruckslos anglotzte.

»Ich denke, sie hat es verstanden, Ramp«, sagte er seinem Präsidenten, der mich daraufhin losließ. »Ich wünsche euch viel Spaß.«

Damit ging er an uns vorbei – und gab Rampage freie Bahn.

Unsicher stolperte ich einen Schritt zurück.

Rampage holte nach meiner Hand aus, um sie zu packen.

Ich hatte nur eine Chance. Derek war nicht hier, um mir zu helfen.

»Er ist Menschenhändler, Bones.« Der Angesprochene hielt inne. »Er will mich verkaufen.«

Stirnrunzelnd wandte er sich zu mir um. »Wie bitte?« Sein Blick ging über mich hinweg.

»Er will mich verkaufen«, wiederholte ich.

Stille breitete sich aus. »Woher weißt du das, Lilith?«, durchbrach er sie, und mein Herz setzte einen Schlag aus.

»Von Skill«, keuchte ich und unternahm einen Schritt in seine Richtung. »Wir haben Rampage vor einigen Nächten mit Kayn Martin ...« Ich schrie schmerzerfüllt auf, denn Rampage packte abermals mein Haar.

»Hältst du nie die Klappe?!«, brüllte er. »Kayn Martin ist ein Geschäftsmann, mit dem wir Drogen gegen Waffen tauschen«, log er seinen Vizepräsidenten an und guckte mir dabei warnend in die Augen.

Bones seufzte. »Wenn du meinst, Ramp.«

Wimmernd versuchte ich, mich zu lösen. Doch es gelang mir nicht. Das war's. Er würde mir nicht helfen. Keiner würde das.

»Vorerst lässt du sie aber los«, forderte Bones plötzlich, und meine Augen wanderten hektisch zu ihm. »Ich frag Skill lieber selbst, was los ist.«

»Willst du mich verarschen?« Rampage ließ mich abrupt frei und ich brachte sofort ein wenig Abstand zwischen uns. »*Ich* bin dein Präsident.«

»Bist du.« Bones nickte und holte sein Smartphone hervor. »Aber du hast ihr Leben in seine Verantwortung gegeben.« Er deutete mit dem Telefon auf mich, ehe er blinzelte. »Und Geld unterschlagen«, fügte er hinzu. »Oder dachtest du, ich finde die Differenzen auf unseren Konten nicht, Ramp?«, bemerkte Bones und blickte hinab aufs Handy. »Ich sichere mich lieber ab, bevor ich es am Ende mit Skill zu tun bekomme. Der Typ bringt im Moment jeden um, der ihm in die Suppe spuckt.« Er seufzte. »Das passiert, wenn man sich auf nur eine Pussy konzentriert.«

Unsicher schaute ich zu Rampage, ehe ich einen vagen Schritt in Richtung des Vizepräsidenten unternahm.

Rampage starrte mich noch einige Sekunden so mörderisch an, dass es mir eiskalt den Rücken hinunterkroch, bevor er lachte, den Kopf schüttelte und sich in Bewegung setzte.

Er drehte sich in Richtung Anrichte, riss ein paar Schubladen auf und stieß sie auch wieder zu, dann stützte er sich an ihr ab und wandte uns den Rücken zu.

»Ich hab so viel Scheißgeduld mit euch Wichsern gehabt«, sagte er. »Nie laufen die Dinge, wie sie sollen.«

Bones hielt in seiner Bewegung inne, ehe er mich kurz anschaute.

Seine Pupillen waren riesig. Wie zwei große Tischtennisbälle.

»Martin hatte recht.«

Ich riss die Lider auf, als Rampage ausholte.

Im nächsten Moment stürzte ich nach vorn und dann zurück, weil Blut spritzte.

Es passierte alles … so schnell.

Ich hatte nicht mal gesehen, dass Rampage etwas in den Fingern hielt, bis er einmal, dann zweimal auf Bones einstach und ihn neben mir niederrang. Und ich? Stand da und war vor Schock wie paralysiert.

»Sorry, Kumpel.«

Meine Sicht verschwamm, als ich bemerkte, dass das Messer, das in Bones' Oberkörper steckte, das Blut keineswegs davon abhielt, aus ihm hinauszuströmen. Seine Atmung ging hektisch.

»Was hast du getan?«

Mit großen Pupillen guckte ich Rampage an, mein Herz ein einziges lautes Etwas.

»Eine Gleichung korrigiert, weil du nicht das Maul halten konntest.« Er brummte. »Tut mir leid, Mann. Aber Business geht vor.« Rampage sog tief den Sauerstoff ein. »Komm jetzt, Lilith.«

Kopfschüttelnd sah ich kurz zwischen beiden hin und her.

»Nein.« Ich schreckte zurück, sobald Rampage nach mir griff. »Nein«, wiederholte ich, als er mich zu fassen bekam. »Loslassen!«, schrie ich erneut. »Lass mich los!«

Zappelnd packte ich in meiner Panik die Schere auf der Anrichte und versuchte ziellos, sie Rampage in den Körper zu rammen. Er umgriff meine Hand und nahm mir die Schere ab.

»Nein!«, rief ich jämmerlich, als er meinen Protest beendete.

»Komm jetzt.« Er seufzte und zerrte mich mit sich.

Es war mir egal, wie verzweifelt und verängstigt ich klang. Ich wollte nicht gehen. Nicht mit Rampage. Denn ich wusste genau, wie das enden würde. Mit aller Kraft hielt ich mich überall fest. Stieß mir sogar mehrmals den Kopf. War es eine Tür, das Treppengeländer oder eine Wand, egal.

Meine Sicht verschwamm, und ich stöhnte auf, als Rampage mir eine verpasste.

»Hältst du nun still?!«, brüllte er, und ich schluckte, während ich zu ihm aufblickte.

Meine Gegenwehr war eine Katastrophe.

Als er mich mit sich aus dem Club schleifte, klammerte ich mich mit letzter Kraft an den Türrahmen.

Uns war bis hierhin niemand begegnet. So sank auch meine Chance und Hoffnung auf Rettung.

Doch wo waren die Black Demons?

»Loslassen!«, schrie ich auf offener Straße, während er mich über den Bürgersteig zog.

Keiner half mir. Auch, weil hier niemand war.

Mir liefen Tränen über die Wangen. »Nein«, wiederholte ich abermals und keuchte, als er mich im Nacken packte.

»Mir reicht's.« Rampage grummelte, ehe er mich mit aller Kraft packte und meinen Kopf auf die Motorhaube krachte. Sterne tanzten vor meinem Sichtfeld. Ich sah nichts mehr, aber hörte alles dreifach so laut.

KAPITEL 35

SKILL

Dieser Tag hatte begonnen wie ein Traum. Verdammt, ich klang bereits wie ein Mädchen. Doch das war die Wahrheit.

Lilith. Die Filme. Unsere Gespräche. Das Kuscheln – welches ich deutlich zu sehr genossen hatte und es niemals zugeben würde –, das ungesunde, aber leckere Essen.

Schade, dass sich der Tag mehr und mehr in einen Albtraum verwandelte.

Kaum waren wir am Club angekommen, mussten wir feststellen, dass Sculley uns eine Horde seiner Jungs aufgehalst hatte.

Und Joker – Herrgott noch mal, verdammt, Joker – zankte sich lautstark mit 'nem Typen, der Blue mit all seinen Piercings Konkurrenz machte. Ehrlich, wow. So viel Schmuck hatte ich noch nie in der Fresse eines Menschen gesehen.

»Was zur Hölle ist hier los?!«, rief ich quasi synchron mit

Sculley, als ich eintrat und alle verstummten. Ein paar unserer Member traten zur Seite.

»Keine Ahnung, frag diese Idioten!«, rief Joker aufgebracht. »Als wir vom Ausflug zurückkommen, stürmen sie plötzlich hier herein, als wäre das ein Bond-Film.« Er deutete auf den Typen mit den Piercings. »Und er hat meine Pfanne zum *Brennen* gebracht! Welcher Idiot kippt Wasser in eine mit Öl erhitzte Pfanne?« Ich hob beide Brauen. »Weil der Schwachkopf offensichtlich nicht weiß, wie man eine Pfanne löscht, hätte er uns fast umgebracht.«

Ich schaute irritiert zu Sculley.

»Er hat es nicht so mit Geduld«, teilte er mir mit.

»Wo ist Rampage?«, fragte ich laut. »Und Bones?«

»Bones ist wie vom Erdboden verschluckt, wie immer. Rampage hat sich irgendwohin verzogen. Er war auch vorher nicht mit uns unterwegs.«

Buzz saß an der Bar und hielt ein Glas Wasser in der Hand, während er seufzte. »Der Fettbrand ist endlich aus, oder?«

»Nur noch Qualm und eine zerstörte Küche«, murrte Joker. »Vielen Dank auch, Alter.« Er funkelte seinen Nebenmann böse an, das Tattoo-Lächeln in seinen Mundwinkeln verkniffen.

»Okay.« Ich atmete tief durch. »Irgendwer schwer verletzt?«, fragte ich laut.

»Nein«, antwortete ein Member von uns brummend.

»Aber könntest du erklären, was die hier verloren haben? Und warum zur Hölle Sculley unser Haus betreten hat? Von mir aus hat der Typ lebenslanges Hausverbot«, fragte Buzz. »Wenn er hier ist, dann gehe ich.«

Sculley zog unbeeindruckt eine Augenbraue seine Stirn hinauf. »Sagt der Typ mit einem Musikgeschmack wie seine Oma.«

Beleidigt stand Buzz auf, ehe ich die Hand hob und er sich missmutig wieder setzte.

»Wo sind Rampage und Bones?«, fragte ich erneut.

»Keine Ahnung, Alter.« Joker hob beide Arme. »Wir waren dabei, zu kochen, als diese Volldeppen den Club gestürmt haben.« Er guckte mich einen Moment länger an. Einen einzigen Moment. Der aussagte, dass einer von uns nun zu Lilith gehen würde.

Ich zählte gut fünfzehn Mann, die hier herumstanden und nicht zu uns gehörten. Es waren weniger unserer Member anwesend.

»Hast du einen Idiotenclub vormarschieren lassen?«, fragte ich Sculley amüsiert.

»Ich habe gesagt, sie sollen Lilith hier rausholen und fertig.«

»Wir sind nur bis in die Küche gekommen, dann haben die uns attackiert.«

»Weil ihr unbefugt das Gebäude betreten habt!«, rief Diego, einer unserer jüngsten Member. Johnny hatte ihn in dem Monat zum Mitglied ernannt, in dem er gestorben war.

»Alter, als würdest du nicht zuschlagen, wenn jemand bei dir zu Hause einbricht«, grummelte Buzz.

Wir befanden uns auf dünnem Eis.

Es reichte, dass wir im Augenblick interne Probleme hatten. Wir durften uns jetzt nicht auch noch Sculley aufladen. Das würden wir in diesem Zustand nicht überleben.

»Okay, die Bude brennt nicht, und Rampage wie auch Bones sind offensichtlich nicht da. Sonst hätte Sculley längst ein Loch im Kopf«, zählte ich auf.

»Was du nicht sagst«, murmelte dieser.

»Jack, geh nach Blue und Momma schauen«, befahl ich.

»Wo, denkst du, sind sie?«, fragte er mich ruhig und betrachtete die Greens.

»Kein Plan«, erwiderte ich. »Vielleicht nach Lilith sehen.«

Seufzend setzte ich mich in Bewegung, und Sculley umfasste ruckartig meine Schulter, zog mich zu sich herum.

»Ich lass dich keine zwei Meter mehr in ihre Richtung«, stellte er klar, während er mir fest in die Augen starrte. »Du sagst mir jetzt, wo sie ist, und wir sind fertig miteinander.«

»Nein, so läuft das nicht.« Ich schüttelte seine Hand ab. »Ich trau dir nicht über den Weg, Sculley, nur weil du Sachen behauptest, die du nicht beweisen kannst.«

Sally seufzte, dann haute er sein Tablet gegen die Bar, während Jack im Nebengebäude verschwand. »Das Wlan scheint hin«, murmelte er. »Was habt ihr gemacht? Die Telefonleitung durchtrennt?«

»Nein«, antwortete jemand mit giftgrünem Haar und jünger als Jack. Deutlich jünger.

»Ist der Hosenscheißer überhaupt achtzehn?«, fragte ich Sculley trocken.

»Neunzehn«, antwortete mir der Präsident der Greens. »Bis auf Rico und Jaxon alle raus. Sofort«, befahl er.

Sofort folgten alle dem Befehl.

Ich wünschte das wäre auch so, wenn Rampage mal was sagte.

Zurück blieben nur wir und die Genannten, der Präsident, Vizepräsident und der Road Captain der Green Killers.

Ich ging zu Sally hinüber, um mir hinter der Theke ein Glas Wasser einzugießen. Hier drin war es stickiger als oben im *Spielraum*, wenn drei Tage nicht gelüftet worden war.

Mein Blick fiel zur Tür des Nebengebäudes, aus der Momma herauskam.

Ruckartig ließ ich das Glas stehen, weil sie völlig blutverschmiert war. Ihr hellblaues Shirt war zerknittert und an sämtlichen Stellen dunkelrot.

Ihr gehetzter Blick verriet nichts Gutes.

Mein Herz blieb für eine Sekunde vor Schreck stehen. »Wo zur Hölle kommst du her?«, fragte ich alarmiert.

»Ihr veranstaltet hier ein Kaffeekränzchen?!« Sie schnappte

sich alle sauberen Handtücher aus einem Regal. »Bones ist am Verbluten.«

Was?

Ich schluckte. »Was zur Hölle ist passiert?« Sofort folgte ich ihr, da sie sich wieder in Bewegung setzte.

»Ich weiß es nicht, wir haben ihn schon so gefunden«, erklärte sie und rannte eilig zurück ins Nebengebäude.

Sie hechtete die Treppen hinunter, dann war sie außer Sicht.

Ich drehte meinen Kopf zu Sculley herum.

»Ich schwöre, hat einer deiner Jungs ...«

Er war der scheißbeste Freund meines Bruders gewesen. Ich konnte ihn nicht auch noch verlieren! Nicht ihn. Niemanden. Das durfte einfach nicht passieren!

»Habt ihr jemanden angegriffen?«, unterbrach Sculley mich.

»Nein. Nicht lebensgefährlich jedenfalls«, antwortete Rico ihm.

»Ich vertrau den Vollpfosten, dass sie es nicht waren«, meinte er zu mir.

»Könntet ihr die Klappe halten?!«, brüllte Momma aus dem Treppenhaus, und ich stürzte hinterher.

Bones. Er war wichtiger.

Und verflucht! Ich war auf den Blick nicht vorbereitet gewesen. Er lag im Esszimmer auf dem Boden. In seiner eigenen Blutlache. Mit einem Messer zwischen den Rippen. Sein graues Shirt war nicht mehr grau. Überall war dunkelrotes Blut. Selbst in seinen Mundwinkeln.

Verdammte Scheiße.

Bones hustete.

»Scheiße!« Meine Augen huschten den Gang entlang.

»Hey!« Blue kniete neben Bones und packte seinen Schädel, ehe er ihm gegen die Wangen schlug. Fest genug eigentlich, damit er wachblieb, doch alles, was Bones' Lider taten, war, immer wieder zu zucken. »Verdammt, Bones! Bones!« Blue streckte eine Hand aus, drückte auf die offene Wunde, aus der Blut sickerte und seine hellblaue Jeans tränkte. »Alex, jetzt komm schon!«

»Das war Vorsatz«, murmelte ich leise, während ich die Messerstiche zählte. Drei an der Zahl. Der letzte war neben seinem Lungenflügel platziert worden. Derjenige hatte ihn langsam töten wollen. Das hier war kein Akt aus Wut gewesen. Sondern aus Freude, aus Spaß.

Momma drückte frische Handtücher um das Messer.

»Ob es Vorsatz war oder nicht«, sie schaute zu mir auf, »wir müssen ihn sofort ins Krankenhaus bringen.«

Bones hustete zur Antwort, sagte aber nichts. Zumindest nichts, was ich verstand, weil der Abstand zwischen uns zu weit war. Dafür wohl Blue, der es flüsternd wiederholte und fluchte.

»Jack!« Ich stürzte vor, da Blue sich aufrichtete und von Bones Abstand nahm.

»Was zur Hölle tust du?!«, rief Momma.

Ich sah hinter mich und Sculley an, der sich gegen den Türrahmen lehnte. »Wenn ihr Hilfe benötigt, mein Sergeant hat mal eine Sanitäterausbildung gemacht.« Er deutete nach hinten. »Sieh es als Friedensangebot.«

»Ich bin nicht der Präsident«, widersprach ich und zog die Brauen kraus, als Blue hinter mir vorbeirauschte. »Was soll das?«, rief ich.

»Fahr zur Hölle«, fuhr Blue ihn an.

»Blue!«, fluchte Momma.

»Was hast du vor?«, fragte ich und lief ihm hinterher.

Blue hielt vor meiner Tür und ich kurz nach ihm.

»Du kannst Lilith nicht als Druckmittel benutzen«, murmelte ich ihm leise zu und legte meine Hand auf seine. »Lass sie«, bat ich ihn.

»Verdammt noch mal! Darum geht es nicht!« Er schaute mich an. »Bones hat eben genuschelt, dass sie in Gefahr ist.«

Ich zerrte meinen Schlüssel, ohne weiter nachzudenken, aus der Jeans und steckte ihn ins Schloss, als die Tür aufschwang. Sie war nicht verschlossen gewesen. Mein Herz raste.

Ich drückte mich an Blue vorbei, ohne dass er eine Chance hatte, vor mir mein Zimmer zu betreten.

Mein Puls, der zuvor in meinem ganzen Körper zu spüren gewesen war, fühlte sich nun an, als würde er verstummen, und alles wurde taub. Das durfte nicht wahr sein.

»Er ist eine Ablenkung«, sagte ich.

»Du sagtest, sie ist bei dir.« Sculley trat neben Blue in mein Zimmer ein.

Auf dem Bett waren noch die Krümel unserer Snacks, doch der Rest sah aus, als hätte Lilith aufgeräumt.

Blue lief zur Badezimmertür und riss sie auf.

Sie war auch nicht im Bad.

Fuck.

Fuck.

Fuck.

Wo war Lilith?

»Wo ist sie?«, fragte Sculley mich.

Ich atmete tief ein, ich versuchte es zumindest. Nur das Einzige, woran ich denken konnte, war, dass man mir Lilith genommen hatte. Die Panik, die dabei in mir hochkam, war alles andere als *gut*.

Wer zur Hölle hatte mein Blümchen gepflückt?

Kapitel 36

Skill

»Wie sieht's jetzt aus?«, fragte Sally ein wenig ratlos. Mit geballter Faust guckte ich dem Wagen nach, in dem Momma Bones gerade eben ins Krankenhaus fuhr.

In mir brodelte es vor Zorn.

»Skill? Du bist Sergeant. Wenn ...«

Ich spürte, dass mein Augenlid zuckte, ehe ich mich umdrehte und zurück in den Club lief.

Die Greens, die sich noch im Hof tummelten, und Sculley, der an der Bar stand und mich nicht aus den Augen ließ, sobald ich eintrat, ignorierte ich.

Tief einatmend lief ich auf Joker und Blue zu, doch zurückhalten konnte ich mich trotzdem nicht.

»Alter!«, rief Blue, da ich Joker am Kragen packte.

»Finde raus, wo sie ist, oder ich schwöre, ich ...«

»Skill!« Blue und Buzz umgriffen beide meine Unterarme, während mich Joker perplex und überrascht anstarrte.

»Du hättest auch normal fragen können.«

»Fragen können?!« Ich zerrte ihn an seinem schwarzen Kragen wieder näher zu mir heran. »Du bist unser Technik-Freak. Wie kommt's, dass du allerdings nicht mal eine Ahnung davon hast, dass unsere Konten Unstimmigkeiten aufweisen und ...«

»Alter, Skill, Sally ist unser Treasurer, nicht ich. Das ist sein Job.«

»Skill, lass Joker endlich los, Mann«, bat Buzz ruhig.

Mein Augenlid zuckte erneut, während Sculley im Hintergrund schnaubte.

Sobald ich Joker losgelassen hatte, strich er sich sein Shirt zurecht.

»Joker, kannst du den Schuldigen ...«

»Ich wette, es war Rampage.«

Wir drehten unsere Köpfe zu Sculley, der sein Handy hervorholte.

»Guckt euch um«, seine Mundwinkel zuckten, »alle anwesend, die auf dem Weg ins Krankenhaus mal ausgenommen, außer dem Präsidenten und Lilith. *Zu* verdächtig.«

Ich kniff die Augen zusammen.

»Ich, äh, kann mich daransetzen«, stammelte Joker. »Aber halt ihn mir vom Hals.« Er zeigte mit dem Finger auf Sculleys Road Captain.

Ich konnte mich nicht davon abhalten, auf und ab zu tigern. Unsere Sanctuary war seit Monaten unbenutzt und total verstaubt – weil Rampage es vorgezogen hatte, im Club zu reden und die Geschäftige abzuwickeln. Es hatte die Member genervt, sich jedes Mal einen anderen Ort zum Chillen suchen zu müssen. Inzwischen verstand ich, warum.

Das hier war unser Ort. Unser Heiligtum.

Joker saß auf seinem Platz. Der Einzige, der hier fehl am Platz war, war Sculley.

Normalerweise würde ich niemandem den Zutritt gestatten, der nicht zum MC gehörte – schon gar nicht jemandem aus einem anderen Club –, aber heute war alles anders.

Mit gemischten Gefühlen starrte ich Johnnys leeren Sessel an. Er hatte immer in Dads altem abgewetzten Ledersessel gesessen, sonst hatte er sich bei Geschäftsabwicklungen unwohl gefühlt – er hatte gesagt, es würde Unglück bringen.

»Bist du drin?« Sally spähte über Jokers Schulter, ehe er auf den Bildschirm des Laptops deutete. »Die Unterkonten sind neu, andere hatte ich im vergangenen Quartal angelegt, um ein paar Abwicklungen besser abgrenzen zu können.«

Joker nickte. »Ich sehe nichts, was auf falsche Transaktio... Oh.« Er klickte mit seiner Maus aufgeregt herum, bevor er seine Brauen hochkonzentriert zusammenzog. »Warte, das hab ich schon mal gesehen.«

Sally runzelte seine Stirn, während Joker *zauberte* und das tat, was unser Goldjunge eigentlich am besten konnte: Leute aufspüren, sie erpressen, ins Dark Net abtauchen. All das, was wir schon seit Jahren dank ihm taten.

»Worauf greifst du gerade zu?«

Joker deutete auf das Verbindungskabel zu Bones' Tablet. »Ich gleiche im Schnelldurchlauf die Kontoauszüge von heute, letztem Monat und letztem Jahr ab. Um zu schauen, was ich den neuen Unterkonten zuteilen kann und was nicht.« Es dauerte ein wenig – und beiden beim Arbeiten zuzusehen war wirklich das Letzte, was ich wollte.

»Bleiben diese über«, sagte Sally. »Was ist Or20Jan22?« Joker zog die Augenbrauen kraus.

»Ein Sammelbegriff für eine Transaktion von Menschen.«

Alarmiert schaute ich zu Sculley. »Seid ihr im Menschenhandel tätig?«

Buzz schüttelte schnaubend den Kopf. »Es erklärt, warum Rampage Lilith loswerden wollte.«

»Loswerden, nicht umbringen.« Blue fuhr sich über seinen dunklen Dreitagebart. »Er hat mit ihr gespielt.« Sein Blick streifte meinen. »Skill, es muss eine Abstimmung erfolgen.«

Ich presste die Lippen zusammen. »Nicht, solange Bones nicht ...«

»O mein Gott.« Ich hielt inne und sah zu Sally, der ruckartig seinen Rücken geraderichtete, und Joker, der trotz seiner Tattoos blass wurde.

»Woher hast du die Aufnahmen?«, murmelte Sally schockiert.

Mit zusammengezogenen Augenbrauen setzte ich mich in Bewegung und lief um den Tisch herum.

»Dark Net. Ich hab das abgeglichen mit all den Orten, an denen die Transaktionen gemacht wurden, und zwanzig lässt sich wie die zweiundzwanzig auf das Jahr zurückführen und ...« Joker hielt inne, als ich hinter ihn trat und auf seinen Bildschirm starrte.

Das gefiel mir nicht.

Das gefiel mir ganz und gar nicht.

Ich ballte meine linke Faust, sobald ich auf dem Bild Johnny und Rampage bei einem Bankautomaten erkannte.

»Wo ist das?«

»Connecticut«, sagte Joker und klickte für einen schnelleren Durchlauf des Videos.

Sie stritten. Man brauchte kein Genie zu sein, um das zu sehen. Das Bild war leicht verpixelt, doch Johnny schien wütend. Vollkommen aufgebracht. Dann setzte er sich in Bewegung und wollte aus der Filiale gehen.

Ich schreckte zusammen, weil auch Sally neben mir zusammenzuckte.

Rampage zerrte seine Knarre aus dem Hosenbund und schoss außerhalb des Blickfeldes in Richtung Johnny.

Man sah es nicht. Doch es war offensichtlich.

Es war *verfickt offensichtlich*, was da passiert war.

»Derek ...?«

Ich würde ihn umbringen. Rampage war ein verflucht toter Mann. Ich würde ihm die Augen auskratzen für das, was ...

»Sculley? Wie schnell sind deine Jungs, wenn ihr in Richtung B96 fahrt?«, fragte Joker tief einatmend, und ein neues Fenster ploppte auf seinem Bildschirm auf. Mir sagte es nichts, denn mit seinem Zeug kannte ich mich null aus.

»Schnell«, antwortete Sculley ihm ruhig.

»Rampage wird glauben, wir wissen nichts hiervon. Laut unserem GPS ist er mit dem Wagen unterwegs zum alten Fluggelände außerhalb von Providence.«

Sculley stieß sich von der Wand ab, an der er lehnte. »Wir klären das.« Er bedachte mich mit einem längeren Blick, den ich nicht erwiderte.

Als er den Raum verließ, knarzte das Leder meines Handschuhs in der gewaltigen Stille.

Blue brummte. »Wer stimmt dafür, das Rampage mit sofortiger Wirkung als Präsident abgesetzt ist?«

Alle außer mir hoben die Hand.

Ich schaffte es nicht, die Faust zu öffnen. Mein Herz raste unaufhörlich. Meine Sicht verschwamm.

»Er hat Johnny umgebracht«, sagte ich leise. Viel zu leise, als dass mich jemand hören könnte.

»Vorschläge für einen neuen Präs?«, hakte Buzz nach.

»Müssen wir darüber wirklich abstimmen?«, bemerkte Blue.

Ich biss die Zähne aufeinander. So fest, dass es mir wehtat.

Ich würde ihn umbringen. Er hatte meinen Bruder erschossen.

Er hatte mir den einzigen Menschen genommen, der mir näher als jeder andere gewesen war.

Und dann hatte er sich mein Mädchen gekrallt.

Rampage war anscheinend der Auffassung, mir alles wegnehmen zu dürfen, was ich hatte.

»Wo ist unser Prospect?«, fragte Joker, während er den Kopf hob und mich anschaute.

»Ich denke mal, er bringt Sculley zur Tür?«, scherzte Buzz.

»Skill?«, hakte Roady nach.

»Was jetzt?«, fragte Joker. »Wenn wir ...«

Ich setzte mich in Bewegung.

»Wir sind hier noch nicht fertig«, sagte Blue in einem schneidenden Tonfall.

»Ich akzeptiere«, schnaubte ich, schäumend vor Wut. »Sally und Joker fahren ins Krankenhaus zu Bones und Momma, der Rest folgt den Greens«, rief ich, während ich den Flur hinunterstürmte. »Ich bring den Wichser um.«

KAPITEL 37

LILITH

»Das sieht aus, als hätte es wehgetan.«

Haha. Rampage war ja *so* lustig.

Mir dröhnte immer noch der Kopf. Verängstigt wich ich ein kleines Stück nach hinten aus, da er versuchte, mich an der Schläfe zu berühren. Seine schmierigen Finger wollte ich keineswegs auf mir haben.

»Warum bist du so unkooperativ?«, fragte er seufzend und sah vom Fahrersitz aus zu mir herüber. »Als Skill dich vor ein paar Wochen zu uns brachte, warst du noch so ein weinerliches kleines Mädchen, hm?«

Die Lippen aufeinanderpressend schaute ich starr geradeaus.

Mein Herz hämmerte so unfassbar schmerzhaft in meiner Brust, es war kaum auszuhalten.

Währenddessen tobte der Wind draußen, als braute sich der Himmel über uns zu einem Gewitter zusammen. Vereinzelt zuckten Blitze am Himmel, doch ein Donnergrollen war noch nicht zu hören.

»Hat es dir ein wenig Selbstbewusstsein eingeflößt, mit ihm zu ficken?« Rampage lachte. »Ausgerechnet Skill, mhm? Was eine abgefuckte Scheiße, ehrlich. Der Schisser hat sich bei seinem ersten Auftragsmord in die Hose gepisst.«

Hatte er schon immer so viel gesprochen oder versuchte er mich zu Tode zu nerven?

Die Müdigkeit kratzte an jeder Faser meines Körpers. Mir tat alles weh.

Kein Wunder, in Anbetracht dessen, dass er meinen Kopf noch ein paarmal gegen die Motorhaube gehämmert hatte.

Rampage hatte all seine Wut an mir ausgelassen und geschrien, alles wäre meine Schuld. Vor allem Bones' langsames, schmerzhaftes Ausbluten, das ihn wohl inzwischen umgebracht haben müsste.

Und er hatte recht. Hätte ich die Klappe gehalten und wäre einfach mit ihm gegangen, dann würde der Vizepräsident der Black Demons jetzt noch atmen. Und nicht tot in seiner eigenen Blutlache am Boden im Esszimmer ihres Clubhauses liegen.

»Du wirst es brauchen, wo du hingehst, Lilith«, behauptete Rampage, während wir auf einer alten Flugbahn hielten. Schon wieder war ich völlig verwirrt und wusste einen Moment nicht, wovon er sprach.

Die Flugbahn befand sich etwas außerhalb von Providence, wie ich wusste, denn ich erinnerte mich noch daran, dass hier früher Leute hatten Fallschirm springen können. Als Kind hatte mich meine Mom mal zu einem Ausflug hierher mitgenommen.

»Kayn ist graue Mäuschen nicht gewohnt«, erklärte er mir und schaltete den Motor aus. »Aber ich habe ihm gesagt, du wärst es wert.«

Ich sog Sauerstoff in meine Lunge. »Warum hast du mich

verkauft?«, fragte ich leise und drehte meinen brummenden Schädel. »Was habe *ich* dir getan?«

Der Präsident der Black Demons schmunzelte und schaute mir in die Augen, ehe er sich über die Mittelkonsole zu mir hinüberbeugte. »Du hast mir nichts getan, Lilith«, antwortete er mir. »Das alles ist rein geschäftlich.«

»Das glaube ich dir nicht«, nuschelte ich erschöpft. »Du ... fährst deinen MC ... an die Wand.« Mir war schwindlig und ich stieß die Beifahrertür für ein wenig frische Luft auf.

Mein Magen wand sich in alle Richtungen. Was zur Hölle hatte Rampage nur mit mir gemacht?

Mein Kopf glich einer Baustelle. Die Stärke, mit der es hinter meinen Schläfen pochte, bereitete mir ehrlich Sorgen.

»Du wirst wohl erneut eine Gehirnerschütterung haben.« Rampage seufzte. »Eigentlich hätte ich gern vorher gewusst, dass du körperlich nicht sonderlich belastbar bist. Denn so hätte ich deinen Preis anpassen müssen. Sensibelchen werden nicht gerne gekauft, weil sie zerbrechlicher sind.«

Was zum Teufel ...

Würgend beugte ich mich aus dem Auto heraus, während Rampage seelenruhig auf der Fahrerseite ausstieg und um den Wagen herum zu mir ging.

»Ich hasse dich«, murmelte ich und winselte, da er mir ins Haar griff.

»Du kannst mich so viel hassen, wie du möchtest, Lilith«, entgegnete er entspannt.

Ich wollte doch nur dieses heftige Pochen direkt hinter meiner Stirn loswerden! Denn dieses machte es mir so viel schwerer, geradeaus zu sehen oder Sachen zu fixieren. Ständig verschwamm alles vor meiner Sicht und immer wieder tanzten schwarze Punkte am Rand.

»Ah, na endlich.« Rampage ließ mich los, und ich hielt mich

am Rahmen der Beifahrertür fest, um nicht vornüberzukippen, als ich Motorengeräusche hören konnte. Leise, geschmeidig.

Mit Mühe saß ich aufrecht und seufzte schwer, während ich einen Luxuswagen vorfahren sah und Martin ausstieg.

»Rampage.«

»Kayn.«

Ich ließ den Kopf wieder nach vorne sinken. Es war zu anstrengend, ihn zu halten. Ich hatte schon Mühe, auch nur bei Bewusstsein zu bleiben.

Mehr Worte wurden untereinander entweder nicht ausgetauscht oder ich bekam sie nicht mit. Plötzlich stand Martin vor mir und legte seine Hand an meine Wange. Und mir wurde augenblicklich schlecht. Sein Eau de Parfum kroch mir in die Nase. Es roch viel zu sehr nach Nelke und Amber.

»Wie stark hast du sie erwischt?«

»Sie hat zu viel Widerstand geleistet, anders habe ich sie nicht ruhigstellen können.«

»Augen auf, Lilith.« Martin schnipste vor meinen Lidern, und ich stöhnte gedämpft, weil das Schnipsen in mir schmerzlich widerhallte. »Die Rechnung der Behandlung für sie, falls sie zu einem Arzt muss, werde ich dir zukommen lassen«, behauptete er kalt und richtete sich auf. »Ich hatte für heute Abend Pläne.«

»Natürlich.« Rampage sagte es, als würde er nur bereuen, die Ware beschädigt zu haben. Vermutlich war es genau so.

Ich war Ware.

Ich wurde verkauft.

O Gott.

Ich beugte mich erneut vornüber, denn mein Magen kippte, und diesmal kroch mir mein Essen die Speiseröhre schmerzhaft hoch, ehe ich mitten auf den Asphalt kotzte.

Martin sprang zischend zwei Schritte zurück, ansonsten

hätte ich zielsicher seine polierten Slipper getroffen. »Vorsichtig, verdammt!«, beschwerte er sich.

Als hätte ich Einfluss darauf.

»Dauert das noch lange? Ich möchte zurück, bevor der Tod meines Vizepräsidenten zu mir zurückzuverfolgen ist. Skill ist ohnehin zu hartnäckig geworden und mir auf den Fersen.«

»Alles, was der Tarnung dient.«

Was?

Wieder winselte ich heiser, während man mich aus Rampages Wagen zerrte und in die Kälte der Nacht. Starke Gänsehaut überzog meine Haut und ich keuchte zitternd.

Immerhin hatte ich noch immer nur eine Boxershorts und ein schwarzes schlichtes Shirt von Derek an. Das hatte ich nun von meiner Weigerung, mich anzuziehen. Der eisige Wind peitschte unnachgiebig um meine nackten Beine.

»Mach's gut, Lilith.« Rampage lächelte leicht und umrundete sein Auto.

Einfach so.

Er setzte sich hinein, als wäre nichts gewesen.

Meine Lider fielen bei meinen nächsten Schritten immer wieder zu, meine Muskeln waren bleischwer und alles wackelte, sodass ich über den Boden geschleift werden musste. Ich bekam nicht einmal mit, wer mir unter die Arme griff. Martin war es mit Sicherheit nicht.

Wir hielten bei seiner Luxus-Karosse, und ich atmete tief ein, ehe ich einmal zur Seite trat und direkt auf dunkle Leere traf.

»Spar dir deine Kräfte, Puppe«, bat Martin mich amüsiert lachend. »Ich habe keine Lust, dich noch mehr aufzupäppeln, als ich bereits muss.«

Die hintere Tür wurde geöffnet, und ich streckte abwehrend die Arme aus und krallte sie in den Türrahmen.

Ich wollte das nicht. Durfte nicht zulassen, dass man das mit mir machte.

Sonst ... Ich würde nie wieder ...

Ich wollte zu Derek. Zu meiner Mom. Zu Vero.

Stöhnend und wimmernd kniff ich die Lider zusammen, da man meine Finger packte und sie vom Auto entfernte.

Einfach so. Als würde ich gar keinen Widerstand leisten. Dabei gab ich wirklich mein Bestes.

»Nein«, sagte ich leise und ächzte, als ich die Rückbank nicht traf und mir mein Knie an der Karosserie stieß. Zischend sank ich zu Boden.

Neben mir machte ich Martins hellgraue Anzughose aus. Er schnaubte belustigt, und ich riss die Augen auf, als er an seinen Gürtel griff.

»Umdrehen, Männer.« Ich kniff die Lider zusammen, während Martin seine Hose öffnete. »Du magst labil sein, aber wenn du schon mal auf den Knien bist, wird ein Blowjob nicht schaden.«

»Ich beiße«, drohte ich ihm nicht halb so fest, wie ich wollte.

Martin lachte und zog seinen Reißverschluss herunter. Hervor kam eine weiße Feinripp-Unterhose.

Ich verzog das Gesicht, ehe ich schmerzvoll aufstöhnte, weil ein lauter Knall ertönte, der in meinem Kopf widerhallte. Der Knall, direkt neben meinem Ohr, war so laut, dass es zu piepen anfing.

Erneut stöhnend drehte ich mich hustend zur Seite. Galle flutete meinen Mund. Kraftlos ließ ich diese herauslaufen. Ich konnte nicht mehr.

Ein paar Sekunden versuchte ich tief durchzuatmen, aber daraus wurde nichts.

»Steck deinen dreckigen Schwanz wieder ein«, ertönte es tief wie durch einen Nebel.

Schwerfällig wandte ich mich um, um geradeaus schauen zu

können. Aber der Mann – beziehungsweise die verdammte Armee an Bikern, die da stand – war mir nicht bekannt. Zumindest zunächst nicht. Es dauerte ein paar Sekunden und ich entdeckte Jack verschwommen unter ihnen.

Das Dröhnen in meinem Schädel wurde unerträglich. Als hämmerte jemand mit einem Presslufthammer darauf.

Schluckend wischte ich mir beschämt mit dem Handrücken über meine Lippen. Meine Arme waren aufgrund des eisigen Winds bereits taub, doch sie waren nichts gegen meine inzwischen eingefrorenen Schenkel, die wie Espenlaub zitterten.

»Wo liegt das Problem?«, fragte Martin. »Meine Freundin und ich ...«

»Einen Scheiß«, unterbrach der Mann neben Jack ihn. Sein langer grauer Bart bewegte sich ein wenig im Wind.

Ich zog die Brauen zusammen, mobilisierte all meine Kräfte und schaffte es, mich auf die Hände zu stützen und hochzustemmen. Dann versuchte ich zu robben. Vom Fleck zu kommen. Nur weg.

Doch rechts von mir lag eine verdammte Leiche. Ich musste mir den liegenden Körper nicht einmal ansehen, denn ich roch es. Die Körperflüssigkeiten, die sich gerade entleerten.

Ich lehnte meinen Kopf an das Auto hinter mir und stöhnte schmerzvoll auf.

Rampage wurde flankiert von zwei weiteren Bikern zu uns geführt. Er schien mit seinem Wagen nicht weit gekommen zu sein und seufzte, als sie uns erreichten. »Du schlägst dich also auf deren Seite, Jack, ja?«, fragte er.

»Ich bin wegen Lilith hier.«

Ich hustete, ehe ich mich nach links wandte und erneut erbrach.

O Gott.

Es tat alles in meinem Körper so weh. Irgendwas konnte nicht stimmen. Mit mir. Irgendwas ...

»Sculley ...«

»Halt's Maul, Rampage«, unterbrach der graubärtige Riese ihn. »Du hast es *zu weit* getrieben.«

»Es ist rein geschäftlich«, widersprach Rampage ihm.

»Was? Deinen Präsidenten umzulegen, war rein geschäftlich?«

Mein eigenes Erbrochenes kroch mir in die Nase, ätzte mir die Nasenhaare fort. Der beißende Geruch von Eisen, Urin und Fäkalien, der mich immer noch traf, tat sein Übriges.

Ich schluckte, klammerte mich ans Auto und versuchte damit zu verschmelzen, als eindeutige Geräusche ertönten, die sogar ich wahrnahm, und *alle* ihre Waffen zogen. Körperlich war ich nicht in der Lage, die Arme zu heben, deswegen machte ich mich am Wagen so klein wie möglich.

»Sie ist meins«, stellte Martin ruhig klar. »Ich habe einen Preis für sie bezahlt, und ich habe nicht vor ...«

Als es noch mal so laut knallte wie vor ein paar Minuten, schreckte ich heftig zusammen und verstand, dass es ein Schuss gewesen war.

Denn Martin fiel in sich zusammen wie ein nasser Sack und stürzte in meine Richtung, sodass ich panisch versuchte davon-zukrabbeln. Doch als der Drecksack auf mir landete, stöhnte ich schmerzerfüllt auf und schob ihn mit aller Kraft von mir, mitten in mein Erbrochenes.

Aber so, wie es aussah, würde ihn das nicht länger stören.

Ich atmete tief ein, als ich das Blut anstarrte, das sein Gesicht zierte. Es war total verunstaltet. Die Kugel hatte sich durch seine Stirn gefressen und ein klaffendes Loch hinterlassen.

»Falsch.«

Mein Herz stolperte und ich drehte den immer noch dröh-nenden Kopf. Hektischer einatmend als zuvor, denn ich reagierte instinktiv. Oder noch mehr darauf, dass mein Hirn nicht mehr verarbeiten konnte, was hier so schnell hintereinander passierte.

Ich sah ihn nicht, aber ich hörte ihn. Derek. Er war hier. Er war bei mir.

»Was tust du da?«, erklang Rampages wütende Stimme.

»Das, was ich bereits hätte tun sollen, sobald ich herausgefunden habe, dass du Geld vom Bordell abzwackst.« All meine Sinne schienen sich nur auf eins zu konzentrieren, auf die Schritte, die immer näher kamen.

»Warum hast du das getan?«, fragte er Rampage.

»Ich habe kein Geld unserer Huren ...«

»Lass den Bullshit, wir haben die Transaktionen gefunden. Es hat nur einen Blick von Joker in deinen Computer gebraucht, den du vor uns versteckt hattest.«

»Jack ...« Jener versuchte einen Schritt zu machen, ehe alle innehielten, weil Rampage ebenfalls seine Knarre hob.

Ich meinte zu erkennen, dass er sie auf mich gerichtet hielt. Doch bei Bewusstsein zu bleiben, wurde immer schwieriger.

»Wenn jemand abdrückt, ist sie tot, bevor Jackie hier auch nur eine Chance hat, ihr aufzuhelfen.«

»Du vergisst, ich bin der Präsident, Skill ...«

»Falsch«, unterbrach er ihn. »*Ich* bin der Präsident. Wir hatten abgestimmt. Allerdings habe ich mich nur dafür interessiert, den Mörder meines Bruders zu finden.«

»Was möchtest du mir damit unterstellen?«

Irgendjemand zog den Ladehebel einer Waffe zurück, denn ich hörte es klicken, als Rampage versuchte, einen Schritt in meine Richtung zu setzen.

»Du lässt die Finger von meinem Mädchen, Rampage.«

Er lachte auf. »Das Mauerblümchen? So spektakulär wirkte euer Sex nicht.«

»Oh, bitte«, erklang deutlich Jacks Stimme. »Wir müssen

jetzt nicht unbedingt alle wissen, was die beiden angestellt haben.«

Nein, das mussten sie wirklich nicht.

»Du irrst dich, Skill. Als Johnny starb, habe ich dir deinen Scheiß hinterhergeräumt und dir den Freiraum ermöglicht, den Mörder zu suchen.«

»Und mich glauben lassen, dass alles auf Sculley deutete.«

»Weil es Sculley war.«

»War ich nicht«, behauptete dieser. »Dein Technikprofi hat die Aufnahmen aus der Nacht gefunden. Ich hab die beiden Schwachköpfe ausfindig gemacht, die sich von dir hatten schmieren lassen.«

Rampage lachte. »Dein Mädchen also, mhm?«

»Sie ist tot, bevor du den Finger krümmst, also überleg es dir gut.« Es rauschte in meinen Ohren, und ich hatte Schwierigkeiten, die Worte ordentlich zu verstehen.

Ich wollte nur noch ... schlafen. In irgendeinem Bett. So gerne schlafen ...

»Ich schwöre, ich werde ...«

Als zwei Schüsse auf einmal ertönten, stöhnte ich qualvoll auf, denn mein Schädel dröhnte. Es war so laut, dass schon wieder ein Piepen in meinen Ohren folgte. Dann trat Stille ein – oder ich hörte nichts mehr, ich wusste es nicht genau.

Irgendjemand vor mir hatte geschossen – ich konnte aber nicht einordnen, wer. Gleichzeitig musste Rampages Waffe automatisch losgegangen sein, hatte mich jedoch verfehlt. Gleich neben meinem Kopf spürte ich aber ein Loch im Metall des Wagens.

Mein Körper kribbelte unangenehm, doch nur Sekunden später wurde ich gepackt und Dereks Gesicht tauchte vor mir auf. Er umfasste meinen Kopf. Umfing meinen Körper mit seinem, um mir Wärme zu spenden.

Verschwommen sah ich, dass sich sein Mund bewegte. Aber ich hörte ihn nicht.

Es drehte sich alles. In mir oder vor mir, ich war mir nicht sicher.

Kraftlos versuchte ich ihm mitzuteilen, dass ich Schmerzen hatte. Es klappte nicht.

Derek drückte seine Hände auf meine Ohren und das Piepen verstummte – und damit ein wenig der unbändige gleißende Schmerz.

Ich fühlte, wie die Luft durch meine Lunge rasselte. Die Punkte vor meinen Augen wurden immer dunkler.

»Ja, nein. Okay.« Das war das Letzte, was ich Derek leise sagen hörte, ehe sich meine Lider mit dem nächsten Blinzeln schlossen und ich es nicht schaffte, sie wieder zu öffnen.

KAPITEL 38

SKILL

In dem Moment, in dem ich Liliths Mutter gegenüberstand, wusste ich, dass es mir leidtat, dass ich Lilith je angerührt hatte.

Diese Frau sah nur noch aus wie die Hülle ihrer selbst.

Nichts an ihr wirkte gesund. Nur fahl, aschfahl.

Ihr tränenüberströmtes Gesicht weckte Mitleid in mir. Mitleid, weil ich es war, der dafür verantwortlich war.

Sie schluchzte, wischte Lilith Strähnen ihres mausbraunen Haares aus der Stirn. Über ihrer Schläfe zeichnete sich eine Beule ab, die langsam in einen blauen Fleck übergehen würde.

Sculley stand noch immer an der Bettseite seiner Tochter und rieb ihrer Mutter über den gebeugten Rücken.

Ich müsste eigentlich bei Bones sein, ein paar Zimmer weiter – noch war er nicht außer Lebensgefahr. Aber ich konnte mich nicht vom Fleck bewegen.

»Möchtest du hier noch Wurzeln schlagen, Derek?«, fragte

Jack gedämpft hinter mir. »Du stehst seit einer halben Stunde an derselben Stelle.«

»Interkraniale Blutung, haben sie gesagt«, murmelte ich leise. »Es könnte sein, dass Lilith nie wieder aufwacht.«

Sie würde ... mich nie mehr anschreien. Mich nie mehr reizen. Mir nie mehr in die Augen sehen ... Ich würde nie mehr die Chance erhalten ... Nie wieder. *Nie wieder* waren harte Worte, die nach Johnnys Tod umso schwerer wogen.

»Sie haben aber gesagt, dass es unwahrscheinlich ist, dass das passiert.« Jack seufzte und reichte mir seinen mittlerweile kalten Becher Kaffee. »Hier«, bot er ihn mir überflüssigerweise an. »Vielleicht hilft das.«

»Nichts hilft.« Ich schaute weiterhin durch die Glasscheibe ins Zimmer zu Lilith.

Die Ärzte hatten nichts getan außer ein paar lapidaren Untersuchungen. Zu meinem Pech kannte ich mich mit Blutungen im Gehirn nicht aus, doch ich glaubte einfach nicht, dass ein wenig Ruhe das Ganze wiedergutmachte.

Ich hatte es zu weit getrieben.

Rampage hin oder her. Johnnys Tod dahingeschissen. Ich *hätte* den Posten des Präsidenten übernehmen müssen, als ich gewählt worden war. Dann wäre all das nicht passiert. Ich hätte mir neben der Leitung unseres MCs die Zeit nehmen müssen, seinen Mörder zu finden. Und Lilith wäre nie ins Kreuzfeuer gebracht worden und ... sie würde jetzt nicht dort liegen.

Nur hätte ich sie auch nicht ... Ich hätte sie nicht kennengelernt, wenn ich angenommen hätte. Ihr Lachen, ihr Lächeln, ihre Gutgläubigkeit ... Alles an ihr wäre mir entgangen.

Aber wie hätte ich mir weismachen können, ich würde alles genauso wieder machen, wenn ich doch sah, wie krank es ihre Mutter gemacht hatte? Wenn ich mich fühlte, als würde ich sterben. Ich müsste da liegen. Nicht sie.

Abermals ertönten Schritte auf dem Flur. Auf dieser Station liefen deutlich zu viele Schwestern herum.

»Entschuldigung.« Irgendjemand drängte sich an Jack vorbei.

Meine Augen konnten nicht von Lilith weichen, aber ich hörte, dass diejenige, die eben noch an Jack vorbei war, die Tür zu Liliths Zimmer öffnete, sodass Sculley aufblickte.

Er guckte mich durchs Fenster an. Dessen war ich mir bewusst. Und es war mir egal. Alles, was ich wollte, war, dass Lilith ein Lebenszeichen von sich gab. Irgendwas. Nur eine kleine Bewegung. Eine klitzekleine. Bitte.

Die Tür schloss sich, und direkt darauf wagte es die Frau mit den roten Haaren, sich vor Lilith zu begeben und mir die Sicht auf sie zu versperren.

»Ich kann's nicht fassen!«, sagte sie laut und gestikulierte hektisch. Dann berührte sie Lilith.

Das wollte ich auch, aber ich war mir sicher, dass ich das nicht sollte.

»Derek.« Jack brummte, während Sculley aus dem Raum trat und die Tür schloss.

Er schaute zu dem Patch auf meiner Lederjacke, das noch immer die Worte *Sergeant-At-Arms* trug.

»Der Arzt meinte, viel Ruhe und es wird wieder«, wiederholte er die mir bekannten Worte. »Was willst du noch hier?«

Ich starrte weiter durch die Scheibe.

»Nimm's ihm nicht übel«, bat Jack, wie er nun mal war. »Er ist ...«

Selbst wenn sie gesund werden würde ... Sie würde sich nie wieder in meine Nähe wagen. Nicht nur Sculley würde dafür sorgen, dass sie es nicht tat, sondern auch jeder andere. Und auch sie würde das Weite suchen. Das war alles, was sie gewollt hatte – von Anfang an.

Lilith wollte mich nicht. Es war eine nette kleine Affäre

gewesen, nicht mehr, nicht weniger. Unser ... Deal war offiziell vorbei. Auch wenn sie mit einer Gehirnblutung hier lag: Sie hatte überlebt.

»Derek?« Jack rief mir verwirrt nach, bevor ich mich mit einem letzten Blick auf Liliths Beine – mehr bekam ich nicht zu sehen – in Bewegung setzte und ihr den Rücken kehrte.

Es dauerte einen Moment, ich war schon bei den Fahrstühlen, da schloss Jack zu mir auf.

»Sculley hätte dir nicht den Kopf ...«

»Lass gut sein, Jack«, bat ich und drückte mehrere Male den Knopf. »Ich brauche jetzt erst mal Ruhe.« Ich atmete tief ein. »Wie steht es um Bones?« Mit irgendetwas musste ich mich ablenken. Mit jeder Faser.

»Die Ärzte meinen, er wird das Krankenhaus mindestens einen Monat nicht verlassen.« Jack schaute mich resigniert an.

»Fein.« Kaum vernehmbar stöhnte ich und stützte mich an einer Säule ab. »Bis dahin ist Blue Vizepräsident, du Sergeant.«

»W-was?«, erwiderte er perplex.

»Lass es mich nicht bereuen.« Ich bedachte ihn mit einem warnenden Blick und trat dann in den Fahrstuhl, der sich mit einem Klingeln ankündigte, ehe die Türen aufglitten.

»Ich bin sicher ein ganz schlechter Sergeant«, murmelte er, während er neben mir im Fahrstuhl stand. »Ich vergesse bestimmt was.«

»Du hast Rampage eine Kugel zwischen die Augen gejagt«, sagte ich, den Blick starr auf die Türen gerichtet. »Du wirst es auch schaffen, ein paar Sachen zu koordinieren und Blue und Bones ein wenig Arbeit abzunehmen. Es ist Zeit, deinen Patch als Prospect abzulegen, Alter.«

Alle anderen hatten ihren Platz. Wurde Zeit, dass Jack als ein vollwertiges Mitglied unseres MC angesehen wurde.

»Warum machst du das nicht?«

War er witzig.

»Was ist mit Lilith?«, fragte er als Nächstes. »Willst du es wirklich dabei belassen?«

Die Türen glitten im Erdgeschoss auf und ich seufzte.

»Ich habe keine Ahnung«, antwortete ich ihm ehrlich und setzte mich in Bewegung.

Ich wusste es wirklich nicht. Doch fürs Erste brauchte ich Abstand. Und ich brauchte meine Familie.

Kapitel 39

Lilith

Heiser stöhnte ich, als ich wach wurde – und furchtbare Kopfschmerzen mich empfingen.

Es dauerte eine Weile, bis ich meine Lider öffnen und etwas erkennen konnte, jedoch sah ich den roten Haarschopf meiner besten Freundin sofort. Erleichterung durchzuckte mich, während mir klar wurde, dass ich nicht tot war, dass ich lebte.

Doch obwohl ich ein Ziehen hinter meiner Stirn spürte, zuckten meine Mundwinkel nun nach oben.

»Das ist mal ein Anblick«, murmelte ich leise, und Veronicas Schopf zuckte von ihrem Handy sofort hoch.

»O Gott. Hi!«

Ich zog eine Grimasse und dann gleich noch mal, weil sie sich vorbeugte und mich überall im Gesicht küsste.

»Ich hab mir solche Sorgen gemacht.«

Sie packte meine Hand, und leise nuschelnd hob ich müde den Blick und ... entdeckte nichts als sterile Möbel und zwei

Mäntel, die über Stühlen ausgebreitet waren. Zwischen ihnen ein Tisch.

»Ich bin im Krankenhaus«, schloss ich die Musterung meiner Umgebung ab. »Hab ich mir den Kopf angeschlagen?«

Veronica schnaubte, während ich meine freie Hand hob und einen Schlauch bemerkte. Mühsam hob den Kopf und sah neben mir einen Infusionsständer, an dem ein Beutel mit klarer Flüssigkeit hing.

»Du kriegst gerade Medikamente zugeführt, damit die Kopfschmerzen besser zu ertragen sind. Oh, und nicht aufstehen, du hast einen Katheter.«

Ich seufzte tief. »Hilft nicht sonderlich«, murmelte ich auf den Infusionsbeutel deutend. »Aber du bist hier.«

»Ich bin hier.« Vero nickte und gab meiner Hand zwei Küsse. »Du hast mir solche Angst gemacht. Ich dachte, du wärst tot«, flüsterte sie, und ich blinzelte, während ich bemerkte, wie sehr ihre Augen gerötet waren.

»Ich war auch nicht scharf darauf, Vero«, gestand ich ihr. »Hast du ... Hast du meine Mom gesehen?«

Sie nickte. »Sie ist sich gerade einen Kaffee holen«, erklärte sie. »Sie sollte jeden Moment zurück sein.«

»Okay«, entgegnete ich. »Ist ... Ist noch jemand hier außer euch?«

Vero sog tief die Luft ein. »Also ... Sculley ist hier«, antwortete sie mir, und ich zog die Brauen kraus.

»Sculley«, wiederholte ich seinen Namen. »Mein ...«

Wenn man vom Teufel sprach. Die Tür ging auf, leises Gekicher ertönte und zwei Menschen traten ein.

Mom erkannte ich sofort an ihren hellbraunen Haaren, die sie im Moment in einem unordentlichen Dutt trug.

Sie hatte ihren flauschigen lilafarbenen Lieblingscardigan an. Diesen hatte sie schon, seit ich ein Kind war, und trug ihn immer, wenn sie sich unwohl fühlte.

Sobald sie ihren Blick von Sculley abwandte, der hinter ihr stand und sie anlächelte, atmete ich einmal tief durch.

Seine Mundwinkel waren leicht verzogen, gaben nichts darüber preis, was ihm gerade durch den Kopf ging.

Als Mom mich anschaute, erlosch ihr Schmunzeln und sie lief schnell auf mich zu.

Ich beobachtete ihre Bewegungen, bevor sie mein Gesicht vorsichtig in ihre Hände nahm.

»Schatz.«

Ich schluckte schwer, da ich ihre gebrochene Stimme kaum wiedererkannte. Sie sah so ... krank aus. Die Augenringe und die Flecken im Gesicht mussten sicherlich vom vielen Weinen kommen. »Es tut mir leid, dass du dir Sorgen um mich gemacht hast«, murmelte ich, und sie seufzte, ehe sie mir wie Vero ihre Lippen auf die Haut drückte.

»Oh, Schatz«, wiederholte sie. »Die Hauptsache ist, du wirst gesund.«

Wieder schluckend guckte ich durch ihre Hände und ihre Umarmung meines Kopfes ans Bettende zu Sculley, der dort stand.

Seine Lederkluft lag schwer um seine Schultern, das Patch mit der Aufschrift *President* stand über einem Schädel und einem Giftkessel. Seinem MC-Logo ...

»Hi«, begrüßte ich ihn leise.

Er schmunzelte, bevor ich auf meinen Fuß schaute, weil er ihn zusammen mit der Decke umfasste und sacht drückte.

»Kopfschmerzen?«, fragte er mich.

»Hm«, machte ich, und Mom ließ mich los. Ich sah zu ihr. »Kannst du irgendjemanden um Aspirin bitten?«

»Vielleicht kein Aspirin.« Sie strich mir Haarsträhnen aus dem Gesicht. »Es verdünnt das Blut. Aber ich schau mal, ob sie dir was anderes verabreichen können.«

»Ich mach schon.« Veronica erhob sich von ihrem Stuhl und

ich guckte sie kurz an. »Ich brauche sowieso ein wenig Bewegung.«

»Du kommst wieder, oder?«, nuschelte ich.

»Definitiv«, erwiderte sie. »Ich bin immerhin nicht diejenige, die entführt wurde.«

Damit verließ sie das Zimmer, und ich blieb mit Mom und Sculley zurück. Eine erdrückende Stille breitete sich zwischen uns aus.

Abermals tief einatmend starrte ich zu ihm, während Mom mir über mein langes Haar streichelte.

»Du bist also mein Erzeuger«, eröffnete ich das Gespräch.

Ich hielt es für falsch, ihn meinen Dad zu nennen.

Wäre er mein Vater ... dann hätte er mich nicht fünfundzwanzig Jahre meines Lebens ignoriert.

Er war ... nur ein Mann, der mal mit meiner Mutter geschlafen hatte.

»Jup«, entgegnete er und presste die Lippen aufeinander.

»Gab es irgendein ... Problem, dass du nicht ... da sein konntest?«, fragte ich. »Als ich ... weiß nicht ... klein war?«

Er schüttelte den Kopf und guckte mir in die Augen. »Lilith, ich bin dein Erzeuger«, stimmte er mir zu. »Nicht dein Vater.« Bei seinen Worten kroch eine Gänsehaut meine Wirbelsäule hinauf.

Ich hatte seine Augenfarbe.

Je länger ich seine Züge betrachtete ... desto mehr von ihm entdeckte ich in mir. Wir sahen uns wirklich ähnlich. Sowohl die lange Nase als auch die hohen Wangenknochen hatte ich von ihm.

Mom hatte mir die Sommersprossen, die immer im Sommer auf meiner Haut tanzten, und die vollen Lippen vermacht.

Ich hatte ihre Haarfarbe, aber seine Haartextur. Die kleinen Wellen in seinem Nacken verrieten es mir.

Neugierig guckte ich zu Mom, die nun ebenfalls tief durchatmete. »Schatz, diese Entscheidung ist vor langer Zeit gefallen«, erzählte sie mir. »Ich wollte dich.« Sie hob die Hand und strich mir über die Schläfen. »Bei Sculley war es einfach komplizierter.«

»Also wollte er mich nicht«, schlussfolgerte ich.

»Nein«, antwortete er schlicht. »Wollte ich nicht. Aber ich hätte deine Mutter nie gezwungen, abzutreiben.« Seine Augen wanderten zu Mom, ein sanftmütiger Schleier legte sich über sie.

Enttäuschung machte sich in mir breit – obwohl ich nicht gedacht hatte, ich könnte von ihm enttäuscht werden.

Ich hatte eben doch erst selbst für mich festgestellt, dieser Kerl, am Ende meines Krankenbettes, war nicht mein Vater. Nur der Samenspender. Und nichts weiter.

»Wir hielten es für das Beste, wenn er kein Teil deines Lebens ist.« Mom starrte auf ihren Cardigan. »Dieses Gespräch sollten wir wann anders führen.«

»Nun ja ...«, widersprach ich, und sie schaute sofort zu mir zurück. »Hat bisher gut geklappt, dass er kein Teil war«, meinte ich zu ihnen. »Was nun?«

»Hätte Skill sein Maul früher aufgemacht, dann wärst du weiter schön am Studieren.«

Ich zuckte zusammen, sobald Dereks Bikername fiel, und starrte Sculley an, der seinen grauen Bart am Kinn zusammenfasste und über das krause Haar strich.

»Du weißt also, was ich bisher gemacht habe«, schlussfolgerte ich. »Woher?«

»Deine Mutter hat ein großes Mitteilungsbedürfnis«, bemerkte er und guckte wieder zu Mom. Mit demselben Ausdruck wie eben.

Ich schluckte, als ich bemerkte, womit ich diesen Blick verglich. Derek ... Ich hatte Derek vor Augen. Wie ... ich ihn ansah ...

Wenn ... Wenn er mich nur einmal so angesehen hätte ... Ich wäre freiwillig nie wieder zurück in mein altes Leben getreten.

O Gott. Mein armes Herz. Ich war ruiniert. Für ... Für jeden anderen Mann.

»Wo ist er?«, hakte ich nach, und Mom ergriff seufzend meine Hand. »Wo ist Skill?«

Sculley atmete wieder tief ein. »Er wird dir keine Probleme mehr machen, Lilith.«

»Ich habe gefragt, wo er ist. Nicht, ob er mir Probleme bereitet«, erwiderte ich leise.

»Er ist weg«, entgegnete Mom und strich sich eine Strähne hinters Ohr. »Er war eine Zeit lang hier und ... hat dir beim Schlafen zugesehen.« Sie zuckte mit ihren Schultern. »Ich wollte ihn nicht hier haben.«

»Du verstehst das falsch, Mom«, widersprach ich. »Also«, ich ruderte zurück, da sie mich verständnislos anstarrte, »doch, schon. Er hat mich entführt, aber ...« Ich unterbrach mich selbst, als Mom sich vorbeugte und mir die Stirn küsste.

»Lass uns später darüber reden, Schatz. Werde erst mal gesund.«

Was brachte es mir, gesund zu werden? Ich wollte wissen, wo Derek war – und warum er nicht bei mir war.

Er hatte versprochen ...

Er hatte versprochen, dass ich nicht in Martins Händen enden würde.

Er hatte sein Wort gehalten.

Mehr aber auch nicht.

KAPITEL 40

LILITH

Es dauerte ein paar Wochen, bis ich wieder fit war.

Die Blutung in meinem Kopf war von allein verschwunden und auch meine deftige Gehirnerschütterung war mit der Zeit abgeklungen. Allerdings war mein Gleichgewichtssinn zu Beginn nicht gut gewesen und mir war ständig schwindlig geworden, weswegen ich vorerst das Semester aussetzte.

Es war sowieso fast um, und ein paar Monate Abstand und Freiraum würden mir guttun, um mich zu erholen, bevor ich neu ins Herbstsemester starten würde.

Veronica erzählte mir stets den neuesten Klatsch und Tratsch aus der Uni, wenn sie wiederkam. Wir veranstalteten wieder unsere Mädelsabende – noch mehr als vorher, denn sie ging nun weniger feiern. Ich wusste nicht, ob sie es meinetwegen tat oder weil sie Angst hatte, allein loszuziehen.

Mom kam öfter vorbei und sah nach mir, was mir langsam

auf die Nerven ging, während Sculley sich telefonisch gemeldet hatte.

Es waren Wochen vergangen. Ich war gesund. Zumindest körperlich. Derek hatte sich seither nicht bei mir gemeldet. Nicht mit einem Sterbenswörtchen. Das konnte ich so nicht stehen lassen. Ich ... Ich musste ihn wiedersehen.

Natürlich wusste ich, dass ich nicht hätte herkommen dürfen.

Seine Abwesenheit im Krankenhaus war deutlich genug gewesen.

Meine Gefühle, die ich mit aller Macht versucht hatte, in den Hintergrund zu drängen, wurden offensichtlich nicht erwidert.

Die Zeit und Ruhe hatten mich nur viel deutlicher sehen lassen.

Ich war ruiniert.

Ich hatte zugelassen, dass er ... Dass er sich mein Herz genommen und es mir nicht zurückgegeben hatte.

Jetzt musste ich einen Abschluss für mich finden.

Ich konnte ihn zu nichts zwingen, doch wenn ich es nicht versuchte ... Ich würde es mein Leben lang bereuen.

Mom hatte mir verboten, hierher zu fahren. Aber was sollte Schlimmeres passieren, als bereits geschehen war?

Ihr Vizepräsident ging auf meine Kappe. Das ganze Chaos ging auf meine Kappe ...

Meinen rasenden Puls herunterschluckend stand ich vor den geschlossenen Toren des Nachtclubs.

Mit zitternden Knien ging ich darauf zu, während ein Motor hinter mir aufheulte und ich über meine Schulter blickte.

»Wenn ich in zwei Stunden wiederkomme, solltest du deiner Mutter besser einen guten Grund liefern können, dass ich dich hierhergefahren habe, klar?« Ich nickte, ehe Sculley sein Visier herunterklappte. »Bau keinen Scheiß, Lilith.«

Er hatte recht gehabt. Er war nicht mein Vater. Aber wenigstens sorgte er sich um mich *und* respektierte mich.

Mit einem undefinierbaren Gefühl im Bauch trat ich aufs Tor zum Innenhof zu und zog daran. Als würden die Black Demons geradezu dazu einladen, sie zu überfallen, schwang das Metall nach innen auf und ich trat auf den Innenhof.

Ein paar Biker mit mir unbekannten Gesichtern lehnten an ihren Bikes und rauchten Zeug, das stark nach Marihuana roch.

Ihre Blicke verfolgten mich, während ich über den Hof lief, doch keiner hielt mich auf.

Die Clubtüren ungefähr zwanzig Schritte vor mir waren offen, aber der dunkelrote Vorhang dahinter zugezogen.

Automatisch zog ich den dünnen Mantel enger, inzwischen hatte es mehr als zehn Grad draußen. Der April war viel zu schnell gekommen. Unsicher nahm ich meinen dünnen Schal vom Hals und krallte meine Hände in den weichen Stoff, während ich ins Gebäude lief und mir warme Luft entgegenströmte.

Die stickige Luft einatmend realisierte ich, dass mein Kommen vielleicht doch nicht die beste Idee gewesen war – nur gab es kein Zurück für mich, sobald ich laute Stimmen vernahm.

»Damit hört das nicht auf, verstanden? Ich seh nicht ein, dass unser MC dafür gehetzt wird, wir würden wieder im Menschenhandel mitmischen.«

»Selbstjustiz steht uns nicht.«

»Sag das deiner Mutter, Joker.«

»Ich habe sie hinter dem Haus verscharrt«, entgegnete er trocken, und Bones drehte seinen Kopf, ehe seine Augen mich erfassten.

Bones.

Er saß ... am Tisch.

Erleichterung durchflutete mich, als ich den Vizepräsidenten der Black Demons lebendig vor mir entdeckte.

Ich hatte ihn nicht auf dem Gewissen. Er hatte Rampages Messerattacke überlebt.

»Hört auf«, meinte er sofort, und ich blinzelte wie in Trance.

Mein Herz hämmerte unangenehm laut in meinen Ohren, während ich Derek mit dem Rücken zu mir vorfand.

Er war über einen Tisch gebeugt. Sein Shirt spannte.

»Womit? Zanken wie kleine Schulmädchen?«

Joker brummte. »Ich meine nur, Skill.«

»Kein Menschenhandel in Rhode Island. Das ist es, was ich fordere«, bemerkte er, und ich schluckte schwer.

»Scheiße, wie lange trocknet die Farbe in der Sanctuary noch mal?«, hakte Buzz nach.

»Blue kann noch so viele Idioten zerlegen, es wird nichts ändern. Es wird immer Menschenhandel geben. Ob wir mitmischen oder nicht«, widersprach Joker Derek wieder.

»Ach, halt die Schnauze«, brummte dieser laut. »Es wundert mich, dass sie dir noch keiner gestopft hat.«

»Ich sagte, ihr sollt aufhören«, rief Bones laut, und die Männer hielten nun doch alle inne.

Sally schaute von seinem Tablet hoch, und weil er in meine Richtung saß, sah er mich direkt.

Joker musste dafür den Kopf drehen, während Derek erst verwirrt über die Reaktionen seiner Freunde schien.

Mein Mund trocknete aus, also schluckte ich noch mal schwer. Es war, als würde sich die Stille extra quälend in die Länge ziehen.

Ich öffnete den Mund, aber es kam kein Ton heraus. Alles, was ich mir sorgfältig zurechtgelegt hatte, war mir entfallen, sobald ich in Dereks dunkle Augen guckte und bemerkte, wie sich seine Brauen zusammenzogen.

»Momma und Jack haben wohl die Tür offen gelassen«, unterbrach Sally die Stille, während Dereks Blick sich in meinen fraß.

Ich war sein Opfer gewesen – schon immer. Aber ich hatte noch nie so viel auf einmal empfunden wie jetzt, während er sich mir ganz zuwandte. Mir war so warm ... Er verbrannte mich mit einem einzigen Blick.

»Was willst du hier, Lilith?«, fragte Bones ruhig.

Ich wünschte, das wüsste ich noch.

Derek setzte sich in Bewegung.

Mein Schal glitt mir aus den Fingern, bevor er meine Wangen umfasste und mir ein kleiner Laut entwich, ehe er seine Lippen fest und hungrig auf meine presste.

Ganz so, als sei er am Verdursten.

Damit hatte ich nicht gerechnet.

Ich dachte, er würde mich hassen.

»Okay«, kommentierte Joker Dereks Verhalten.

»Ich glaube, das wird heute nichts ...« Sally unterbrach sich selbst, da Derek mich packte und ich aufstöhnte, weil er mich auf dem nächstbesten Tisch absetzte.

Noch mal seufzend krallte ich meine Finger in sein graues T-Shirt.

Ihm entwich ebenfalls ein Seufzer, während er meinen Schopf wieder packte und festhielt. Als wäre er sein kostbarster Besitz.

»Wir kommen in 'ner Stunde wieder.« Bones brummte desinteressiert wie eh und je, und plötzlich quietschte im Hintergrund ein Stuhl.

Dann ertönten Schritte, und Derek stöhnte auf, denn meine Finger trafen unter seinem Shirt auf erhitzte Haut.

Kopfschüttelnd löste er sich. »Meine Nachricht war klar, Blümchen«, sagte er leise, und ich schluckte wiederholt, während er mich anstarrte.

Ich hatte ganz vergessen, wie schön ich ihn fand. Kein Detail war anders. Die Stoppeln, die sein Kinn zierten, wirkten noch genauso dunkel wie vor Wochen, die Nase noch genauso schräg und der Kiefer noch genauso scharfkantig.

»Ich weiß«, sagte ich zögerlich und brach den Blickkontakt ab. Rampage hatte recht gehabt. Jede freie Minute mit Derek hatte mich letztendlich in seine Richtung getrieben. Sonst wäre ich nicht so dumm und würde zu ihm zurückkehren. »Ich ... Ich verlange nicht, zu bleiben, aber ... ich ...«, stotterte ich und wurde rot.

Er wartete darauf. Darauf, mein Herz zu zerquetschen.

»Ich liebe dich«, gestand ich flüsternd und presste die Lippen aufeinander, da er mich anstarrte und nichts erwiderte. »Sag was«, flehte ich, als sich Stille ausbreitete.

Er schnaubte, packte meine Beine und legte sie sich um die Hüfte.

Von meinen Beinen zu seinem Gesicht hob ich den Blick und schaute ihn fragend an, während mein Herz gegen meine Rippen hämmerte.

»Ich lass dich nicht gehen«, meinte er. »War dir das nicht klar?« Ich keuchte leise, weil er meinen geflochtenen Zopf ruckartig umfasste, und nickte. »Du gehörst mir. Mir allein.«

»Das tue ich«, stimmte ich ihm zu.

Derek wurde rot um die Wangen, ehe er seine Lippen wieder auf meine legte und ich aufstöhnte, während er sein Becken gegen meines presste und mich an den Tischrand zerrte. Seine Hände gingen auf Wanderschaft, bevor er mir den Mantel von den Schultern schob und es frisch auf meinen Armen wurde, weil mein Oberteil zu dünn war. Trotzdem nahm die Hitze in meinem Gesicht zu, und ich guckte ihn an, denn er zog mich kurz vom Tisch und meine Kleidung meine Beine hinunter. »Wir können es hier drin nicht treiben«, widersprach ich und ließ mich dann perplex ohne Widerstand umdrehen und auf die kalte Platte vor mir drücken.

»Wir *treiben* es auch nicht miteinander«, korrigierte er mich, und ich schluckte wieder. »Du hast dir die Haare geschnitten.«

Ja, hatte ich. In einem Wahn von Witz und kleineren Wetten zusammen mit Veronica. Es waren nur ein paar Zentimeter gewichen, aber es gefiel mir. So fielen mir das Flechten und Frisieren endlich wieder leichter.

Sobald Dereks Hand über meinen Hintern streichelte und er wieder meinen Zopf packte und ihn sich um die Faust wickelte, keuchte ich. »Habe ich dir das erlaubt?«

»Ich habe nicht um Erlaubnis gebeten«, murmelte ich.

Mein Hintern schmerzte, weil Derek kräftig und sofort darauf schlug, und ich zischte.

»Hör auf«, bat ich ihn wimmernd.

»Nein, so läuft das nicht, Lilith.« Ein Winseln fand über meine Lippen, sobald er erneut zuschlug. »Einen Schlag noch.«

»Ich habe mir nur die Haare geschnitten«, ächzte ich. »Dafür kannst du mich nicht bestrafen.«

»Und ob.« Ich schrie auf, als er mich erneut schlug – und erneut.

»Derek!«, fluchte ich aufstöhnend, während seine Hand zurück zu meinem Hintern wanderte und ihn tätschelte.

»Du solltest ihn sehen«, sagte er mir. »So perfekt gerötet.« Er glitt mit dem Daumen zwischen meine Schenkel und eine Gänsehaut kroch über meine Arme. »Du verrätst dich selbst, mein kleines Blümchen.« Er lachte leise. »Du wirst jedes Mal feucht, wenn ich dich schlage.«

Er vergrub seinen Daumen in meinem Loch, und ich stöhnte leise, bevor ich aufschrie, weil er mit der anderen Hand zuschlug.

»Derek!«, beschwerte ich mich lauthals, denn er schlug mich einfach noch mal, diesmal aber sanfter. Dann verrieb er meine Feuchtigkeit zwischen meinen Schenkeln.

Ich versuchte mich aufzurichten, aber Derek legte seine

Hand auf meinen Rücken und drückte mich wieder auf den Tisch hinunter.

»Ich bin noch nicht fertig mit dir, Lilith«, stellte er klar.

Ich hörte es hinter mir Rascheln und konnte nur erahnen, was er tat. Spätestens, als ich seinen Schwanz zwischen meinen Beinen spürte, wusste ich, dass er gelogen hatte. Von wegen, er war nicht auf Sex aus.

»Warte!« Ein lauter Ton wurde mir entlockt, während er sich ein Stück in meinen Eingang schob. Es ziepte und zerrte. Das war zu wenig Vorspiel gewesen. »Wir haben nichts geklärt.«

»Doch, haben wir.« Derek drang vor und es schmerzte. »Mein Eigentum, meine Entscheidungen.«

»Derek!«, fluchte ich. »Ich bin niemandes Eigentum, ich ...« Vor stärkerem Schmerz wimmernd, weil er meinen Schopf nach oben zerrte, sodass sein Atem meine Ohrmuschel berührte, wimmerte ich und atmete flach und abgehakt.

»Du bist *mein* Eigentum, Lilith«, stellte er nur wieder klar und leckte über die freie Stelle hinter meinem Ohr. »Du bist es aus freien Stücken, weil«, ich stöhnte, denn er vergrub sich mit einem einzigen Stoß komplett in mir, »du weißt, dass ich dich derart gut ficke. Weshalb du nie mehr genug bekommen kannst.« Er zog sich erneut zurück und glitt wieder in mich.

»Derek«, sagte ich keuchend und gepresst. Mein Körper war so angespannt, meine Nerven lagen blank.

»Noch etwas.« Er schien zu schmunzeln und ließ meinen Zopf etwas lockerer, bevor er meine Schulter küsste und den Stoff, der auf ihr lag. »Ich liebe dich auch.«

Derek küsste meine Haut noch mal, und ich winselte, dann presste er mich fest zurück auf die kalte Platte unter mir.

Er nahm sich, was er wollte, hielt nicht länger inne. Derek gab mir keine Chance, etwas zu genießen. Reiner, roher Sex.

»Derek!« Ich kniff die Lider zu. »Bitte.«

Seine flache Hand drückte gegen meinen Kopf und ein

brennender Schmerz traf meinen Hintern – genau als auch der laute Schall von den Wänden widerhallte.

»So verflucht gut.« Er stöhnte. »Deine Pussy ist die beste, Blümchen.«

Als sich ein süßes, aber auch schmerzendes Ziehen zwischen meinen Schenkeln bildete, keuchte und wimmerte ich. »Bitte«, wiederholte ich.

Er nahm sich alles. Auch meinen Orgasmus, ohne mir eine Chance zu lassen, ihn zu genießen. Berührungen, Töne. Gefühle ... Einfach alles.

Aber Derek ließ auch nicht zu, dass ich abschaltete und ihn in einem Tunnelblick sein Ding machen ließ. Er sorgte dafür, dass ich mitbekam, was er mit mir anstellte.

Obwohl es sich so falsch und sündhaft anfühlte, genommen zu werden, ohne etwas beizusteuern, fühlte es sich gleichzeitig richtig an. Es fühlte sich gut an, weil ich wusste, Derek konnte auch anders.

»Das ist es, Blümchen.« Er keuchte, dann stöhnte er. »Wie feucht du bist.« Er stöhnte erneut. »Weil ich dich ficke, wie es kein anderer kann. Wünschst du dir schon, du wärst daheim in deinem kleinen süßen Bettchen geblieben?« Er lachte gedämpft, stieß noch härter zu – was ich nicht für möglich gehalten hätte.

»Bitte«, flehte ich abermals, und er lachte angestrengter.

»Fleh mich an«, forderte er mich auf.

»Bitte, Derek«, entkam es meinen Lippen. »Bitte!« Er stöhnte, ergriff mit beiden Händen meine Hüfte und rammte sich in mich.

Zwei Stöße, drei Stöße. Dann verharrte er schnaufend.

»Du bist meine kleine Schlampe«, beleidigte er mich, und ich presste die Lider zusammen. »Du kannst sagen, was du willst, Lilith, aber du lässt dich ficken, als«, er stöhnte, »als wäre ich der Einzige.«

Er war der Einzige. Mein Einziger.

Derek verharrte noch immer in mir, aber allein an seinen Atemzügen und dem Zucken in mir wusste ich, dass er gerade einen Orgasmus hatte. Er stöhnte zum Schluss leise, bevor er sich langsam aus mir herauszog und dann um meinen Eingang rieb – und sein Sperma verteilte.

Mein Puls war noch immer in den höchsten Höhen, also atmete ich einen langen Moment abgehackt durch.

Derek schmunzelte und zerrte meine Klamotten wieder nach oben. »Meins«, konstatierte er, bevor er mich vom Tisch und in seine Arme zog.

Seine Mundwinkel zuckten, als er mich auf die Platte zurücksetzte. Diesmal winselte ich schmerzerfüllt, da mein geschundener Hintern bei der Berührung mit Stoff und hartem Untergrund wehtat.

»Möchtest du etwas essen, Lilith?«, fragte er, als hätten wir eben nicht wilden, dreckigen Sex gehabt.

Ich hob beide Brauen und ebenfalls dazu schlapp die Hände, ehe er beide umfasste.

»Ich würde viel lieber kuscheln«, gestand ich ihm. »Eine Umarmung.«

Während er seine Arme um mich schloss, seufzte ich zufrieden.

»Danach säubern wir dich und holen uns was zu essen«, murmelte er und streichelte über meinen Rücken.

Ich schloss meine Lider und inhalierte seinen Duft. Nach Leder und Zitrus. Wie ich es liebte.

Mein Puls beruhigte sich erneut.

»Du lässt mich nicht wieder alleine?«, hakte ich flüsternd nach und schaute auf die verlassene Sitzrunde, die er und die Jungs hinterlassen hatten. Die Stühle standen noch herum, das Tablet von Sally befand sich noch auf dem Tisch.

»Ich wäre dich holen gekommen«, nuschelte er und stützte seine Wange auf meinem Haar ab. »Ich wollte dir nur Zeit zum

Atmen geben.« Er drückte seine Lippen gegen meinen Scheitel und hielt sie dort. »Ich lass nicht los, was meins ist. Niemals.«

Ich schloss die Lider. »Ich liebe dich«, gestand ich ihm noch mal. »Bitte lass mich das nicht bereuen.«

Er lachte, küsste mich mehrmals und schloss seine Arme enger um mich.

»Ob du es bereuen wirst, musst du selbst entscheiden, Blümchen«, erwiderte er.

EPILOG

SKILL

Ich seufzte, während ich meiner Old Lady dabei zusah, wie sie und ihre Freundin tanzten.

Meine Old Lady ... Das hörte sich verdammt gut an.

Die Einzige, die wir seit Jahren hatten. Seit Sally sich von seiner Ex-Frau hatte scheiden lassen.

»Bitte lass mich dieses Weib kennenlernen.« Joker seufzte ebenfalls und lehnte sich über den Bartresen zu mir hinüber. »Verdammt, hat die tolle Kurven.«

Sein Blick fixierte Liliths kleine rothaarige Freundin.

Ich hielt meinen Blick auf mein Blümchen beschränkt.

»Wie du meinst«, sagte ich und hob mein Bier.

»Du machst es schon wieder«, bemerkte er und schmunzelte. »Du guckst sie an, als würdest du sie fressen wollen.«

Vielleicht wollte ich das ja.

Sie vernaschen.

Lilith lachte und drehte sich mit Veronica im Kreis.

Es war albern. Keiner hier tanzte so zu unserer Musik – abgesehen von Joker, wenn er betrunken war.

Trotzdem. Mein Herz klopfte stark in meiner Brust, wenn ich beobachtete, wie Lilith ihre Hüften schwang, lächelte und Spaß hatte.

»Sculley ist hier.« Joker richtete seinen Körper gerade und nahm ein wenig Abstand zu mir, während ich den Blick nicht von meinem Mädchen nahm.

»Wir müssen uns unterhalten.«

»Muss das heute sein?« Ich hob meine Flasche und guckte Lilith und Veronica nach, die zur Bar gingen.

Die Greens und wir hatten keine Probleme mehr. Doch ich war noch lange nicht bereit, neue Geschäfte mit ihnen einzugehen.

Nicht nach allem, was geschehen war.

Joker entfernte sich von uns und lief zu den Mädels hinüber.

Ich wusste, er würde versuchen, bei Veronica zu landen. Armer Kerl. Bei der Frau landete keiner, wenn sie es nicht wollte.

»Du hast Menschenhändler in mein Gebiet getrieben«, behauptete Sculley ernst, und ich brummte, ehe ich für einen Moment von Lilith wegsah.

»Beweis es«, scherzte ich. Er schaute mich resigniert an und ich verdrehte die Augen. »Ich habe Menschenhändler aus meinem Gebiet geworfen. Dass sie zu dir rüberhüpfen, ist nicht mein Problem.«

Sculley schüttelte genervt den Kopf. »Das möchte ich damit nicht sagen«, bemerkte er. »Wie wäre es, wenn du auch mal den Mund aufmachst? Denn Menschenhändler haben nichts in *meinem* Gebiet verloren.«

Erneut brummte ich, und er boxte mir gegen den Arm.

»Kannst du dein Hirn für zwei Minuten einschalten?«

»Heute ist Samstag. Komm Montag wieder.«

»Was? Wenn du meine Tochter ins Koma gevögelt hast, oder was?«

Ich zog eine Augenbraue hoch. »Ich dachte, du bist nicht ihr Vater«, sagte ich.

»Nun, na ja.« Er zuckte mit einer Schulter. »Ihre Mutter hatte recht. Man kann sich nicht lange von ihr fernhalten. Sie zieht einen an wie ein Magnet und macht einen glücklich.«

Ich guckte gen Decke. »Nun, mich macht sie auf ganz anderen Ebenen happy.« Und wie. Sie konnte mich gern jeden Morgen mit meinem Schwanz zwischen ihren Lippen wecken, wie sie es heute getan hatte.

Sculley zog eine Miene. »Verschon mich mit Details.«

Ich grinste ihm ins Gesicht – und es wich mir gleich wieder, sobald ich zurück zu Lilith schaute und drei Kerle bei ihr und Veronica entdeckte. Und Joker, der deutlich zu viel mit den anderen Gästen zu kämpfen hatte.

»Bin gleich wieder da.« Schnell setzte ich mich in Bewegung.

»Oh, ihr versteht da etwas falsch«, meinte ihre rothaarige Freundin gerade.

»Vero ...«

»Nein.« Veronica brachte sie mit ihrem erhobenen Finger zum Schweigen. »Wir haben euch keine Signale auf der Tanzfläche gesendet. In Wahrheit hatten wir unseren Spaß. Und da wir keinerlei Interesse an euch Flachpfeifen haben, verpieselt ihr euch. Wir möchten unsere Ruhe.«

Lilith wurde rot, bevor sie sich verspannte, weil ich mich neben sie schob und meine Hand in ihren Rücken legte. Sie drehte ihren Kopf, und ihr Körper relaxte sofort wieder, als sie mich erkannte.

»Gibt es hier Probleme?«, fragte ich sie und ihre Freundin.

Ich bezweifelte es, aber Veronica schnaubte so angefressen, dass ich glaubte, die Typen gleich vor ihr beschützen zu müssen.

»Die Damen haben nur etwas falsch verstanden, als sie uns auf der Tanzfläche eindeutige Signale gesendet haben.«

Ich zog eine Braue hoch. »Nun, so, wie es für mich aussieht, haben sie das nicht«, sagte ich. »Davon abgesehen haben sie die Möglichkeit, es sich jederzeit anders zu überlegen.« Mit Genugtuung schlang ich meinen Arm um Lilith.

Die drei atmeten tief ein und blickten auf meine Hand um Liliths Schultern, bevor sie zu Veronica schauten und dann verschwanden.

»Ihr beide seid unglaublich«, behauptete Lilith seufzend.

»Was?«, entgegnete Veronica ungläubig. »Ich lass mich nicht betatschen, nur, weil ich tanze und meinen Spaß habe.«

»Die haben euch angefasst?«, fragte ich ruhig, und Lilith hob den Kopf, ehe sie sich in meinen Armen drehte und mir die Hände auf den Brustkorb legte.

»Nur Veronica«, erzählte sie mir. »Sie hat allerdings gleich klargestellt, was Sache ist.«

»Hab ich was verpasst?« Joker hinter mir klopfte auf das Holz der Theke.

»Nur ein Eins-zu-Null für die beste Freundin.« Veronica atmete tief ein. »Machst du mir noch einen Martini?«

»Nur für dich, *Mon Cheri*.«

Während Lilith mir ins Gesicht starrte, verdrehte ich meine Augen.

»Bringst du mich heute Abend noch nach Hause?«, fragte sie.

»Ich bring dich heute Abend noch in mein Bett«, korrigierte ich sie und grinste, während sie rot anlief.

»Hallo, Sculley.«

»Hey, Kleines.«

Lilith löste sich von mir, um ihn zu umarmen.

Man konnte mir sagen, was man wollte. *Das waren* Vater und Tochter.

Sie mussten nur noch etwas miteinander warm werden.

Nur ich wusste nicht, ob ich das mochte. Denn ich war der Präsident eines anderen MCs. Auf einen weiteren beschissenen Interessenkonflikt hatte ich keine Lust.

»Ärger im Anmarsch«, teilte Sculley mir mit, und ich hob den Blick.

Bones kam hinter der Bar auf uns zugelaufen, und das, so schnell er konnte. Er war nicht mehr wackelig auf den Beinen, aber die Ärzte hatten ihm deutlich mehr Ruhezeit verschrieben, als er Geduld besaß.

Vor allem, seit er wieder nüchtern war und sich standhaft weigerte, härtere Drogen zu konsumieren.

Lilith verspannte sich in meinen Armen.

Oh, es war definitiv Ärger im Anmarsch.

»Was ist los?«, fragte ich und drehte mich.

»Du solltest sofort mitkommen«, murmelte er.

Tief durchatmend guckte ich zu Lilith hinunter.

»Geh.« Sie zuckte mit einer Schulter und hob die Hand, ehe sie mir über die Bartstoppeln strich. »Aber komm wieder, ja?«

Meine Mundwinkel zuckten. »Meinetwegen«, stimmte ich scherzend zu, und sie schnaubte, bevor ich mich von ihr löste. »Veronica«, verabschiedete ich ihre beste Freundin.

»Wichser«, beleidigte sie mich.

Sie traute sich was ...

Allerdings hatte sie mich noch nie mit meinem Namen angesprochen. Langsam gewöhnte ich mich an das freche Mundwerk dieser Göre. Ich war der Annahme, sie war sauer auf mich. Dabei wüsste ich nicht, was ich falsch gemacht hätte.

Abgesehen vom Offensichtlichen.

Schnell folgte ich Bones nach draußen.

Nur wünschte ich, Sculley wäre uns nicht hinterhergelaufen.

»Hast du nichts Besseres zu tun?«

»Wer weiß, was du als junger Präs alles so anstellst.«

»Fick dich«, beleidigte ich ihn, und er lachte.

Doch wenigstens sah Lilith das Chaos nicht, das uns drei in der Garage erwartete.

»Was zur Hölle ...?«, fragte Sculley.

Erst sah ich die dunkelroten Fußabdrücke auf dem kahlen Boden, ehe ich den Blick hob und eine junge Frau blutverschmiert vor mir entdeckte.

»Wo habt ihr sie aufgetrieben?«, fragte der Präsident der Greens, während ich Jack anstarrte, der sie in seinen Armen hielt.

Sie zitterte wie Espenlaub und guckte sich unsicher um.

Ihr blondes Haar, das von Blut verklebt war, hing ihr feucht in die kleine Stirn. Die Augen groß wie die eines verschreckten Rehs.

»Wer zur Hölle ist das?«, fragte ich die Anwesenden und schob mich an Sculley vorbei.

Bones atmete tief ein und betrachtete, wie Sculley und ich, die Frau, die von oben bis unten rot besudelt war. Nichts war davon verschont geblieben. Ihr hellblaues Shirt nicht, ihre Shorts ebenfalls nicht. Schuhe hatte sie keine an.

»Das ist Lottie«, antwortete Jack für sie und rieb ihr über den Rücken, sein weißes Shirt längst genauso rot. »Ich hab sie am Straßenrand gefunden, nicht weit von hier.«

»Wo man eine Leiche findet«, ergänzte Bones brummend. »Jack hat außerdem vergessen zu erwähnen, dass sie voll drauf ist und in ihrem eigenen Film.«

Ich zog die Brauen zusammen.

»Mag mir trotzdem jemand erklären, warum ihr mir einen *blutverschmierten Teenager* in die Garage schleppt?«, verlangte ich zu wissen.

Jack schluckte schwer. »Sie ist meine Schwester, Skill.«

DANKSAGUNG

Ich weiß nicht, wo ich anfangen soll. Vielleicht bei Cathrin und meiner Mom, die mich in allem Buchigen unterstützen, wo sie nur können. Danke, dass ihr ihr seid. Danke, dass ihr mich unterstützt. Danke, dass ich euch vertrauen kann. Einfach danke für alles.

Danke auch an jedes Geschwisterchen, selbst wenn ich es namentlich nicht nenne – denn dann säßen wir noch morgen hier. Doch besonderer Dank gebührt Joshua und Tyler, die mir immer zuhören, wenn ich gerade niedergeschlagen bin. Ich hab euch unendlich lieb.

Danke an Nelio, der mir in einer dunklen Zeit Licht spendete – und das allein mit seinem Dasein.

Riesigen Dank an Flo und Daniela, die mir in einer Zeit geholfen haben, in der alles aussichtslos erschien, und ohne die ich heute nicht hier stehen und diese Zeilen schreiben würde.

Ein großes und wehmütiges Danke an meine Oma, die nun von oben auf mich aufpasst und mich stets in meinen Träumen unterstützte. Ich wünsche mir so sehr, du könntest mein erstes Buch in den Händen halten. Allein deine Reaktion aufs Cover hat mich sprachlos und vor Glück in Tränen aufgelöst zurückgelassen. Danke für deine immerwährende Unterstützung. So sehr. Ich vermisse dich.

Ein herzliches Danke an meinen Opa und Gritt, die mich immer und überall mit ihren Geschichten wieder aufmuntern, wenn ich traurig bin. Ich liebe euch von ganzem Herzen.

Danke an Ganeesha, der den härtesten Kampf seines Lebens erst noch vor sich hat. Ich liebe dich und danke dir, dass du immer für mich da bist.

Danke an Ronja, mit der ich diese Reise einst startete.

Danke an Alex, Epo und Florian, die meine ständigen Diskussionen im Discord mit mir selbst aushalten und meine Gedankengänge unterstützen.

Einen großen Dank an Lara, meine Mitbewohnerin, die sich so einiges anhören muss (und an Pia, die schon die Augen verdreht, haha).

Einen riesigen und herzlichsten Dank an meine Testis! Ohne euch und euren Hype für meine Charaktere wäre dieses Buch nur halb das geworden, was es heute ist – genauso wie diese Reihe. Ich liebe diese kleine Gruppe mit euch, in der wir uns über alles zu jeder Zeit austauschen können und möchte es nicht mehr missen! Danke an Larissa, Anna, Denise, Maria, Ronja, Lisa, Josi, Christina, Eleonora, Melissa, Sarah, Madita, Sabrina, Laura und Mila.

Danke an Liz und Liss – jetzt nicht durcheinanderkommen! – von ganzem Herzen, die immer ein offenes Ohr und einen Rat hatten, beides habe ich wahrlich gebraucht.

Und ein extra fettes Danke noch mal an dich, Liss, für diese absolut schöne Charakterkarte von Derek und Lilith, ich bin immer noch ganz verliebt in sie!

Danke an meine Lektorin Kristina, ohne die ich wohl bei dem einen oder anderen Logikfehler verloren gewesen wäre. Danke auch an Eva für die allerletzte Rettung. Genauso ein fettes danke an Michelle, die mir mit ihrem Korrektorat das Leben erleichtert hat und die Arbeit nicht wie Arbeit wirken ließ! Und danke an den Verlag fürs unbändige Vertrauen in meine Biker und an all die Meetings, bei denen ich die Chance hatte, mit euch über meine Bücher zu quatschen und das Ganze nun für die Leser auf Papier zu bringen.

Und zu guter Letzt gebührt ein fettes Danke an jeden, der dieses Buch liest, weiterempfiehlt, mich auf meinem Weg unterstützt, eine Rezensionen auf gängigen Plattformen dalässt und an meine Wattpad-Follower aus vergangenen Tagen, die meinem Schreibstil zu dem verholfen haben, der er heute ist. Ohne euch hätte ich mich niemals im Leben getraut, mit meinen eigenen Geschichten in die Welt hinauszugehen. Danke.

TRIGGERWARNUNG (ACHTUNG: SPOILER)

Dieses Buch / diese Reihe enthält neben expliziten Szenen auch Elemente, die potenziell triggern können. Diese sind: Mord, Gewalt in sämtlichen Ausführungen (Physisch, psychisch etc.), Vergewaltigung, Nötigung, Menschenhandel, Trauer, übermäßiger Alkoholkonsum, Drogen, Drogenmissbrauch, Machtmissbrauch, Folter, Rape Play, Demütigung, Entführung, Narzissmus

Carol Delight
WANT YOU MADLY
Trilogie-Auftakt
ISBN: 978-3-98942-084-7

> Ich bin immer in deiner Nähe, Melody.
> Ich beschütze dich, denn alles, was ich will, bist du.
> Und für dieses Ziel bin ich bereit, über Leichen zu gehen.

In Los Angeles ist das Leben teuer, das weiß auch die Studentin Melody Evans nur zu gut. Allein deshalb arbeitet sie als Escortgirl. Doch als ein neuer Kunde genau sie anfordert und zehntausend Dollar für eine Nacht mit ihr bietet, wird sie nervös. Und der Schock wird noch größer, sobald Melody beim ersten Treffen erkennt, wer sie gebucht hat: Matthew McEnroe. Niemand anderes als der große Bruder ihres ehemals besten Freundes, ihr heimlicher Jugendschwarm und inzwischen erfolgreicher CEO. Für Melody sind fünf lange Jahre vergangen, seit sie ihn das letzte Mal gesehen hat. Aber für Matthew nur ein paar Tage. Denn was sie nicht weiß, ist, dass er immer in ihrer Nähe war und sie ununterbrochen beobachtet …

Stalker | Romantic Thrill

Franziska Labude
BETWEEN FIRE AND FATE
Romantasy
Dilogie-Auftakt
ISBN: 978-3-98942-087-8

Eine schicksalhafte Prophezeiung.
Ein ewig währender Krieg.
Und eine Frau zwischen zwei Männern.

Regelmäßig aus dem Gedächtnis ihrer Mitmenschen zu ver-schwinden gehört für die Studentin Fiona zum traurigen Alltag. Die damit einhergehende Einsamkeit erdrückt sie mehr und mehr. Als auch noch Fionas Ring beginnt, ihr plötzlich Erinnerungen aus ihrer Kindheit zu zeigen, zweifelt sie endgültig an ihrem Verstand. Bis sie eines Nachts auf das Ordensmitglied Noah und den Phönix Caleb trifft, die ihr helfen, ihr Schicksal und diese neue Welt zu verstehen. Denn Fiona steht im Mittelpunkt einer jahrhunderte-alten Prophezeiung und eines Krieges zwischen Schattenwölfen und Phönixen. Doch mit den beiden Männern an ihrer Seite, die ihr Herz immer höher schlagen lassen, fühlt sie sich bereit, heraus-zufinden, wer sie wirklich ist. Auch wenn das bedeutet, dass sie sich auf eine gleichermaßen gefährliche wie auch magische Suche nach ihren leiblichen Eltern begeben muss. Was sie jedoch nicht ahnt: Ein unbekannter Verräter hat den Geheimorden infiltriert und plant bereits, sie an die Schattenwölfe auszuliefern …

Love Triangle | Forced Proximity

Vanessa Sangue
THEY CHASE ME
Golden Bastards
Dilogie-Auftakt
ISBN: 978-3-98942-677-1

Fünf atemberaubend attraktive Männer stellen dich vor die Wahl: hier
und jetzt sterben oder ihnen für sechs Monate gehören.
Und was tust du?
Richtig. Du lässt dich auf einen Deal mit den Teufeln ein.

Emilia Smith hat sich den Traum einer eigenen Burlesque-Bar erfüllt. Allerdings ging das nicht, ohne sich eine hübsche Summe Geld von den
Golden Bastards zu leihen - den fünf Männern, denen San Francisco gehört. Nach einer fatalen Fehlentscheidung stehen diese plötzlich in ihrem
Club und stellen sie vor eine unmögliche Wahl: Entweder wird ihr Leben
an Ort und Stelle beendet oder sie gehört für sechs Monate den Golden
Bastards. Ohne Grenzen und ohne Regeln. In Anbetracht der Alterna-
tive lässt sich Emilia auf diesen unmoralischen Deal ein. Doch viel zu
schnell stellt sich ihre Wahl als verhängnisvoller Drahtseilakt heraus. Wie
soll Emilia in dieser Welt aus verzehrendem Verlangen, grenzüberschrei-
tenden Erfahrungen und gefährlichem Wagnis überleben, ohne sich selbst
dabei zu verlieren?
Das alles rückt in den Hintergrund, als Emilia nur eine einzige Option
bleibt, um sich zu retten. Nur wird sie damit sicher den vernichtenden
Zorn der Männer auf sich ziehen …

Dark Reverse Harem | Forced Proximity

Clea Carter
KILL. CHERISH. LOVE.
Einzelband
ISBN: 978-3-98942-680-1

Gleich zwei unwiderstehliche, dominante Männer lassen meine Welt kopfstehen.
Ob sie sich vorstellen können, mich zu teilen?

Eigentlich wollte sich die junge Auftragsmörderin Vega kurz vor ihrem Abschluss ganz auf ihr Studium konzentrieren. Ihr Ziel ist schon lange eine Karriere abseits des organisierten Verbrechens, und nun scheint dies zum Greifen nah. Doch dann trifft sie auf ihren neuen, verdammt heißen Professor, der niemand Geringeres als ihr heimlicher Jugendschwarm Ethan ist. Endlich nimmt dieser Vega nicht mehr nur als die kleine Schwester seines ehemals besten Freundes wahr, sondern zeigt ihr, dass er nichts mehr will, als sie zu beschützen. Ethan ahnt jedoch nicht, dass Vega zeitgleich das Interesse ihres gefährlichen Bosses Diego geweckt hat. Er ist der Sohn eines mexikanischen Kartellanführers und seine neue Mission lautet, sie zu verführen. Von beiden Männern angezogen ist plötzlich nicht nur Vegas Herz, sondern auch ihr Leben in Gefahr…

Ménage-á-trois | Mafia Romance